FORBIDDEN
Love

Verliebt in den besten
Freund meines Bruders

AMY DAWS

Englischer Originaltitel: *Next In Line*
Deutsche Übersetzung: Noëlle Niederberger
Korrektorat: Sabine McCarthy

Veröffentlicht durch: Stars Hollow Publishing,
PO Box 90022, Sioux Falls, SD 57109, USA
E-Book ISBN: 978-1-944565-81-7
Taschenbuch ISBN: 978-1-944565-82-4
Bearbeitung: Jenny Sims von Editing4Indies
Formatierung: Champagne Book Design
Umschlagdesign: Amy Daws
Umschlagfotografie: Wander Aguiar
Umschlagmodel: John Michael Dewall

Meinem Vater gewidmet für die Beantwortung der Frage:
„Dad, was ist ein cooler Ort für ein Buch, der ähnlich schräg
ist wie ein Reifenladen?"

„Ein Angelladen?"

Und so wurde ein Buch geboren!

Und Dad, es tut mir leid, dass ich deine Idee mit „Lucy
Goosey aus dem Camp Watoosi" abgelehnt habe, aber
wir werden daran arbeiten, wenn ich das nächste Mal
zu Hause bin.

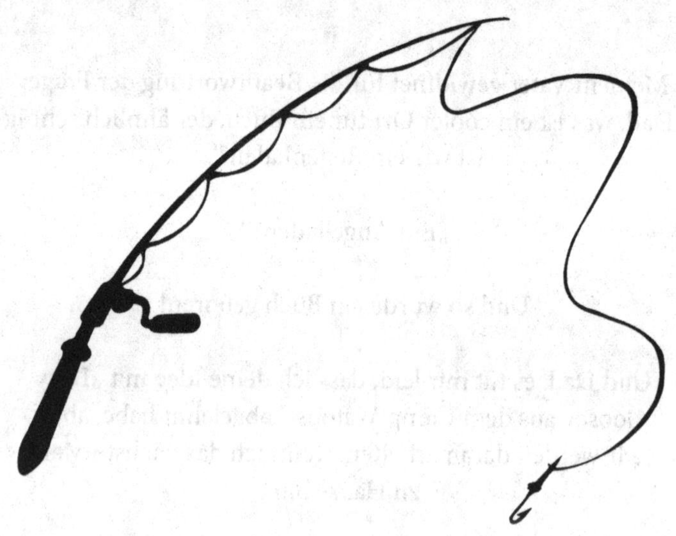

FORBIDDEN *Love*

Verliebt in den besten Freund meines Bruders

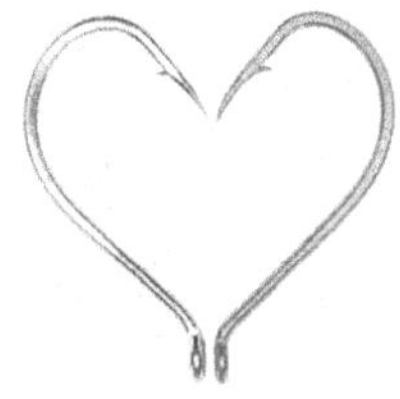

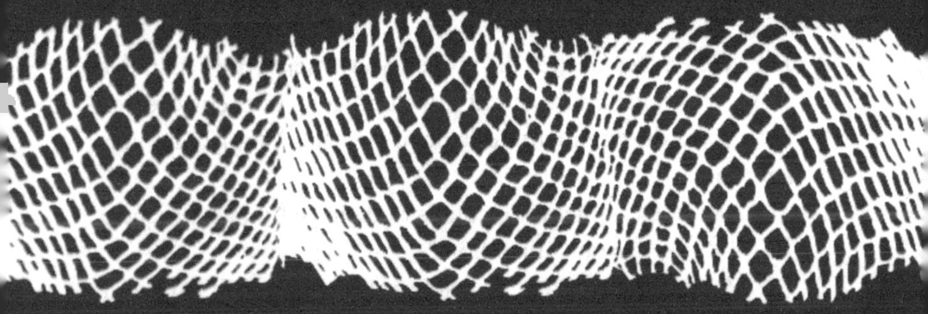

KAPITEL 1

Fisch auf dem Trockenen

Sam

„Der Nächste!", ruft Marv unwirsch, als er seinen weiß behaarten Arm wieder in das Becken voller frischer Kaulbarsche taucht.

Ein älterer Herr drängt sich mit seiner durchsichtigen Plastikwanne an mir vorbei, bereit, seinen Köder einzusammeln, als sei es der Leib Christi, der vom Papst persönlich verteilt wird. Mehrere andere Männer drängen sich an meinen Rücken, alle ungeduldig darauf wartend, dass sie an die Reihe kamen, denn endlich … hat die Eisangelsaison begonnen.

Boulder, Colorado, hat seit Jahren keinen so warmen Winter mehr erlebt. Normalerweise gehen wir noch vor Weihnachten zum Eisfischen. Aber es ist bereits Anfang Januar, und es gab noch nicht genug kalte Tage hintereinander, die das Eis sicher genug gemacht hätten, um sich hinauszuwagen.

Bis jetzt.

Ich zupfe ungeduldig an meinem kurzen Bart, während ich mich nach dem Geruch meines Nylon-Angelzeltes sehne. Nachdem es jetzt monatelang ignoriert wurde, vermisst es mich.

Ich weiß es. Der Geruch des eisigen Seewassers dringt in meine Nase, als meine Fantasie mit mir durchgeht. Ich schwöre, ich kann sogar die gummiartige Steifheit meiner Silikonhandschuhe spüren.

Eisfischen ist meine Flucht. Es ist mein Gefühl von Freiheit. Es ist etwas, das nur mir gehört.

Marv ruft nach dem nächsten Kunden, und ich kann nur den Kopf darüber schütteln, dass dieser achtzigjährige Mann immer noch gesund und munter ist. Jedes Jahr. Jede Saison. Jedes Wochenende. Marv ist hier.

Marv's Bait and Tackle ist eine Institution in Boulder. Die an einer unbefestigten Straße außerhalb der Stadt gelegene Mischung aus Restaurant/Bar/Köderladen mit den besten Ködern und Burgern im Umkreis von hundert Meilen ist immer voll mit eingefleischten Colorado-Naturliebhabern von nah und fern, die mit dem berüchtigten Marv quatschen wollen.

Marv war Profiangler und hatte sogar eine Zeit lang seine eigene Fernsehsendung. Als sein Vater, Marv Senior, starb, gab er die Reisen auf und übernahm den Angelladen. Jetzt ist er der Ansprechpartner für die besten Angelplätze rund um Boulder. Er berät bei der Auswahl des richtigen Köders für das jeweilige Wetter und hat immer Vorführgeräte im Laden, bevor die großen Läden sie anbieten. Er ist eine Anglerlegende, versteckt in diesem alten, baufälligen Laden.

„Ich bin die Nächste in der Schlange", ruft eine weibliche Stimme, während sie mit ihren Absatzstiefeln auf dem feuchten Betonboden klappert.

Ich runzle die Stirn und frage mich, woher diese Frau kommt, denn ich hätte sie an einem Ort wie diesem auf keinen Fall übersehen können. Sie passt nicht gerade zu den alten, verwitterten, stinkenden Anglern. Mich selbst ausgenommen. Ich mag vielleicht nicht mehr in meinen Zwanzigern sein, aber meine Eier hängen mir nicht bis zu den Knien durch wie den meisten dieser Typen.

Das Mädchen ist groß und schlank und zeigt ihre Kehrseite in einer engen Leggings, die sich an ihren Hintern schmiegt. Ihren sehr prallen Hintern. Einen Hintern, auf den jetzt jeder Kerl hier starrt. Sie wirft ihr schwarzes, seidiges Haar über die Schulter, und ich erhasche einen Blick auf ihr Profil. Verdammt, ihr Gesicht ist genauso schön wie ihr Hintern …, was sich verdammt seltsam anhört, aber mein Schwanz übernimmt in diesem Moment das Denken.

Marv spuckt seinen Zahnstocher aus und lässt das Holz auf den Boden fallen, während er das Mädchen von oben bis unten mustert. „Nächste in der Schlange für was?", fragt er, und seine Stimme klingt, als würde er jeden Tag eine Packung Marlboro Reds rauchen … Wahrscheinlich, weil er das auch tut.

„Ich brauche die Fische!", antwortet sie und reckt trotzig ihr Kinn vor.

„Meinst du Köder?", fragt Marv und kratzt sich an seinen weißen Stoppeln, was ein ähnliches Geräusch wie Schmirgelpapier verursacht.

„Ja, das sind kleine Fische, richtig? Die als Köder benutzt werden?" Das Mädchen verlagert nervös das Gewicht und spielt an einer Haarsträhne, die über ihrer Schulter liegt. Als sie das Getuschel ringsum bemerkt, lässt sie ihre Haare los und richtet sich auf.

Marvs Gesicht verzieht sich, als hätten die Worte des Mädchens gerade ein Stück seiner Seele verletzt. „Das sind Kaulbarsche, Schätzchen. Und mit ihnen fängt man Muskies. Große Muskies."

„Perfekt. Das hört sich gut an … Ich nehme sie." Das Mädchen verschränkt die Arme und wartet erwartungsvoll.

Marv schüttelt den Kopf. „Sie sind schwer."

„Sie sehen nicht schwer aus", erwidert sie mit hochgezogener Augenbraue und schaut in das Becken mit den lebenden Ködern.

„Die Muskies, nicht die Kaulbarsche", korrigiert Marv, ein schmerzhaft höfliches Lächeln im Gesicht.

„Raus hier, kleines Mädchen!", ruft ein älterer Mann hinter mir. „Geh zurück ins Einkaufszentrum oder in das Nagelstudio, aus dem du rausgefallen bist. Wir sind hier echte Angler und spielen nicht in einer Fantasiewelt."

Das Mädchen dreht sich auf dem Absatz um, um den Mann hinter mir anzustarren, und mir wird offenbart, wie schön sie ist. Sie hat ein herzförmiges Gesicht und die strahlendsten blauen Augen, die ich je gesehen habe. Dunkles Haar und helle Augen wirken auf mich wie Katzenminze. Und mein Schwanz sieht das genauso.

Das Mädchen leckt sich die prallen, pfirsichfarbenen Lippen, bevor es dem Mann antwortet. „Du kannst dich mal …" Sie zögert einen Moment und schaut sich einmal im Publikum um, bevor sie hinzufügt: „Ins Knie ficken!" Sie errötet bei dem Klang dieses Wortes, das ihre Lippen verlässt.

Die Männer hinter mir brechen in schallendes Gelächter aus, und ich sehe, wie Marv zusammenzuckt und sich die Hände an seiner schmutzigen Schürze abtrocknet. „Junge Dame, diese Worte."

„Was?", ruft sie und dreht sich wieder zu Marv um. „Das ist ein Angelladen. Wollen Sie mir sagen, dass Sie diese Worte noch nie gehört haben?"

Marv schüttelt den Kopf. „Nicht von einer jungen Dame."

„Weil ich eine Frau bin, darf ich also nicht fluchen? Was für einen Sinn macht das in diesem Jahrzehnt noch? Bitte, ich bin lange gefahren und will nur zum Eisangeln gehen. Ich habe Bargeld, also verkaufen Sie mir einfach einen Eimer Fische, und schon bin ich weg. Ganz einfach."

„Wann?", fragt Marv leise und verzieht unbehaglich das Gesicht, als wäre er schon seit Jahren nicht mehr in der Nähe von Östrogen gewesen.

„Wann was?", fragt das Mädchen.

„Wann gehst du zum Eisfischen?"

„Jetzt gleich, natürlich!", erwidert sie und stemmt die Hände in die Hüften. „Ich brauche auch eine Angel und einen Angelhaken, bitte. Und das, was auch immer zum Brechen des Eises benutzt wird."

Marv schaut am Körper des Mädchens herunter und schüttelt langsam den Kopf. „Hast du noch mehr Klamotten als das, was du gerade trägst?"

„Ich habe Handschuhe", antwortet das Mädchen, kramt in ihren Taschen und holt ein Paar fingerlose Handschuhe hervor. Sie sehen aus wie Kinderhandschuhe, mit goldenem Glitzer und so. Sie zieht sie an und winkt Marv, der nicht beeindruckt aussieht, mit den Fingerspitzen zu.

„Schätzchen, ich kann dich in dieser Aufmachung nicht zum Eisangeln gehen lassen. Du wirst erfrieren, und mein altes Herz kann sich keine Sorgen um dich machen, wenn du da draußen ganz allein in einer Frühlingsjacke bist."

„Die hat Daunenfedern!", ruft sie und zieht ihre schwarze Jacke eng um ihren Körper. „Sie ist wirklich warm. Sie wirkt nur so, als wäre sie leicht."

Er macht ein abfälliges Geräusch. „Diese Stiefel sind schlimmer als Sommer-Watstiefel. Darin würden deine Füße kalt werden, wenn du im Frühjahr vom Ufer aus angeln würdest, Schätzchen. Es tut mir leid. Ich werde dir heute keine Köder und Angelgeräte verkaufen. Du siehst sowieso eher wie ein Warmwetter-Schätzchen aus."

Das Mädchen gibt einen seltsamen Laut von sich. „Ach, kommen Sie schon. Ich versuche hier, aus meiner Komfortzone herauszutreten, und ich bin es so leid, abgestempelt zu werden, dass ich einfach schreien könnte."

„Ich würde sie gern schreien hören, wenn ich bis zum Anschlag in ihr stecke", murmelt ein Mann, der alt genug sein könnte, um ihr Vater zu sein, nicht gerade leise hinter mir.

Meine Zähne knirschen, als ich den Kiefer anspanne, und

ich drehe mich um, als sein Kumpel ihm gerade ein High-Five gibt. Ein zahnloses Lächeln begrüßt mich, als dächten sie, ich würde den Scherz mitmachen. Ich öffne den Mund, um etwas zu sagen, werde aber von dem jungen Mädchen an der Schulter getroffen, als sie sich auf die beiden Männer stürzt.

Alle beginnen zu schreien, als sie den großen Kerl mit aller Kraft schubst, aber sie reißt ihm nur die Tarnkappe vom Kopf. Der große Kerl sieht furchtbar sauer aus, also lege ich schnell meine Arme um die Taille des Mädchens und hebe sie vom Boden hoch, um sie von ihm wegzuziehen. Er starrt sie an, fast schon pervers erregt von ihrem Angriff.

„Ruhig, Sparky", murmle ich ihr ins Ohr, während ein Hauch ihres blumigen Shampoos in meine Nasenlöcher dringt.

„Sag mir das ins Gesicht, du alter Perverser!", schreit das Mädchen und fuchtelt mit den Armen, als wolle sie dem Mann die Augen auskratzen. Ein Vorteil ihrer fingerlosen Handschuhe, schätze ich.

Die beiden Arschlöcher blinzeln sie langsam an und täuschen offensichtlich Unschuld vor, während ich mich bemühe, sie zurückzuhalten. Sie hat Kraft, das steht fest. Wesentlich zäher, als sie aussieht.

„Komm mit mir", dränge ich und ziehe sie von der Gruppe von Männern weg, die sich mit diesem Spektakel offensichtlich nur amüsieren wollen. Ich drehe mich zu ihr um und wende den Männern den Rücken zu. Ich packe sie an den Schultern und schaue ihr direkt in die Augen. „Sie sind verdammte Arschlöcher und sind es nicht wert. Mit deinem Verhalten ermutigst du sie nur, also bitte ich dich, mit mir zu kommen."

Ihre Augen gleichen brennenden Saphiren, als sie sich für den Bruchteil einer Sekunde mit den meinen verbinden, bevor ich den Mann in einem tiefen Ton sagen höre: „Ich würde töten, um sie auf meinem Schwanz kommen zu sehen."

Sobald sie seine Worte hört, erstarrt das Mädchen unter meinen Händen, und ihre hellen Augen verblassen direkt vor mir. Sie rollt sich in sich selbst zusammen, während sie sich umschaut und unser Publikum in Augenschein nimmt. Tränen treten ihr in die Augen – und ein vertrautes Gefühl von Unbehagen macht sich in meinem Bauch breit.

Ich habe drei Schwestern.

Ich kenne diesen verdammten Blick.

Und er gefällt mir nicht.

Mit zusammengebissenem Kiefer lasse ich ihre Schultern los, drehe mich auf dem Absatz um ... und verpasse dem Arschloch eine Faust mitten ins Gesicht.

Der befriedigende Schlag schleudert ihn gegen seinen Kumpel und beide stürzen zu Boden, da sie meinen Hieb offensichtlich nicht erwartet haben. Mein Puls rast in meinen Adern, als die Männer beginnen, zu uns zu drängen, um den Kampf zu beenden. Sie wissen nicht, dass es keinen Kampf geben wird. Ich habe den Scheißkerl k. o. geschlagen.

Ohne ein Wort zu sagen, mache ich eine Kehrtwendung, packe das schockierte Mädchen bei der Taille und trage sie praktisch von dem Schwarm von Männern weg, die alle einen Blick auf den Scheißkerl am Boden werfen wollen.

Ich nehme einen tiefen, reinigenden Atemzug und versuche angestrengt, meinen Blutdruck zu senken, damit ich mich nicht umdrehe und seinen Verlierer von Freund auch noch umniete. Es ist ein Jahrzehnt her, dass ich jemanden geschlagen habe. Anscheinend ist es wie beim Fahrradfahren ..., man verlernt es nie wirklich. Ich würde mir Sorgen machen, dass jemand die Polizei ruft, aber ich bin mir zu neunzig Prozent sicher, dass jeder in diesem Angelladen dem Wichser auch eine verpassen wollte. Irgendetwas sagt mir, dass niemand auch nur irgendjemanden anrufen wird.

Ich führe das Mädchen durch den Angelladen und in das kleine angeschlossene Diner. Es ist genauso heruntergekommen wie der Rest des Ladens und voller alter Leute, die sich in die abgenutzten Nischen und wackeligen, willkürlich zusammengewürfelten Stühle gezwängt haben. Zum Glück ist der Geruch von Fett und muffigem Vinyl beruhigend, denn ich muss im Moment beruhigt werden.

Das Mädchen scheint unter Schock zu stehen, als sie in die rote Tischnische rutscht, die vom Rest des Angelladens nicht einsehbar ist. Ich habe diesen Platz mit Absicht gewählt, denn ich will nicht, dass dieser Wichser sie oder mich beobachtet, während ich versuche herauszufinden, was ich mit diesem Hitzkopf machen soll.

Ich sehe zu ihr hinunter und beobachte, wie sie nervös mit ihren Fingernägeln spielt, wobei ihr Haar ihr Gesicht verdeckt, sodass ich ihre Miene nicht sehen kann. Sie ist eindeutig verängstigt, und ich kann es ihr nicht verdenken. Diese Szene war hässlich.

Aber ich war schon hunderte Male bei Marv und weiß, dass es ein sicherer Ort ist. Was heute passiert ist, war hier nicht die Norm. Aber da es nun mal passiert ist, werde ich dieses Mädchen auf keinen Fall aus den Augen lassen, bis sich die Sache gelegt hat.

Ich ziehe meinen Carhartt-Wintermantel und meine Wollmütze aus, fahre mir mit der Hand durch mein kupferfarbenes Haar und hänge sie an den Haken neben dem Tisch. Ich biete ihr leise an, ihren Mantel zu nehmen, und ohne aufzublicken, schlüpft sie schnell aus ihm heraus und übergibt ihn mir. Ihre Jacke fühlt sich so leicht an wie Luft, als ich sie zusammen mit meiner an den Haken hänge. Marvs Einschätzung war wahrscheinlich genau richtig, sie in diesem Ding nicht rausgehen zu lassen.

Ich setze mich ihr gegenüber an den Tisch und gebe mein Bestes, um nicht auf ihre Titten unter dem engen grauen Pullover zu starren. „Geht es dir gut?", frage ich, wobei meine Stimme tief vom Adrenalin ist, das durch meine Adern strömt.

Sie nickt hölzern, während sie ihr Haar hinter die Ohren streicht.

„Bist du sicher?", frage ich erneut, als ich das Zittern ihrer behandschuhten Hand bemerke. Ihre Fingerspitzen sehen eiskalt aus. „Der Typ war ein verdammtes Arschloch, also würde ich es dir nicht verdenken, wenn es dir nicht gutgeht."

Sie schluckt langsam und starrt auf meine Faust auf dem Tisch. Meine Fingerknöchel haben ein paar leichte rote Flecken, wo meine Faust sein Gesicht getroffen hat. Nichts, was ich nicht schon gesehen hätte.

„Mir geht es gut", murmelt sie und ringt die Hände.

Ich atme schwer aus. Ich habe gerade einen Typen vor ihren Augen k. o. geschlagen. Natürlich wird sie Angst vor mir haben. „Es tut mir leid, was ich getan habe. Und es tut mir doppelt leid, was er gesagt hat."

Sie sieht mich mit zusammengekniffenen Augen an. „Kennst du den Kerl oder so?"

„Verdammte scheiße, nein", antworte ich und zucke zurück. „Ich entschuldige mich nur für alle Männer, denke ich. Wir können Arschlöcher sein. Aber du sollst wissen, dass die anderen Typen, die hier im Marv's verkehren, nicht so sind wie diese beiden Wichser. Ich habe sie noch nie gesehen und weiß genau, dass sie nicht von hier sind."

Sie lächelt halb und sieht sich in dem gemütlichen Diner um, wobei ihr Blick von einem alten Angler zum nächsten gleitet. „Hier sieht es aus wie in einer Rentnersiedlung."

Ich folge ihrem Blick zu dem älteren Mann im Rollstuhl, der mit ein paar anderen Karten spielt. „Ich glaube, du meinst ein Pflegeheim für das Beste aus Colorado", murmle ich vor mich hin. Als ich ein leises Lachen von ihr höre, bin ich ein wenig erleichtert, dass sie nicht völlig erschüttert von allem ist.

Der Rollstuhlfahrer bemerkt, dass wir ihn ansehen, und schenkt uns ein breites, zahnloses Lächeln, begleitet von einem leichten Winken. Ich merke, wie ich den netten alten Mann ebenfalls anlächle. Als ich sie anschaue, sehe ich, dass sie auch lächelt. Es ist ein echtes Lächeln, das so süß ist, dass ich

Zahnschmerzen bekommen könnte. Und irgendwie kann ich an diesem einen Blick erkennen, dass dieses Mädchen ein guter Mensch ist. Sie mag heute ein wenig verrückt erscheinen, aber tief im Inneren ist sie ein anständiger Mensch.

Sie dreht den Kopf zu mir und ihre Augen verweilen auf meinem bärtigen Kinn. „Noch nie hat ein Mann jemanden für mich geschlagen", sagt sie neugierig. „Geschweige denn ein Fremder."

Ich verschränke die Arme vor der Brust und senke mein Kinn. „Willst du mich jetzt anschreien, weil ich mich in deine Angelegenheiten eingemischt habe?"

„Nein", erwidert sie mit zusammengezogenen Augenbrauen. „Ich denke, ich schulde dir wahrscheinlich ein Dankeschön."

„Ich bin schockiert", antworte ich und schenke ihr ein schiefes Grinsen. „Ich habe drei ältere Schwestern, die mir den Kopf abreißen würden, wenn ich mich in ihre Angelegenheiten einmischen und so ausflippen würde."

Sie lacht schnaubend. „Drei ältere Schwestern? Wie bist du so …?"

„Männlich? Viril? Schroff und mutig geworden?" Ich wackle mit den Augenbrauen und blähe die Brust auf.

Sie zieht die Lippen zwischen die Zähne, um ihr Lachen zu verbergen, und auf ihrer linken Wange bildet sich ein tiefes Grübchen. „Du bist also unterwegs und schlägst Arschlöcher k. o., um Mädchen zu beeindrucken?"

„Nein", antworte ich einfach mit einem Schulterzucken. „Mädchen zu beeindrucken, ist nur ein Nebeneffekt."

„Aber im Ernst: Wie geht es deiner Hand?", fragt sie, zieht ihre Handschuhe aus und greift nach mir.

Als ihre Haut die meine berührt, kann ich die Verbindung nur als elektrisierend bezeichnen. Wie das Kribbeln in der Hand, wenn sie eingeschlafen ist. Schnell greift sie nach einer Papierserviette und fischt etwas Eis aus dem Becher, der auf unserem Tisch steht, um es hinein zu tun.

„Das Wasser stammt von demjenigen, der vor uns hier gesessen hat", sage ich trocken.

Sie rümpft die Nase, aber dann zuckt sie mit einer Schulter. „Oh, bitte. Wenn du mit Fischdärmen umgehen kannst, kannst du auch mit vorher benutztem Eis umgehen."

Sie hält das Eis auf meine Knöchel, und ich stütze mein Kinn auf die freie Hand und beobachte sie mit gespannter Aufmerksamkeit, während sie sich um meine Kampfwunde kümmert. Sie bemerkt, dass ich sie anstarre, und schenkt mir ein verschmitztes Grinsen. „Ich habe das Gefühl, dich zu kennen."

Daraufhin hebe ich die Augenbrauen. „Bist du in Boulder aufgewachsen?"

Sie schüttelt den Kopf. „Nein, aber ich habe dieses … ich weiß nicht … angenehme Gefühl in deiner Nähe. Als würdest du mich an jemanden erinnern, den ich sehr gut kenne. Triffst du manchmal Leute, bei denen du das Gefühl hast, dass du sie in einem früheren Leben kanntest?"

„Ich weiß nicht, ob ich an frühere Leben glaube", antworte ich ehrlich. „Ich glaube, dass man sich mit manchen Leuten einfach gut versteht und mit anderen nicht. Du verstehst dich nur gut mit mir, weil ich so unglaublich charmant bin."

Sie rollt mit den Augen und lässt meine Hand los, wobei das Eis aus der Serviette fällt. Sie wirft mir einen ernsten Blick zu und sagt: „Ich hoffe, dir ist klar, dass ich mich nicht in einen bärtigen, rothaarigen Ritter in glänzender Rüstung verlieben werde."

Bei dieser Beschreibung muss ich lachen. „Oh, ich weiß! Wenn du nicht auf Marvs Charme hereinfällst, dann wirst du sicher auch nicht auf meinen hereinfallen." Ich streichle über mein Kinn. „Und das nennt man übrigens ,orangerot'."

Als sie kichert, sieht sie jung aus, was sie auch ist, aber wenn ich raten müsste, würde ich sagen, sie ist mindestens einundzwanzig.

„Ich würde deinen Bart nicht als orangerot bezeichnen

… eher wie eine dunkelrote Kidneybohne. Aber egal, ihr Rotschöpfe habt Glück, dass Prinz Harry euch wieder stylisch gemacht hat", sagt sie mit einem Grinsen, während sie auf ihrer Unterlippe kaut, was mich denken lässt, dass sie mit mir flirtet.

„Pffft", sage ich mit einem Augenrollen, während ich die Speisekarten hinter dem Serviettenspender hervorhole. „Rotschöpfe sind nie aus der Mode gekommen. Wir sind wie ein guter Wein, der nur ein bisschen reifen muss, bevor man ihn richtig genießen kann."

Ich reiche ihr die Speisekarte, halte mir meine vor das Gesicht und schaue sie darüber hinweg an, während sie ihre liest. Sie scheint auf jeden Fall gelassener zu sein als vorher, das ist schon mal gut. Aber sie ist eindeutig nicht der Outdoor-Typ, der sich in einem Angelladen herumtreibt. Sie sieht eher aus wie eine ehemalige Cheerleaderin oder eine Schönheitskönigin. Die Art, die alle zwei Wochen zur Maniküre geht, nicht die Art, die ihre Hand in einen Eimer mit kleinen Fischen stecken würde. Was zum Teufel macht sie dann hier?

Barb, die ältere Kellnerin, die immer arbeitet, unterbricht mein schamloses Glotzen. „Was kann ich euch beiden bringen?", fragt sie, während sie das Geschirr abräumt, den Tisch abwischt und uns frische Wassergläser gibt.

Nachdem ich mich von meinem Schreck erholt habe, bestelle ich einen Burger und Pommes. Das Mädchen nickt und bestellt dasselbe, wobei sie mich wieder einmal überrascht, indem sie keinen Salat bestellt.

Als Barb geht, beschließe ich, gleich zur Sache zu kommen. „Hör zu, was diese Arschlöcher vorhin gesagt haben, war totaler Schwachsinn. Aber ich muss dir sagen, dass du hier wirklich ein Fisch auf dem Trockenen bist", sage ich, wobei das Wortspiel beabsichtigt ist. „Was machst du hier?"

Sie sieht mich stirnrunzelnd an. „Warum bin ich ein Fisch auf dem Trockenen? Weil ich ein Mädchen bin und ein gewisses Aussehen habe?"

„Teilweise“, antworte ich mit einem entschuldigenden Achselzucken. „Tut mir leid, wenn das sexistisch ist, aber bei Marv's Bait and Tackle gibt es nicht viele Frauen, die so aussehen wie du. Barb ist das einzige Östrogen, das die Jungs hier bekommen, und ich bin mir ziemlich sicher, dass sie“, ich halte inne, um mir die Hand vor den Mund zu halten und zu flüstern, „,die Veränderung‘ schon hinter sich hat.“

Das Mädchen fängt an zu lachen und verdeckt ihr Gesicht, während ihre Wangen rot werden. „Du hast die Wechseljahre nicht gerade als ‚die Veränderung‘ bezeichnet!“

Ich ziehe den Kopf ein und schaue mich nervös um, falls uns jemand gehört hat. Für einen Mann ist es vielleicht nicht normal, darüber zu reden, aber ich habe letzten Sommer miterlebt, wie meine Mutter das durchgemacht hat, und ich weiß, wie sehr es eine Frau verändert. Vor allem, weil sie und meine Schwestern über alles reden, was mit ihren Körpern passiert. Ehrlich gesagt, habe ich einige wirklich unangenehme Gespräche über Slipeinlagen und Nachtschweiß mitgemacht. Das war alles sehr beunruhigend.

Aber die Jungs im Marv's sehen so ein heißblütiges Mädchen selten … eigentlich niemals, also ist es kein Wunder, dass sie einen Aufruhr verursacht hat. Ich lehne mich über den Tisch und spreche mit leiser Stimme. „Kein Grund, über Frauenprobleme zu schreien. Ich sage nur, dass die Jungs hier keine Mädchen gewohnt sind, und die Tatsache, dass du in diesen Stiefeln und hauchdünner Leggings hereinmarschiert bist, obwohl draußen verdammte fünfundvierzig Grad minus herrschen, bedeutet, dass du im Mittelpunkt der Aufmerksamkeit stehen wirst. Wenn du in dieser Aufmachung zum Eisfischen gehst, kannst du dir ernsthafte Frostbeulen holen, Sparky.“

Sie schnaubt. „Nun …, das ist meine Sorge …, nicht die von diesem Marv.“

„Marv ist ein beschützender alter Mann, der nur auf dich aufpassen wollte, weil du ein nettes Mädchen zu sein scheinst, wenn du dich nicht gerade auf Arschlöcher stürzt." Meine Hände verkrampfen sich auf dem Tisch, da sie aus irgendeinem Grund wieder die ihren berühren wollen.

„Mädchen?", schnaubt sie wieder, wobei sie lächelnd mit den Augen rollt. „Ich bin eine zweiundzwanzigjährige Hochschulabsolventin, klar? Ich denke, man kann mich getrost eine Frau nennen."

„Geht klar", antworte ich und halte meine Hände zurück. Ich weiß es besser, als mit einer Frau über ihre Bezeichnung zu sprechen. „Also, *Frau*, was willst du heute hier machen? Es ist klar, dass du noch nie in deinem Leben geangelt hast."

„Ich habe geangelt!", antwortet sie trotzig, die Miene zu einem finsteren Ausdruck verzogen. „Ich war nur noch nie Eisfischen."

Ich schüttle wissend den Kopf. „Okay …, nun, ich bin der Zweite, der dir sagt, dass Eisfischen ein ernsthafter Sport ist. Du kannst nicht einfach rausgehen und ein Loch finden. Man braucht einen Bohrer, eine Hütte und eine Wärmequelle. Richtige Kleidung. Hast du irgendetwas von diesen Dingen?"

„Nein", murmelt sie und fummelt mit den Fingern in ihrem Schoß herum.

„Warum hast du dann beschlossen, heute Eisfischen zu gehen?"

Sie lehnt sich an Tisch zurück und schaut an die Decke. „Du wirst lachen."

„Ich werde nicht lachen."

„Doch, das wirst du."

„Nur zu."

Sie seufzt schwer und faltet die Hände auf dem Tisch vor sich. „Ich bin auf einer Reise der Selbstfindung."

„Ganz und gar nicht das, was ich erwartet habe", stottere ich, denn verdammt, es ist die Wahrheit. Ich zerzauste die Haarsträhnen auf meinem Kopf, in dem Versuch, meine verwirrte Reaktion zu verbergen. „Und deine Selbstfindung hat dich ausgerechnet zu Marv geführt?"

„Mehr oder weniger." Sie zuckt mit den Schultern und lehnt sich dann mit dem winzigen Schimmer eines Lächelns vor. „Ich fuhr auf dem Highway, keine Musik, kein Telefon, kein gar nichts. Nur ich und meine Gedanken. Wusstest du, dass wir so abhängig von der Technologie und der Unterhaltung unseres Gehirns geworden sind, dass wir nie in unsere eigenen Gedanken versinken?"

„Oh ja, das wusste ich total."

„Wirklich?", ruft sie mit leuchtenden und aufgeregten Augen.

„Nein, ich habe keine verdammte Ahnung, wovon du redest", antworte ich trocken. Sie rollt genervt mit den Augen, und das macht mich vielleicht ein bisschen an.

„Nun, es wird zu einem großen Problem, weil unsere Gehirne keinen Zugang mehr zum tiefgründigen Denken haben. Nur dieser ganze oberflächliche Scheiß von sozialen Medien und sozialem, sozialem, sozialem Blödsinn", stottert sie und schüttelt dann den Kopf, um sich wieder zu konzentrieren. „Es ist wissenschaftlicher als das, aber du verstehst schon. Ich versuche also, auf diesen Teil meines Gehirns zuzugreifen, der durch die Technologie verloren gegangen ist, als ich hinüberschaue und dieses kleine Häuschen auf dem Eis sehe. Im Inneren leuchtet ein Licht, und aus einem kleinen Schornstein steigt Rauch auf. Es sah so friedlich aus. Wie etwas aus einem Magazin für tiefe Gedanken! Und ich dachte mir, so etwas brauche ich in meinem Leben."

„Dem kann ich nicht widersprechen", antworte ich, denn ehrlich gesagt verstehe ich es. Es hat etwas Friedliches, wenn man in einer kleinen Eishütte sitzt und um einen herum eisige Temperaturen herrschen. Man fühlt sich mit sich selbst verbunden – das klingt zwar total lahm, aber verdammt, es ist wahr.

„Also ja, ich möchte Eisfischen lernen", sagt sie mit ernstem

Blick. „Oder ein paar Outdoor-Abenteuer erleben, damit ich vielleicht, nur vielleicht, eine bessere Version von mir selbst finden kann."

Bei dieser letzten Bemerkung runzle ich die Stirn. „Wie kommst du darauf, dass diese Version nicht gut genug ist?"

Sie breitet ihre Hände auf dem Tisch aus und schüttelt langsam den Kopf, während ihre Augen die ganze Zeit über niedergeschlagen sind. „Eine Menge Dinge. Zu viele, um sie aufzuzählen. Aber in der Pension, in der ich wohne, lag ein Prospekt von Marv's Bait and Tackle aus, also bin ich hier. Ich hatte angenommen, dass Marv hilfsbereiter sein würde, als er es war. In der Broschüre stand, Marv sei ein berühmter Fischflüsterer oder so etwas, dachte ich."

Ich verkneife mir ein Lachen. „Ich glaube nicht, dass es so etwas wie einen Fischflüsterer gibt …, aber ja, Marv kennt sich aus. Er ist ein Profi. Aber du bist genau zu Beginn der Eisangelsaison gekommen, also will jeder dieses Wochenende mit Marv reden. Er ist wie der Buddha, dessen Bauch alle reiben wollen, damit wir die besten Stellen zum Angeln finden können."

„Ist das der Grund, warum der Köderbereich voller wartender Arschlöcher ist?", fragt sie und blickt sich im Restaurant um.

„Sie sind nicht alle Arschlöcher", korrigiere ich.

Sie rollt mit den Augen. „Anwesende ausgeschlossen …, anscheinend."

„Anscheinend?" Ich ziehe eine Augenbraue hoch.

„Nun, ich habe dich gerade erst kennengelernt und gesehen, wie du einen Kerl k. o. geschlagen hast, also kann ich nicht genau sagen, ob du einer von denen bist oder nicht." Sie sieht mich mit einem amüsierten Gesichtsausdruck an, der mich glauben lässt, dass sie einen Scherz macht. Doch irgendwie bin ich mir da nicht ganz sicher.

Ich nicke langsam und lecke mir die Lippen. „Wie wäre es, wenn wir uns vorstellen, bevor wir urteilen? Wie heißt du?"

„Meine Freunde nennen mich Maggie", antwortet sie achselzuckend.

„Nun, Maggie, ich bin Sam … und werde dir beweisen, dass ich kein prügelndes Arschloch bin, indem ich dir anbiete, heute Nachmittag dein Eisangelführer zu sein." Ich lächle und reiche ihr meine Hand, woraufhin ihr antwortender Gesichtsausdruck ihr ganzes Gesicht erhellt.

„Ernsthaft?", fragt sie mit hoher, aufgeregter Stimme, während sie ihre langen, schlanken Finger in meine gleiten lässt.

Ich nicke und schlucke langsam. „Ernsthaft. Und bevor du dir Sorgen machst, weil du allein mit mir in der Wildnis unterwegs bist, werde ich dich Marv vorstellen, damit er für mich bürgen kann. Er kennt mich seit meiner Kindheit, und ich habe gelegentlich als Angelführer für ihn gearbeitet. Du kannst seiner Einschätzung von mir vertrauen."

Sie sieht mich mit einem bezaubernden Lächeln an, von dem ich weiß, dass es mir etwas zu sehr gefällt. „Du hast an alles gedacht, nicht wahr?"

„Tja, wenn du auf einer Reise der Selbstfindung bist, brauchst du keine Hindernisse, die dir im Weg stehen." Ich halte inne und lasse meinen Blick auf ihre Brust gleiten. „Oh, und du hast hoffentlich eine Kreditkarte dabei, denn du wirst heute sehr teure Ausrüstung kaufen müssen."

Vor Aufregung quietschend nickt sie eifrig, als Barb mit unseren Burgern ankommt. „Und du solltest das alles essen. Du wirst Nahrung brauchen, damit es dir da draußen nicht kalt wird."

Sie leckt sich über die Lippen und schiebt sich eine Pommes in den Mund. „Ich kann es kaum erwarten."

Ich schenke ihr ein zweifelndes Lächeln, denn ich bin mir sicher, dass sie keine Ahnung hat, worauf sie sich einlässt …, und ich vielleicht auch nicht.

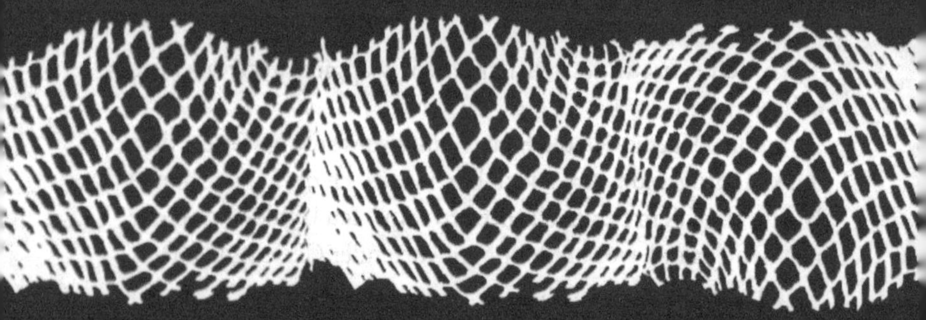

KAPITEL 2

Eisbrecher

Maggie

Sam ist eine interessante und unerwartete Wendung in meinem Tag. Oh, wem mache ich etwas vor? Nichts an diesem Tag habe ich erwartet. Sam ist an diesem Punkt also völlig typisch. Aber wenn ich mir einen Mann aussuchen müsste, der mich rettet, hätte ich niemals diesen Kerl gewählt.

Er bietet keineswegs einen unangenehmen Anblick. Er hat sogar etwas an sich, das ich nicht genau benennen kann. Sein Haar ist nicht ganz rot, eher aschblond mit rötlichen Strähnen. Und es ist auf diese zerzauste „Ich bin gerade aufgestanden und habe eine Strickmütze aufgesetzt"-Art geschnitten. Sein Bart ist frisch gestutzt, aber lang genug, um seine dunkle, kastanienbraune Färbung zu zeigen.

Und wenn ich ihn objektiv betrachte, hat er eindeutig einen anständigen Körper. Als er mich bei der Taille packte, spürte ich, wie fest er unter den Winterschichten war. Er ist groß und breitschultrig, und seine Brust und sein Bizeps füllen das weiße Thermohemd wirklich gut aus. Irgendetwas sagt mir, dass sein Training eher daraus besteht, sein eigenes

Feuerholz zu hacken und seine Auffahrt freizuschaufeln, anstatt mit einem Personal Trainer Kniebeugen im Fitnessstudio zu machen.

Dennoch hätte ich nicht gedacht, dass er der Typ ist, der in einer Krise das Kommando übernimmt, daher bin ich angenehm überrascht. Ich frage mich, wie alt er ist. Nach den Lachfalten um seine Augen und der Falte zwischen den Brauen zu urteilen, ist er mir gut fünf Jahre voraus. Wahrscheinlich verbringt er seine ganze Zeit draußen in der Sonne. Ich könnte ihn mir gut als Rancharbeiter auf einer Farm vorstellen. Wie ein Cowboy, der eine Baseballkappe trägt.

Aber wie gesagt, er ist nicht gut aussehend im herkömmlichen Sinne. Dennoch passiert etwas Interessantes, wenn er lächelt. Es ist wie dieses schüchterne Grinsen, das ihn sofort in Verlegenheit bringt, wenn es sich auf seinem Gesicht ausbreitet. Er schaut dann sogar weg. Es ist irgendwie sexy.

Aber das spielt keine Rolle, denn er ist definitiv nicht mein Typ. Er ist nur jemand, der sich in einer Zeit, in der ich einen Freund gebrauchen kann, als sehr hilfreich erweist. Denn niemand darf wissen, dass ich hier bin. Niemand darf wissen, was in meinem Leben gerade vor sich geht. Ich möchte, dass die Dinge so aussehen, als wären sie ganz normal, und dieser Typ könnte mir helfen, die Zeit zu überbrücken.

Marv gibt mir das Gütesiegel, dass Sam mein Angelführer sein kann, und so mache ich das Beste aus diesem Meet Cute im Warteraum des Angelladens. Nicht dass dies ein richtiges „Meet Cute" wäre. Ein Meet Cute zwischen einem Paar beinhaltet Gefühle während des Treffens. Eine Anziehungskraft. Ein sofortiger Funke oder sogar Liebe auf den ersten Blick – zumindest wird es in den Liebesromanen, die ich gelesen habe, so dargestellt.

Mit Sam ist es nur ein freundlicher Austausch von Dienstleistungen ohne jeglichen Funken. Als er mich durch den Einkaufsbereich führt, um mit mir Schneeanzüge anzusehen, muss ich natürlich objektiv betrachtet die Größe seiner Statur einschätzen, die einfach robust und solide wirkt. Wenn er durch den Raum geht, empfindet man das Bedürfnis, ihm entweder aus dem Weg zu gehen oder sich an seinen Arm zu klammern. Und seine Augen strahlen diese warme, lächelnde Zuneigung aus, als wäre er ein Mann, der sich nur wenige Sorgen macht. Das gefällt mir. Es fühlt sich sicher an. Aber zum Glück schätze ich es nur platonisch, dass er zur richtigen Zeit am richtigen Ort ist.

Ran ans Eisfischen!

Ich reiße den zerlumpten Duschvorhang auf, den Marv als Umkleidekabine bezeichnet, und drehe mich für Sam im Kreis, der, wie ich verspätet feststelle, buchstäblich auf der Holzbank an der Wand nebenan eingeschlafen ist. Sein Kopf ist gegen eine Korkplatte gelehnt und sein Mund steht offen, während er tief ein- und ausatmet.

Das nenne ich mal antiklimaktisch.

Er hat mich mit einem Haufen Klamotten reingeschickt, als wäre ich Julia Roberts aus *Pretty Woman* auf Einkaufstour, und ich schätze, ich habe einfach erwartet, dass er applaudiert oder so, wenn ich rauskomme. Vielleicht ein wenig Starren. Aber nein, Mr. Angler schläft mit sperrangelweit offenem Mund, dass ich seine Backenzähne sehen kann!

Ich stapfe in meinen neuen Schneestiefeln zu ihm hinüber und klatsche meine Silikonhandschuhe vor seinem Gesicht zusammen. Er springt von seinem Stuhl auf und stößt einen seltsam erstickten Schrei aus. „Er hat gesagt, wir können hier angeln!"

„Was zum Teufel?", rufe ich und halte mir den Mund zu, während ich kichere. „Hast du geträumt?"

„Weck mich nicht so auf", knurrt er und fährt sich mit der Hand durch den Bart, um sich den Sabber abzuwischen.

„Woher soll ich denn wissen, wie ich dich wecken soll? Ich habe dich gerade erst kennengelernt!"

„Vielleicht wie ein normaler, funktionierender Mensch."

„Vielleicht solltest du aufhören, an öffentlichen Plätzen einzuschlafen, Opa."

Bei diesem letzten Wort runzelt er die Stirn. „Na, verdammt, du hast dich über zwanzig Minuten lang umgezogen. Mir wurde langweilig."

„Versuch du mal, dieses Zeug anzuziehen! Das ist nicht einfach, und ich kann mich darin kaum bewegen." Ich stemme die Hände in die Hüften und spreize die Beine, um zu testen, wie viel Spielraum ich in diesem riesigen rot-weißen Schneeanzug habe. Es ist nicht viel.

Sam betrachtet mich schließlich und nickt nachdenklich. „Du siehst aber gut vorbereitet aus. Das ist eine angemessene Kleidung für den Wintersport." Er richtet sich zu seiner vollen Größe auf und überragt mich um gut zwölf Zentimeter, was viel heißt, denn ich bin eins fünfundsiebzig. Er streckt die Hand aus und schnippt den großen roten Bommel oben auf meiner Mütze.

„Sehe ich aus wie eine Anglerin?", frage ich, wobei ich mein strahlendes Lächeln nicht verbergen kann.

„Auf jeden Fall." Er nickt und schaut mit einem interessanten Blick, den ich nicht recht einordnen kann, an meinem Körper herunter.

„Hast du vor einer Sekunde ernsthaft davon geträumt, zu angeln?", frage ich, begleitet von einem weiteren Kichern.

„Nein", blafft er stirnrunzelnd. Er dreht sich auf dem Absatz um und ruft über die Schulter: „Gehen wir ... wir verlieren Tageslicht."

Ich setze mich in Bewegung, um ihm zu folgen, und halte dann inne. Er dreht sich um, als er mich nicht hinter sich hört. „Was ist los?"

Mein Gesicht verzieht sich vor Schreck. „Ich muss pinkeln."

Zwölfeinhalb Minuten später bin ich wieder angezogen, habe meinen Angelschein und meine Ausrüstung gekauft und sehe mich draußen nach Sams Pick-up um. Bärtige Männer fahren doch immer Pick-ups, oder? Er ist wie der rothaarige Brawny Man, um Himmels willen, ein Mann voller Kraft und Muskeln. Ehrlich gesagt wäre ich nicht überrascht, wenn er einen Abschleppwagen fahren würde.

„Wo ist dein Pick-up?", frage ich, während mein Atem in einer Wolke vor meinen Lippen schwebt, als ich Sam an die Seite des Angelladens gelehnt vorfinde.

„Kein Pick-up", antwortet er und zeigt auf den Parkplatz hinter mir.

Ich drehe mich um. „Oh mein Gott, ein Schneemobil? Bonus!" Ich stapfe über den festgefahrenen Schnee, werfe mein Bein ungeschickt über den Sitz und steige auf. Ich greife nach dem Lenker und lächle ihn an. „Fährst du damit auch auf dem Eis?"

Er nickt und schreitet zur Rückseite des Schlittens. „Das ist viel sicherer als ein Pick-up." Er überprüft noch einmal die Gegenstände, die er hinten auf der Bank festgeschnallt hat, und richtet sich dann auf, um mich zu mustern. „Das ist deine letzte Chance, auszusteigen. Du spürst doch, wie kalt es ist, oder?"

„Ich mache keinen Rückzieher!", rufe ich und halte mich noch fester an den Griffen fest, während ich mir vorstelle, wie wir über einen zugefrorenen See gleiten. Was für eine Freiheit, was für ein Rausch! Klare Luft und glattes, kaltes Eis. Ich beiße mir auf die Lippe und schaue über meine Schulter zu Sam. „Darf ich fahren?"

„Scheiße, nein", antwortet er und reicht mir einen glänzenden schwarzen Helm, von dem er gerade das Etikett abgerissen hat.

„Hast du den gerade gekauft?", frage ich und schaue auf den offensichtlich nagelneuen Helm hinunter.

Er nickt. „Während du dich neunzehn Stunden lang umgezogen hast."

„War das vor oder nach deinem Opa-Nickerchen?", murmle ich, während ich meine Mütze abziehe und sie durch den Helm ersetze. Meine Stimme ist gedämpft, als ich stolz sage: „Jetzt fühle ich mich wirklich wie eine Anglerin."

„Du brauchst keinen Helm, um dort zu angeln, Sparky", sagt er und befiehlt mir wortlos mit dem Daumen, auf der Bank nach hinten zu rutschen, während er vor mir aufsteigt.

Sofort schlinge ich meine Arme um seine Taille. Dieses seltsame Gefühl der Geborgenheit bei Sam ist interessant und lästig zugleich, denn ich kann es nicht genau benennen. Ich bin mir sicher, dass er mich an jemanden erinnert, den ich kenne, aber ich komme nicht darauf, wer es ist. Hoffentlich fällt es mir beim Eisfischen ein.

Sam lässt den Motor an, und ein paar Sekunden später starten wir zu unserem Abenteuer. Er lenkt uns in Gräben und fährt über verschiedene schneebedeckte Straßen, bis wir einen ruhigen Wald mit mehreren anderen Schneemobilspuren erreichen. Unterwegs überholen wir sogar andere Gruppen, und ich komme nicht umhin, über diese ganz andere Kultur der Gesellschaft hier draußen zu staunen. Outdoor-Typen, die sich auf der Suche nach dem nächsten Nervenkitzel ihren Weg durch die Wälder bahnen. Es ist berauschend!

Etwa fünfzehn Minuten später sind meine Wangen in meinem Helm gefroren, als wir am Boulder Junction Lake vorbeifahren, der voll von anderen Eisfischern ist. Zuerst dachte ich, wir würden dorthin fahren, aber Sam ist daran vorbei, da er offensichtlich etwas weiß, das sie nicht wissen.

Wir landen am Partridge Lake, der viel kleiner ist als der, an dem wir vorbeigefahren sind, und der abgelegener ist, weil er von schneebedeckten Bäumen umgeben ist. Ein einzelnes, einsames Häuschen steht bereits auf dem Eis, aus dem eine Rauchwolke aufsteigt. Es ist wie eine Postkarte und genau das, was mich dazu inspiriert hat, das hier auszuprobieren.

Ich quietsche vor Aufregung, als Sam eine schneebedeckte Bootsrampe hinuntersteuert und wir auf das offene Eis stoßen. Dieser ganze Tag war bereits zehnmal aufregender, als ich es mir je hätte vorstellen können, was ich nach dem Weihnachtsfest, das ich hatte, sehr zu schätzen weiß. Vor zwei Tagen hätte ich eigentlich in einem Flugzeug an die Ostküste sitzen sollen, aber irgendwie bin ich hier in Boulder gelandet. Das Leben ist manchmal komisch.

Als Sam die gewünschte Stelle gefunden hat, hält er das Schneemobil an und stellt den Motor ab. „Bist du bereit zu helfen, Sparky?", fragt er, während er seinen Helm abnimmt, vom Schneemobil absteigt und seine Strickmütze so zurechtrückt, dass nur ein winziges Stück seines rotblonden Haars darunter hervorschaut.

Ich lächle über seinen Spitznamen für mich, der mir nur bestätigt, dass ich ihn in einem früheren Leben gekannt haben muss. Wir beginnen mit dem Aufbau des Lagers, und Sam führt mich durch den gesamten Prozess. Sein Angelunterschlupf ist ein kleines, würfelförmiges Pop-up-Zelt, das aus einem isolierten, dicken Nylonmaterial und dessen Rahmen aus zusammenklappbaren Zeltstangen besteht. An den Seiten befinden sich zwei Plastikfenster und zwei Klappen an der Oberseite, die für eine Art Luftzirkulation sorgen.

Ich muss zugeben, dass ich erleichtert seufze, als er erwähnt, dass die Klappen für die Heizung sind, denn verdammt, meine Nippel könnten jetzt Glas schneiden. Aber auf gar keinen Fall werde ich Sam sagen, dass mir kalt ist. Ich werde heute nicht die gewöhnliche Maggie sein. Ich werde die abenteuerliche Maggie sein. Allerdings ärgere ich mich immer noch, dass ich nicht in Thermounterwäsche für meinen zweihundert Dollar teuren Schneeanzug investiert habe. Ein Anfängerfehler, der mir nicht wieder passieren wird!

Ich bin auf Händen und Knien dabei, Schnee für das Zelt vom Eis zu kehren, als Sam mit einem riesigen, furchterregend aussehenden Bohrer rüberkommt. Ich beobachte, wie er die scharfe Spitze auf dem Eis positioniert.

„Das Ding sieht ja brutal aus", stelle ich fest und schaue fasziniert zu.

„Willst du es versuchen?", fragt er und schaut mich über die Schulter an.

„Ja!", rufe ich und falle fast hin, als ich zu ihm hinübereilen will.

Er stellt sich hinter mich und positioniert meine Hände dort, wo sie für den Handkurbel-Eisbohrer sein müssen. Sein Körper fühlt sich warm an meinem an, als er sich an mich drückt, aber ich ignoriere diese Annehmlichkeit, denn bei diesem Ausflug geht es nicht um Männerjagd. Hier geht es um das Entgewöhnlichen. Das ist doch ein Ding, oder? Ein Verb? Wenn nicht, mache ich es zu einem. Ich entgewöhnliche mich selbst, und das bedeutet anscheinend, eine Eisanglerin zu werden. Was auch bedeutet, dass ich mich nicht zum ersten Angler hingezogen fühlen kann, der mir unter die Augen kommt.

Sam hilft mir, die Kurbel zu betätigen, und wir bohren eine gefühlte Ewigkeit lang ein kleines Fünfzehn-Zentimeter-Loch durch das Eis. Aber als er schließlich in das arktische Wasser darunter eintaucht, kann ich nicht anders, als ein immenses Gefühl der Erfüllung zu verspüren.

Ich fange an, das matschige Eis aus dem Loch zu schöpfen, während Sam schnell zwei weitere Löcher bohrt. Sobald wir sie fertig haben, stellen wir das Zelt über den freigewordenen Platz und schieben Schnee um die unteren Kanten, um es abzudichten. Er öffnet den Reißverschluss der Tür und reicht mir Dinge, die ich noch nie in meinem Leben gesehen habe. Wenigstens erkenne ich die Gasheizung! Ein Punkt für die übliche Maggie.

Sam arbeitet leise im Inneren der Hütte, auf die Knie gestützt, mit konzentriertem Blick, während er etwas in das mittlere Loch steckt und einen Videomonitor anschließt.

„Heilige Scheiße, ist das eine Videokamera?", rufe ich aus, lasse mich neben ihm auf die Knie fallen und sehe etwas im Wasser schwanken. „War das ein etwa Fisch?"

Er gluckst. „Ja, das war ein Fisch, und ja, das ist ein Video-Fischortungsgerät. Mein Bohrer ist klein, man kann also nicht sehen, was da unten vor sich geht. Und dieser See ist an manchen Stellen fast dreißig Meter tief, also braucht man das, um zu sehen, was unter dem Eis vor sich geht."

„Faszinierend", sage ich mit einem Seufzer. Weil es so ist.

Als Nächstes baut er zwei Angelruten auf, von denen eine die brandneue ist, die ich gerade von Marv gekauft habe. Ich hätte das heute auf keinen Fall allein machen können. Sam macht spezielle Knoten und so einen Scheiß, und ich war als Kind nicht mal Pfadfinderin! Ich war … eine Cheerleaderin. Und die Cheerleadergruppe hat mich nicht im Geringsten auf die heutigen Ereignisse vorbereitet.

Sam nimmt ein Streichholz und zündet endlich die Heizung an. Sobald die Wärme meine gefrorene Nasenspitze berührt, möchte ich ihn küssen. Na ja, vielleicht nicht küssen, aber ihm ausgiebig danken. Aber mal ehrlich, unter normalen Umständen und wenn ich mit einem Freund angeln würde und nicht mit einem völlig Fremden, wäre diese herrliche Wärme sexuelle Gefälligkeiten wert.

Er stellt zwei kleine Hocker für uns auf, und in Sekundenschnelle sitzen wir Schulter an Schulter mit unseren Angeln am eiskalten Wasser.

Dann beginnt es.

Das … Eisfischen.

Was, wie mir jetzt klar wird, überwiegend daraus besteht, schweigend dazusitzen und auf ein Loch zu starren.

Machen Kerle das wirklich zum Spaß?

Ich schüttle den Kopf und zwinge mich, den Augenblick zu genießen und mich an der Natur um mich herum zu erfreuen. Ich muss mir erlauben, ein wenig nachzudenken und mich zur Abwechslung auf etwas Neues und Anderes einzulassen.

Also warte ich.

Und warte.

Und warte.

Ich schaue auf meine Uhr und bin entsetzt, als ich sehe, dass erst vier Minuten vergangen sind. Es fühlt sich an, als wären wir schon mindestens eine Stunde dabei. Ist meine Uhr kaputt?

Weitere Minuten vergehen.

Oder sind es Sekunden?

Gibt es hier auf dem See eine seltsame Zeitverschiebung, in der sich alles verlangsamt? Und verdammt noch mal, warum ist es so still? Diese Stille ist unerträglich. Alles, was ich höre, ist der kalte Wind draußen und ab und zu das leise Knistern der Gasheizung. Keine Stadt- oder Verkehrsgeräusche …, nichts!

Wir sind ganz allein hier draußen. Das einzige andere Eishäuschen ist auf der anderen Seite des Sees und würde meine Schreie wegen des Windes wahrscheinlich nicht einmal hören.

„Lass etwas …“

„Ahh!“, schreie ich, und meine Augen weiten sich vor Entsetzen, als ich merke, dass Sams Stimme mich gerade wie das dumme Mädchen in allen Horrorfilmen hat zusammenzucken lassen.

„Verdammt noch mal, was ist los?“, fragt Sam und dreht sich um, um mich besorgt anzustarren.

Ich schüttle energisch den Kopf. „Nichts.“

„Du schreist so, wenn nichts los ist?“, fragt er. Ich spüre seine Augen auf mir, aber ich bringe es nicht über mich, ihn anzusehen.

„Deine Stimme hat mich gerade … überrascht", zwitschere ich.

Er starrt mich jetzt an. Er starrt mich auf diese stille, einfache Art an, die er hat. „Hast du gerade tiefgründig nachgedacht, Sparky?"

„Nein", erwidere ich, und dann heben sich meine Augenbrauen. „Oder vielleicht habe ich es doch getan!" Ich sehe ihn mit großen, aufgeregten Augen an. „Ich meine, meine Fantasie hat sich ganz schön ausgetobt. Meinst du, das ist tiefgründiges Denken?"

„Ich habe keine verdammte Ahnung", antwortet Sam lachend und schüttelt den Kopf. „Aber ich weiß, dass solches Geschrei alle Fische verscheuchen wird …, also solltest du vielleicht versuchen, dein tiefgründiges Denken etwas flacher zu halten."

Ich lächle über diese Bemerkung, denn wenigstens hat er mir nicht vorgeworfen, ich sei gewöhnlich. Nach einem weiteren Moment des Schweigens frage ich schließlich: „Das ist es also?"

Sam rüttelt ein wenig an der Angel, damit mehr ins Loch fällt. „Das ist es."

„Du … sitzt einfach hier draußen und wartest?"

Er nickt. „Sie werden kommen."

„Woher weißt du das?"

„Ich weiß es nicht …, Marv weiß es. Wenn Marv sagt, dass sie kommen, dann kommen sie auch."

„Ist das wie ein *Feld der Träume*-Anglermoment oder so?", frage ich neugierig und senke dann das Timbre meiner Stimme, damit sie tief und gefühlvoll klingt. „Wenn du es angelst, werden sie kommen."

Sam sieht mich mit einem amüsierten Funkeln in den Augen an. Er leckt sich über die Lippen, als wolle er etwas sagen, wendet sich dann aber genauso schnell wieder seiner Angel zu und schweigt. Er ist so gut im Schweigen.

Ich atme schwer aus und versuche herauszufinden, warum

ich nicht gut im Schweigen bin. Ich wollte hierherkommen, um mit meinen Gedanken allein zu sein und nachzudenken, also sollte ich die Stille nicht auf diese Weise ausfüllen müssen. Was sagt das über mich aus?

„Ein schönes kaltes Glas Chardonnay wäre jetzt wirklich gut. Ich bin sicher, die meisten Angler trinken Bier, aber ich hasse Bier, und ich sehe nicht ein, warum man nicht auch Wein trinken kann. Es ist kein anspruchsvolles Getränk, wie manche Leute denken. An einer Tankstelle in der Nähe meines Elternhauses gibt es einen wirklich guten Chardonnay, drei Stück für zehn Dollar. Und er hat einen Drehverschluss, sodass man ihn direkt aus der Flasche trinken kann, wenn man will! Und so kühl wie es hier draußen ist? Du brauchst nicht mal einen Flaschenkühler. Stopfe sie einfach in etwas Schnee, und du bist fertig. Ich finde, Wein sollte das offizielle Getränk des Eisfischens sein!“

Ich lache unbeholfen und wende beschämt mein Gesicht von Sam ab. Mein dummes Geschwätz muss sofort aufhören. Vielleicht hilft es mir, die Klappe zu halten, wenn ich die Aufmerksamkeit auf Sam richte.

„Warum magst du Eisfischen so sehr, Sam?“, frage ich zu ihm gedreht.

„Hasst du es schon jetzt?“, antwortet er grinsend.

„Nein!“, rufe ich abwehrend. „Ich versuche nur, mehr über den Reiz zu erfahren, das ist alles.“

Er zuckt mit den Schultern. „Ich bin mit meinem Vater beim Eisfischen aufgewachsen. Ich war der einzige Sohn, also war das unsere Art, dem ganzen Östrogen in unserem Haus zu entkommen.“

„Kommt dein Vater immer noch mit dir hier raus?“

Er hält inne und runzelt für einen Moment die Stirn. „Nein, das tut er nicht.“

Oookay, denke ich bei mir. Offensichtlich will er dieses

Thema nicht weiter vertiefen. „Kommen deine Schwestern manchmal mit dir hierher?"

Er schüttelt lachend den Kopf. „Ganz bestimmt nicht. Das ist überhaupt nicht ihr Ding."

Plötzlich werden Sams Augen groß, und ich folge seinem Blick auf den Videomonitor. „Bei dir beißt einer an, Maggie."

„Wirklich?", quieke ich. Meine Hände drücken meine Angel so fest, dass ich das Gefühl habe, ich könnte das dünne Metall zerbrechen.

„Schhh, ganz ruhig bleiben … beobachten."

Der Fisch stürzt sich einmal auf meine Angel, und ein Stück des Köders schwimmt davon, als hätte er nur eine Kostprobe genommen. Dann kommt er zurück, öffnet sein Maul weit und …

„Setz ihn!", ruft Sam laut aus.

„Was setzen?", rufe ich zurück.

„Den Haken!"

„Was?", rufe ich, völlig verwirrt. „Wovon redest du?"

Sam lässt seine Angel fallen und legt schnell seine Arme um mich, wobei er seinen Körper an mich schmiegt. „Du musst den Haken im Maul des Fisches setzen. Gib der Angel einfach einen kräftigen Ruck."

Er reißt die Angel nach oben, und gleich darauf spüre ich, wie ein schweres Gewicht die Spitze nach unten zieht. „Heiliger Strohsack, ist das ein großer Fisch?"

Sams warmer Atem kitzelt mich an der Wange, als er lacht. „Es fühlt sich so an."

„Wahnsinn!", quieke ich, weil ich nicht anders kann. Das ist alles so aufregend.

Sam hilft mir dabei, den Fisch an die Oberfläche zu bringen. Er ist tief unten, also muss ich die Angel hochziehen, einholen und dann wieder hochziehen. Es fühlt sich an, als würde es ewig dauern, aber als der Fisch endlich nahe an der Oberfläche ist, sehe ich, wie er direkt unter dem Loch durchdreht.

„Meinst du, du kannst ihn mit den Händen greifen?", fragt er mit atemloser und aufgeregter Stimme, genau wie meine.

„Klar!", rufe ich, beiße in die Fingerspitzen meiner Handschuhe und ziehe sie mir von den Händen.

Sam schaut einen Moment verdutzt, schüttelt dann aber seine Überraschung ab und greift mit der Hand nach der Leine. Der Fisch hält einen Moment lang inne, und während er ihn schnell durch das Loch zieht, sagt er: „Greif ihn genau in der offenen Kieme dort."

Ich tue es.

Ich denke nicht nach. Ich … tue es einfach.

Er ist eiskalt, nass und ein bisschen scharfkantig, aber ich halte diesen großen, zappelnden Fisch in meiner bloßen Hand. Verdammt noch mal, ich halte einen Fisch! Ich quietsche vor Freude und grinse von einem Ohr zum anderen, während Sam mich mit einem ebenso erfreuten Gesichtsausdruck beobachtet.

„Das ist echt cool. Ich kann nicht glauben, dass ich gerade einen Fisch in der Hand halte."

Er lacht schallend. „Ehrlich gesagt, ich auch nicht."

„Richtig?", rufe ich aus und wackle mit den Augenbrauen. „Was soll ich jetzt damit machen?"

Sam zuckt mit den Schultern. „Willst du ihn freilassen oder essen?"

„Freilassen", antworte ich sofort. „Auf jeden Fall freilassen."

Sam nimmt mir den Fisch aus der Hand und zieht vorsichtig den Haken aus seinem Maul. Es sieht wie ein starker Fisch aus. Wie ein Fisch, der wahrscheinlich sein ganzes Leben im Griff hatte, bevor dieser Haken aus dem Nichts kam und ihn völlig aus dem Konzept brachte.

Ich kenne dieses Gefühl.

Ich kenne das Gefühl der Zufriedenheit nur zu gut, wenn man sich seines nächsten Schrittes sicher ist. Wenn man das Gefühl hat, die perfekte Treppe hinaufzusteigen, aber dann plötzlich jemand aus dem Nichts kommt und einen zurückstößt.

Sam sieht mich mit ernsten Augen an. „Es ist dein Fang, also musst du ihn auch wieder freilassen. Greife ihn einfach mit beiden Händen hier am Schwanz und tauche ihn halb ins Wasser. Pass auf seine Rückenflosse auf, sie ist scharf. Warte, bis er dir aus der Hand schwimmt, okay? Lass ihn nicht einfach wieder rein, wenn er nicht bereit zu sein scheint. Er muss von allein losschwimmen."

Guter Gott. Die Metaphern in meinem Kopf sind völlig außer Kontrolle!

Ich nicke langsam und halte die schleimigen Schuppen des Fisches fest, während ich seinen Kopf ins Wasser tauche. Es dauert eine Minute – der arme Kerl muss immer noch unter Schock stehen – bis er anfängt, sich in meinen Händen zu winden und heftig mit dem Schwanz zu schlagen, während ich ihn verzweifelt festhalte.

Ich schaue Sam zur Bestätigung an. Als er zustimmend nickt … lasse ich Flipper los. Okay, ich weiß, ich habe keinen Delfin gefangen. Neuer Versuch.

Ich lasse Nemo los.

Moment, ich glaube, da ich mich gerade etwas verloren fühle, müsste dieser Fisch eigentlich Dorie heißen.

Ich lasse Dorie los.

Ich sehe ihr auf dem Videomonitor zu, wie sie davonschwimmt, als hinge ihr Leben davon ab …, denn seien wir ehrlich, das tut es auch. Sie lebte ihr bestes Leben, wurde von einem leckeren Köder an den Haken genommen, der gut schmecken und ihren Bauch voll und zufrieden machen sollte, und dann wurde sie von einem rechten Haken völlig aus der Bahn geworfen.

Dorie ist mein Seelentier.

Adrenalin schießt durch mich hindurch, als ich sehe, wie sie schnell und frei schwimmt. Wie ein prächtiges Geschöpf, das sich durch nichts aufhalten lässt.

Ich höre Sam sagen: „Das war eine schöne, starke

Freilassung. Du willst, dass sie dir wirklich aus der Hand gleiten, denn dann weißt du, dass sie das nächste Mal überleben werden."

„Das nächste Mal?", frage ich, da mein Rausch so laut in meinem Kopf brummt, dass ich seine Worte kaum wahrnehmen kann.

Er zuckt mit den Schultern. „Das nächste Mal, wenn sie gefangen werden."

„Wieder gefangen", wiederhole ich für mich, denn das Leben eines Fisches ist tragisch und schön zugleich. Schön, weil sie Momente der völligen Freiheit erleben. Momente, in denen sie den Köder aufnehmen und einen neuen Teil der Welt sehen. Und Momente, in denen sie freigelassen werden und ihr Leben leben dürfen. Aber tragisch, weil sie letztlich der Gnade eines Anglers ausgeliefert sind. Jemandem, der sie fängt und wieder freilässt. Oder schlimmer noch, sie aufisst, bis nichts mehr von ihnen übrig ist.

Ich schlucke gegen die wachsende Schwere in meinem Bauch an, weil ich nicht verzehrt werden will. Ich werde nicht gefangen werden. In dieser Hütte, in diesem Moment, bin ich kein Fisch. Ich bin nicht Dorie, die auf den Köder wartet. Ich bin eine Anglerin und nehme mir, was ich will.

Was dann passiert, kann man nur als außerkörperliche Erfahrung oder dämonische Besessenheit bezeichnen, denn es ist so anders als alles, was ich je zuvor gemacht habe. Und als ich merke, dass meine Lippen auf denen von Sam liegen, habe ich keine andere Wahl, als mich darauf einzulassen.

Sam stöhnt, als mein Körper mit der Anmut eines zappelnden Fisches gegen seinen prallt. Oder ein Mädchen in einer Angelhütte ist vielleicht eine passendere Analogie für diese spezielle Szene. Wie auch immer, es ist eine fremde körperliche Bewegung für mich, denn ich habe noch nie den ersten Schritt bei einem Mann gemacht, schon gar nicht in einem dicken Schneeanzug.

Sams Bart ist rau an meinem Mund, als ich nach dem Revers seiner Jacke greife und den Kopf in den Nacken lege, um meine Lippen auf die seinen zu pressen. Als er merkt, was passiert, wird er für einen Moment steif wie ein Brett, und ich befürchte, dass er mich fischen und zurück in die Wildnis entlassen wird.

Doch dann sinken seine Schultern. Seine Hand lässt die Angelrute los, die er gerade wieder aufrichten wollte, und legt sich fest um meine Taille, während er mich auf die Knie zieht. Jetzt knien wir beide voreinander und knutschen wie zwei Forellenbarsche auf dem Grund des Sees. Unsere mit einem Schneeanzug bedeckten Körper sind aneinandergepresst, der dicke Stoff reibt an all meinen empfindlichen Nervenenden, die durch diese überraschende und unerwartete Umarmung zum Leben erwacht sind. Sams Zunge öffnet meine Lippen und dringt mit einem unerschütterlichen Vertrauen in mein Inneres ein, das er mich spüren lassen will. Und Mann, ich fühle es. Ich glaube, ich wimmere sogar ein wenig, als er seine Handschuhe auszieht und seine warmen, trockenen Hände mein Gesicht berühren. Seine Handflächen sind rau, aber seine Berührung ist zart, als seine Daumen meine Wangenknochen streicheln.

Ich habe vielleicht mit dem Kuss angefangen, aber jetzt hat er die Kontrolle übernommen, und seine geschickten Berührungen geben mir das Gefühl, eine unerfahrene Jugendliche zu sein, die noch nie geküsst wurde. Ach du meine Güte, ist es so, wenn man einen älteren Mann küsst? Jemanden mit Erfahrung? Jemanden, der rau und ungeschliffen ist? Jemanden, der nicht nur das Leben gelebt hat, sondern auch das Leben zu seiner Bitch gemacht hat? Wenn ja, dann hatte ich keine Ahnung, was mir entgangen ist, als ich mit Jungs von der Uni ausging. Studenten sind nichts im Vergleich mit diesem ... Angler.

Aber dieser Angler ist auch ein völlig Fremder. Ein vertrauter Fremder, aber immer noch ein Fremder, den ich mitten im

Nirgendwo küsse, nachdem ich kürzlich abserviert wurde. Ich bin eine Idiotin.

Als hätte der Geist, der mich vorhin besessen hat, meinen Körper verlassen, zucke ich zurück und drücke meine Hände flach auf seine Brust, um etwas Abstand zwischen uns zu schaffen. Unsere Atemzüge sind stockend und erscheinen als Dampfwolke, während ich über meine Lippen lecke, die jetzt rau von seinem Bart sind und auf eine Weise brennen, die ich im Grunde liebe.

„Das wollte ich wirklich nicht", keuche ich, während ich ihn mit glühenden Augen ansehe.

Er lächelt mich mit verheißungsvollem Blick an, während er seine Unterlippe in den Mund zieht. „Es ist wirklich in Ordnung."

Ich verkneife mir ein Stöhnen. „Nein …, aber ich wollte das wirklich nicht tun." Ich entferne mich von ihm, löse meinen Körper von seinem und schüttle den Kopf, während ich mich wieder auf meinen Hocker setze, gut einen Meter von ihm entfernt. Hier drin fühlt es sich plötzlich schrecklich heiß und eng an. Ist die Heizung aufgedreht worden?

„Ich beschwere mich nicht", erwidert Sam, mit vor Erregung noch immer tiefer Stimme. Er setzt sich auf seinen eigenen Hocker, und ich schwöre, ich sehe eine Beule in seiner Schneehose. *Heilige Scheiße! Wie groß ist er, wenn er eine Ausbeulung in seiner dicken Schneehose hat?*

„Eisfischen war kein Trick, um einen neuen Mann zu finden, weißt du", sage ich entschlossen, während ich an der Brust meines Schneeanzugs zu ziehen beginne, um Luft an meine klamme Haut darunter zu bekommen. Ich schwitze! Wie kann ich auf einem zugefrorenen See schwitzen? Die Heizung ist doch gar nicht so warm. „Ich sollte mich selbst finden. Es gibt mehr in mir als nur meine Hormone. Ich habe mein Studium ein Semester früher und als Klassenbeste abgeschlossen, weißt du?"

Sam lacht, als ich mit dem Reißverschluss unter meinem

Kinn herumfummle. „Ich fand dich von Anfang an interessant, als ich heute deine Stimme hörte, Sparky.“

Ich schaue zu ihm hinüber, und er starrt mich mit völlig ungezügelter Anziehungskraft an. Ich schwöre, seine grünen Augen haben sich irgendwie vor Verlangen verdunkelt. *Oh je, vielleicht sollte ich meinen Kopf in den See tauchen, denn ich bekomme ein ganz komisches Gefühl zwischen den Beinen, wenn er mich so ansieht.*

„Ich will nur nicht, dass du mich verurteilst“, murmle ich, denn wenn ich mich jetzt verurteilte, würde ich mich als dummes Mädchen verurteilen, das mit einer einfachen Lebensveränderung nicht zurechtkommt, ohne durchzudrehen und aus einer Laune heraus zu beschließen, Eisanglerin zu werden. „Warum ist es so heiß hier drin?“, frage ich, während ich den Reißverschluss meines Schneeanzugs öffne und versuche, die Hitzewallung zu stoppen, die meinen Körper überkommt. Meine Güte, vielleicht mache ich ja gerade wie Sams Mutter die „Veränderung“ durch! Ist das in meinem Alter möglich?

Sams Schweigen veranlasst mich, zu ihm hinüberzuschauen und festzustellen, dass er mit einem geradezu sündhaften Gesichtsausdruck auf meine Brust starrt. Ich schaue nach, was er sieht, und meine Augen werden groß. „Scheiße!“, rufe ich, greife nach den Rändern des Schneeanzugs und mache ihn schnell zu. „Scheibenkleister, was habe ich mir nur dabei gedacht?“

Sams Lachen schüttelt seinen ganzen Körper. „Normalerweise trägt man unter dem Schneeanzug Kleidung.“ Er dreht den Kopf, um sein Lachen zu verbergen, und ich hasse es, dass er dabei so süß aussieht.

„Ah!“, rufe ich aus und bedecke entsetzt mein Gesicht, denn ich weiß, dass Sam den pinkfarbenen BH, den ich unter meinem Schneeanzug trage, genau gesehen hat. Ich hatte mich gefragt, ob ich meine Kleidung darunter anlassen sollte, aber es war so mühsam, ihn anzuziehen, dass ich den Gedanken nicht ertragen konnte, das noch einmal zu tun, nur um meinen Pullover anzuziehen. Und ich dachte mir, wer würde es schon erfahren?

Sam würde es erfahren.

Weil ich eine Idiotin bin.

Kopfschüttelnd murmle ich: „Ich bin ein Wrack."

Sam lacht immer noch. „Hey, wenigstens bist du ein heißes Wrack."

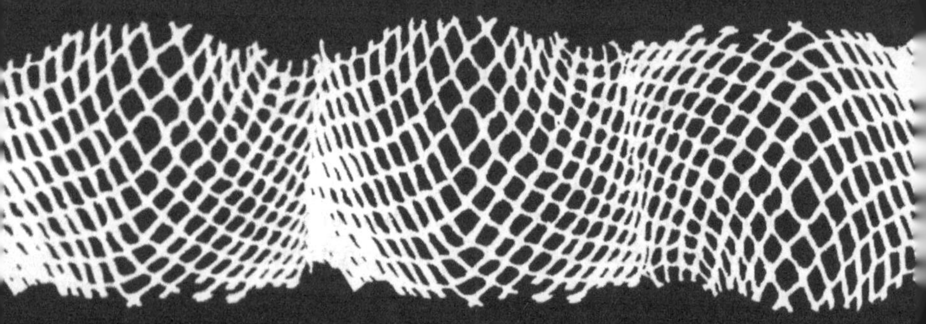

KAPITEL 3

Nibbler

Sam

Die meisten Mädchen hätten über die Kälte gemeckert. Die meisten Mädchen hätten darüber gemeckert, dass sie vierhundertvierundsiebzig Dollar für etwas anderes als ein Paar Designerschuhe ausgegeben haben. Die meisten Mädchen hätten einen Fisch nicht mit bloßen Händen angefasst.

Dieses Mädchen war nicht wie die meisten Mädchen.

Am darauffolgenden Montag arbeite ich wieder bei Tire Depot, aber meine Gedanken sind definitiv nicht bei Reifen. Ich denke an alles, was mit Maggie zu tun hat, was eigentlich verdammt peinlich ist, denn ich bin dreißig Jahre alt und der Verkaufsleiter eines erfolgreichen Unternehmens, das ich bald übernehmen werde. Ich sollte nicht von einer jungen Frau besessen sein, die in einem Schneeanzug zufällig wirklich heiß aussieht. Und auch außerhalb des Schneeanzugs, wie sich herausstellte.

Ich hätte den Kuss, den wir geteilt haben, viel leichter vergessen können, wäre da nicht die kleine Peepshow gewesen, die sie mir als Bonus gab. In den nächsten zwei Stunden, die wir zusammen beim Angeln verbrachten, musste ich meinem Schwanz jedes Mal damit drohen, ihn in den eiskalten See zu tauchen, wenn er einen eigenen Willen bekam und sich ein wenig aufblähte.

Aber all diese Maggie-Gedanken sind im Moment sinnlos, denn ich habe Verpflichtungen, auf die ich mich konzentrieren muss. Zum Beispiel darauf, wie ich Tire Depot auf die nächste Stufe bringen und mich für den Vorruhestand vorbereiten kann, genau wie mein Onkel.

Tire Depot ist ein riesiges Autowartungszentrum, das meinem Onkel Terry in Boulder gehört. Ich arbeite hier seit meiner Kindheit. Damals hatten er und mein Vater den Laden noch zusammen betrieben. Bis sie es nicht mehr taten. Trotzdem habe ich gute Erinnerungen daran, wie ich nach der Schule herkam. Ich holte mir immer eine Limonade und einen Keks und schlenderte in die Werkstatt, um mir die Nacktkalender anzuschauen, die an den Arbeitsplätzen der Jungs hingen.

Jetzt bereitet mein Onkel mich darauf vor, die Zügel zu übernehmen, damit er sich zur Ruhe setzen und mit seiner Harley nach Kanada fahren kann. Der Mann ist vierundsechzig Jahre alt und bereit, sich in seine goldenen Jahre zu stürzen, wie der einsame Wolf, der er schon immer war.

„Sammy!", brüllt Onkel Terry meinen Namen aus seinem Büro im hinteren Teil der Firma, und zwar so laut, dass ich ihn bis in den Empfangsbereich höre, wo ich an der hoch aufragenden Kundentheke arbeite. „Komm mal kurz her."

Ich speichere meine Arbeit und mache mich auf den Weg durch den kleinen Flur zu seinem Büro. Die Wände sind mit Postern von Oldtimern, verschiedenen Reifenauszeichnungen und Urlaubsfotos tapeziert, die er im Laufe der Jahre gemacht hat. Auf seinem Schreibtisch türmen sich Stapel von Papieren, die abgeheftet werden müssen, aber er nimmt sich nie die Zeit, das zu tun.

Ich starre auf das, was er in den Händen hält, und mir

gefriert das Blut in den Adern, als ich sehe, wie er meine Mappe aufgeschlagen vor sich liegen hat. „Das ist dein Geschäftsplan?", fragt er und kratzt sich an seinem weißen Bart, während er ein paar Seiten umblättert.

„Ähm …, ja", antworte ich, reibe mir den Nacken und verlagere nervös das Gewicht. „Aber du solltest ihn eigentlich noch nicht sehen. Ich bin noch nicht ganz fertig."

Er sieht mich mit ernstem Blick an. „Nun, das ist eine viel größere Idee als das Customer Comfort Center."

„Ja, das ist es", bestätige ich seinen Hinweis auf den ersten Vorschlag, den ich ihm vor fast zehn Jahren unterbreitet habe.

Ich war frisch von der Uni gekommen und hatte all diese Wirtschaftskurse im Kopf, und mir kam die Idee, dass die Bereitstellung von kostenlosen Getränken und Snacks für unsere Mitarbeiter und Kunden eine positive Unternehmenskultur fördern würde. So entstand das Customer Comfort Center, das dem Geschäft einen enormen Schub gab.

„Wann willst du das mit mir durchgehen?", fragt Terry und sieht mich ernst an. „Ich werde nicht mehr lange hier sein, weißt du."

Ich nicke düster. „Ja, ich weiß. Gib mir noch ein oder zwei Wochen, dann bin ich fertig."

„Gut", antwortet er, schließt die Mappe und reicht sie mir. „Ich freue mich schon darauf, Sammy."

Als er aufsteht und mir auf die Schulter klopft, bevor er sich auf den Weg zum Laden macht, atme ich erleichtert auf, dass er deswegen nicht völlig ausgeflippt ist. Ich habe meinen Onkel in den letzten fünf Jahren aus dem Tire Depot herausgekauft, mit Plänen für mich, es zu übernehmen. Aber der Inhalt dieser Mappe ist ein viel größeres Projekt.

Tire Depot ist die perfekte Zukunft für mich. Ich liebe diesen Laden einfach. Der Geruch von Reifen und Schmierfett, kostenloser Kaffee und Gebäck sowie anständige, hart arbeitende Männer, die einen ehrlichen Lebensunterhalt für ihre

Familien verdienen. Es ist ein guter Job. Meine Mitarbeiter und ihre Familien liegen mir am Herzen, und es gibt keinen anderen Ort, an dem ich lieber wäre. Aber ich habe Träume, die uns auf die nächste Ebene bringen würden, und wenn ich Terrys Segen bekomme, bevor er in den Ruhestand geht, werde ich mich viel besser fühlen.

Ich verlasse sein Büro und mache mich auf den Weg zurück zum Schalter, als eine Frauenstimme meine Gedanken unterbricht. Ich schaue hinüber und sehe die Freundin meines besten Freundes in den Reifenladen schlendern, als gehöre ihr der Laden.

„Michael! Hat Shelly mein Buch schon gelesen?", fragt Kate mit einem breiten Lächeln für meinen Top-Verkäufer, während sie ihren Ellbogen auf einem kleinen Stapel Ausstellungsreifen abstützt.

„Das hat sie! Und du hattest recht ..., ich wurde so was von flachgelegt." Michael klatscht Kate ab.

Kate lacht und nickt wissend. „Ich hab's dir ja gesagt! Sie muss mal eine Pause von diesen Selbsthilfebüchern machen und etwas Schmutziges lesen. Das ist lebensverändernd!"

Chuck tritt hinter dem Tresen hervor und wendet sich als Nächstes an Kate. „Hey, Kate ..., wenn du das nächste Mal hier bist, kannst du mir ein signiertes Exemplar eines deiner Bücher mitbringen? Meine Freundin hat demnächst Geburtstag."

„Auf jeden Fall, Chuck! Ich habe eine coole Buchhülle, die dazu passt. Das wäre das perfekte Geschenk."

„Großartig", antwortet Chuck mit einem erleichterten Grinsen.

Kate lässt sich Zeit bei der Begrüßung meiner beiden anderen Verkäufer, und ich kann nicht anders, als mich darüber zu wundern, wie sehr sie inzwischen meine gesamte Belegschaft in ihren Bann gezogen hat. Eine Liebesromanautorin und ein Reifenladen ..., das ist eine verdammt seltsame Kombination, aber es funktioniert einfach.

Kates Reise mit Tire Depot ist eine lustige Geschichte. Im letzten Sommer litt Kate an einer Schreibblockade und begann, sich in unseren Wartebereich zu schleichen, um zu schreiben, weil sie dort ihre besten Worte fand. Mein Kumpel Miles hat sie auf frischer Tat ertappt, und seitdem sind die beiden unzertrennlich. Kate wohnt seit ein paar Monaten bei Miles, und die beiden kommen fast jeden Tag zusammen zu Tire Depot. Miles arbeitet in der Werkstatt, und Kate arbeitet im Customer Comfort Center. Es ist so verdammt süß, dass ich kotzen könnte.

Schließlich erreicht Kate mich am Ende des Tresens. „Hey, Sam", zwitschert sie fröhlich, während sie ihre Laptoptasche auf der Schulter zurechtrückt, um das rote Haar unter dem Gurt zu befreien. „Was gibt's?"

„Nicht viel, Kate. Wie geht es dir?"

„Mir geht es gut", antwortet sie und zeigt mit einem Daumen über die Schulter. „Ich habe in der Werkstatt nach Miles gesucht, aber ich habe ihn nicht gesehen."

„Unser Shuttle-Fahrer war krank, also hat er jemanden zur Arbeit gefahren", antworte ich und zeige auf den Parkplatz, auf dem normalerweise unser Ersatzwagen steht. „Er sollte jeden Moment zurück sein."

„Cool", sagt sie und lässt einen Schlüsselbund auf den Tresen fallen. „Ich habe das Auto meiner Freundin Lynsey hier. Es braucht einen Ölwechsel."

Ich nicke und beginne, Lynseys Namen in den Computer einzugeben. „Wirst du jemals aufhören, die Autos anderer Leute zur Wartung zu bringen?", frage ich kopfschüttelnd.

Sie runzelt die Stirn. „Warum in aller Welt sollte ich das tun?"

„Weil ich dir gesagt habe, dass es meinem Onkel egal ist, dass du deine Bücher in unserem Wartebereich schreibst. Du postest jedes Mal über uns, wenn du hier bist, und seit du hier schreibst, sind unsere Umsätze angestiegen. Ich habe es aufgezeichnet." Ich lehne mich über den Tresen und nehme ihr die

Schlüssel ab, um sie an den Serviceauftrag zu heften, den ich gerade ausgedruckt habe. „Und wir machen keine neue Werbung, also weiß ich, dass du der Grund für den Anstieg bist. Du bist im Grunde genommen eine Mikro-Influencerin für Tire Depot, und du weißt es nicht einmal …, das macht es umso authentischer. Authentische Werbung ist das, was sich verkauft. Und du verkaufst, Mädchen."

„Das ist großartig!", ruft sie mit einem breiten Lächeln. „Meinst du, dein Onkel schenkt mir dann noch mehr von diesen Getränkekühlern für meine Leser? Die sind ganz verrückt nach den Dingern."

Ich lasse den Kopf sinken und lache. „Du bringst mich um. Willst du mit Getränkekühlern bezahlt werden?"

„Und natürlich mit kostenlosen Getränken und Keksen."

Ich schüttle den Kopf. „Was immer du willst, Kate. Aber ganz ehrlich, wir sollten dich wahrscheinlich bezahlen. Du bist ein wahr gewordener Marketingtraum."

Kate schnaubt. „Ihr werdet mich auf keinen Fall bezahlen! Das ist gutes Karma, an dem ich da arbeite, Sam. Tust du denn nie etwas Nettes für jemanden, nur weil du es willst?"

Ich ziehe die Augenbrauen hoch, als ich daran denke, wie ich mit Maggie beim Eisfischen war. Ich habe noch nie jemanden zum Eisfischen mitgenommen. Nicht einmal Miles, und wir machen eine Menge solcher Dinge zusammen. Aber Eisfischen ist etwas anderes. Das habe ich immer allein gemacht, seit ich nicht mehr mit meinem Vater mitgegangen bin. Bis zu dieser Sekunde habe ich noch nicht einmal darüber nachgedacht, was für eine große Sache es war, Maggie zum Eisfischen mitzunehmen.

„Erde an Sam? Bitte kommen, Sam!", sagt Kate und wedelt mit den Händen vor meinen glasigen Augen herum.

Ich sehe auf und schüttle den Kopf. „Tut mir leid, ich habe gerade über diese Bestellung nachgedacht, die ich aufgeben muss."

„Wirklich?", antwortet sie, lehnt sich über den Tresen und mustert mich nachdenklich. „Denn so wie es aussieht, würde ich sagen, du hast geträumt. Ich bin Schriftstellerin, Sam …, das macht mich hochqualifiziert, Tagträume zu erkennen."

Plötzlich öffnet sich die Tür neben dem Comfort Center, und Miles' große, schlanke Gestalt füllt den Eingang aus. „Babe! Warum hast du so lange gebraucht, um herzukommen?", fragt er und schreitet mit gerunzelter Stirn zu Kate hinüber. „Ich habe dich vor über einer Stunde bei Lynsey abgesetzt."

Sie rollt mit den Augen. „Lyns und ich haben uns nur unterhalten …, kein Grund zur Sorge."

Miles knurrt in der Brust. „Wenn der Nachbar deiner besten Freundin dein Arschloch von Ex ist …, mache ich mir Sorgen."

Kate schüttelt den Kopf und stellt sich auf ihre Zehenspitzen, um Miles auf die Wange zu küssen. „Entspann dich, ich habe Dippy Dryston dort drüben nicht einmal gesehen. Lynsey hat nur ein paar Männerprobleme, über die sie reden musste."

„Mmmkay", brummt Miles, während er einen besitzergreifenden Arm um sein Mädchen legt. „Es bist nicht du, der ich nicht traue. Es ist dieser Arsch von Ex, den du hast."

Kate wirft mir einen vorwurfsvollen Blick zu. „Im Ernst, Sam, ich habe dir doch gesagt, dass Miles nach neun Uhr kein Koffein mehr zu sich nehmen darf, sonst wird er ein Höhlenmensch."

Ich halte die Hände hoch. „Ich bin nicht sein Aufpasser! Du bist diejenige, die jetzt mit ihm zusammenlebt, also ist er dein Problem."

Die Wahrheit ist, dass Miles und ich uns in den letzten paar Monaten nicht viel gesehen haben. Er befindet sich in der Flitterwochen-Phase seiner Beziehung, und ich werde ihm das nicht missgönnen …, auch wenn ich mir das für mich selbst nicht wünsche.

Kate sieht mich mit zusammengekniffenen Augen an und blickt dann zu Miles auf. „Ich werde jetzt schreiben gehen, es

sei denn, du hast vor, mir einen Schlag auf den Kopf zu verpassen und mich wegzuschleppen."

„Führe mich nicht in Versuchung", sagt Miles mit wackeln-
den Augenbrauen.

Ich kann nicht anders, als laut zu stöhnen. „Ernsthaft, ihr
zwei …, nehmt euch ein Zimmer."

Kate kichert und schubst Miles, während sie mit ihrer
Laptoptasche im Schlepptau auf das Customer Comfort Center
zugeht.

Miles stützt sich mit dem Ellbogen auf den Tresen und
sieht ihr beim Weggehen hinterher. „Ich habe mir nicht einmal
Sorgen gemacht. Ich liebe es einfach, sie zu ärgern."

„Ihr seid widerlich", murmle ich, während ich ein paar
Zahlen in den Computer tippe. „Ihr lebt schon seit Monaten
zusammen. Ich dachte, die ekelhafte Phase wäre inzwischen
vorbei."

„Nicht mal annähernd", murmelt Miles. Ich muss die Galle
herunterschlucken, die mir in der Kehle hochsteigt, als er fragt:
„Also, was gibt's, Mann? Wie war dein Wochenende?"

„Ganz gut. Deins?"

„Meins war auch gut, aber das ist normal für mich." Er
zwinkert wie ein Widerling. „Warum war deins gut? Ich dachte,
du würdest nur arbeiten und eisfischen. Hast du viel gefangen
oder so?"

Ich reibe meine Lippen aneinander und nicke langsam.
„So ähnlich."

Miles mustert mich aufmerksam. „Ich kenne diesen Blick."

„Welchen Blick?", frage ich, wobei ich mein breites Grinsen
nicht verbergen kann.

Er klatscht mit einer Hand auf den Tresen. „Halt dich jetzt
nicht zurück, Mann. Wir beide haben schon viele Mädchen
in Boulder rumgekriegt, und du zeigst mir das ‚Ich wurde
flachgelegt'-Gesicht!"

Ich presse meine Lippen aufeinander und schweige. Miles

und ich hatten ein paar lustige Zeiten zusammen, nachdem er mit seiner Ex Schluss gemacht hatte. Ein Bier nach der Arbeit und ein Mädchen am Abend wurde zu unserer Gewohnheit. Aber seit ich angefangen habe, an der Übernahme von Tire Depot zu arbeiten, und er angefangen hat, Zeit mit Kate zu verbringen, haben wir nicht mehr so viel miteinander gesprochen wie früher.

Miles hebt die Brauen, seine blauen Augen sind erwartungsvoll, als er sagt: „Ach komm schon, erzähl mir ein paar Details. Ich bin seit Monaten nicht mehr mit dir ausgegangen. Ich weiß nichts mehr über dein Liebesleben."

Ich halte inne und starre ihn an.

Er starrt zurück. „Es ist mir wirklich peinlich, was da gerade aus meinem Mund kam."

„Was du nicht sagst", antworte ich.

Er rollt mit den Augen. „Es ist nicht meine Schuld, Mann. Ich lebe mit einer Liebesromanautorin zusammen. Sie hat mich dazu gebracht …, Scheiße zu verbalisieren."

„Darfst du auch schmutzige Dinge sagen?" Das ist eine Frage, die nur ein echter Wingman stellen kann. Es ist meine Aufgabe, dafür zu sorgen, dass die Eier meines Kumpels intakt bleiben.

„Oh, jaaaa", antwortet er mit einem gruseligen Blick. „Aber komm schon, ich fühle mich wie ein Idiot, weil ich schon lange nicht mehr mit dir gesprochen habe. Gib mir ein paar Details."

„Was denn zum Beispiel?"

Er lehnt sich über den Tresen und sagt leise: „In welchen Positionen?"

„Komm schon, Mann", stöhne ich.

„Was?", entgegnet er. „Es kann nicht verrückter sein als der Scheiß, den mein Mädchen in ihren Büchern schreibt."

Ich atme schwer aus und bereite mich auf den Angriff vor, der kommen wird, wenn ich ihm die Wahrheit sage. „Wir haben nicht miteinander geschlafen …, wir haben uns nur geküsst."

Miles blinzelt mich langsam an. „Du lächelst so, nur weil du geküsst wurdest?"

Ich berühre meinen Kiefer, weil ich gar nicht gemerkt habe, dass ich lächle. „Es war ein epischer Kuss, denke ich."

Er blinzelt wieder, offensichtlich unfähig, meine Antwort zu verarbeiten. „Okay, also wo hast du diese fantastische Küsserin kennengelernt?"

Mein Lächeln wird breiter. „Marv's."

Miles verzieht das Gesicht. „Der Angelladen?"

„Ja."

„Hatte sie noch alle Zähne?"

„Fick dich, Mann. Sie war heiß. So richtig heiß."

Miles lacht ungläubig. „Okay, und was ist nach diesem epischen Kuss passiert?"

„Nun …, nicht viel, aber ich hoffe, das ist erst der Anfang."

„Hm, interessant", antwortet Miles mit einem nachdenklichen Stirnrunzeln.

„Warum interessant?"

„Nun, du nimmst nie jemanden ernst."

„Wer sagt denn, dass ich das hier ernst nehme?", schnaube ich und spüre, wie sich meine Schultern abwehrend heben.

„So wie du diese Geschichte erzählst, ist es klar, dass dieses Mädel anders ist als die typischen One-Night-Stands. Ich urteile auch nicht. Ich finde das großartig. Du wirst am Samstag einunddreißig, also bist du kein Jungspund mehr."

„Es spielt keine Rolle, wie alt ich bin, Arschloch. Du weißt, dass ich es nicht ernst meine. Ich habe schon genügend Frauen, die von mir abhängig sind. Ich brauche nicht noch eine …, selbst wenn sie episch küssen kann", sage ich nachdrücklich, weil es die Wahrheit ist. Wenn ich nicht gerade meiner Mutter im Haushalt helfe, helfe ich meiner kürzlich geschiedenen Schwester mit den Kindern oder schreite bei allen ein, weil es in einem Haushalt voller Frauen nie an Drama mangelt. „Du drängst mir nur eine Beziehung auf, weil du dich darauf vorbereitest, deiner Bettgeschichte die Frage zu stellen."

Miles' Gesicht wird lang und er beugt sich vor, um mich zum Schweigen zu bringen. „Halt die Klappe, Mann. Sie ist gleich um die Ecke", sagt er und deutet auf das Comfort Center.

„Sie kann mich von da drinnen nicht hören …, aber hey, hast du ein gutes Versteck für den Ring gefunden? Ich kann ihn immer noch aufbewahren, wenn du willst", sage ich und senke meine Stimme, um ihn zu beruhigen. Ich will vielleicht selbst keine Beziehung, aber das heißt nicht, dass ich seine nicht voll unterstütze. Kate ist das Beste, was Miles je passiert ist.

Miles grinst. „Ich habe ihn in meinen Werkzeugkasten gelegt. Da geht sie nie ran."

„Perfekt. Aber du zögerst immer noch damit, die Frage zu stellen?"

„Ja, ich will das nicht überstürzen. Zwischen uns läuft es im Moment perfekt. Das Zusammenleben ist toll. Ich konnte einfach nicht den Ring sehen und ihn nicht kaufen, verstehst du?"

„Ich verstehe schon, Mann. Deine Braut steht auf Reifen, und ein runder Diamant ist ein seltener Fund."

„Genau wie sie", sagt Miles. Sein Blick wird verträumt, was in mir den Wunsch auslöst, ihm einen Tritt in die Eier zu verpassen. Er schüttelt seine Gedanken ab und fragt: „Wann siehst du die Kleine denn wieder?"

„Vielleicht dieses Wochenende …, hoffe ich zumindest."

„Cool. Nun, halt mich auf dem Laufenden, wenn aus ihr mehr als ein weiterer One-Night-Stand wird, in Ordnung?"

„Das wird es nicht."

„Das könnte es. Aber selbst, wenn es nicht so ist, will ich immer noch die schmutzigen Details wissen … Ich bin noch nicht verheiratet." Plötzlich leuchtet das Display von Miles' Handy auf. „Oh hey, ich muss diesen Anruf annehmen. Wir sehen uns nachher."

Er geht weg, und ich schüttle den Kopf. Miles ist in diesen

Tagen so sehr in seine eigene Welt vertieft, dass es Wochen dauern wird, bis er wieder nach meinem Hitzkopf fragt. Und damit habe ich kein Problem. Nur weil ich nicht an langfristige Beziehungen glaube, heißt das nicht, dass ich nicht verstehe, warum sich die Dinge zwischen uns ein wenig verändert haben.

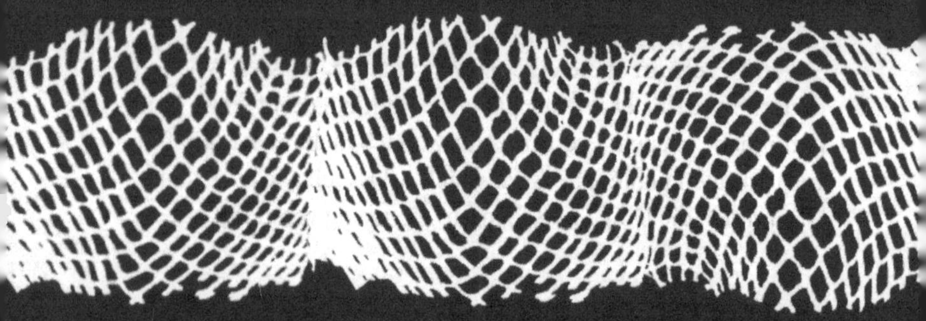

KAPITEL 4

Fangen und Freilassen

Maggie

Ein großes, gelbes Wählscheibentelefon klingelt auf dem Nachttisch, und mit einem gequälten Stöhnen werfe ich einen Arm über das Bett, um ranzugehen. „Hallo?", antworte ich und versuche, nicht so zu klingen, als hätte ich geschlafen, was mir aber nicht gelingt.

„Hallo, Miss Hudson, hier ist Claire von der Rezeption." Claires hohe Stimme ist wie eine Feder an meiner Wange, nervig und beruhigend zugleich.

„Hi, Claire …, ja, ich komme runter zum Frühstück. Tut mir leid, ich habe wieder verschlafen." Ich schiebe die Bettdecke von meinem Körper und lasse zu, dass die kühle Luft der schwachen Heizung des Briar Rose Bed and Breakfast, in dem ich übernachte, mir beim Aufwachen hilft.

„Oh, das ist völlig in Ordnung. Ich wollte Sie nur an Ihr Zimmer erinnern."

„Mein Zimmer?" Ich setze mich auf, streiche mir die Haare aus dem Gesicht und schaue mich in der bezaubernden Suite um, die ich seit einer Woche mein Zuhause nenne.

„Ich habe Ihnen gesagt, dass heute eine Reisegruppe eincheckt, also müssen wir Ihr Zimmer so schnell wie möglich übergeben.“

„Oh, richtig. Ja, natürlich“, antworte ich und versuche, den Drang zu unterdrücken, in den Hörer zu weinen. „Ich packe nur noch zu Ende, dann mache ich mich auf den Weg.“

„Sie können natürlich gern zum Frühstück bleiben. Und wenn Sie den Tag über im Wohnbereich bleiben wollen, ist das auch in Ordnung. Wir können Ihr Gepäck aufbewahren“, fügt Claire hilfsbereit hinzu. Sie ist wirklich eine nette alte Dame.

Ich nicke und schaue auf die Uhr, um festzustellen, dass es bereits zehn Uhr morgens ist. „Es ist okay, Claire. Ich kann woanders hingehen.“ Ich atme tief ein und schüttle den Kopf. „Ich habe meinen Bruder schon viel zu lange gemieden.“

Ich kann Claires unbeholfenes Lächeln fast hören. „In Ordnung, Liebes. Wir sehen uns dann hier unten zum Frühstück.“

Ich lege auf und schleppe mich ins Bad, um zu duschen, aber das ändert nichts an meiner Angst, dass ich heute endlich meinem Bruder gegenübertreten muss.

Nachdem Weihnachten und alles in meinem Leben den Bach runtergegangen war, sprang ich in mein Auto und fuhr acht Stunden, um mich in den Armen meines Bruders auszuweinen, der in Boulder lebt. Dann, kurz bevor ich die Stadt erreichte, stieß ich auf das Briar Rose Bed and Breakfast, einen idyllischen kleinen Ort, der mich an einen Liebesroman von Nora Roberts erinnerte. Bei ihr gibt es immer die schönsten Happy Ends, und das war genau das, wonach ich gesucht hatte. Also fuhr ich hin und habe mich seitdem in Claires Backwaren verkrochen und meinen Bruder gemieden.

Und seien wir mal ehrlich …, ich denke auch an den unglaublichen Kuss mit Sam, dem Angler.

Sam zu küssen, war ein Fehler. Ein großer, monumentaler Fehler. Ich hatte ein gebrochenes Herz und war in dem Moment gefangen. So einfach ist das. Es hat auch nicht geholfen, dass seine Lippen nach Freiheit schmeckten und sein unnachgiebiger Griff um meinen Körper sich anfühlte wie eine köstliche Enge, die ich niemals beenden wollte. Aber es hat nichts bedeutet, und es wird mich ganz sicher nicht von meinen Zielen ablenken.

Ich ziehe mir einen Strickpullover und eine Jeans an und lasse mein dunkles, nasses Haar offen über meinen Rücken hängen, während ich die Treppe hinuntergehe. Als ich meinen Koffer geräuschvoll durch das Wohnzimmer und in das schöne Esszimmer schleppe, in dem ich all meine Vormittage verbracht habe, bleibe ich stehen, da eine Gruppe von fünf Männern am Tisch sitzt, die Gabeln auf halbem Weg zum Mund in der Luft.

„Hallo", sage ich und winke der Gruppe gaffender Männer unbeholfen zu.

Sie alle murmeln ein Hallo und schaufeln sich das Essen weiter in den Mund. Claire taucht mit großen Augen aus der Küche auf. „Oh hallo, Miss Hudson, nehmen Sie Platz. Ich habe Ihren Teller gleich hier."

Sie geht langsam zu mir hinüber, ihr Alter macht sie langsamer, aber ihr Lächeln ist so strahlend wie an dem Tag, als ich vor einer Woche eingecheckt habe. Sie stellt das Essen vor mir ab und reibt mir liebevoll die Schulter, so wie es meine Mutter tun würde.

„Jungs, das ist Maggie … Maggie, diese netten Jungs, die gerade eingecheckt haben, sind vom *Backwoods Magazine*. Sie arbeiten hier an einem Artikel über Eisklettern auf Getreidesilos. Das klingt alles sehr aufregend", sagt sie, während sie auf die Teller der anderen hinunterschaut. „Oh, sieh einer an, Sie brauchen frischen Kaffee. Ich bin gleich wieder da."

Sie verschwindet durch die Flügeltür in die Küche, also zwinge ich mich zu einem Lächeln und sage das Erste, was mir einfällt. „Warum klettert Eis an Getreidesilos hoch? Ist das eine Art Wetteranomalie?" Ich löffle einen großen Bissen Zimt-Haferflocken in meinen Mund.

Die Jungs können alle ihre Belustigung nicht verbergen, als derjenige, der mir am nächsten sitzt, antwortet. „Nein, das ist ein Sport … wie Eisklettern, aber statt eines Berges klettern wir auf ein menschengemachtes Eissilo. Definitiv keine Wetteranomalie." Er lacht um einen Schluck Kaffee herum.

„Interessant", antworte ich höflich. „Warum macht ihr das?"

„Weil es verdammt geil ist", antwortet der jüngere Mann am anderen Ende des Tisches lachend. „Es ist das schwierigste Klettern überhaupt, weil es fünfundzwanzig Meter senkrecht nach oben geht. Keine natürlichen Vorsprünge wie in den Bergen. Es ist berauschend."

„Klingt ganz danach." Meine Augen weiten sich vor Interesse. „Wie macht man das Eis?"

„Bei Minusgraden lässt man das Wasser langsam das Silo hinuntertröpfeln. Es dauert mehrere Wochen, bis man eine ausreichend gute Basis zum Klettern hat."

„Verstehe", antworte ich und frage mich kurz, ob diese extremen Sachen in Colorado üblich sind oder ob man das auch zu Hause macht. Als Kind war ich so ein mädchenhaftes Mädchen, dass ich das nicht einmal bemerkt hätte. Mein Bruder war viel in der Natur unterwegs, aber das einzige Sportliche, das ich je gemacht habe, war das Skifahren bei Schulausflügen, und auch da nur auf den Kinderhängen. Ich war sogar zu feige, um mit meinen Freunden Snowboard zu fahren.

„Letztes Wochenende war ich zum ersten Mal Eisfischen", sage ich stolz, weil ich das Gefühl habe, dass die Jungs das zu schätzen wissen. „Also jaaa …" Meine Stimme wird leiser, als ich merke, dass diese Jungs überhaupt kein Interesse am Eisfischen haben. „Ich fand das ziemlich abenteuerlich", füge ich hinzu, damit sie verstehen, warum ich es erwähnt habe, denn sie starren mich alle weiterhin ausdruckslos an.

„Wohl kaum", antwortet der Typ mit den zu einem Pferdeschwanz zurückgebundenen Dreadlocks auf der anderen Seite. „Beim Eisfischen sitzt du einfach nur da. Es gibt keine körperliche Anstrengung. Kein Gefühl von Gefahr oder Adrenalin. Du verpasst das Beste am Rausch. Wenn du auf der Suche nach einem Abenteuer bist, solltest du dir das Silo ansehen, auf das wir morgen klettern werden. Erfahrung ist nicht erforderlich, und dort wartet das wahre Abenteuer." Er kramt in seiner Tasche und fischt eine kleine Visitenkarte heraus. „Das ist die Karte von dem Gehöft, in dem sich die Silos befinden." Er hält inne, holt einen Stift aus seiner Tasche und kritzelt etwas auf die Rückseite. „Und hier ist meine persönliche Nummer, falls du deinen eigenen Trainer haben willst. Mein Name ist Ezekiel." Er blickt auf und zwinkert mir zu, wobei seine dunklen Augen vor offensichtlicher Flirterei funkeln, als er mir die Karte überreicht.

Ich drehe die Karte um und erkenne das Logo des Gehöfts mit einer Website und einer Adresse. „Na dann."

„Ich hoffe wirklich, dich morgen dort zu sehen", fügt Ezekiel hinzu, während er sich einen Bissen Eier in den Mund schiebt, und murmelt dann: „Ich garantiere dir, dass es dein Leben verändern wird."

Bei diesen letzten Worten leuchten meine Augen auf. Eisklettern auf Getreidesilos klingt wie das totale Gegenteil der gewöhnlichen Maggie. Eisklettern auf Getreidesilos würde mich mit Sicherheit zur abenteuerlichen Maggie katapultieren.

Und was noch? Die abenteuerliche Maggie könnte jetzt wahrscheinlich auch allein Eisfischen! Ich brauche keinen seltsam süßen, bärtigen Rotschopf mit küssbaren Lippen, der mich führt. Und da ich das alles allein machen kann, kann ich es auch noch ein paar Stunden länger vermeiden, zu meinem Bruder zu fahren … ein doppelter Bonus. Vielleicht ist das genau die Art von Risikobereitschaft, die ich brauche, um alles zu ändern.

Sam

Es ist ein kalter und sonniger Samstagnachmittag, als ich mich auf den Weg zu Marv's Bait and Tackle mache. Normalerweise bin ich ein Morgenangler. Ich bin gern früh da, bevor die ganzen Auswärtigen kommen. Aber heute habe ich aus einem sehr offensichtlichen, sehr schönen Grund damit gewartet.

Maggie.

Scheiße, ich kenne noch nicht mal ihren Nachnamen. Wir hatten die Hände so voll mit Fisch und einander, dass wir nicht viel zu reden hatten. Und als wir uns vor Marv's trennten, merkte ich, dass sie wegen unseres Kusses ganz unruhig war. So jung und unschuldig – verdammt, das ist absolut heiß. Und ich habe auch nichts getan, um ihre Nerven zu beruhigen. Ich ließ sie einfach zurück zu ihrem Auto gehen, ohne ein Wort zu sagen. Nach der Nummer eines Mädchens zu fragen, verstößt gegen meine Regeln. Ich ziehe es vor, der Natur einfach ihren Lauf zu lassen. Wenn ich sie wiedersehe, ist es eben so. Wenn nicht, werde ich mir deswegen keinen Kopf machen.

Aber ich hoffe wirklich, dass ich sie wiedersehen werde.

Als ich mein Schneemobil auf den Parkplatz von Marv's manövriere, bin ich dankbar, dass der Helm, den ich trage, das viel zu fröhliche Grinsen in meinem Gesicht verdeckt.

Maggie sitzt in ihrem aufgeblasenen rot-weißen Schneeanzug direkt vor Marv's auf dem Bordstein und hat einen liebenswert mürrischen Gesichtsausdruck. Ihr schwarzes Haar hängt unten aus ihrer roten Mütze heraus, und sie tippt so angestrengt auf ihrem Handy herum, dass sie nicht einmal bemerkt, dass ich vor ihr auftauche.

Als sie schließlich aufblickt und mich vom Schneemobil steigen sieht, rollt sie mit den Augen, als wäre ich die Kirsche auf dem Sahnehäubchen ihres offensichtlich beschissenen Tages. Ich schreite zu ihr hinüber und nehme meinen Helm ab. Dabei bemerke ich einen Haufen von etwas zu ihren Füßen, das aussieht wie die Leiche einer Fischerhütte auf dem Boden.

„Sag nichts, okay?", blafft sie und wendet sich mit einem entschlossenen Kopfschütteln von mir ab, wobei warme Luft zwischen ihren geröteten Lippen hervortritt.

Ich bleibe vor ihr stehen und schließe den Mund.

„Ich kann mir schon denken, was du sagen wirst", schnauzt sie weiter und tritt mit ihren gestiefelten Füßen vor sich, um den Haufen weiter von sich wegzuschieben.

Wieder sage ich nichts. Meine Mutter sagte immer, ich sei wie ein Labrador – großartig im Befolgen von Befehlen.

„Du wirst sagen, dass ich immer noch Anfängerin bin und nicht glauben sollte, dass ich das alles nach nur einer Lektion allein schaffe." Sie starrt zu mir hoch, und ihre leuchtend blauen Augen funkeln im Sonnenlicht.

Ich verschränke die Arme vor der Brust.

„Und du wirst sagen, dass ich Geld für diese Angelhütte verschwendet habe, weil sie ein Haufen Schrott ist, und wenn ich dich um Rat gefragt hätte, hättest du mir etwas vorschlagen können, das für eine Anfängerin besser geeignet ist."

Ich atme aus und streiche mit der Hand langsam über den Bart, während ich zuhöre.

Sie blickt zu mir auf und schnippt mit der Hand in meine Richtung. „Aber ehrlich gesagt, nachdem ich dich letztes Wochenende überfallen habe, dachte ich nicht, dass ich dir noch einmal gegenübertreten könnte."

Ein kleines Schnauben entweicht meinen Lippen, denn dieser Kuss war keine große Angelegenheit. Das ist nicht falsch zu verstehen, es war ein fantastischer Kuss. Wirklich fantastisch. Aber er hätte mich nicht von ihr abgeschreckt.

Sie rollt bei meinem Gesichtsausdruck mit den Augen. „Na, dann sag doch was, ja?"

Ich hebe einmal die Schultern und frage: „Willst du Eisfischen gehen?"

Eine Stunde später hat sie sich nicht weniger als neunzehnmal für den Kuss entschuldigt und vierundzwanzigmal geschworen, dass es nicht wieder vorkommen wird. Ich habe ihr achtmal versichert, dass es keine große Sache ist. Nach diesem Gespräch steigen wir auf mein Schneemobil und fahren zurück zu der Stelle, an der wir letztes Wochenende geangelt haben.

Die Heizung in meiner Hütte hat gerade die Kälte aus der Luft vertrieben, als ich beschließe, mir ein paar Details von der Frau zu holen, die mir schwört, dass sie mich nie wieder küssen wird.

„Was ist der wahre Grund dafür, dass du so entschlossen bist, begeisterte Eisfischerin zu werden?" Ich löse die Arretierung und nehme ein wenig Spannung aus der Leine, so dass mein Angelhaken tiefer sinkt, als sich ein kleiner Schwarm Muskies näher an die Stelle heranwagt, an der wir sitzen.

Maggie atmet schwer aus und ahmt mein Verhalten nach. „Ich sage nur ungern, dass es wegen eines Typen ist ..."

„Aber es ist wegen eines Typen", beende ich.

Sie nickt. „Es ist dumm, und ich bin sicher, dass du nicht alle einzelnen Details hören willst."

Ich spanne den Kiefer an und überlege, ob ich sie abschreiben soll, weil sie einen Lückenbüßer sucht. Normalerweise sind solche Bräute wie Katzenminze für mich. Sie sind geil und emotional nicht verfügbar ..., genau mein Stil. Aber es ist eine Sache, wenn sie kürzlich zurückgewiesen wurde. Es ist eine ganz andere Sache, wenn sie immer noch an dem Typen hängt. Wenn

Maggie sich wegen eines Typen so viel Mühe gibt, ist sie eindeutig noch nicht bereit für einen Lückenbüßer.

„Ich muss nicht alle Details wissen, aber ich bin neugierig, was für ein Typ einen Menschen zum Eisfischen inspiriert."

„Er ist Quarterback." Sie sagt diese Worte, als sollten sie mich beeindrucken. Als ich nicht reagiere, fügt sie schnell hinzu: „Und er wird in diesem Frühjahr im Draft der NFL ausgewählt."

„Okay", antworte ich unverbindlich und versuche zu verbergen, was ich wirklich denke.

Ich halte mich selbst nicht für ein verurteilendes Arschloch, aber während meiner Kindheit in Boulder gab es zwei Arten von Jungs: Sportler und Abenteurer. Und da ich den Rausch des Snowboardens auf einer schwarzen Piste oder des Bergsteigens immer dem Werfen und Fangen von Bällen vorgezogen habe, gehörte ich definitiv zu einer anderen Gruppe als die Sportler. Ich habe sogar einmal im betrunkenen Zustand Eisschwimmen versucht. *Meine armen Eier haben mir das nie verziehen.*

Der Punkt ist, dass ich ein Adrenalinjunkie bin, der die Natur mehr liebt als ein „Hey Mann, lass uns Ball spielen oder Karten für ein Spiel kaufen"-Typ. Deshalb habe ich nie wirklich verstanden, warum Mädchen Sportler auf ein Podest stellen. Ich verurteile sie nicht dafür, Mädchen können sich hingezogen fühlen, zu wem sie wollen. Aber ein Teil von mir fühlt einen Stich der Enttäuschung angesichts der Erkenntnis, dass Maggie eines dieser Mädchen ist. Ich wusste bei unserem Kennenlernen bereits, dass wir gegensätzlich sind, aber nachdem sie diesen Fisch hielt, hatte ich gehofft, dass sie anders ist.

Ich schätze, ich habe mich geirrt.

„Ich nehme an, du hältst mich für ein lahmes Klischee, richtig?", stellt Maggie fest, wobei ihre Stimme am Ende vor Unsicherheit bebt. „Du hast wahrscheinlich noch nie etwas getan, um das andere Geschlecht zu beeindrucken."

Schweigend schüttle ich den Kopf, während ich den Schwarm Muskies auf dem Videomonitor wegschwimmen sehe, fast so, als könnten sie diese rührselige Geschichte auch nicht ertragen.

„Aber Sterling und ich hatten Pläne, okay?", sagt sie entschlossen und dreht sich auf ihrem Hocker zu mir um. „Ich habe ihn diesen Sommer auf einer Party kennengelernt, und es war Liebe auf den ersten Blick, genau wie bei meinen Eltern, und die sind schon ewig verheiratet. Das ist genau das, wovon meine Mutter und ich unser ganzes Leben lang in Liebesromanen gelesen haben! Sterling und ich haben uns so schnell verliebt. Schon bei unserem dritten Date haben wir über Heirat, Kinder und unsere gemeinsame Zukunft gesprochen."

„Ihr habt eure gemeinsame Zukunft nach nur wenigen Dates geplant?", frage ich ungläubig, wobei ich mich nicht bemühe, den Schock in meiner Stimme zu verbergen.

„Ja, urteile nicht!", schnauzt sie zurück, und ich beiße mir auf die Zunge, als ich das Feuer in ihren Augen sehe. „Warst du noch nie so verliebt, dass du eine Person anschaust und deine ganze Zukunft mit ihr siehst?"

Ich lache schallend. „Auf gar keinen Fall."

„Nun, wie hast du dich denn gefühlt, wenn du verliebt warst?"

„Ich habe nichts gefühlt, weil ich noch nie verliebt war", behaupte ich. „Ich war noch nie in einer Beziehung. Aber ich muss keine Erfahrung mit Bindungen haben, um zu wissen, dass es total verrückt ist, nach nur drei Dates über eine gemeinsame Zukunft zu reden."

„Aber du bist alt", erwidert sie und mustert mich von Kopf bis Fuß, als würde sie eine verdammte Missbildung als Grund für meine mangelhafte emotionales Bindungsfähigkeit finden. „Du hattest doch sicher schon mindestens eine ernsthafte Beziehung."

„Ich bin nicht so alt", stoße ich hervor, denn verdammt noch mal, heute ist mein Geburtstag, und ich muss nicht daran erinnert werden, dass ich älter werde.

„Du bist ziemlich alt. Komm schon, wie alt bist du?", fragt sie und stürzt sich auf diesen Themenwechsel wie ein Hund auf einen Knochen.

Ich starre sie kurz an und beuge mich dann vor, sodass wir Nase an Nase sind. „Ich bin seit heute einunddreißig."

Sie zuckt zurück, und ihre herausfordernden Augen werden augenblicklich weicher. „Heute ist dein Geburtstag?", fragt sie mit hoher, übermäßig süßer Stimme. „Alles Gute zum Geburtstag!"

„Ja, ja", murmle ich augenrollend. „Da du mich für so einen alten Sack hältst, gehst du besser vor und reservierst mir einen Platz bei den Alten im Marv's. Ich will schon seit Wochen mit Arthur Karten spielen."

Bei meiner ausdruckslosen Miene entweicht ihren Lippen ein Lachen, und ich lehne mich zurück, richte meine Angel wieder im Wasser aus und schüttle den Kopf über dieses Mädchen. Sie wirkt auf einmal wirklich jung. Entweder das oder ich bin wirklich nur ein alter Sack. „Erzähl deine Geschichte zu Ende. Was ist mit dieser Liebe auf den ersten Blick passiert?"

Sie atmet schwer aus und fängt an, mit ihrer Angel herumzuspielen. „Nun, wir haben unsere gemeinsame Zukunft geplant, okay? Meine Eltern liebten ihn, und mein Bruder mochte ihn sogar, was ein Schock ist, weil er alle Jungs hasst, mit denen ich je ausgegangen bin. Wir fingen also an, Pläne für die Zeit nach dem Abschluss zu machen, weil ich im Dezember mein Studium beendete und der Draft der NFL im April stattfindet. Jedenfalls bat er mich, keine Jobs zu suchen, bis er wisse, für welches Team er spielen werde. Und ich dachte, es hört sich gut an, ein paar Monate Urlaub zu nehmen, um Zeit mit der Familie zu verbringen. Keine große Sache, denn wir waren eindeutig auf dem Weg in die Ewigkeit, oder? Die ehemalige Cheerleaderin und der zukünftige NFL-Star. Der Beginn einer märchenhaften Romanze. Dann kam der Weihnachtsmorgen … Wir besuchten meine Eltern, und er benahm sich seltsam, was mich denken ließ: Oh mein Gott, er wird mir einen Antrag machen! Nun, da lag ich lächerlich falsch, denn er bereitete sich tatsächlich darauf vor, mich zu verlassen."

„Warte, was?", frage ich, lasse meine Angel sinken und drehe mich wieder zu ihr um. „Du wurdest am Weihnachtsmorgen abserviert?"

Sie nickt, wobei sie schmollend die Unterlippe vorschiebt. „Ja", antwortet sie. „Im Haus meiner Eltern, vor Sonnenaufgang, bei selbstgebackenen Zimtschnecken und Kaffee."

„Scheiße", sage ich kopfschüttelnd. „An einem Feiertag abserviert zu werden …, das ist kalt."

„Kälter als dieser See", fügt sie hinzu und lässt ihren Stiefel über das glänzende Eis unter uns gleiten. „Aber der eigentliche Knaller war nicht, dass ich abserviert wurde …, sondern seine Worte, als er mich abservierte."

Ich zucke zusammen, weil dieser Trottel schon jetzt so wirkt wie die Hälfte der Idioten, mit denen ich mich in der High-School geprügelt habe. „Ich weiß nicht einmal, ob ich mich dazu durchringen kann, danach zu fragen."

„Oh, keine Sorge, ich werde sie dir sagen." Maggie setzt ihre Angel ab und lehnt sich näher zu mir, wobei ihr dunkles Haar ihr wütendes Gesicht perfekt umrahmt. Ihre seeblauen Augen blicken mich auf eine bedrohliche Art an, die sie irgendwie noch heißer macht. „Er sagte, ich sei zu gewöhnlich."

„Gewöhnlich?", wiederhole ich mit einem Kopfschütteln. „Wie … Mädchen, dieses Outfit ist so gewöhnlich?", frage ich und spucke dabei den Mist aus, den ich meine Schwestern ständig sagen höre, obwohl sie alle in ihren Dreißigern sind.

„Genau", bestätigt Maggie.

„Was für ein Typ benutzt dieses Wort?"

„Genau!", ruft sie, erfreut über meine kleine Solidaritätsbekundung. „Und er sagte, ich sei wirklich hübsch und klug und würde gut zu ihm passen, aber er wolle jemanden, der mehr Abenteuer in sein Leben bringt."

„Was für ein Trottel", schnaube ich und drücke meine Angel fest zusammen, da ich denke, dass dieser Kerl es verdient hat, verdammt noch mal niedergeschlagen zu werden.

„Aber aus irgendeinem abartigen Grund bin ich hier draußen das Arschloch, das versucht, einen Sinn für Abenteuer zu finden." Sie zuckt hilflos mit den Schultern. „Ich habe ihm sogar Bilder von mir geschickt, wie ich heute versucht habe, die Eishütte aufzubauen, weil ich dachte, dass ihn das beeindrucken könnte. Ich bin so erbärmlich."

„Glaubst du, dass du ihn so zurückgewinnen kannst?", frage ich, während ich meine Angelschnur ein wenig einhole.

Sie zuckt zusammen und fängt an, an ihrem seidigen schwarzen Haar zu zupfen. „Ich glaube, wenn ich ein paar Outdoor-Abenteuer ausprobiere, könnte sich Sterlings Bild von mir ändern. Mich weniger … gewöhnlich erscheinen lassen." Sie sieht mich mit großen, traurigen Augen und einem Schmollmund an, die meinen Körper zu einer lüsternen Reaktion veranlassen. „Macht mich das zu einem dummen Mädchen?"

Ich schüttle den Kopf und kämpfe gegen den Drang an, sie mir über die Schulter zu werfen, sie in mein Haus zu bringen und ihr zu zeigen, dass sie sich nicht für einen Typen ändern muss. Sie ist gut, so wie sie ist.

Stattdessen atme ich tief ein, starre sie an und beruhige meine Stimme, bevor ich antworte: „Ich denke, du bist dumm, wenn du denkst, dass du mit Extremsportarten besser auf einen Typen wirkst, zumal er sich wie ein Arschloch anhört."

Ihre Augen werden groß. „Du kennst ihn doch gar nicht."

„Ich kenne seinen Typ", stoße ich hervor und wackle frustriert mit der Angel. „Und die Tatsache, dass er denkt, du müsstest dich ändern, um ihm zu genügen, bestätigt meine Einschätzung. Er ist blind, weil … nun ja, verdammt … du eindeutig verdammt fantastisch bist."

Kaum sind meine Worte ausgesprochen, legt sich eine

schwere Stille über uns. Ich schaue hinüber und sehe einen schwachen Hauch von weißer Luft vor Maggies Lippen, als sie ausatmet und mich mit einer Intensität anstarrt, die es mir schwer macht, den Blick abzuwenden.

Ihr Blick wandert hinunter zu meinen Lippen. Langsam lasse ich meine Zunge darüber gleiten und tue alles, um nicht an das letzte Mal zu denken, als wir hier zusammen waren. An unsere aneinandergepressten Körper. An unsere Zungen, die sich gegenseitig massieren und sich wünschen, sie würden etwas viel Besseres lecken als nur eine weitere verdammte Zunge.

Aber ich sollte nicht darüber nachdenken. Denn wenn ich zu viel nachdenke, werde ich es wieder wollen. Und das ist etwas, das ich nicht wollen sollte.

Mein Blick schweift von ihren Lippen zu ihren Augen, springt hin und her, unschlüssig, was ich mehr anstarren möchte, denn beide lassen den Schritt meiner Hose verdammt eng werden.

Verdammt noch mal. Jetzt bin ich derjenige, der seinen Schneeanzug ausziehen will, weil diese starke Energie, die zwischen uns pulsiert, meinen armen Hodensack erstickt. Und mein Schwanz will von etwas ganz anderem erstickt werden.

Ich mache eine kleine Bewegung auf sie zu, und sie schnappt mit weit aufgerissenen Augen nach Luft. „Hat einer angebissen?", ruft sie aus, wobei ihre Stimme seltsam klingt.

Mein Blick fällt auf meine Angel, dann schaue ich auf den Monitor und sehe nichts als einen leeren See unter mir. „Da ist nichts", antworte ich. Ich lehne mich auf meinem Stuhl zurück und starre noch einen Moment länger, in der Erwartung, dass etwas auftaucht.

Sie räuspert sich. „Oh, tut mir leid …, ich schwöre, ich habe gesehen, wie deine Leine sich bewegt hat."

Es kommt darauf an, welche Leine sie meint. Denn wenn es die dicke zwischen meinen Beinen ist, dann hat es sich definitiv bewegt. „Ja, vielleicht kommt etwas zurück", sage ich mit einer Hoffnung in der Stimme, die ich nicht verbergen kann.

Verdammt noch mal, ich will dieses Mädchen ficken. Ich will sie genau hier und jetzt ficken. Aber sie hat mir gerade erzählt, dass sie versucht, ihren Ex zurückzugewinnen, also sollte das ein Dealbreaker sein. Es sollte mich dazu bringen, in die entgegengesetzte Richtung zu rennen, denn ich stehe nicht auf Mädchen mit Ballast. Normalerweise ist das für mich ein No-Go. Aber aus irgendeinem lächerlichen Grund zieht mich ihr unschuldiger Idealismus immer wieder zu ihr zurück.

Ich räuspere mich und frage das Erste, was mir in den Sinn kommt. „Welche verrückten Dinge wolltest du denn ausprobieren, um deinen Ex zurückzubekommen?" Ich drehe mich um und sehe sie mit einem gezwungenen Lächeln an. „Es tut mir leid, dass ich dir das sagen muss, aber Eisfischen ist nicht gerade das, was ich als super abenteuerlich bezeichnen würde."

„Ich weiß", brummt sie, und ihre Augen leuchten, als sie auf den Monitor zeigt und der Fischschwarm wieder auftaucht. „Es war nur das Erste, was ich ausprobiert habe, und ich muss zugeben, dass es mir irgendwie gefällt."

Ich lächle darüber, weil dadurch die Tatsache, dass ich ein Risiko eingegangen bin, indem ich sie hierher eingeladen habe, umso mehr wert ist.

Sie wackelt ein wenig mit der Angel. „Aber ich werde etwas Gewagteres ausprobieren, denn tief im Inneren denke ich, dass Sterling recht haben könnte", fügt sie hinzu und streicht sich die Haare hinter die Ohren. „Mein ganzes Leben war sicher und einfach. Ich mache Pläne, und ich halte mich daran. Mit Veränderungen komme ich nicht so gut zurecht. Jetzt ist also der perfekte Zeitpunkt für mich, einige meiner eigenen Regeln zu brechen."

Ein Grinsen breitet sich auf meinem Gesicht aus, als ich diese umwerfende, sehr mädchenhafte Frau betrachte, die auf einem harten Hocker inmitten eines zugefrorenen Sees sitzt.

„Ein paar Regeln zu brechen, kann Spaß machen", antworte ich und nehme einen tiefen, reinigenden Atemzug, während ich mir wünsche, dass sie jetzt mit mir ein paar Regeln bricht. Ich räuspere mich und kämpfe darum, meine Gedanken wieder in anständige Bahnen zu lenken. „Und so sehr es mich schmerzt, das zu sagen, finde ich es eigentlich ziemlich cool, dass du dich für einen Typen so ins Zeug legst. Nicht viele Mädchen würden sich die Mühe machen."

In diesem Moment beißt etwas bei ihr an, und ohne meine Hilfe setzt sie den Haken wie ein Profi. „Ich habe einen!", quietscht sie und fängt an, ihre Angel einzuholen. „Diesmal habe ich ihn ganz allein gefangen!"

Ich lächle und lasse mich auf die Knie fallen, während ich mich wirklich komisch fühle, dass mich das so sehr anmacht. Ich beruhige meine Gedanken und sage: „Mal sehen, ob du ihn auch allein einholen kannst."

„Okay", strahlt sie und streckt die Zunge heraus, während sie sich konzentriert.

Ich beobachte sie mit großer Faszination, denn obwohl alles, was sie sagte, wie alles klang, wovor ich verdammt noch mal weglaufen würde, zieht mich irgendetwas an ihr wieder an.

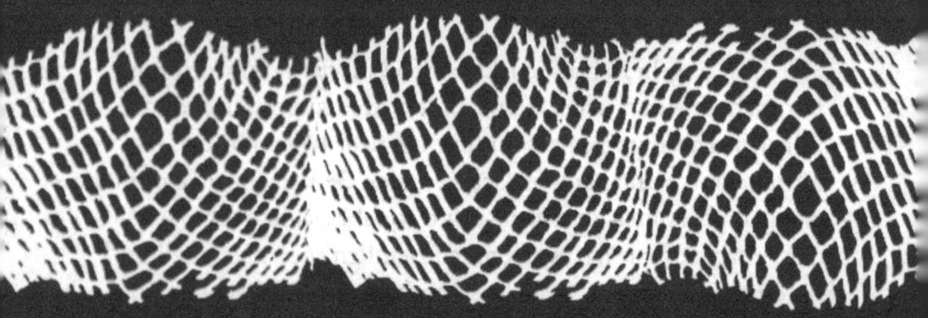

KAPITEL 5

Kleiner Fisch … großes Problem

Sam

„Happy Birthday", trällert meine Mutter, während meine drei Schwestern in perfekter Harmonie für mich singen.

Ich beuge mich vor, um die Kerzen auszublasen, während meine achtjährige Nichte Kinsley auf einem Knie und mein sechsjähriger Neffe Zion auf dem anderen sitzt. Beide starren mich mit Dackelblicken an.

„Ihr glaubt doch nicht, dass ich all diese Kerzen selbst ausblasen kann, oder?" Ich wackle mit den Augenbrauen und beobachte, wie sich ihre Gesichter in pure Freude verwandeln, als sie sich vorbeugen und mir quasi auf den Geburtstagskuchen spucken.

Er wird trotzdem köstlich schmecken.

Sie rutschen von meinem Schoß und eilen zu meiner Mutter, die den Kuchen zu ihrem Platz neben mir zieht. „Wer will Onkel Sammys Gesicht?"

„Ich, Grandma!", quiekt Kinsley. Sie macht eine Faust um ihre Plastikgabel und knurrt: „Ich will Sammys Gesicht umbringen!"

Jedermanns Lächeln verblasst, während wir sie mit verstörtem Entsetzen anstarren. Ich sehe meine älteste Schwester Tracey an, deren entsetzte Augen auf ihre Tochter gerichtet sind. „Kinsley, was hat Mommy über Mord gesagt?"

„Wie bitte?", krächze ich und blinzle schnell zu ihr hoch.

Kinsleys Stimme klingt traurig. „Wiederhole nicht, was du in Mommys Auto hörst."

Tracey lacht unbeholfen und schaut uns alle mit verrückten Augen an. „Es tut mir so leid. Sie hat einen winzig kleinen Teil des Podcasts My Favorite Murder gehört, und jetzt ist sie ganz seltsam und mörderisch. Wir arbeiten daran."

Meine beiden anderen Schwestern, Erin und Holly, verbergen ihren urteilenden Blick nicht, während sie je ein Kleinkind auf der Hüfte balancieren.

„Vielleicht solltest du härter daran arbeiten", sagt Holly und packt Tracey ernsthaft am Arm.

„Halt die Klappe, Holly! Das sagt gerade die Richtige. Isaiah ist letzte Woche aus seinem Kinderbettchen gefallen."

„Die Situation ist unter Kontrolle!", knurrt sie mit zusammengebissenen Zähnen zurück, während sie ihr einjähriges Kind fest an ihre Brust drückt.

„Meine auch", brummt Tracey.

„Mädels …, meine lieben Enkelkinder haben es eindeutig nicht nötig, euch bei einem Zickenkrieg zuzusehen, also setzt euch bitte hin und erdrückt eure Gefühle mit Essen wie normale Mütter."

Meine drei Schwestern nehmen mürrisch Platz, während meine Mutter jedem ein riesiges Stück Blechkuchen serviert. Durch meine drei älteren Schwestern bin ich der stolze Onkel von drei Neffen und einer mordlustigen Nichte. Holly bekommt bald ihr zweites Kind, um das Spielfeld für die Mädchen ein wenig auszugleichen.

Meine Schwestern sehen alle genau wie meine Mutter aus, mit heller Haut, Sommersprossen und kastanienbraunem Haar.

Die Wahrheit ist jedoch, dass meine Mutter mehr wie ihre älteste Schwester als wie ihre Mutter aussieht, weil die Frau keinen Tag gealtert ist, seit ich alt genug war, um das zu bemerken.

Debrah O'Connor ist Krankenschwester im Krankenhaus in Boulder und bei all ihren Patienten sehr beliebt. Sie arbeitet viel zu hart, aber man kann sie nicht aufhalten. Sie macht eine Zwölf-Stunden-Schicht, backt einen Geburtstagskuchen und bietet ohne Zögern an, auf alle ihre Enkelkinder aufzupassen. Sie ist wie ein Stehaufmännchen.

Und obwohl sie keine einzige graue Strähne in ihrem kurzen, kastanienbraunen Haar hat, weiß ich, dass die harte Arbeit an ihr zehrt. Gelegentlich, wenn sie denkt, dass niemand hinschaut, sehe ich, wie sie zusammenzuckt, wenn sie mit ihren Enkelkindern auf dem Boden herumkrabbelt. Sie ist zwar erst sechzig Jahre alt, aber all die Jahre der Arbeit im Krankenhaus haben ihren Tribut gefordert. Ich kann ihr sagen, dass sie sich zu viel zumutet, und ich nerve sie oft damit, dass sie sich zur Ruhe setzen soll, aber sie winkt ab und sagt, sie habe einen Plan und könne es sich nicht leisten, jetzt aufzuhören.

Es bringt mich schier um, weil ich ihr helfen möchte. Das hat sie verdient.

„Ich freue mich, dass du für ein Stück Kuchen vorbeikommen konntest, Sammy", sagt Mom und lächelt mich mit diesem mütterlichen Funkeln in den Augen an.

„Nun, ich musste dein Garagentor reparieren, also dachte ich mir, ich könnte auch etwas Kuchen verdrücken." Ich zwinkere ihr spielerisch zu, denn sie weiß, dass ich an meinem Geburtstag immer an diesem alten Küchentisch sitzen und ihren selbstgebackenen Blechkuchen mit meinem Gesicht darauf essen werde.

„Ich habe dir doch gesagt, dass das Garagentor warten kann", sagt sie und zieht die Mundwinkel nach unten.

Ich starre sie einen Moment lang an. „Mom, da draußen

herrschen fünfzehn Grad minus. Du brauchst dein Auto nicht draußen zu parken."

„Das macht mir nichts aus!"

„Apropos reparieren", unterbricht Tracey und sieht mich direkt an. „Mein Wasserenthärter ist in letzter Zeit sehr laut, Sammy. Was meinst du, was das bedeutet?"

„Läuft noch Salz durch?", frage ich mit einem Mundvoll Kuchen.

Tracey sieht mich mit leeren Augen an. „Woher soll ich das wissen?"

„Wann hast du das letzte Mal Salz in den Tank getan?"

Ihre Lippen verziehen sich zu einer Grimasse. „Matt war wahrscheinlich der Letzte, der es getan hat."

Ich nicke und atme ein, als sie ihren Ex-Mann erwähnt, der ungefähr so geschickt war wie ein Kleinkind. „Ich komme morgen vorbei und sehe es mir an."

„Danke!", stößt sie voller Dankbarkeit hervor. „Habt ihr das gehört, Leute? Onkel Sammy kommt morgen zum Sunday Funday vorbei."

„Ja!", ruft Zion. „Wir werden *Madden* spielen, und ich werde dich zerstören …, mal wieder."

Ich rolle mit den Augen. „Pass lieber auf, du halbe Portion, sonst hole ich meine Geheimwaffe."

„Die wäre?" Zion starrt mich mit herausforderndem Blick an.

Ich zeige auf meine Nichte, die ein ausgesprochen mörderisches Lächeln hat. Zions Gesicht wird lang. „Das ist nicht fair … Kinsley ist in allem gut."

Ich lache und schüttle den Kopf. „Auch ein blindes Huhn findet mal ein Korn, Mann. Gib nicht auf."

Die Kinder essen ihren Kuchen auf und gehen nach oben, wo meine Mutter alle unsere alten Kinderzimmer in thematische Spielzimmer für die Kinder umgestaltet hat. Immer, wenn wir alle hier sind, spielen sie oben und richten ein riesiges Chaos an. Sie lieben es.

„Also, Sammy, was hast du heute Abend zum Geburtstag vor?", fragt Mom und schiebt sich eine Gabel Kuchen in den Mund.

„Du siehst es vor dir", antworte ich, während ich ein weiteres Stück Kuchen abschneide.

Erin sieht mich mit zusammengekniffenen Augen an. „Du gehst an deinem Geburtstag nicht aus?"

„Nein. Was ist so besonders an einunddreißig? Es ist nur ein Jahr näher an vierzig. Außerdem muss ich ein paar Geschäftsvorschläge für Onkel Terry fertigstellen. Ich will, dass er sie absegnet, bevor er in sechs Monaten verschwindet."

„Sammy", sagt meine Mutter mit ihrer schimpfenden Stimme. „Es ist dein Geburtstag. Du solltest etwas Spaß haben. Du arbeitest zu hart."

„Ich war heute Eisfischen. Das hat Spaß gemacht." Ich zucke mit den Schultern.

Meine Schwestern sehen mich alle mit traurigen Augen an, aber Tracey ist diejenige, die das Wort ergreift. „Ich hasse es, dass du die ganze Zeit allein Eisfischen gehst. Und du bist auch allein in dieser Blockhütte, die du auf dem Land gekauft hast. Das ist deprimierend."

„Und ein bisschen erbärmlich", fügt Erin hinzu.

„Du wirst zu einem Einsiedler", mischt sich Holly am Ende ein. „Oder einer dieser ländlichen Spinner aus Traceys Mord-Podcasts."

Meine Augen fallen mir fast aus dem Kopf. „Ich mag mein Land und ich mag meine Hütte. Leute, die in der Stadt leben, können auch einsam und mörderisch sein ... es ist nicht das Land, das jemanden zum Mörder macht. Und zu eurer Information, ich war heute nicht allein beim Eisfischen, also lasst mich in Ruhe!"

„Du warst nicht allein?", fragt Mom und sieht mich mit

Angst in den Augen an. „Mit wem warst du zusammen? Es war doch nicht *er*, oder?"

„Nein", antworte ich mit einem verärgerten Knurren. „Gott, nein. Er war es nicht … es war nur ein Mädchen."

„Welches Mädchen?", zwitschert Holly.

„Nur eine Braut, die keine Angelerfahrung hat und etwas Hilfe brauchte."

„Du bist mit jemandem Eisfischen gegangen, der nicht Dad ist?", fragt Tracey mit heruntergefallener Kinnlade.

„Ja", antworte ich, die Schultern aufgrund ihrer übertriebenen Reaktion angespannt. „Es war keine große Sache."

„Du nimmst nie jemanden zum Eisfischen mit", sagt Holly, und ich schwöre, ich kann sehen, wie ihr die Wut bis zu den Augäpfeln steigt. „Ich habe dich hunderte Male gebeten, mich mitzunehmen, und du hast immer Nein gesagt."

„Nun, es war nicht geplant", argumentiere ich und schiebe den letzten Bissen in meinen Mund. „Es ist einfach so … passiert … zweimal."

„Zweimal?", rufen meine Schwestern alle gleichzeitig aus.

In diesem Moment klingelt es an der Tür. Blitzschnell breite ich meine Hände auf dem Tisch aus und schiebe meinen Stuhl lautstark zurück. „Bitte, um alles in der Welt, lasst mich aufmachen."

Ich höre das Getratsche meiner Schwestern hinter mir, als ich durch den Flur zur Haustür schreite. Als ich sie öffne, bin ich schockiert, als ich Miles mit einem breiten Lächeln auf der anderen Seite sehe. „Alles Gute zum Geburtstag, Arschwichser."

Der Sonnenuntergang hinter ihm zwingt mich dazu, die Augen zusammenzukneifen. „Danke? Was machst du denn hier, Mann?"

Miles klopft mir spielerisch auf die Schulter. „Du warst nicht in deiner Wohnung, also dachte ich, du wärst hier. Komm schon, ich gehe mit dir aus."

„Wo ist Kate?", frage ich und blicke hinter ihm auf den leeren Pick-up.

„Sie reserviert uns Plätze im Pearl Street Pub. Wir haben einen Tisch."

„Verdammt, ich war schon ewig nicht mehr dort", sage ich und reibe mir aufgeregt den Kiefer. Miles und ich waren früher nach der Arbeit oft in der Bar, bis ich mit Tire Depot und er mit Kate beschäftigt war.

„Du solltest besser nicht daran denken, mit jemand anderem dorthin zu gehen", erwidert er ernst. „Ich weiß, dass ich abgelenkt war, aber der Pearl Street Pub ist unser Ort, und ich werde jeden fertig machen, der versucht, mit dir dorthin zu gehen und meinen Platz einzunehmen."

Ich starre Miles an und schüttle langsam den Kopf. „Komm schon, Mann."

Er schließt die Augen und presst eine Hand auf sein Gesicht. „Ich weiß. Verdammt, ich werde dir jetzt einfach meine Männlichkeitskarte geben, denn ich bin mir sicher, dass das nicht das letzte Kitschige sein wird, was heute Abend aus meinem Mund kommt. Das Leben mit einer Liebesromanautorin ruiniert mich."

Ich lache und ziehe Miles ins Haus, damit er meine Familie begrüßen kann, während ich nach oben laufe, um meinen Neffen und meiner Nichte eine Abschiedsumarmung zu geben. Nachdem ich noch ein paar Knöpfe an meinem grünen Flanellhemd zugemacht habe, frage ich: „Bin ich gut angezogen?"

Miles mustert mich von oben bis unten. „Du trägst Stiefel, Jeans und ein Flanellhemd … das ist im Grunde die Kleiderordnung von Boulder, Bruder. Du siehst gut aus. Lass uns gehen."

Ich lasse meinen SUV in der Einfahrt stehen und steige in Miles' Pick-up. Ich halte meine Hände an die Lüftungsschlitze, da ich vom Angeln heute Morgen immer noch ein leichtes Frösteln auf meiner Haut spüre.

„Und, hast du sie gesehen?", fragt Miles, während er aus der Nachbarschaft fährt.

„Wen gesehen?", frage ich und mustere ihn neugierig.

„Die heiße Braut vom Eisfischen."

Ich lache. „Oh, ich habe sie gesehen, ja."

Miles schlägt auf das Lenkrad. „Ja, das hast du! Hattest du schon Geburtstagssex? Ich war darauf vorbereitet, heute Abend dein Wingman zu sein."

Ich runzle die Stirn. „Ich habe keinen Geburtstagssex bekommen."

„Also, was ist passiert?"

„Genau genommen nichts, aber verdammt, ich weiß es nicht, Mann. Dieses Mädchen macht mich total verrückt. Sie ist jung, aber nicht unbedingt unreif, nur etwas idealistisch oder so ein Scheiß. Und sie ist verdammt heiß. Ich habe einen Blick auf ihre Titten geworfen, und die sind wie zwei Wasserbomben, die perfekt in meine Hände passen würden."

„Schön", antwortet Miles mit einem wissenden Nicken. „Eine gute Handvoll muss man lieben."

„Genau", antworte ich. „Sie ist wie keine andere, mit der ich je zusammen war, und ich glaube, das ist der Grund, warum ich nicht von ihr lassen kann. Und ab und zu hat sie ein Funkeln in den Augen, das in mir den Wunsch auslöst ..."

„Was?", fragt Miles, dem die Zunge fast aus dem Mund hängt, während er aufmerksam zuhört. „Sie in einem Zelt im Wald zu ficken, sodass einen die Leute auf dem Campingplatz nebenan hören und im Geiste ein High Five geben können?"

Ich musterte ihn neugierig. „Ich dachte eher daran, sie an die Wand zu werfen, aber klar, deine Zeltidee klingt auch ganz nett."

„Verdammt richtig, das tut es." Er gibt mir einen Fauststoß.

Ich schaue aus dem Fenster und sehe den frischen Schnee,

der zu fallen begonnen hat. Ich liebe frischen Schnee. Er ist so … unverdorben. „Das könnte tatsächlich das erste Mädchen sein, für das ich ein paar Regeln breche, Miles."

„Geschockt, ehrfürchtig, fassungslos, erstaunt."

„Was machst du da?", frage ich und drehe mich zu Miles, der weiter auf die Straße schaut.

„Ich gebe dir Adjektive für das Wort Schock, weil ich gerade einen großen Schock erlebe."

„Warum gibst du mir Adjektive?"

„Das ist nur etwas, was ich mit Kate mache, wenn sie nach einem besseren Wort in ihrem Buch sucht. Ich dachte, es könnte auch eine Sache zwischen dir und mir sein." Sein Gesicht sieht so hoffnungsvoll aus. Ich habe fast ein schlechtes Gewissen, es zu zerschmettern.

Fast.

„Nein, Mann. Da muss ich passen."

Miles rollt mit den Augen. „Wie auch immer. Ich sage nur, dass ich erstaunt bin, dass du für diese Braut irgendwelche Regeln brichst. Seit dem Tag unseres Kennenlernens hast du ständig Frauen flachgelegt."

„Da ändert sich nichts", bestätige ich und sehe ihn ernst an, damit er mich richtig versteht. „Ich werde mich nicht auf eine Beziehung mit der Braut einlassen. Sie hat ein großes Problem, das ich mir nicht aufbürden möchte. Du weißt, dass ich nichts Ernstes mache, nachdem ich gesehen habe, was mein Vater meiner Mutter angetan hat. Ich werde diesen Weg niemals einschlagen. Ich habe nur Telefonnummern mit ihr ausgetauscht, also ist Flachlegen eine Option. Das ist alles."

„Na gut", antwortet Miles und nickt nachdenklich, als wir an einer roten Ampel auf der Pearl Street anhalten. „Trotzdem ist der Austausch von Nummern etwas, das du noch nie gemacht hast."

„Ich weiß", antworte ich mit einem tiefen Atemzug. „Sie lässt mich seltsame Dinge tun."

Er stößt ein Lachen aus und gibt mir einen Fauststoß. „Verdammt, du hast sie in einem Angelladen getroffen – das ist schon seltsam. Und da ich mein Mädchen in einem Reifenladen kennengelernt habe, kann ich dir mit hundertprozentiger Sicherheit sagen, dass seltsam heiß sein kann."

„Heiß und vorübergehend", füge ich hinzu. „Nur weil du Mr. Monogamie bist, muss ich das nicht auch sein."

Miles zieht seine Hand zurück und nickt ernst. „Ich verstehe dich, Mann. Flachlegen also."

„Genau", antworte ich mit einem entspannten Lächeln.

Einige Minuten später halten wir vor dem Pearl Street Pub and Cellar an. Miles und ich haben angefangen, in dieser unauffälligen Bar abzuhängen, als er in die Stadt zog. Es ist eine Art unscheinbares Lokal mit nettem Personal und hervorragendem Essen. Außerdem ist es eines der wenigen Lokale in der Pearl Street, das nicht von Studenten oder Touristen überlaufen ist, was es zu einem meiner Lieblingslokale macht.

Wir betreten die schwach beleuchtete Kneipe mit Holzvertäfelung, und als sich meine Augen daran gewöhnen, sehe ich Kates feuerrotes Haar bei den Billardtischen. Wir gehen zu ihr hinüber, und ich sehe, dass ihre Freunde Lynsey und Dean neben ihr sitzen, zusammen mit einigen Jungs von Tire Depot und ein paar meiner Kumpels von der Uni, die Miles kennengelernt haben, seit er vor ein paar Jahren hergezogen ist.

Mein bester Mechaniker reicht mir ein Bier aus dem Eiskübel, als ich einen großen, mit Reifen verzierten Kekskuchen in der Mitte des Tisches stehen sehe. „Ihr hättet das alles nicht tun müssen", sage ich kopfschüttelnd. Ich hasse es im Moment, im Mittelpunkt der Aufmerksamkeit aller zu stehen.

„Doch, haben wir", sagt Miles und klopft mir auf die Schulter. „Du hast in letzter Zeit hart gearbeitet und hast es verdient, etwas Spaß zu haben."

Ich verdrehe die Augen und gehe um den Tisch herum, um die anderen zu begrüßen. Kate zieht mich in ihre Richtung und sagt: „Sam, du erinnerst dich doch an meine Freunde Lynsey und Dean, oder?"

„Happy Birthday, Sam!", ruft Lynsey aus und stößt mit mir an. Lynsey ist ein bisschen verrückt, aber das ist Kate auch, also kann ich verstehen, warum ihre Freundschaft so stark ist. Kates Freund Dean hingegen … Ich bin ihm gegenüber immer noch etwas misstrauisch, aber ich setze ein Lächeln auf und tue mein Bestes, um nicht über seinen karierten Blazer zu grinsen.

Plötzlich höre ich Miles brüllen: „Da bist du ja, Megan! Komm her und lern meinen besten Kumpel Sam kennen! Eigentlich ist er mein Chef bei Tire Depot, aber ich erinnere ihn nur ungern daran, sonst wird er übermütig."

Ich drehe mich um, um derjenigen, mit der Miles spricht, die Hand zu schütteln, und plötzlich habe ich das Gefühl, in die Eier getreten worden zu sein.

Oder eigentlich … in den Bauch.

Ja, dieses Gefühl hier … es ist zu tief für einen Tritt in die Eier. Diese Panik, die mir die Eingeweide verdreht und meinen Körper erzittern lässt, die alle meine Sinne überwältigt, ist wie ein Tritt in den Bauch.

Denn ich schaue in die atemberaubenden blauen Augen meiner Eisangelpartnerin der letzten beiden Wochenenden.

„Sam, das ist meine kleine Schwester Megan, die den ganzen Weg aus Utah zu uns gekommen ist. Megan, das ist mein bester Freund, Sam." Maggies Lächeln fällt mit ihrer Erkenntnis, als Miles, ihr … *Bruder – oh verdammte Scheiße, ihr Bruder –* einen Arm über ihre Schulter legt und mich anlächelt.

Wie ein Idiot führe ich sofort mein Bier an die Lippen und nehme drei langsame Schlucke. Was auch immer ich tun kann, um ihre ausgestreckte Hand jetzt nicht zu berühren, denn ich bin überzeugt, dass Miles in der Sekunde, in der ich sie vor ihrem Bruder berühre, weiß, dass ich mir sie nicht weniger als neunzehnmal nackt vorgestellt habe.

Und jetzt stelle ich sie mir wieder nackt vor.

Ich nicke dümmlich und trinke weiter mein Bier wie ein verdammter College-Junge, während Miles und Maggie mich neugierig beobachten. Schließlich reiße ich das kalte Glas lange genug von meinen Lippen, um mit dem Kopf zu nicken.

Ein verdammtes Kopfnicken.

Nur Idioten, die ein Mädchen als gewöhnlich bezeichnen, würden mit dem Kopf nicken.

Ich schaue nach unten, wo sie mir immer noch ihre Hand zum Schütteln entgegenstreckt, und Gott steh mir bei, meine verräterischen Augen scannen gleichzeitig den Rest ihres Körpers. Ihre perfekten runden Titten sind unter dem kurzen schwarzen Spitzenkleid verdeckt. Es ist viel zu schick für das Pearl, aber zur Hölle, wenn sie nicht sexy aussieht. Sie trägt eine schwarzkarierte Strumpfhose und kleine Stiefeletten mit einem hohen Absatz, sodass sie mir bis zum Kinn reicht. Ich hatte mich daran gewöhnt, dass sie mir in ihren Schneestiefeln bis zur Brust reicht. *Dieselben Stiefel, die sie trug, als ich die kleine Schwester meines besten Freundes in meiner verdammten Fischerhütte geküsst habe.*

Mein Verstand versucht, sich sofort an alles zu erinnern, was ich Miles vorhin über seine Schwester in seinem Truck gesagt habe. *Mein Gott, das ist schlimm.*

Plötzlich packt Maggie meine Hand, um sie zu schütteln. „Hi Sam, meine Freunde nennen mich Maggie. Miles ist der Einzige, der mich noch Megan nennt … sogar meine Eltern sagen Maggie. Es ist schön, dich *kennenzulernen* … zum ersten Mal."

Sie spricht langsam, und ich merke, wie ich mit großen Augen nicke, während ich versuche, die Watte in meinem Mund herunterzuschlucken und die Funken zu ignorieren, die von ihrer Berührung in meiner Hand aufsteigen. „Freut mich auch, dich zum ersten Mal kennenzulernen. Wie lange bist du schon zu Besuch in der Stadt?" *Verdammt, ich klinge wie ein Roboter auf LSD.*

Ihr Grübchen blitzt auf, als sie merkt, dass ich nicht alles ausplaudern werde. „Ich bin erst vor ein paar Stunden angekommen."

Ich entspanne meinen Kiefer und merke zu spät, dass wir uns immer noch die Hände schütteln. „Heute?" Ich kann nicht anders, als es als Frage zu formulieren, denn wo zum Teufel hat sie die letzte Woche verbracht, wenn Miles glaubt, dass sie erst heute in die Stadt gekommen ist?

„Ja, ich habe meinen Freund in seiner Heimatstadt an der Ostküste besucht und beschlossen, ein paar Wochen in Boulder zu bleiben, bevor ich nach Utah zurückkehre."

Ich blinzle und kann es nicht verhindern, weil meine Gedanken gerade völlig durcheinander sind. Ich kann die Lüge nicht von der Wahrheit unterscheiden. Ist sie noch mit ihrem Freund zusammen und hat mich angelogen? Oder hat sie mir die Wahrheit gesagt und lügt Miles an?

Das ist der Grund, warum man seine eigenen Regeln nicht bricht, Sammy. Mädchen mit Ballast sind nie einfach.

Schließlich finde ich meine Stimme wieder und sage: „Nun, ich hoffe, du hattest einen angenehmen Besuch." Schnell entziehe ich ihr die Hand und winke Miles mit der leeren Bierflasche, der sich auf den Hocker neben Kate setzt. „Ich übernehme die nächste Runde. Keine Widerrede."

Ich mache auf dem Absatz kehrt und eile zur Bar, um etwas Zeit zum Nachdenken zu haben. Ich stütze mich auf einen Hocker und fahre mir mit den Händen durch die Haare, während ich darüber nachdenke, was gerade passiert ist. Wie zum Teufel konnte ich nicht herausfinden, dass Maggie Miles' Schwester Megan ist? Sie sehen total verwandt aus.

Bedeutet das, dass ich mich zu meinem besten Freund hin-gezogen fühle?

Ich schüttle diesen Gedanken sofort ab, denn Miles hat keine Wasserbombentitten. Man mag mich einen Barbaren nennen, aber Brüste sind für mich ein Muss, fürchte ich. Der

Barkeeper fragt mich, was ich möchte, und ich antworte: „Noch einen Eimer Coors, in den ich meinen Kopf stecken kann."

Er brummt und macht sich an die Arbeit, als eine Stimme mich zu Tode erschreckt. „Du darfst Miles nichts von uns erzählen."

„Was?", rufe ich und drehe den Kopf, um Maggie direkt neben mir stehen zu sehen.

„Du und ich", wiederholt sie und lehnt sich so nah zu mir, dass ihre Brust meinen Arm berührt. „Du kannst Miles nicht sagen, dass wir uns kennen."

„Was du nicht sagst", knurre ich und reiße meinen Arm von diesen herrlichen Exemplaren weg, die mich in einen verdammten Perversen verwandelt haben. *Verdammte Scheiße. Habe ich Miles vorhin ihre Titten beschrieben? Verdammt noch mal, ich bin ein Idiot!* „Miles wird mir die Eier abreißen und sie an die Anhängerkupplung seines Trucks hängen, wie diese Arschlöcher, die mit Stierhoden herumfahren."

„Was?", fragt sie, während sie verwirrt blinzelt.

Ich schüttle den Kopf. „Vergiss es."

„Wir sind uns also einig? Er darf nicht wissen, dass wir uns schon einmal getroffen haben."

Sie starrt mich mit einem flehenden Gesichtsausdruck an, und mein verräterischer Blick fällt auf das Dekolleté, das sich unter dem Spitzenstoff ihres Kleides abzeichnet. Ich schlucke heftig und drehe mich schnell wieder nach vorn um. *Starr einfach auf die Schnapsflaschen im Regal, Sam. Starr einfach auf die Schnapsflaschen im Regal!* „Wir sind uns einig."

Sie atmet schwer aus und lässt sich auf den Hocker neben mir gleiten. Ich werfe einen ruckartigen Blick über meine Schulter, um sicherzugehen, dass uns niemand beobachtet. Alle scheinen Kate fröhlich zuzuhören, während sie eine Geschichte erzählt, und ihre Augen leuchten vor Belustigung.

Mit zusammengebissenen Zähnen frage ich: „Wirst du mir sagen, warum Miles glaubt, dass du noch einen Freund hast?"

Sie zuckt zusammen und sieht aus, als würde sie Rasierklingen schlucken. „Ich kann meiner Familie nicht sagen, dass Sterling mit mir Schluss gemacht hat."

„Warum nicht?", frage ich stirnrunzelnd. „Miles hat immer gesagt, seine Familie sei cool. Super unterstützend und so. Er ruft seine Mutter jeden Sonntag an!"

„Unsere Familie ist cool", stöhnt sie und kneift sich mit der Hand in den Nasenrücken. „Sie sind perfekt und bedeuten mir alles. Wenn ich ihnen erzähle, dass Sterling mich am Weihnachtsmorgen aus heiterem Himmel abserviert hat, werden sie ihn alle hassen."

„Na und?", stoße ich hervor und starre auf ihre gebeugte Gestalt hinunter. „Ich denke, der Wichser verdient es, gehasst zu werden."

Sie dreht sich um und sieht mich mit glasigen Augen an. „Ich kann nicht zulassen, dass sie den Mann hassen, den ich heiraten will."

Innerhalb eines Tages wurde ich in die Eier getreten und in die Magengrube geboxt … Happy Birthday, Sammy. „Du willst ihn wirklich heiraten?", stöhne ich und reibe mir mit einer Hand über den Kiefer.

Sie nickt mürrisch.

Der Barkeeper reicht mir einen Eimer Bier, und mit einem schweren Seufzer murmle ich: „Es ist dein Leben, Sparky."

Ich stehe auf und deute mit dem Kopf an, dass wir zur Gruppe zurückkehren sollten, bevor jemand Verdacht schöpft. Wir gehen zurück zur Gruppe, und ich beschließe, dass es eine gute Idee ist, mit Miles, der gut zehn Zentimeter größer ist und zehn Kilo Muskelmasse mehr hat als ich, Bier um Bier zu trinken. Wir stoßen mit den Flaschen an, und ich tue mein Bestes, um zu vergessen, was Maggie an der Bar gesagt hat, und ganz sicher um zu vergessen, sie flachzulegen.

Für heute Abend verdränge ich, warum mich das alles so sehr stört. Es überrascht mich auf jeden Fall, dass sie dieses

Arschloch heiraten will. In der kurzen Zeit, die wir in der letzten Woche miteinander verbracht haben, hatte ich den Eindruck, dass sie besser ist als das. Ich weiß, ich habe ihr gesagt, dass es cool ist, dass sie etwas anderes versucht, um ihn zurückzugewinnen, aber jetzt, da ich weiß, dass sie nicht nur versucht, ihren Schwachkopf von Footballspieler zurückzubekommen, sondern auch plant, den Kerl zu heiraten – das macht mir Angst um sie. Und es lässt mich an allem zweifeln, was ich über sie dachte.

Aber verdammt, sie ist nicht meine kleine Schwester. Sie ist die von Miles. *Mein bester Freund ...,* falls ich daran erinnert werden muss. Und anscheinend muss ich daran erinnert werden, denn ich kann den ganzen Abend nicht aufhören, sie anzustarren. Irgendwann muss ich mich an ihr vorbeiquetschen, um den Tisch zu umrunden. Wir streifen uns an der Brust, und ich schwöre bei Gott, dass ich einen halben Steifen bekomme. Die kleine Schwester meines Kumpels hat mich in einen gottverdammten Teenager verwandelt, und ich habe das starke Verlangen, meine Stirn gegen die Wand zu schlagen, bis ich bewusstlos werde.

Ich gehe die Treppe hinunter, um die Toilette zu benutzen, die sich im schmuddeligen Keller des Pearls befindet. Ich betrinke mich, weil das verdammt schmerzhaft ist. Das einzige Mädchen, für das ich meine Regeln brechen möchte, ist das einzige Mädchen, das ich nicht anfassen kann.

Auf dem Weg zurück zur Treppe fällt mein Blick auf ein Paar sexy Beine in Strumpfhosen, die mich leicht von meiner Angelfreundin ablenken könnten. Aber als ich meinen Blick zu ihrem Gesicht hebe, werde ich von der atemberaubenden, schwarzhaarigen, blauäugigen Schönheit getroffen, die die DNA meines besten Freundes teilt.

„Hey", sage ich und stütze mich an der Wand gegenüber des Geländers ab, um einen großen Bogen um sie zu machen. Ich tue so, als würde einen verdammten Hut lupfen, den ich gar nicht trage, und überlege mir dann acht verschiedene

Möglichkeiten, wie ich mir selbst eine reinhauen könnte, weil ich so uncool bin.

„Heyyy", sagt sie langsam, hält auf der Treppe inne und drückt sich mit dem Rücken an die Wand mir gegenüber.

Bleib nicht stehen, um mit mir zu reden. Geh weiter. Je weniger ich dich heute Abend ansehe, desto besser.

„Hör zu", sagt sie, beißt sich auf die Lippe und streicht sich die Haare hinters Ohr. „Danke noch mal, dass du Miles nichts erzählt hast."

Ich hebe die Hände und zucke mit den Schultern. „Da gibt es eigentlich nichts zu sagen. Ich meine …, es ist nichts passiert, und ich weiß nichts."

„Richtig", sagt Maggie und nickt neugierig, während sie mich anstarrt. „Bist du betrunken, Sam?"

„Nein", schnaube ich und schnalze mit der Zunge wie ein Idiot.

Sie kichert und hebt die Hände, um mit den Fingern die Halskette an ihrer Brust zu berühren. *Und jetzt starre ich auf ihre Titten. Verdammt gut gemacht, Sammy.*

„Du scheinst betrunken zu sein, was mich irgendwie überrascht. Ich hätte dich für einen Typen gehalten, der sich immer unter Kontrolle hat." Sie kneift ihre atemberaubenden Augen zusammen, und ich ziehe die Brauen hoch.

„Na jaaaa", singe ich mit einer seltsamen, hohen Stimme und verziehe das Gesicht, während ich versuche, die besten Worte zu finden, um meine Botschaft rüberzubrigen. „Wenn du merkst, dass das Mädchen, mit dem du zum Eisfischen gegangen bist und das herrliche Titten hat, die jüngere Schwester deines besten Kumpels ist, scheint Alkohol das Einzige zu sein, was das Ganze weniger schrecklich macht."

Sie blinzelt mich an, eindeutig überrumpelt von meiner ehrlichen Antwort. „Hast du gerade gesagt, dass meine Titten herrlich sind?"

„Darum geht es doch gar nicht, Sparky!", stöhne ich, kneife

mir in den Nasenrücken und lehne den Kopf frustriert an die Wand hinter mir. „Vielleicht hältst du für den Rest des Abends einfach mindestens drei Meter Abstand von mir. Ich habe Geburtstag, und mir kann man nicht trauen."

Sie lächelt, scheinbar geschmeichelt von dieser lächerlichen Bitte. Sie macht einen Schritt hinunter in Richtung der Toilette und schaut dann über ihre Schulter. „Ich schätze, jetzt weiß ich wenigstens, warum du mir so bekannt vorkommst. Du und Miles, ihr seid euch sehr ähnlich."

Ich nicke und atme schwer aus, weil es mir komisch vorkommt, dass sie mir gerade gesagt hat, ich sei wie ihr Bruder. „Ja, er ist ein guter Mensch."

„Ich stimme dir voll und ganz zu", bestätigt sie und hält dann einen Moment inne, wobei sie mich ansieht, als wolle sie noch etwas hinzufügen, aber dann gibt sie es auf und macht sich auf den Weg zur Toilette.

Und wie ein verdammter Perverser stehe ich da und betrachte ihre sexy Beine in diesen Strumpfhosen, während sie nach unten geht.

Es ist Mitternacht, bevor alle weg sind, und ich bin ein bisschen betrunkener, als ich sein sollte. Miles legt einen Arm um mich und geht mit mir durch die Bar, erzählt mir, wie sehr er mich liebt und dass er es nicht erwarten kann, bis wir gemeinsam, Seite an Seite, das Tire Depot leiten werden. Kate und Maggie sind direkt vor uns und unterhalten sich leise wie alte Freundinnen, und ich bete, dass Miles nicht bemerkt, wie ich seiner Schwester auf den Hintern starre.

„Sam, rufst du jetzt deine Angelgöttin an?", lallt Miles, berührt mit seinen Lippen mein Ohr und lässt mich zusammenzucken.

„Hm?", murmle ich und schiebe sein Gesicht von mir weg. Gott, dieses Arschloch redet ganz schön viel, wenn er betrunken ist.

„Deine Angelfreundin. Die, für die du all deine Regeln

brechen wirst." Er lehnt sich nahe heran und flüstert laut. „Wasserbombentitten."

„Wie bitte?", fragt Kate und schaut mit großen, neugierigen Augen über ihre Schulter.

„Nichts!", rufe ich und schlage meine Handfläche auf Miles' lautes Maul, gerade als Maggie sich umdreht. Ich vermeide den Blickkontakt und füge hinzu: „Überhaupt nichts."

Sie drehen sich beide weg, und als ich Miles' Mund loslasse, schnappt er nach Luft. „Mein Gott, du hast mir auch die Nase zugehalten!"

Ich ziehe meinen Ellbogen zurück und stoße ihn in die Rippen. „Na, dann halt die Klappe!"

„Was?", lallt er und reibt sich halbherzig die Rippen, offensichtlich zu betrunken, um Schmerzen zu spüren. „Kate wird nicht urteilen. Sie liebt diesen Scheiß. Das ist alles Buchmaterial für sie."

„Deine Schwester ist gleich da drüben", sage ich ihm ins Ohr, als wir auf den Bürgersteig treten. „Halt einfach die Klappe, Mann. Ich meine es ernst."

„Meg ist das auch egal. Meg wird einen Quarterback heiraten, der für die Broncos spielt, und dann können wir Karten für alle Spiele bekommen, die wir wollen!" Miles wirft seine Hände in Touchdown-Formation in die Höhe, und ich frage mich, wie wir jemals Freunde wurden. „Ich habe ihn nur einmal getroffen, und ich glaube, er könnte ein Idiot sein, aber ich versuche, nicht mehr so überfürsorglich mit meiner kleinen Schwester umzugehen, weil ich anscheinend ihr Leben ruiniere." Miles ahmt am Ende Maggies Stimme nach, und ich muss mir ein Lachen verkneifen, weil es so unheimlich ist, dass es mich erschreckt.

„Okay, Großer …, bringen wir dich ins Auto", sagt Kate und klemmt sich unter Miles' riesigen Arm, um zu übernehmen. Sie bugsiert ihn zur Bordsteinkante, während ich aus dem Augenwinkel zu Maggie hinüberschaue. Kate schnappt sich die

Schlüssel aus Miles' Tasche und zwinkert ihm zu, während sie seine Wagentür öffnet. „Ich fahre."

Er tippt ihr auf die Nase. „Ja, das tust du, meine zukünftige Ehefrau."

„Wie bitte?", fragt Kate mit neugierig hochgezogener Augenbraue.

„Ich habe dich meine zukünftige Ehefrau genannt, weil …" Bei Miles' nächsten Worten stürze ich ungeschickt dazwischen. Wenn mein bester Freund seiner Freundin einen Heiratsantrag macht, während er betrunken ist, wird er sich das nie verzeihen.

„Er nennt Leute, die sich um ihn kümmern, wenn er betrunken ist, Ehefrau. Das ist so eine Sache, die er macht." Meine Worte sind gelallt, aber sie wirken sehr solide. „Er hat mich öfters Ehefrau genannt, als ich zählen kann." Ich lache ein wenig zu viel und drehe mich auf dem Absatz um, um Miles mit einem strengen Blick in den Wagen zu schubsen, bevor er etwas noch Dümmeres sagt. „Rein mit dir, Ehemann", füge ich mit zusammengebissenen Zähnen hinzu.

„Oh, danke, Ehefrau." Miles kichert, dann streckt er eine Hand aus und zieht langsam alle fünf Fingerspitzen von meiner Stirn zu meinem Kinn. Es ist eine seltsame, liebevolle Umarmung, bei der ich mich schäme zuzugeben, dass sie sich wirklich gut anfühlt.

Ich schüttle den Kopf darüber und schließe die Tür, bevor ich mich wieder Kate und Maggie zuwende. „Normalerweise macht er so etwas nicht." Ich lache unbeholfen und versuche, den verwirrten Blick der beiden zu ignorieren. Ich halte mein Handy an mein Gesicht. „Ich rufe mir einfach einen Uber."

„Megans Auto ist hier", erklärt Kate und legt eine Hand auf mein Handy, um mich aufzuhalten. „Sie ist nüchtern, also bin ich sicher, dass sie dich mitnehmen kann. Es macht dir doch nichts aus, oder, Meg?"

Maggie sieht Kate mit großen, nervösen Augen an. „Ähm …, sicher?"

„Perfekt", ruft Kate und klatscht in die Hände. „Ich glaube, ich muss Miles ins Bett bringen, bevor er Sam einen Heiratsantrag macht." Kate zieht mich in eine Umarmung. „Alles Gute zum Geburtstag, Sam. Wir laden dich bald zum Abendessen ins Haus ein, okay?" Sie wendet sich an Maggie. „Wir sehen uns dann gleich zu Hause!"

„Bis dann!", ruft Maggie mit einem schwachen Winken zurück.

Sekunden später stehe ich auf dem Bordstein des Pearl Street Pub, mit der kleinen Schwester meines besten Freundes …, die ich definitiv ficken will.

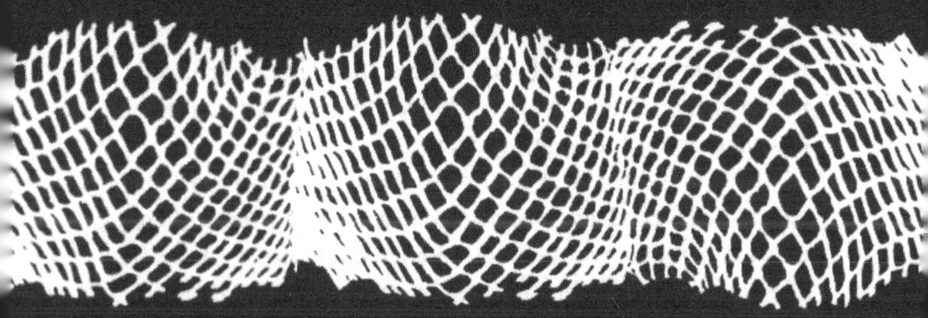

KAPITEL 6

Ein Angelexperte kann alles einholen

Maggie

Sam und ich machen uns schweigend auf den Weg zum Parkplatz hinter der Bar, wo ich mein Auto geparkt habe. Während ich neben ihm gehe, schwirrt mir alles durch den Kopf, was in der letzten Woche passiert ist. Ich kann nicht glauben, dass derselbe Sam, mit dem ich geangelt habe – derselbe Sam, den ich im Grunde mit meiner Zunge überfallen habe – der beste Freund meines Bruders ist! Ich bin durch die ganze High-School gegangen und habe nie einen seiner Kumpel zweimal angesehen. Dann fahre ich acht Stunden nach Boulder und stolpere zufällig über einen? Wie zum Teufel kann das sein?

Was noch schlimmer ist, Sam weiß jetzt, dass ich lüge, wenn ich sage, dass ich immer noch mit Sterling zusammen bin, und das ist auf so vielen Ebenen peinlich. Aber egal, es ist, wie es ist. Jetzt muss ich verdammt noch mal sicherstellen, dass Sam Miles nichts davon erzählt oder von meinem Plan, mich zu verwandeln, um meinen Ex zurückzugewinnen. Wenn Miles erfährt, was ich für diesen Kerl alles auf mich nehme, wird er mir das winzige Stückchen Freiheit, das er mir gegeben hat, wieder wegnehmen, und er wird wieder diesen nervigen, überfürsorglichen großen Bruder spielen. Und ich bin mir sicher, dass ich das allein in Ordnung bringen kann.

Ich werfe einen Blick über meine Schulter und sehe Sam an, der schnell wegschaut. Das macht er schon den ganzen Abend, und ich hasse es, wie sich mein Bauch dabei dreht. Das wäre alles viel einfacher, wenn er nicht so attraktiv wäre. Mit seinem rötlichen Bart, den Sommersprossen auf der Nase und dem kuscheligen Karohemd ist er definitiv sehr süß. Er sieht aus wie ein Typ, mit dem man sich auf die Couch legen und während eines Films trockenbumsen möchte.

Trockenbumsen? Oh mein Gott, Maggie ..., reiß dich zusammen!

Ich drücke auf den Schlüssel meines kleinen weißen Malibus und springe schnell ins Auto. Sam faltet sich auf den Beifahrersitz, und seine Knie prallen sofort gegen das Armaturenbrett. *Großer Gott, ist der groß.* Ich greife hinüber, um den Hebel unter seinem Sitz zu ziehen, damit er zurückgleitet, aber gleichzeitig spreizt er seine Beine weiter, um es selbst zu tun, und irgendwie ..., weil die Welt anscheinend beschließt, dass ich noch erbärmlicher sein kann ... landet meine Hand in seiner Leistengegend.

Oh, Mist, ich fasse seinen Schwanz an! Ich fasse seinen Schwanz an, und ich glaube, er hat sich gerade bewegt!

„Wow", murmelt er in mein Haar, und sein heißer Atem jagt mir Schauder über den Rücken. „Wenn du Bop It spielen willst, hättest du es einfach sagen sollen."

„Oh mein Gott", rufe ich, reiße meine Hand zurück und stoße einen seltsamen Laut aus, der tief aus meiner Kehle kommt. „Das war ein Versehen!"

Ich fummle am Schlüssel herum und bete, dass ich nicht hinüberschaue und Sams offensichtlich sehr beeindruckenden Schwanz in seiner engen Jeans anschwellen sehe.

Er lacht, streicht sich mit den Händen über die

jeansbekleideten Oberschenkel und sagt: „Keine Sorge, ich bin sowieso kein Fan von diesem Drehen und Drücken. Ich bin ein einfacher ‚Ziehen'-Typ."

Ich stöhne laut auf, denn die Situation ist keineswegs amüsant. Ich muss einfach nur fahren und mich auf etwas anderes als Sam in dieser Jeans konzentrieren. Was hat es überhaupt mit dieser Jeans auf sich? Sie ist ein großer Unterschied zu der Arbeitsjeans, die er bei Marv's Bait and Tackle trug. Die hier ist wie … Männerjeans. Ist das ein Ding? Wenn nicht, dann sollte es so sein, denn so etwas tragen Männer, keine Jungs. Sie ist verblasst und an den richtigen Stellen abgenutzt und eng anliegend, aber keine Skinny Jeans. Und sie ist nicht so lang, dass man seine schlanken braunen Stiefel nicht sehen kann, was beweist, dass Sam unter all der trockenen Männlichkeit tatsächlich einen sexy Stil hat.

Nicht dass ich ihn abchecke.

Das tue ich nicht. Ganz und gar nicht.

Ich schätze seinen Geschmack, weil Sterling immer Baggy Jeans getragen hat. Solche, die über seinen Schuhen zerknitterten und schlampig aussahen. Das ist der einzige Grund, warum ich Sams Aussehen heute Abend bemerkt habe. Er kleidet sich wie ein Erwachsener, und das weiß ich zu schätzen. Ende der Geschichte!

Als ich auf die Straße biege, spüre ich Sams Augen auf mich gerichtet, während seine tiefe Stimme in meinem Auto widerhallt. „Brauchst du keine Wegbeschreibung?"

Ich zucke zusammen wie eine Idiotin, denn wo zum Teufel wollte ich gerade hinfahren? „Ja, eine Wegbeschreibung wäre gut."

Er lässt mich ein paarmal abbiegen, bis wir auf die Westseite der Stadt zufahren. Nach ein paar Minuten des Schweigens fragt er: „Sag mal, wenn Miles glaubt, dass du erst heute in der Stadt angekommen bist, wo hast du dann seit unserem letzten Eisangeln übernachtet?"

Ich atme schwer aus und wünschte, ich könnte mich vor dieser Frage drücken, aber ich weiß, wenn jemand die Wahrheit verdient, dann ist es Sam. „Ich habe im Briar Rose Bed and Breakfast außerhalb der Stadt übernachtet."

„Warum?", fragt er, und ich höre bereits das Urteil in seinem Ton.

„Weil ich die Woche bei meinem Freund in North Carolina verbringen sollte, und niemand weiß, dass wir uns getrennt haben, also brauchte ich einen Ort, an dem ich mich verstecken konnte."

„Ein Mann, der das Wort ‚gewöhnlich' benutzt, nutzt keine sozialen Medien und aktualisiert seinen Beziehungsstatus auf Facebook?"

„Ich habe ihn angefleht, es nicht zu tun", antworte ich mit einem Stöhnen. „Ich habe ihm gesagt, dass ich es meinen Eltern erst nach Neujahr sagen werde, weil ich ihnen die Feiertage nicht verderben will."

„Und er hat zugestimmt?"

„Ja."

Er schnaubt.

„Was?", frage ich.

„Ich versuche herauszufinden, warum er kein Problem damit hatte, *deine* Feiertage zu ruinieren." Seine Lider sind gesenkt, als er mich fragend ansieht, offensichtlich in Erwartung einer Antwort.

Ich kaue auf meiner Lippe, bevor ich Sterlings Handeln verteidige. „Ich glaube, ich habe ihn im Haus meiner Eltern zu sehr erschreckt."

„Oh?", fragt Sam und neigt seinen Körper, um mir seine ungeteilte Aufmerksamkeit zu schenken.

„Nun, er übernachtete mit mir im Haus meiner Eltern, bevor sein Flug am Weihnachtsmorgen zu seinen Eltern ging. Wir lagen in der Nacht davor im Bett, und ich weiß nicht …, man könnte sagen, ich war betrunken von der Weihnachtsstimmung, denn ich habe vielleicht angefangen, unsere Kinder zu benennen und darüber zu reden, was wir ihnen vom Weihnachtsmann schenken könnten."

Sam sagt nichts, also fahre ich fort.

„Ich habe gemerkt, dass ich vielleicht ein bisschen zu weit gegangen bin, weil er mich die ganze Nacht nicht berührt hat, obwohl es ihm normalerweise nur um Sex geht. Aber ich hoffte, er würde darüber hinwegkommen, also bin ich um drei Uhr morgens aufgestanden, um ihm vor seinem Flug noch Zimtschnecken zu backen."

„Herrgott, Maggie", stöhnt Sam und fährt sich frustriert mit der Hand durch die Haare.

„Was?"

„Verdammte Zimtschnecken?"

„Ja. Was?", rufe ich und umklammere das Lenkrad fester. „Er mag sie am liebsten, und ich wollte nur nett sein. Er würde den Weihnachtsmorgen am Flughafen verbringen, und ich wollte, dass er meine Liebe spürt."

„Und dann hat er dich bei Zimtschnecken und Kaffee abserviert", schließt Sam in dem Wissen, wie die Geschichte ausgeht.

„Aus der Kaffeepresse", füge ich schmollend hinzu. „Und er hat es getan, bevor alle anderen wach waren. Ich war natürlich völlig fertig, als ich ihn zum Flughafen gebracht habe. Ich konnte nicht glauben, dass wir die Sache so beenden, aber dann hat er mich geküsst, als wir vor dem Flughafen auf dem Bordstein standen. Er küsste mich wirklich. Es fühlte sich nicht wie ein Abschiedskuss an. Er schmeckte nach Reue. Als er mir zum Abschied zuwinkte, hatte er einen Blick in den Augen, der mir das Gefühl gab, dass es mit uns nicht unbedingt endgültig vorbei ist."

Ich schaue rüber und sehe Sam, der mich mit misstrauischen Augen voller betrunkenem Urteilsvermögen und null Verständnis beobachtet. Was Sinn ergibt, weil er ein Mann ist.

Er weiß nicht, wie man zwischen den Zeilen liest. Ich zum Glück schon.

„Als ich vom Flughafen zurückkam, tat ich so, als sei nichts passiert." Ich zucke mit den Schultern und trommle mit den Fingern auf das Lenkrad. „Es war wirklich schwer, denn Kate hat einen wirklich scharfen Bullshit-Sensor, aber falls sie wusste, dass etwas nicht stimmt, hat sie nie ein Wort gesagt."

„Was genau ist dein großer Plan?", fragt er, die Arme vor der Brust verschränkt.

„Was meinst du?"

„Ich meine … diese Lüge", brummt er frustriert. „Wie lange willst du noch so weitermachen?"

„So lange es dauert, ihm zu zeigen, dass ich mich geändert habe." Ich zucke mit den Schultern, als wäre es die offensichtlichste Antwort der Welt.

Sam ist scheinbar nicht einverstanden, denn ich kann sehen, wie sich seine Hände auf seinem Schoß vor Unruhe zu Fäusten ballen. „Und wie genau willst du das anstellen?"

„Mein Plan ist es, einfach in Boulder herumzuhängen und ein paar abenteuerliche Aktivitäten auszuprobieren, in der Hoffnung, ihn zurückzugewinnen. Ich denke, wenn ich Bilder von all den lustigen Sachen schicke, die ich mache, wird er beeindruckt sein."

„Ihr habt also noch Kontakt?", fragt er und sieht mich ernst an.

„Ja, wir schreiben SMS. Nur freundschaftliche SMS, aber es ist immerhin etwas."

„Findest du es nicht ein bisschen naiv, so viel für einen Typen zu tun, der mit dir Schluss gemacht hat, nur weil du dir sicher bist, dass er dich zurückhaben will?"

„Nein", antworte ich sofort und schürze entschlossen die Lippen. „Weil ich glaube, dass es sich lohnt, für die Liebe zu kämpfen."

Bei dieser Antwort atmet er schwer aus und kneift sich mit

den Fingern in den Nasenrücken. Nach einem Moment des Schweigens schlägt er mit einer Hand auf sein Bein und fragt: „Also gut. An welche Art von Abenteuern denkst du genau?"

Ich lächle breit. „Morgen werde ich an einem Silo eisklettern."

„Du wirst was?", schnauzt er, und ich schwöre, dass der alkoholische Rausch von vorhin verschwindet und durch Wut ersetzt wird.

Ich wappne mich und antworte: „Das ist ein Silo, an dem man eisklettern kann. Das gibt es."

„Ich weiß, dass es das gibt …, aber woher weißt du, dass es das gibt?"

„Ein paar Kerle, die in der Frühstückspension eingecheckt haben, haben mir davon erzählt. Sie sagten, dass das jeder machen kann."

„Bist du überhaupt schon mal geklettert?"

„Auf Eis, meinst du?", frage ich.

„Irgendwo. Einer Kletterhalle … einer Felswand … einem StairMaster?"

„StairMaster …, ja!", rufe ich mit einem breiten Lächeln. „Auf dem StairMaster bin ich fantastisch. Meinst du, das hilft bei dem vereisten Silo?"

Sam stöhnt und fährt sich mit den Händen über das Gesicht. „Du kannst nicht Eisklettern gehen, Maggie. Das ist was für Fortgeschrittene."

„Es gibt Sicherheitsgurte, und die Jungs haben gesagt, dass Anfänger das tun können. Ich schaffe das schon!", rufe ich, gerade als Sam mich anweist, in eine Einfahrt zu biegen.

„Du schaffst das nicht", erwidert er, „also gehst du nicht hin."

Meine Augen weiten sich, als ich parke und ihn grimmig ansehe. „Den Teufel werde ich tun! Du bist nicht mein Aufpasser, Sam!"

Er starrt mich durch die Dunkelheit an, das schwache blaue

Licht des Armaturenbretts beleuchtet sein Gesicht, während er so schwer ein- und ausatmet, dass sich seine Nasenflügel aufblähen. „Um wie viel Uhr gehst du?"

„Gegen zehn, warum?", fauche ich.

„Wo?"

„Peterson Farm, warum?", fauche ich wieder.

Er nickt. „Ich kenne den Ort. Ich werde dich hinbringen."

Ich lache schallend. „Sam, das ist nicht nötig. Die Jungs werden da sein. Ich bin sicher, dass sie hilfreich sein werden."

„Genau deshalb bringe ich dich ja hin. Du hast keine verdammte Ahnung, wer diese Typen sind."

„Ich kannte dich auch nicht, aber das hat mich nicht davon abgehalten, mit dir Eisfischen zu gehen."

„Marv hat für mich gebürgt."

„Oh ja …, Marvs Wort ist offenbar das Evangelium."

Sam funkelt mich an. Er lehnt sich über die Mittelkonsole und kommt mir so nahe, dass ich die Hitze seines Atems auf meinem Gesicht spüren kann. „Ich komme mit, es sei denn, du willst deinem Bruder sagen, was du vorhast, damit er dich begleiten kann."

„Nein!" Ich strecke die Hand aus und packe Sams Unterarm. „Ich kann es Miles nicht sagen, denn dann würde er wissen, dass etwas nicht stimmt. Ich habe als Kind nie etwas Abenteuerliches gemacht. Ich war eher der Typ, der ein Buch liest oder einen Tanzkurs besucht. Wenn er herausfindet, dass ich auf einem Silo Eisklettern gehe, weiß er, dass etwas nicht stimmt."

„Dann komme ich mit", sagt Sam mit einem lässigen Achselzucken, das in mir den Wunsch auslöst, ihn zu schütteln. „Du bist die kleine Schwester meines besten Freundes, und ich lasse nicht zu, dass du dich auf einem gefrorenen Silo für einen verdammten Footballspieler umbringst."

Ich beiße mir auf die Lippe und wende mich dem Haus zu. Es ist ein hübsches kleines zweistöckiges Haus mit einem

Kranz an der Eingangstür. Es sieht überhaupt nicht so aus, wie ich mir Sams Zuhause vorgestellt habe.

Um das Thema zu wechseln, grummle ich mit zusammengebissenen Zähnen. „Wem gehört eigentlich dieses Haus?"

„Meiner Mutter", antwortet Sam, atmet aus und setzt sich wieder in seinen Sitz.

„Du wohnst bei deiner Mutter?", frage ich, enttäuscht von der kleinen Fantasie, die in den dunklen Ecken meines Verstandes brodelt, die ich mir nicht eingestehen will.

„Nein, Maggie, ich wohne nicht bei meiner Mutter. Ich war hier und habe mit meiner Mutter und meinen Schwestern Kuchen gegessen, als Miles mich mit diesem Geburtstagsausflug überrascht hat. Mein Auto ist hier."

„Du fährst nicht nach Hause", sage ich besorgt, bereit, bei Bedarf rückwärts aus der Einfahrt zu fahren und ihn zu entführen.

„Ich weiß, dass ich das nicht tun werde. Mach dir keine Gedanken darüber, okay? Normalerweise frühstücke ich sonntagmorgens bei Mom, also schlafe ich hier."

„Oh", antworte ich leise.

„Es ist aber schön zu wissen, dass du dich kümmerst", sagt er, und ich schaue zu ihm rüber und sehe ein sexy Grinsen auf seinem Gesicht.

„Wie auch immer", antworte ich unreif, ziehe dann aber langsam meine Unterlippe in den Mund, denn mit nur einem Grinsen hat sich das ganze Auto mit sexueller Spannung gefüllt.

Einen Moment lang sind wir still. Die einzigen Geräusche im Auto sind der Motor im Leerlauf und unsere leisen Atemzüge. Heute war ein verrückter, unerwarteter Tag. Boulder scheint voll von Unerwartetem zu sein, und Sam steht ganz oben auf dieser Liste. Ich spüre, wie er mich einen Moment lang ansieht, und als er seine Hand hebt, atme ich scharf ein, weil ich denke, dass er nach mir greifen will ... bis er sein Handy herauszieht.

„Ich schicke dir meine Adresse per SMS", sagt er, und seine Stimme ist ganz geschäftlich. „Hol mich morgen ab, und ich werde Miles nicht sagen, was du tust." Er öffnet die Tür, um auszusteigen, hält dann aber inne und sieht mich an. „Eins muss ich dir lassen, Sparky. Das hört sich nach dem schlechtesten Plan an, den ich je gehört habe, aber du hängst dich da rein, und irgendwie mag ich dich dafür mehr."

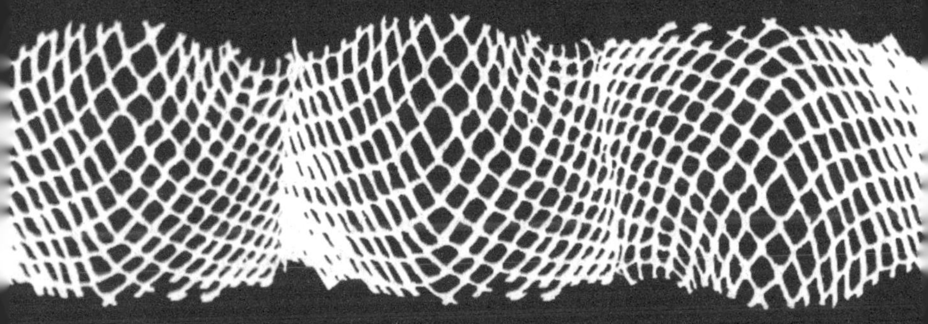

KAPITEL 7

Gefangen am Haken

Maggie

„Hey, wo willst du hin?", fragt Kate und holt mich an der Haustür ein, als ich gerade vorsichtig in meine Sorel-Keilstiefel schlüpfe.

Ich zwinge mir ein Lächeln auf, als ich ihre nackten Beine sehe, die aus dem riesigen T-Shirt meines Bruders ragen. Kate ist vor ein paar Monaten in Miles' renovierungsbedürftiges Haus in Jamestown eingezogen, aber das ist das erste Mal, dass ich die beiden zusammenleben sehe. Es ist verdammt niedlich, wenn ich ehrlich bin. Ich bin zwar erst einen Tag hier, aber ich habe gestern Abend schon gesehen, wie sie sich über Kates kurzes Kleid gestritten haben, wobei sie die ganze Zeit breit und albern gegrinst haben. Wenn die meisten ihrer Streitereien so ablaufen, dann bin ich mir ziemlich sicher, dass ich Kate eher früher als später eine Schwägerin nennen werde.

Ich bin nur froh, dass Miles eine Frau gefunden hat, die seiner würdig ist. Miles hatte Kate vor ein paar Monaten mit nach Utah gebracht, damit sie meine Eltern kennenlernen konnte, bevor sie zusammenzogen, und es war für uns alle Liebe auf den ersten Blick. Zugegeben, seine Ex Jocelyn war so abscheulich, dass Miles eine Aufblaspuppe hätte mitbringen können, und die Verbesserung hätte uns überglücklich gemacht.

Aber Kate ist kreativ, witzig, freundlich und genau das richtige Maß an Verrücktheit für ihn. Sie nimmt es mit seiner überheblichen Art auf wie ein Champion. Ich wünschte, ich hätte auch nur einen Funken ihres Mumms.

„Ich … ähm … fahre nur ein bisschen herum", stottere ich und schiebe meinen Fuß in den anderen Stiefel, während Kate barfuß zu mir herüberkommt.

Sie sieht mich neugierig an und verschränkt die Arme vor der Brust. „Wohin?"

„Die Berge?", antworte ich, und mein Gesicht verzieht sich vor Entsetzen. *Warum habe ich Berge gesagt?* „Ich meine …, einkaufen. Ich wollte einkaufen gehen."

„Die Geschäfte hier machen sonntags erst mittags auf, und in Utah habt ihr auch Berge", sagt Kate mit einem misstrauischen Funkeln in den Augen. „Wo willst du wirklich hin?"

Ich rolle mit den Augen und atme schwer aus. „An einen Ort, den Miles nicht gutheißen würde."

Ein Grinsen breitet sich auf ihrem Gesicht aus, während sie sich gegen die Wand lehnt. „Miles ist überfürsorglich, anmaßend und besitzergreifend – glaub mir, das weiß ich", erwidert sie mit einem scheltenden Schnalzen. „Als seine Freundin ist das zufälligerweise das, was mir an ihm am besten gefällt …, aber ich kann gut verstehen, dass es für eine alleinstehende kleine Schwester schwer ist, so einen großen Bruder zu haben."

„Was redest du da? Ich bin nicht alleinstehend!", rufe ich, und meine Stimme wird immer lauter, während ich lüge wie gedruckt.

Kate fällt die Kinnlade herunter. „Meg, an Weihnachten hast du eine ganze Schüssel Keksteig gegessen, ohne auch nur einen Schluck Milch zu trinken. Diese Art von olympiareifem

Fressgelage kann nur das Ergebnis eines gebrochenen Herzens sein."

Ich stöhne, drücke mich mit dem Rücken an die Haustür und kaue nervös auf meiner Lippe herum. „Wirst du es Miles erzählen?"

Ihre Augen blitzen vor Interesse. „Nicht, solange du mir sagst, mit wem du auf ein Date gehst."

„Wie kommst du darauf, dass ich zu einem Date gehe?"

„Du hast einen Date-Look", antwortet sie und mustert mich von oben bis unten. „Ich meine, komm schon, dein Haar ist sogar gelockt."

Ich werfe einen kurzen Blick auf mein Äußeres. Mein cremefarbener Pullover hat eine Unterschicht aus Spitze, die sich über meine dehnbaren Kunstlederleggings legt. Natürlich kommt das alles unter den Schneeanzug, den ich gerade in meinem Kofferraum verstaut habe, aber ich gebe zu, dass ich zum Eisklettern wahrscheinlich ein bisschen overdressed bin. Vielleicht sollte ich in Outdoor-Aktivkleidung investieren?

Ich sehe auf und werfe Kate einen ernsten Blick zu. „Es ist kein Date, sondern ein Ausflug, zu dem Sam mich begleitet."

„Sam? Ich wusste es!", ruft Kate aus, und ich lege ihr schnell eine Hand auf den Mund, um sie zum Schweigen zu bringen. „Tut mir leid …, aber ich wusste es", murmelt sie gegen meine Handfläche.

„Da gibt es nichts zu wissen!", antworte ich kopfschüttelnd und ziehe meine Hand von Kates Gesicht weg. „Sam ist nur nett."

„Auf keinen Fall", erwidert sie mit zusammengekniffenen Augen. „Ich habe gesehen, wie er dich gestern Abend beobachtet hat."

„Was meinst du?", frage ich, werfe lässig mein Haar zurück und ignoriere die Schmetterlinge, die in meinem Bauch flattern.

Kate schüttelt wissend den Kopf. „Er hat dich beobachtet, wie ein Mann ein Filet auf dem Grill beobachtet."

Bei dieser Analogie läuft mir das Wasser im Mund zusammen, und in meinen Fingerspitzen beginnt es seltsam zu kribbeln. „Ich glaube nicht, dass das wahr ist. Er hat mich wahrscheinlich so angesehen, wie Miles es tut. Auf eine brüderliche Art. Er ist beschützend, genau wie Miles."

„Denk, was du willst, aber ich kenne mich mit Romantik aus, Mädchen. Und dieser Mann hat dich nicht wie seine kleine Schwester angesehen."

„Wir sind nur Freunde", erkläre ich in dem Wissen, dass ich diesem Gedanken nicht zu viel Raum geben darf, sonst werde ich mich heute in seiner Gegenwart wie eine Idiotin verhalten. Ich greife an Kate vorbei und nehme meinen Mantel vom Haken. „Sagst du Miles, dass ich zum Training gegangen bin oder so? Deckst du mich ... bei ... all dem? Dem Ex und allem anderen?"

Sie nickt, wobei das Grinsen auf ihrem Gesicht in diesem Moment praktisch permanent ist. „Das werde ich, aber irgendwann wirst du mir die Details über den Ex verraten müssen, okay?"

„Meinetwegen", antworte ich, rolle mit den Augen und öffne die Haustür. „Wir sehen uns später."

„Bis dann, Loverrrr", gurrt sie, streckt den Kopf aus der Haustür und winkt mir kokett zu.

Mit einem nervösen Gefühl im Bauch gebe ich Sams Adresse in mein Handy ein und fahre nach Boulder.

◆

Es ist ein sonniger Morgen, aber die Straße ist noch voller Raureif, als mein GPS mich auf dem Boulder Canyon Drive nach Westen führt, einer kurvenreichen Straße, die sich durch die Berge schlängelt. Diese Gegend erinnert mich an Salt Lake City, und ich kann verstehen, warum Miles sich hier so wohlfühlt. Es ist ein Paradies für Naturliebhaber – wenn man der Abenteuertyp ist. Das war ich eigentlich nie, aber ich scheine mich jetzt zu ändern, was gut ist.

In der High-School war ich das Mädchen, das alles tat, aber nichts liebte. Ich war Klassensprecherin, Kapitänin des Cheerleader-Teams und ein aktives Mitglied im Theaterverein. Eine Zeit lang war ich sogar in Mathe-Wettbewerben aktiv, weil ich in einen Jungen aus meiner Geometrieklasse verknallt war. Ich wurde nie als eine Sache abgestempelt, weil ich alles gemacht habe.

Miles hingegen war ein Schrauber durch und durch. Er arbeitete ständig an Autos und Motorrädern. Er wurde verrückt, wenn er nicht irgendetwas in der Hand hatte, während ich es mir gern mit einem Buch bequem machte und mich vom geschriebenen Wort auf eine Reise mitnehmen ließ.

Aber ich muss zugeben, dass da rauszugehen – auch wenn es die letzten Wochenenden nur Eisfischen war –, mir ein Gefühl des Stolzes und der Errungenschaft vermittelt, das ich nie erwartet hätte. Ich kann mir nicht vorstellen, wie ich mich nach dem Erklimmen eines eisigen Silos fühlen werde.

Ich biege in Sams schmale Schotterstraße ein, die scharfe Kurven hat und nur bergauf zu führen scheint. Bei einem Sturm oder starkem Schneefall muss das gefährlich sein. Vielleicht hat Sam deshalb ein Schneemobil? Wie auch immer, hier hinten ist es wunderschön. Je weiter ich fahre, desto atemberaubender wird die Gegend. Sie ist stark bewaldet und voller frischem, unberührtem Schnee, so weit das Auge reicht.

Ich fahre noch eine Weile bergauf, bis schließlich ein kleines Blockhaus in Sicht kommt. Es hat ein hohes Schrägdach und eine große, umlaufende Veranda mit Adirondack-Stühlen auf beiden Seiten der hellgrünen Doppeltür. Aus dem Schornstein steigt Rauch auf, der vermutlich von einem mit Holz befeuerten Kamin stammt. Das nenne ich mal rustikal. Die ganze Hütte sieht aus wie ein Gemälde, mit frischem Schnee und einem weiten Blick auf die Berge zu allen Seiten. Sie erinnert mich an eine viel größere Version der Angelhütte, die ich draußen auf dem See gesehen habe – abgeschieden, ruhig, friedlich.

Ich fahre neben dem Haus vor und steige aus, um mir den Anblick anzusehen, als ich höre, wie die Haustür geöffnet wird. Mein Blick schweift hinüber zu Sams breiter Statur, als er sich umdreht, um abzuschließen. Ich schlucke langsam, als ich ungeniert seinen Hintern ins Visier nehme. War er schon immer so … prall? Ich kann mich nicht erinnern, ihn jemals zuvor bemerkt zu haben. Vielleicht, weil er jetzt eine andere Hose trägt? Dem Etikett nach zu urteilen, trägt er eine spezielle Bergwanderhose, und die ist eng! Sein Hintern sieht aus wie zwei unter eine Decke gestopfte Fußbälle. Ich hoffe inständig, dass sie etwas dehnbar ist, sonst wird er heute ganz sicher nicht auf irgendein Silo klettern.

Er dreht sich um, den Blick nach unten gerichtet, während er den Reißverschluss seines schwarzen Wintermantels schließt. Er beginnt, die Treppe hinunterzusteigen, blickt schließlich auf und hält auf der letzten Stufe inne. „Was hast du an?", fragt er mit vorwurfsvollem Blick, während er mich anstarrt.

Ich runzle die Stirn und ziehe meinen roten Wollmantel enger um mich. „Klamotten. Was hast du an, Mr. Tight Pants?" Den letzten Teil murmle ich vor mich hin.

„Ich trage eine Winterkletterausrüstung, weil es Januar und arschkalt ist. Wo sind die Sachen, die du bei Marv gekauft hast?" Er sieht fast wütend auf mich aus!

„In meinem Kofferraum", antworte ich. Ich gehe zum Heck meines Autos, öffne den Kofferraum und hole den berüchtigten rot-weißen Schneeanzug heraus. „Ich konnte in dieser Aufmachung nicht aus dem Haus gehen, falls Miles aufgewacht wäre, bevor ich losgefahren bin. Ich dachte, ich könnte mich hier umziehen."

Sam atmet schwer aus und dreht sich um, um wieder die Treppe hinaufzusteigen. „Das heißt also, du machst keinen

Rückzieher?“, stellt er enttäuscht fest, während er nach seinen Schlüsseln kramt.

Ich gehe die Treppe hinauf und drücke meinen Schneeanzug und meine Stiefel an die Brust. „Ich habe mich nicht vor dem Eisfischen gedrückt, und ich werde mich auch nicht vor dem hier drücken. Ich freue mich schon darauf, heute ein paar Fotos von mir in Aktion zu machen. Sterling wird ausflippen, wenn ich ihm Bilder von mir auf einem vereisten Silo schicke!“

Er grummelt vor sich hin, als er endlich den Schlüssel findet, den er gesucht hat, und beginnt, die Tür aufzustoßen. Als ich hineingehen will, stellt er sich mir in den Weg. „Warte, hast du mich da unten Mr. Tight Pants genannt?“

Ich beiße mir auf die Lippe, während eine dunkle Röte meinen Hals hinaufwandert. „Vielleicht.“

Seine Augenbrauen heben sich, und er zeigt wieder dieses schüchterne Lächeln, das er so schlecht verbergen kann. „Hast du mir auf den Hintern gestarrt, Sparky?“

„Nein“, blaffe ich etwas zu aggressiv. „Ich habe dich nur beobachtet, und mir ist aufgefallen, dass du deine Hose eine Nummer zu klein gekauft hast.“

„Das ist eine professionelle Kletterhose“, erklärt er und lehnt sich näher zu mir. „Sie soll eng sitzen, damit sie nicht an irgendwelchen Kanten hängen bleibt.“

Ich zucke abweisend mit den Schultern. „Das wusste ich.“

Er lacht leise und tritt einen Schritt zurück, damit ich eintreten kann, und ich tue mein Bestes, um seinen männlichen Duft zu ignorieren, als ich an ihm vorbeigehe. Als ich in sein Foyer trete, bin ich überrascht, wie erwachsen Sams Hütte aussieht. Für einen rothaarigen, muskulösen Junggesellen hatte ich wohl ein Durcheinander von unpassenden Möbeln erwartet – eine alte Couch vom College und vielleicht einen Klapptisch und Stühle.

Aber Sam trägt nicht nur Männerjeans, sondern hat obendrein ein Männerhaus. Der Eingangsbereich führt in das

Wohnzimmer mit einem schwarzen Sofa und einem gemütlichen Ledersessel. Ganz rechts an der Wand befindet sich ein
Natursteinkamin, in dem noch Glut leuchtet. Auf der linken
Seite befindet sich das Esszimmer mit einem langen, rustikalen
Tisch und einzigartigen Stühlen mit Industrierohren, die einen
starken Akzent setzen. Gleich hinter dem Essbereich kann ich
einen Teil der Küche sehen. Sie hat rustikale, weiße Schränke
und eine kleine Insel in der Mitte. Diese Hütte ist bezaubernd.

Sams Schritte hallen über den hellen Kiefernboden, während er mir den Weg zum Flur geradeaus weist. Ich folge ihm,
als er nach links zeigt. „Das Badezimmer ist dort rechts." Er
dreht sich um und hat offensichtlich nicht damit gerechnet,
dass ich so nah bei ihm stehe, denn unsere Körper prallen aneinander, was mich an den Moment in der Bar gestern Abend
und den verdammten Kuss vom letzten Wochenende erinnert.

„Entschuldigung", murmle ich, trete zurück und ignoriere
mein rasendes Herz.

Sam tut dasselbe und runzelt die Stirn, als wäre er tief in
Gedanken versunken. Ohne ein Wort geht er den Weg zurück,
den er gekommen ist, und verschwindet auf der Vorderseite
des Hauses.

Ich schließe die Badezimmertür, drücke mich mit dem
Rücken dagegen und atme die Luft aus, die mir in der Lunge
stecken geblieben ist, während ich Sams hübsches Badezimmer
betrachte. Es hat eine erhöhte Badewanne in einer Ecke, von
der aus man einen weiten Blick auf die Berge hat. Wenn man
in der Wildnis lebt, muss man sich natürlich keine Gedanken
über Vorhänge machen.

Hinter dem Waschbecken macht mich eine
Taschenschiebetür neugierig. Ich lege meine Sachen auf dem
Tresen ab und gehe hinüber, um sie zu öffnen. Auf der anderen
Seite befindet sich ein großes Schlafzimmer. Ich schaue hinun-
ter und sehe Sams braune Stiefel vom letzten Abend auf dem

Boden am Fußende seines Bettes und stelle fest, dass es nicht nur irgendein Schlafzimmer ist, sondern Sams Schlafzimmer.

Ich gehe einen Schritt hinein und betrachte das Doppelbett an der Wand. Es hat ein großes Kopfteil aus Kiefernholz und eine taupefarbene Bettdecke mit flauschigen weißen Kissen, die obenauf verstreut liegen. Er hat sich sogar die Zeit genommen, es zu machen, wenn auch ein bisschen schlampig. Durch die großen Fenster, die sich um die Ecke des Zimmers erstrecken, fällt natürliches Licht ein, sodass man das Gefühl hat, direkt in den Bergen zu schlafen. Und ich schwöre, wenn ich tief einatme, kann ich den schwachen Duft von Leder und Irish Spring Seife riechen. Es riecht genau wie Sam.

Ich gehe zu der langen Kommode an der gegenüberliegenden Wand hinüber und sehe ein altes Foto in einem Rahmen. Es ist ein Bild von einem Mann, einer Frau, drei Mädchen und einem kleinen Jungen, der auf dem Bild etwa zwölf Jahre alt aussieht. Der Junge und der Mann halten ein langes Brett in der Hand, an dem eine Reihe von Fischen hängt. Ich greife nach dem alten Angelköder, der auf der Kommode daneben liegt. Ich habe den leisen Verdacht, dass dies etwas Persönliches ist und ich eine Grenze überschreite, also gehe ich auf Zehenspitzen zurück ins Bad und schließe die Tür.

Ich versuche zu vergessen, was ich gesehen habe, und ziehe schnell meine Winterkleidung an, die mich mehr gekostet hat als meine Lehrbücher für mein letztes Semester an der Universität von Utah. Zum Glück vergesse ich nicht, dieses Mal eine Schicht Kleidung darunter zu tragen. Dann schnappe ich mir meinen Wollmantel und meine Stiefel und mache mich auf den Weg aus dem Bad, um Sam zu suchen.

Er sitzt in dem großen Ledersessel, hat den Kopf nach hinten geneigt und die Augen geschlossen. Sein Brustkorb hebt und senkt sich in einem tiefen, rhythmischen Muster.

„Schläfst du wirklich?", platze ich heraus, ohne mir im Geringsten Gedanken darüber zu machen, wie ich ihn höflich aufwecken soll. Wir waren schon Stunden zusammen in einer winzigen Hütte eingepfercht, also denke ich, Manieren sind an diesem Punkt optional.

Seine Mundwinkel ziehen sich nach oben, während seine Augen geschlossen bleiben. „Es wäre möglich."

„Ich dachte, ich hätte mich schnell umgezogen", antworte ich und krame die Handschuhe aus meiner Tasche.

Er blickt mich durch ein Auge an. „Schneller als beim letzten Mal, das ist verdammt sicher."

Ich verdrehe die Augen, als er sich aufrichtet und sich mit den Händen über das Gesicht reibt. „Hast du einen Kater?", frage ich und mustere ihn nachdenklich.

Er erwidert meinen Blick. „Jungs bekommen einen Kater. Männer kommen darüber hinweg."

Ich lächle über diese Antwort und sehe, wie er aufsteht und mich wieder überragt, jetzt, da ich keine Absätze trage. Er ertappt mich dabei, wie ich ihn anschaue, und ich lasse meinen Blick durch sein Wohnzimmer schweifen. „Ich mag deine Hütte."

Er nickt, und ein stolzer Ausdruck legt sich auf sein Gesicht. „Es ist jetzt schon seit ein paar Jahren mein Zuhause."

„Wie groß ist das Grundstück?"

„Ich habe fast fünf Hektar Land. Es ist alles bewaldet, aber ich habe Platz für meinen großen Schuppen hinten, in dem ich all mein Spielzeug aufbewahre."

„Was für Spielzeug?", frage ich und erschaudere, als meine Gedanken einen schmutzigen Weg einschlagen.

„Nur mein Quad, mein Schneemobil, mein Motorrad und meinen Pick-up."

„Ich wusste, dass du einen Pick-up hast."

Er zieht die Augenbrauen hoch. „Ach ja?"

Ich seufze tief. „Du bist genau wie mein Bruder. Ich kann nicht glauben, dass ich es nicht früher herausgefunden habe."

Sam lacht darüber. „Nun, du bist ganz anders als dein

Bruder, also denke ich, dass ich Nachsicht dafür verdiene, bei unserem Kennenlernen nicht gewusst zu haben, wer du bist."

„Was soll das denn heißen?", frage ich abwehrend. Wenn er nicht denkt, dass ich wie mein Bruder bin, was denkt er dann? „Wirst du mich auch als gewöhnlich bezeichnen?"

„Auf keinen Fall", antwortet Sam schnell und runzelt die Stirn. „Maggie, du bist wie ein Puzzle mit einer Million Teilen. Ich glaube, ich würde Jahre brauchen, um aus dir schlau zu werden."

Ich lächle bei dieser speziellen Bemerkung, und eine Wärme durchströmt meine Brust, die ich schon lange nicht mehr gespürt habe. Um den Moment voller sexueller Spannung zu unterdrücken, schlage ich Sam schnell auf die Schulter. „Solange wir das alles für Sterling mit der Kamera festhalten!"

Sams Gesicht wird lang, und ich sehe den Hauch eines verletzten Ausdrucks, als er die Stelle berührt, die ich gerade getroffen habe. „Konzentriere dich nur nicht so sehr auf die Zukunft, dass du übersiehst, was in der Gegenwart passiert, in Ordnung?"

Er macht auf dem Absatz kehrt und geht zur Tür hinaus, und seine Abschiedsworte lassen meine Gedanken taumeln.

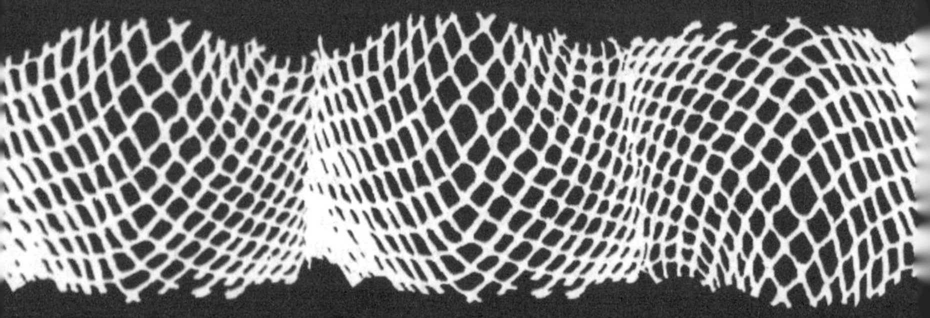

KAPITEL 8

Butter bei die Fische

Sam

Wir erreichen die Peterson Farm, etwas östlich von Boulder. Dort war ich schon ein paarmal mit meinem Kletterkumpel, den ich im Studium kennengelernt habe. Wir sicherten uns jahrelang gegenseitig, bis er mit seiner Frau nach Denver zog. Seitdem bin ich nicht mehr wirklich viel geklettert, aber zum Glück ist es wie Fahrradfahren. Und seien wir ehrlich, ich bin hier, um dafür zu sorgen, dass Maggie einen vertrauenswürdigen Sichernden hat und nicht mit einer verrückten Verletzung im Krankenhaus von Boulder landet, für die ihr Bruder mich auf irgendeine Weise bestrafen würde.

Wir halten vor drei fünfundzwanzig Meter hohen Silos, die perfekt vereist sind und deren riesige Vorhänge aus Eis im Sonnenlicht glänzen. Ein paar Kletterer sind bereits auf einem, schwingen aggressiv ihre Eispickel und bewegen sich langsam nach oben, um die Glocke an der Spitze zu läuten.

Ich steige aus dem Wagen aus, gehe nach hinten und ziehe die Heckklappe auf, um meine Tasche zu holen.

Maggie gesellt sich zu mir und macht große Augen, als ich

eine Tasche öffne, die für sie wahrscheinlich aussieht, als wäre sie voller Mordwaffen. „Ich habe nichts von dem Zeug“, sagt sie und schaut nervös auf meine Ausrüstung und dann zu den Eiskletterern hoch. „Ich wusste nicht, dass ich das brauche.“

Ich lächle halb und schüttle den Kopf. „Keine Sorge, die haben alles hier.“

„Maggie!“, ruft eine Stimme, woraufhin ich mich umdrehe und einen Mann sehe, der zu uns rennt. Er rennt buchstäblich, als würde es sich lohnen, fünf Sekunden schneller bei ihr zu sein. „Du bist tatsächlich gekommen.“

„Hallo …“ Maggie stockt und sucht offensichtlich nach seinem Namen.

„Ezekiel, weißt du noch?“ Er streckt die Hand aus und zieht sie in eine Umarmung, was für jemanden, an dessen Namen sie sich nicht einmal erinnert, übertrieben freundlich wirkt. „Und du bist?“

Er sieht mich an, und ich blähe reflexartig die Brust auf. „Sam.“

„Ezekiel“, stottert Maggie, „das ist mein Freund Sam. Er ist offenbar ein begeisterter Kletterer und hat mir angeboten, mir heute zu helfen. Sam, Ezekiel hat in derselben Pension wie ich übernachtet und ist einer der Jungs von der Zeitschrift, die mir empfohlen haben, das hier auszuprobieren.“

„Du bist ein begeisterter Kletterer?“, fragt Ezekiel. Sein Blick schweift an meinem Körper hinunter, als würde er es nicht glauben.

„Früher war ich das“, antworte ich mit zusammengebissenen Zähnen, denn ich kann das verdammte Testosteron dieses Kerls schon riechen, und das gefällt mir nicht. „Ich war ein paar Jahre nicht mehr Klettern.“

„Wer rastet, der rostet, Mann.“

Ich verdrehe die Augen und werfe mir die Tasche über die Schulter. „Ich bin nicht besorgt.“

„Das ist kein gefrorener Wasserfall“, sagt Ezekiel mit zusammengekniffenen Augen.

Ich ziehe die Augenbrauen hoch und muss mein Lachen unterdrücken. „Nein, das ist es sicher nicht. Aber mein Kumpel und ich haben viel gebouldert und Rotpunkt-Klettern gemacht … also denke ich, dass ich das schon hinkriegen werde.“

Ezekiels Adamsapfel zuckt, und ich spüre, wie Maggie nervös zu uns beiden hinüberschaut, während wir uns einen Moment lang anstarren. Das ist der Grund, warum Maggie nicht einfach durch Boulder streifen kann, um Abenteuer zu suchen. Hier gibt es viel zu viele Kiffer, die glauben, sie seien Gottes Geschenk an die Welt und an die Frauen. Maggie muss sich nicht allein mit diesem Scheiß auseinandersetzen.

Wir gehen zum leeren Silo, und die Kletterführer von der Farm machen sich daran, Maggie mit ihrer Leihausrüstung auszustatten, während ich mir meine eigene anschnalle. Maggies Augen sind groß und misstrauisch, als sie von der Führerin Sherry eine kurze Kletterstunde erhält.

Als ich den Gurt festgeschnallt habe, ertönt eine Stimme hinter mir. „Wollen wir eine kleine Wette abschließen?“

Ich schaue hinüber und sehe Ezekiel, der seinen Helm aufgesetzt hat und einsatzbereit aussieht. „Was ist der Wetteinsatz?“

„Der Gewinner darf ihr Sicherungsmann sein.“ Seine Augen sind auf Maggie gerichtet, die ihrer Ausbilderin nur halb zuhört, weil sie stattdessen uns beobachtet.

„Nein“, antworte ich sofort. „Ich bin mit Maggie hier. Ich bin ihr Sicherungsmann.“

„Komm schon, alter Mann …, hast du Angst?“ Ezekiel stachelt mich mit einer nervigen Miene an, die in mir den Wunsch auslöst, ihn zu schlagen. Seine Kumpels kommen mit einem breiten Grinsen herüber, das ich ihnen ebenfalls am liebsten aus dem Gesicht schlagen würde.

„Ich habe keine verdammte Angst“, sage ich und spüre, wie das Adrenalin angesichts ihrer Herausforderung durch meine

Adern schießt. „Und bin auch nicht so alt“, murmle ich vor mich hin.

„Dann tu es!“, ruft einer der Jungs und verstummt, als ich ihn anfunkle.

„Worüber machst du dir Sorgen?“, fragt Ezekiel. „Wenn ich gewinne, weißt du, dass ich ein erfahrener Kletterer bin, also ist es nicht so, dass sie in den Händen von Anfängern sein wird. Meine Hände sind sehr gut darin, schöne Frauen zu sichern.“

Verdammt, ich will diesen eingebildeten Wichser schlagen. Und ich will ihn besiegen. Ihn schlagen und besiegen und sein Gesicht in diesen Schnee stecken. All das würde sich jetzt wirklich gut anfühlen.

„Tu es“, mischt sich Maggie ein, und auch die Ausbilderin Sherry scheint an unserem Gespräch interessiert zu sein.

„Warum stürzt ihr euch jetzt alle auf mich?“, frage ich und schaue mich unter allen um, die sich näher versammelt haben, Ausbilder und Kletterer gleichermaßen. „Ich bin nur hier, um meine Freundin zu sichern.“

„Wir haben hier eine Tradition, die ziemlich cool ist“, erklärt Sherry mit einem breiten Lächeln. „Wenn ihr uns erlaubt, euch bei einem Rennen für unsere Social-Media-Seite zu filmen, bekommt der Gewinner einen kostenlosen Wochenendaufenthalt in unserem Ski-Chalet oben in den Bergen. Dort gibt es eine private, natürliche heiße Quelle, die lebensverändernd ist, ganz zu schweigen von ein paar ziemlich coolen Snowboard-Pisten.“

„Ja“, jubelt Ezekiel und reckt die Faust in die Luft. „Wir machen das.“

„Nein“, sage ich entschlossen.

„Sam“, unterbricht Maggie. „Tu es einfach. Was kann schlimmstenfalls passieren?“

„Dieser verdammte Idiot sichert dich schlecht, und du wirst verletzt.“

„Ezekiel ist schon den ganzen Morgen hier“, sagt Sherry

und tritt näher an mich heran. „Ich kann dir versichern, dass er hervorragend sichert."

Ich atme schwer aus und frage mich, wie es dazu kommen konnte, dass ich Maggie nur helfen wollte, nicht zu sterben, und jetzt beim Eisklettern an einem verdammten Silo gegen ein Arschloch mit Dreadlocks antrete.

„Es sei denn, du hast Angst", sagt Ezekiel mit erhobenen Händen. „Ich verstehe schon. Deine Knochen sind spröde, und du willst dich nicht verletzen."

Maggie kichert leise neben mir, und meine innere Höhlenmenschenstimme schreit: *Lass dich nicht von diesem blonden, Müsli essenden Kiffer mit Dreadlocks vor einem Mädchen bloßstellen! Du weißt, dass du ihn zerquetschen kannst!*

Ich schüttle den Kopf über Maggie. „Du solltest auf meiner Seite sein."

„Das bin ich ja!", ruft Maggie aufgeregt. „Es wird Spaß machen, zuzusehen. Und es wird mir helfen, die große Angst abzuschütteln, die ich im Moment davor habe, dieses Ding hochzuklettern." Sie wirft mir einen Blick zu, der so süß und unschuldig und doch irgendwie sexy und lebendig ist … Ich stelle mit großer Verlegenheit fest, dass ich für dieses Mädchen, das vor mir steht, wahrscheinlich gelben Schnee essen würde.

Also drehe ich mich wie ein Idiot zu Ezekiel um und sage: „Scheiß drauf …, auf das Sichern, Mann."

Ezekiel und seine Kumpels jubeln vor Freude, und Minuten später stehen wir drei Meter voneinander entfernt am Boden des Silos, ausgerüstet, mit Helmen und Handykameras, die auf uns gerichtet sind. Auch eine Videokamera und ein Fotograf nehmen die ganze Aktion auf. *Ich hoffe, ich werde nicht geschlagen.*

„Kletterer und Sichernde, seid ihr bereit?", ruft Sherry von ihrer Position zwischen uns.

„Sicher!", rufen wir beide zurück, und ich sehe den Mitarbeiter an, der mich sichert. Maggie steht direkt neben ihm und hat ein breites, strahlendes Lächeln im Gesicht.

„Sicher!", rufen die Sichernden zurück.

Und los geht's.

Der Aufstieg ist intensiv. Es geht senkrecht nach oben, ohne Pausen und ohne Eisschrauben. Nur ich, meine beiden Eispickel und die Steigeisen an meinen Stiefeln, die mich am Eis halten. Da es sich um Toprope-Klettern handelt, gibt es ein Seil, das von mir durch einen Anker am oberen Ende des Silos und dann zurück zum Sichernden führt. Der Sichernde hält das Seil schön straff, während ich die Wand hinaufsteige, und gibt mir nur dann mehr Seil, wenn ich es brauche.

Der Aufstieg ist ein einziges Gewirr von Eisbrocken, als mein Eispickel den festen Vorhang aus glitzerndem Frost durchstößt und ich mir meinen Weg das Silo hinauf bahne. Ich schaue den anderen nicht einmal an, in dem Wissen, dass mich das nur aufhalten würde. Ich stoße meine Zehen weiter hinein, Fuß für Fuß, und bahne mir den Weg nach oben. Maggies Anfeuerungsrufe von unten werden immer leiser, je höher ich steige. Das ist definitiv ein intensiveres Training als die gefrorene Wasserfälle, und meine Oberschenkel und mein Bizeps schreien, als ich sie an ihre Belastungsgrenze bringe. Normalerweise gehe ich langsam und gleichmäßig vor, aber jetzt greife ich mit großen Schritten zu und setze meine Muskeln ein, um meinen Körper so schnell wie möglich dieses Silo hinaufzuhieven.

Schließlich erblicke ich den Mann über mir, der seine Handykamera direkt auf mich gerichtet hat. „Komm schon, Mann, du bist fast da! Das ist der Wahnsinn!"

Ich runzle die Stirn und frage mich, wie sehr ich für so einen Kommentar verlieren muss. Ich glaube nicht, dass ich bisher eine Glocke gehört habe, aber vielleicht hat Ezekiel sie schon vor langer Zeit geläutet und ich war zu weit unten, um sie zu hören?

Mit einem letzten Knirschen meines Pickels im Eis ziehe ich mich den letzten Meter nach oben und schlage mit dem anderen

Pickel direkt auf die Messingglocke, die an der Spitze hängt. Das Läuten ist laut und hallt zusammen mit dem Jubel der Zuschauer unten wider. Der Mann nimmt mir mein Werkzeug ab, damit ich mich über den Rand des Silos hieven kann. Ich lehne mich nach unten, stütze mich mit den Händen auf dem Geländer ab und atme tief ein.

„Verdammte Scheiße, das war hart", sage ich halbherzig zu dem Typen neben mir, während mein Herz in meiner Brust hämmert.

Ich schaue hinaus und nehme mir ein paar Sekunden Zeit, um die Landschaft von meinem neuen Aussichtspunkt aus zu betrachten. Hügel über Hügel mit schneebedeckten Bäumen und den Flatirons als Kulisse. Es ist unglaublich. „Jetzt verstehe ich, warum ihr hier klettert."

Maggies Anfeuerungsrufe ziehen meinen Blick nach unten, und ich winke ihr zu, bevor ich mich nach meinem Herausforderer umsehe. Ich nahm an, er sei bereits oben, aber er ist nirgends zu sehen. Der andere Mann hat sich an den Rand begeben und richtet seine Handykamera wieder nach unten. Ich gehe hinüber und beuge mich vor, um zu sehen, dass Ezekiel in der Mitte des Silos feststeckt.

„Heilige Scheiße, was ist passiert? Hat er seinen Eispickel fallen lassen?", frage ich, in der Annahme, dass er nur wegen einer Fehlfunktion seiner Ausrüstung so weit hinter mir ist.

„Nein, Mann", antwortet der Typ lachend. „Du bist dieses Silo hochgeflogen wie Spiderman. Ich habe beim Zusehen einen Steifen bekommen", ruft er, bevor er fasziniert den Kopf schüttelt.

Mir fällt vor Schreck die Kinnlade herunter. „Er hat es noch nicht bis ganz nach oben geschafft?"

„Auf keinen Fall ..., du bist blitzschnell geklettert. Keiner von uns hätte dich einholen können. Dieses Video wird das Internet sprengen."

Mit gerunzelter Stirn starre ich auf das vereiste Silo hinunter und versuche herauszufinden, ob ich wirklich so viel schneller war als sonst. Es ist zu lange her, als dass ich mich wirklich an mein normales Tempo erinnern könnte, aber verdammt, ich weiß nicht …, vielleicht war ich einfach besonders motiviert, Maggie nicht von diesem Scheißkerl sichern zu lassen.

Ich schüttle diesen Gedanken ab, weil er mir zu sentimental erscheint. Und mein Grund dahinter, Maggie zu helfen, hat nichts mit Gefühlen zu tun. Ich versuche nur, die kleine Schwester meines Kumpels zu beschützen. Mehr nicht.

Ezekiel lässt seine Eispickel auf den Boden fallen und gibt dem Sichernden die Anweisung, ihn nach unten zu lassen. Offensichtlich ist er zu verärgert, um den verdammten Aufstieg zu beenden. Was für ein Arschloch. Man beendet eine Kletterpartie immer.

Ich genieße die Aussicht noch ein paar Minuten, bevor ich mich ebenfalls wieder ins Seil setze, um nach unten gelassen zu werden. Als ich am Boden ankomme, springt Maggie in meine Arme wie ein Mädchen, das seinen Mann nach der Rückkehr vom Krieg begrüßt. Es verursacht ein beunruhigendes Gefühl in meinem Bauch, als sich ihre Arme um meinen Hals schlingen. „Das war unglaublich! Ein unmöglicher Akt, aber unglaublich!"

Sie zieht sich zurück, ihre blauen Augen funkeln vor Erstaunen, während sie sich auf die Lippe beißt und auf meinen Mund starrt.

Verdammt, sie sieht … erregt aus. Sie sieht aus wie an dem Tag, als wir uns küssten. Sie sollte mich nicht so ansehen!

„Danke", murmle ich und löse mich aus ihren Armen, um mein Seil loszumachen. „Die Kletterpartie hat Spaß gemacht."

Die Ausbilder kommen alle zu mir und gratulieren mir, während Ezekiel und seine Kumpels in der Wärmehütte verschwinden. Sherry gibt mir ihre Visitenkarte und sagt mir, ich solle sie anrufen, um die Schlüssel für das Chalet am Freitag zu bekommen. Ich lächle verlegen, da ich die ganze

Aufmerksamkeit hasse, und gebe mein Bestes, sie auf Maggie zu lenken, denn sie ist der Grund, warum wir überhaupt hier sind.

Sherry beginnt, ihr das Seile am Gurt zu befestigen, als Maggie ihr Handy aus der Tasche ihres Schneeanzugs holt. „Kannst du ein Foto von mir beim Klettern machen?", fragt sie leise.

Sherry nickt eifrig. „Auf jeden Fall. Ich werde während des gesamten Aufstiegs knipsen, und wir haben einen Mann ganz oben, der ein Foto von dir macht, wenn du die Glocke läutest."

„*Falls* ich die Glocke läute", korrigiert Maggie und kaut nervös auf ihrer Lippe, während sie den Kinnriemen ihres Helms schließt. „Wenn Ezekiel es nicht geschafft hat, schaffe ich es wahrscheinlich auch nicht."

„Du wirst die Glocke läuten", sage ich, trete näher an sie heran und lege ihr beruhigend die Hand auf die Schulter, während sie zum Eis hinaufstarrt. „Das ist kein Wettrennen, Maggie. Und du bist kein Drückeberger. Sieh nur, was du alles tust, um deinen Ex zurückzugewinnen."

Maggie nickt hölzern, ihre Lippen reiben die ganze Zeit über aneinander. „Ich habe Angst."

„Das ist gut", sage ich und schlinge ihr Seil durch mein Sicherungsgerät. „Die Angst wird dich antreiben. Geh einfach einen Schritt nach dem anderen, dann kommst du auch oben an. Wir sind nicht nur zum Fotografieren hier."

Sie sieht mich an, ihre hellen Augen sind groß und feucht in der Kälte. „Bist du dir da sicher?"

„Ja", antworte ich entschlossen. „Mach diesen Aufstieg für dich, nicht für deinen Ex. Das Beste am Klettern ist das Erreichen des Gipfels. Du schaffst das."

Ich zwinkere ihr zu, was ihr ein Lächeln ins Gesicht zaubert, und sie stellt sich mit den Eispickeln in der Hand an den Fuß des Silos.

„Ich werde die ganze Zeit hier unten sein", versichere ich ihr, nehme meine Position ein und ziehe ihr Seil straff, das durch mein Sicherungsgerät läuft.

Maggie nickt einmal und schreit dann über ihre Schulter. „Sicher?"

Ich lächle über den Zweifel in ihrer Stimme und rufe selbstbewusst zurück. „Sicher!"

Langsam klettert sie das Silo hinauf.

So … richtig langsam.

Ehrlich, sie braucht fast eine Stunde dafür. Ich mache mir Sorgen, dass sie erfrieren könnte, bevor sie das obere Ende erreicht, aber das Mädchen denkt nicht einmal ans Aufgeben. Ich habe sie den ganzen Weg über betreut, ihr geholfen, den Schwung ihrer Eispickel zu verbessern, und sie ermutigt, wenn sie es brauchte. Sie ist vielleicht keine schnelle Kletterin, aber ich muss zugeben, dass ihre Hartnäckigkeit mich beeindruckt. Als sie schließlich das Ende erreicht und die Glocke läutet, bin ich mir ziemlich sicher, dass sie hemmungslos weint, weil sie den Mann dort oben länger als angemessen umarmt, wenn man bedenkt, dass er ein völlig Fremder ist.

Wenigstens hat sie ihn nicht geküsst, denke ich mir wie ein Arschloch. Zeit mit Maggie zu verbringen, wird zu einem Problem für mich, wenn ich weiterhin denke, dass alles, was sie tut, mich anmacht. Ich bin kein Beziehungsmensch, und mich in die kleine Schwester meines besten Freundes zu verlieben – mit der man definitiv keinen Gelegenheitssex haben kann –, ist keine Option.

Sie macht sich auf den Weg nach unten, und wir gehen zum Wärmehaus. Zum Glück ist von den Müsli essenden Dreadlocks-Kerlen keine Spur zu sehen.

Maggie lächelt, als sie aus dem Oberteil ihres Schneeanzugs schlüpft und am Feuer kniet. „Das war so aufregend!", sagt sie, während sie die Hände aneinanderreibt.

Ich nicke und lasse mich mit einem verschmitzten Lächeln neben sie sinken, denn es ist schwer, mich nicht von ihrer

Begeisterung anstecken zu lassen. „Ich bin wirklich beeindruckt, dass du nicht aufgegeben hast.“

„Ich hätte nicht gedacht, dass ich es schaffe“, sagt sie und fährt sich mit den Händen über die Arme. „Heiliger Strohsack, was für ein Workout. Meine Arme sind wie Wackelpudding. Ich dachte, sie geben gleich nach.“ Sie schüttelt sie aus und führt eine Hand zu ihrem Schulterblatt, um eine empfindliche Stelle zu reiben.

„Ja, du wirst ein paar Tage lang einen höllischen Muskelkater haben“, sage ich. Ich bewege meine Hand zu der Stelle, die sie nicht ganz erreichen kann, und drücke meinen Daumen sanft in den verknoteten Muskel. „Ich empfehle viel Wasser und Ibuprofen rund um die Uhr.“

Sie stöhnt laut, als ich die Stelle treffe, und mein Schwanz zuckt. *Verdammt noch mal.* Hat jemals eine Frau meinen Schwanz mit einem einzigen Laut zum Zucken gebracht? Sie lässt sich auf ihren Hintern fallen und dreht sich, um mir den Zugang zu erleichtern.

„Heiliger Strohsack, hör nicht auf“, stöhnt sie, und jetzt macht mein Schwanz verdammt viel mehr, als nur zu zucken.

Ich bewege meine andere Hand nach oben und reibe gleichzeitig ihre beiden Schultern. Sie fühlt sich in meinen Händen zierlich an, mit kleinen, aber definierten Muskeln. Ich verspüre ein großes Verlangen, meine Hände unter ihren Pullover zu schieben und ihre nackte Haut unter meinen Fingerspitzen zu spüren.

„Du hast dir das Wochenende in unserem Chalet verdient“, sage ich, meine Stimme tiefer als sonst, weil ich gerade verdammt erregt bin.

„Was meinst du?“, fragt sie und dreht leicht den Kopf. „Du hast doch das Rennen gewonnen. Du solltest es haben.“

„Nein, ich kann schon Snowboard fahren. Du kannst es besser gebrauchen, wenn du immer noch auf dieser Abenteuer-Mission bist.“

Sie schweigt einen Moment lang, als ich ihre Schultern bearbeite, während das Feuer knistert. „Ich weiß aber nicht, wie man Snowboard fährt."

„Oh", antworte ich und beiße mir auf die Innenseite meiner Wange, in dem Wissen, was als Nächstes aus meinem Mund kommen wird. „Ich kann es dir zeigen, wenn du willst?"

Sie dreht sich zu mir um. „Ernsthaft?", ruft sie mit einem breiten Lächeln im Gesicht.

Ich zucke mit den Schultern. „Das ist keine große Sache."

„Ahhh!" Sie stürzt sich wieder auf mich und schlingt ihre Arme um meinen Hals. „Das ist das perfekte nächste Abenteuer! Lass es uns tun!"

Sie hüpft und wackelt so sehr an mir, dass ich nicht glauben kann, was sich in meiner Hose abspielt. Das ist verdammt peinlich. Ich bin sicher, es liegt daran, dass ich meinen Wingman Miles verloren habe. Ich habe zwar eine kleine Durststrecke hinter mir, aber ich bin immerhin schon über dreißig. Ich sollte nicht einfach so einen Ständer bekommen.

Sie zieht sich zurück, und ihre Augen leuchten vor Aufregung. „Ich habe Sterling noch nicht einmal ein Foto geschickt! Er wird ausflippen, wenn er mich auf diesem Silo sieht!"

Bei dieser letzten Bemerkung fällt mein Ständer wie eine gekochte Nudel. Aber wie eine dicke Nudel. Eine große Cannelloni, ganz sicher.

„Ja, die solltest du besser losschicken", brumme ich und stehe auf, um mich auf den Weg zur Tür zu machen. „Ich gehe meinen Kram zusammenpacken. Wir sehen uns dann am Truck."

Die Tür schließt sich hinter mir, und ich habe das Gefühl, dass ich mein eigenes Gesicht in den Schnee stecken muss, weil ich gerade so dumm war. Sie ist hinter ihrem Ex her, nicht hinter meiner verdammten Nudel. Ich muss meinen Scheiß auf die Reihe kriegen, bevor ich ein ganzes Wochenende mit ihr in dieser Hütte eingesperrt bin.

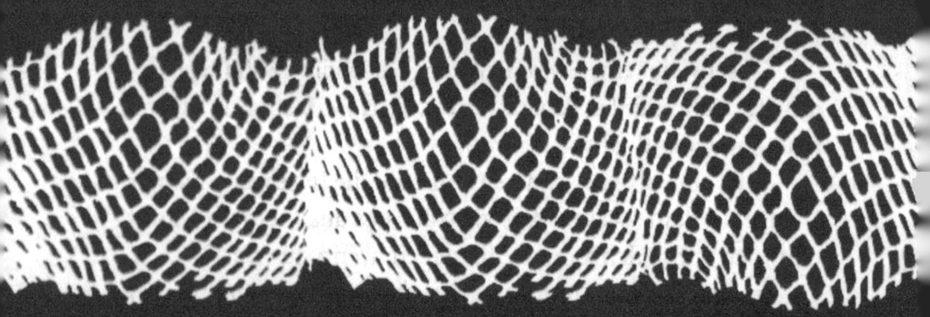

KAPITEL 9

Kostenloser Kaffee und Beratung

Maggie

Am nächsten Tag sitze ich am Küchentisch von Miles und Kate, als Miles hereinspaziert. „Du bist früh auf", stellt er gähnend fest, während er in den Schrank greift und eine Schachtel Cornflakes herauszieht.

„Ich habe eine Kanne Kaffee aufgesetzt!", antworte ich aufgeregt und tue mein Bestes, um nicht wie die schmarotzende kleine Schwester zu wirken, die unangemeldet aufgetaucht ist und kein konkretes Abreisedatum in Sicht hat.

„Oh, das hättest du nicht tun müssen", krächzt Kates Stimme um die Ecke, bevor sie in flauschigen Hausschuhen und einem weiteren von Miles' riesigen T-Shirts in die Küche schlurft. „Wir trinken zu Hause keinen Kaffee."

„Nicht?"

„*Sie* tut es nicht", antwortet Miles und rollt mit den Augen, während er etwas Müsli in eine Schüssel kippt und mit Milch aufgießt.

„Ich bin Puristin", antwortet Kate und schenkt Miles ein

verschlafenes Lächeln. „Ich warte auf den Kaffee von Tire Depot, weil er der beste ist.“

Auf diese Antwort hin nicke ich langsam. „Gehst du also jeden Tag zum Tire Depot?“

Sie zuckt mit den Schultern. „Nicht jeden Tag. Ich meine …, an den Tagen, an denen ich nicht duschen will, bleibe ich normalerweise fürs Schreiben zu Hause, weil ich hier auch gute Worte finde. Aber heute ist Duschtag, also fahre ich mit Miles hin. Du solltest mit uns kommen!“

„Zu Tire Depot?“, frage ich, während ich mir einen Bissen Müsli in den Mund schaufle. „Da, wo Sam auch arbeitet?“

Mein Gesicht läuft sofort rot an, als mein Bruder die Stirn runzelt. „Nun, Sam arbeitet dort nicht nur. In nur wenigen Monaten wird er den Laden besitzen. Aber ja, dort arbeitet er. Warum erwähnst du Sam?“

„Oh …, nun ja“, beginne ich zu stammeln. „Er, ähm …“

„Meg hat Sam nach seiner Geburtstagsfeier am Samstag nach Hause gefahren“, wirft Kate hilfsbereit ein. „Also bin ich sicher, dass sie nur die Boulder-Punkte verbindet.“

„Ja“, stimme ich schnell zu und meine Augen sind so groß, dass sie mir aus dem Kopf springen könnten, als ich Kate mit einem stummen Nicken danke. „Ich habe an diesem Abend eine Menge Leute kennengelernt. Schwer, den Überblick über alle zu behalten.“

Miles zuckt mit den Schultern, schlürft einen großen Bissen Müsli und murmelt: „Ist bei deinem Auto ein Ölwechsel fällig? Ich könnte ihn heute Morgen dort machen. Dort ist es einfacher als hier.“

„Ähm, wahrscheinlich“, antworte ich, während ich versuche, herauszufinden, ob das mit Sam seltsam sein könnte. Ich meine, wir haben es in einer Bar vorgetäuscht, also können wir es sicher auch bei Tire Depot vortäuschen, oder?

„Dann ist es abgemacht!“, erklärt Kate fröhlich. „Ich werde mit Megan fahren. So musst du nicht auf uns warten, bis wir fertig sind, Miles. Meg, ich wollte dich nur wissen lassen, dass wir die Plunderstücke höchstwahrscheinlich verpassen werden."

Ihr Gesicht ist so düster, dass ich darauf warte, dass sie zu lachen anfängt.

Das tut sie nicht.

„Also gut", antworte ich ebenso düster. „Danke, dass du mir Bescheid gesagt hast."

„Kein Problem." Sie nickt. „Aber sei nicht zu traurig. Die Kekse sind auch sehr lecker." Sie strahlt mich wissend an, und ich weiß sofort, dass sie nicht nur von den Keksen spricht.

„Klingt gut", antworte ich langsam und entschuldige mich dann vom Tisch. Wenn ich heute zu Tire Depot fahre, ist heute wohl auch ein Duschtag für mich.

Bevor Kate und ich das Haus verlassen, schicke ich Sam eine kurze SMS, um ihn vor dem Plan zu warnen. Er antwortet nicht, und das macht mich nur noch nervöser, wie das alles ablaufen könnte.

„Warum siehst du so nervös aus?", fragt Kate und unterbricht damit meine innere Aufregung.

„Ich bin nicht nervös!", rufe ich aus und schließe meine Hände fest um das Lenkrad.

Aus dem Augenwinkel sehe ich, wie sie sich in ihrem Sitz umdreht und mir direkt ins Gesicht schaut. „Gib's zu, du bist total verknallt in Sam!"

„Bin ich nicht!", kreische ich und zucke dann angesichts meines viel zu defensiven und schrillen Tonfalls zusammen.

„Was zum Teufel ist dann gestern passiert? Du bist ziemlich spät nach Hause gekommen, und Miles wollte uns nicht in Ruhe lassen. Ich warte schon sehnsüchtig auf ein paar Details, also spuck es aus."

„Nichts ist passiert. Sam hat mir beim Silo-Eisklettern geholfen, und er war wirklich süß und wirklich beeindruckend beim Klettern. Das ist alles." Ich sage das alles in einem Atemzug, als würde das dieses Gespräch irgendwie einfacher machen.

Ich habe mich geirrt.

„Sagtest du Silo-Eisklettern?" Ich werfe einen Blick hinüber und sehe Kates verzogenes, verwirrtes Gesicht. Meine Güte, sie ist so süß.

„Ja, das habe ich gesagt."

„Silo-Eisklettern gibt es nicht."

„Das habe ich auch zuerst gedacht, aber ich habe mich geirrt." Ich zücke mein Handy und zeige ihr ein Selfie von mir mit dem großen, vereisten Silo hinter mir. „Das gibt es."

„Erstaunlich", sagt sie, schnappt sich mein Handy und wischt durch weitere Bilder. „Warst du gut darin?"

„Gott, nein, aber Sam war unglaublich. So gut wie ein Gladiator. Ich konnte meinen Augen nicht trauen. Keiner konnte das."

Ich muss immer wieder daran denken, wie er die Wand erklommen hat wie ein … *Mann*. Es war so unerwartet sexy, dass ich irgendwann gesabbert habe. Diese enge Hose und das Grunzen, das ich jedes Mal hören konnte, wenn er seinen Eispickel schwang … *hmmm*.

Und dann hatte er so einen lässigen Gesichtsausdruck, als er fertig war. Er läutete einfach die Glocke und hievte sich auf das Dach des Silos, als wäre es keine große Sache, ob er gewann oder verlor. Es war … beeindruckend.

Sterling ist das komplette Gegenteil von Sam. Er hat sogar schon Siegestänze vor mir geübt, um meine Meinung darüber zu erfahren, welcher mir besser gefällt. Ich habe das nie verstanden, weil er ein Quarterback ist und das eher etwas ist, was Receiver tun, aber egal, er wollte seinen Tanz aufführen. Er sagte, es sei für seinen zukünftigen Werbedeal für Videospiele.

Aber Sam … Sam war so erwachsen. Es war unmöglich für mich, ihn nicht zu umarmen, sobald seine Füße den Boden berührten. Er hat eine stille Stärke, die mich so mühelos in ihren Bann zieht. Und die Tatsache, dass sein Hintern gestern in dieser Hose nicht schlecht aussah, machte es noch verwirrender.

Kate gibt mir mein Handy mit einem breiten Grinsen im Gesicht zurück. „Habe ich gerade gehört, wie du den rothaarigen Sam mit einem Gladiator verglichen hast?" Ihr schallendes Gelächter reißt mich völlig aus meiner entzückenden Erinnerung.

„Du bist auch ein Rotschopf. Wo ist deine Solidarität?", erwidere ich abwehrend.

„Das war nur ein Scherz", antwortet sie und berührt meinen Arm, woraufhin ich merke, dass ich wohl ein bisschen überreagiere. „Aber wow, Siloklettern? Wie kamst du darauf, ausgerechnet das zu machen? Miles hat nie erwähnt, dass du ein Outdoor-Typ bist. Ich dachte, du wärst eine von meinen Leuten … ein Bücherfreak!"

Bei dieser sehr treffenden Beschreibung von mir ziehe ich die Augenbrauen zusammen. „Ich bin ein Bücherfreak, aber ich versuche, meinen Ex zurückzugewinnen, indem ich ihm zeige, wie ungewöhnlich ich bin."

„Bücher sind nicht gewöhnlich … Bücher sind das Leben", sagt Kate, und ich weiß, dass sie es hundertprozentig ernst meint.

„Da stimme ich zu", antworte ich schnell, damit sie weiß, dass ich ihre wunderbaren Fähigkeiten nicht herunterspiele. „Aber Sterling will jemanden, der ein bisschen Abenteuer in sich trägt."

„Und deshalb wirst du eine frostige Dildo-Kletterin", sagt sie und lacht immer noch nicht.

„Und Snowboarderin."

„Wann gehst du denn Snowboarden?", fragt sie mit leuchtenden, neugierigen Augen. „Hast du das schon mal gemacht?"

„Nein, ich bin nur bei Schulausflügen ein paarmal auf Skiern bergab gefahren. Ich war schrecklich darin. Aber Sam hat mit diesem Kiffer-Kletterer ein Wettklettern das Silo hinauf gemacht und gewonnen, und jetzt hat er dieses kostenlose Wochenende in einer Skihütte gewonnen. Sam sagte, er würde mich mitnehmen und mir das Snowboarden beibringen."

Kate blinzelt mich nur an, völlig verblüfft in ein seltenes Schweigen. „Ich muss das in einem Buch schreiben. Bitte sag mir, dass ich die Erlaubnis habe."

„Du hast keine Erlaubnis!", rufe ich aus, und meine Wangen glühen bei dem Gedanken, dass meine erbärmliche Lage in einem verdammten Liebesroman veröffentlicht wird. „Ich hatte gehofft, du könntest mich dieses Wochenende bei Miles decken."

Sie knurrt frustriert. „Also warte mal …, du machst das alles, um deinen Ex zurückzugewinnen? Was ist mit Sam?"

„Sam hilft mir nur! Da läuft nichts zwischen uns." Ich sage das so defensiv, dass ich weiß, dass Kate es nicht auf sich beruhen lassen wird.

Kates Lippen verschwinden in ihrem Mund, bevor sie antwortet. „Wenn Sam das vor seinem besten Freund verheimlicht, bedeutet das, dass etwas im Busch *ist*. Raus damit."

Jetzt bin ich an der Reihe, zu stöhnen. Dafür, dass Kate die Freundin meines Bruders ist, hat sie eine unheimliche Art, mich wie eine neugierige Schwester zu reizen. „Es ist nichts, okay? Wir haben uns vielleicht geküsst, als wir uns das erste Mal getroffen haben, aber das war ein impulsives Versehen, und wir kannten uns noch nicht einmal."

„Oh mein Gott", ruft Kate. „Das wird ja immer besser und besser! Wie weit ist es gegangen?"

„Nur ein Kuss. Würdest du aufhören? Sam ist nur ein Freund. Ich will nicht, dass Miles erfährt, dass Sterling mit mir Schluss gemacht hat, weil Miles ihn dann für immer hassen wird. Ich hoffe, wenn ich Sterling zeige, dass ich aufregender bin, will er mich zurück, und wir können wieder zusammenkommen, bevor jemand merkt, dass wir uns getrennt haben. Ich will unseren ursprünglichen Plan. Ich hatte unser ganzes Leben durchdacht."

„Das wäre?"

„Ich weiß nicht, das Übliche … Heirat, Babys, gemeinsam die Welt sehen. Liebe auf den ersten Blick ist so selten, und ich denke, es ist ein Glücksfall, dass meine Eltern es hatten und jetzt auch ich. Ich habe meine Hochzeitsrede schon halb im Kopf."

„Oh Meg", sagt Kate, streckt die Hand aus und tätschelt mir den Kopf. „Du bist wirklich eine leicht verstörte hoffnungslose Romantikerin, nicht wahr?"

„Oh, halt die Klappe", schnauze ich und schlage ihre Hand weg, als ich auf den Parkplatz von Tire Depot fahre und einen Platz in der ersten Reihe finde. „Ich konzentriere mich nur auf mein Traumleben. Daran ist nichts auszusetzen."

Ich stelle den Motor ab, und im selben Moment kommt Miles aus der großen Ladentür an der Seite heraus. Er rollt einen Reifen über den schneebedeckten Bürgersteig zum Eingang der Lobby. Er hat keinen Mantel an, und in seiner Jeans und einem T-Shirt von Tire Depot zu arbeiten, sieht bei diesen eisigen Temperaturen verdammt kalt aus.

„Ich lebe in meinem Traumleben", antwortet Kate langsam, und ihre Stimme nimmt einen tiefen, heiseren Ton an. Ich schaue zu ihr rüber und sehe, wie sie meinen Bruder anstarrt und sich über die Lippen leckt wie eine Tigerin, die sich zum Angriff bereit macht.

„Igitt, du bringst mich noch zum Kotzen." Ich wende meinen Blick gerade noch rechtzeitig von ihr ab, um zu sehen, wie Sam als Nächstes aus der Garage kommt und ebenfalls einen Reifen rollt. Sein Bizeps spannt sich unter dem Poloshirt von Tire Depot, und ich spüre einen scharfen Stich der Anziehung.

„Gib es zu", sagt Kate leise. „Du findest Sam super verdammt süß."

Ich verdrehe die Augen und stöhne, bevor ich meine Stirn an das Lenkrad drücke. „Natürlich ist er süß. Ich meine ..., wenn man auf diesen bärtigen Naturburschen-Look steht." Ich schaue noch einmal hoch, als er sich umdreht, um den Hauptteil von Tire Depot zu betreten, und er gibt den Blick frei auf seinen Hintern in seiner Arbeitsjeans. „Aber das macht nichts. Ich habe Pläne mit Sterling."

„Igitt", murmelt Kate leise. „Na schön. Es ist dein Leben, und du hast das Recht zu tun, was du willst. Also, was genau brauchst du von mir? Du willst dieses Wochenende mit dem besten Freund deines Bruders wegfahren, und musst sicherstellen, dass Miles nichts davon erfährt?"

„Jaaaa", antworte ich langsam und hasse es, dass sie mir schon wieder den Teil mit dem besten Freund vor die Nase setzen muss.

„Okay, lass mich nachdenken ..." Ihre Augen leuchten augenblicklich auf. „Weißt du was? Seltsamerweise hat Miles darauf gedrängt, bald mal wieder zu meinen Eltern zu fahren, also könnte ich wohl endlich zustimmen. Dann wären wir übers Wochenende aus dem Haus und er würde nicht mal merken, dass du fehlst."

„Das wäre perfekt, Kate!", rufe ich aus, packe sie und ziehe sie in eine Umarmung. „Er könnte fragen, ob ich mitkommen kann, aber ich werde eine Krankheit vortäuschen oder so."

Kate wackelt mit ihrer Brust an meiner und gurrt: „Oh Baby, bist du Sam auch so dankbar?"

„Halt die Klappe!", rufe ich und stoße sie weg. „Du bist so eine Perverse!"

„Ich habe gehört, das sei meine beste Eigenschaft." Sie zwinkert und springt aus dem Auto.

Mit einem schweren Seufzer folge ich ihr ins Tire Depot, wo ich Kaffee, Kekse und einen kostenlosen Ölwechsel von meinem Bruder bekomme. Meine Güte, Boulder gefällt mir von Tag zu Tag besser.

Als Kate und ich Tire Depot betreten, suche ich kurz die glänzende Lobby nach Sam ab. Ich muss nur wissen, wo er ist. Solange ich nicht von ihm überrascht werde, kann ich meine Miene so kontrollieren, dass ich cool und gefasst wirke. Miles wischt gerade einen Ausstellungsreifen ab, den er zusammen mit anderen Reifen auf ein Regal gehängt hat, als er uns kommen sieht.

„Da sind zwei meiner Lieblingsmädchen!", strahlt er und schenkt uns ein perlweißes Lächeln. „Bist du bereit für die Tire Depot Erfahrung, Meg?"

„Klar!", sage ich fröhlich und wackle mit den Schlüsseln. „Hier, bitte."

Miles deutet uns an, ihm zum Schalter zu folgen. „Wir werden dich hier zuerst einchecken."

Als wir uns dem Tresen nähern, taucht der Kopf von jemandem unter der Thekenplatte auf, und als ich merke, dass es Sam ist, stoße ich mit Kate zusammen.

„Autsch!", ruft Kate aus und dreht sich, um ihren Knöchel zu reiben. „Bist du schon mal gelaufen, Meg? Oder hast du nur darüber gelesen?" Sie kichert und zwinkert mir zu, sichtlich erfreut über ihren kleinen Scherz.

Miles sieht besorgt zu mir herüber. „Geht es dir gut, Meg? Du siehst etwas errötet aus."

Er beugt sich zu mir, um meine Stirn zu berühren, und ich schüttle ihn ab, während Sams Augen die ganze Zeit vor Vergnügen tanzen. Er wackelt spielerisch mit den Augenbrauen, bevor er sich mit den Ellbogen auf dem Tresen abstützt und die Show genießt.

„Mir geht's gut, Miles. Können wir bitte einfach meinen Ölwechsel machen?"

„Sam?", sagt Miles.

Sam hält die Hände hoch. „Ich fürchte, ich kann dir heute nicht helfen.“

Mein Gesicht wird lang. Wird er uns verraten?

Dann deutet Sam zu einem kleinen Mädchen hinüber, das neben ihm steht und dessen Kinn kaum die Theke berührt. Mit einem schnellen Handgriff schiebt Sam offenbar seinen Tritthocker zur Seite, und das kleine erdbeerblonde Mädchen klettert hinauf.

„Ist das dein Kind?“, blaffe ich ohne nachzudenken und klinge dabei noch psychotischer als beabsichtigt.

Sam zeigt wieder dieses herzerweichende, schüchterne Lächeln, während er sein Gesicht von mir abwendet. „Nein, das ist meine Nichte, Kinsley. Kinsley, das sind ein paar meiner Freunde. Du kennst Miles. Das ist seine Freundin Kate und seine Schwester Maggie.“

„Was kann ich für Sie tun?“, sagt Kinsley und schiebt sich ihre rosa Brille auf der Nase hoch. „Brauchen Sie heute eine Reifenrotation?“

Ihr ernstes Gesicht bringt mich zum Schmunzeln, während mein Blick von Sam zu ihr wandert und zu der bezaubernden kleinen Verbindung, die sie offensichtlich miteinander haben, während er sich neben ihr auf den Tresen lehnt.

Kate stößt mich mit dem Ellbogen an, und ich springe nach vorn, weil ich merke, dass alle auf mich gewartet haben. „Ich brauche einen Ölwechsel und wahrscheinlich eine Reifenrotation. Ich habe in letzter Zeit viele Kilometer mit meinem Auto zurückgelegt.“

„Geht klar“, sagt Kinsley mit einer tiefen Stimme, als würde sie eine Rolle spielen. „Was ist die Marke, das Modell, die Farbe und das Baujahr Ihres Autos?“

Ich kichere und nenne ihr all diese Dinge. Sie braucht ewig, um alles in ihr Notizbuch zu schreiben, aber Sam drängt sie kein bisschen. Er lächelt sie nur liebevoll an, während sie ihr

Gesicht auf ihren Notizblock senkt und konzentriert die Zunge herausstreckt.

Als sie fertig ist, schaut sie auf ihre kleine Uhr. „Es wird ungefähr eine Stunde dauern. Benötigen Sie heute einen Shuttleservice? Oder möchten Sie unser außergewöhnliches Customer Comfort Center nutzen?"

Mein Lächeln ist jetzt dauerhaft. „Customer Comfort Center, bitte!"

Kinsley nimmt meine Schlüssel und sieht ihren Onkel kurz an, bevor sie sich die Hand vor den Mund hält und flüstert: „Darf ich einen ausgezeichneten Podcast vorschlagen?"

„Kins!", schilt Sam, und ihre Augen weiten sich, als hätte man sie gerade mit der Hand in der Keksdose erwischt.

„Oder einfach nur die kostenlosen Kekse und den Kaffee genießen, das ist auch gut", sagt sie und springt vom Tritthocker. „Ich bringe nur schnell die Schlüssel zu den Jungs nach hinten und wir rufen Sie, wenn Ihr Auto fertig ist."

Kinsley huscht davon, und ich wende meinen Blick wieder Sam zu, der seine Nichte so breit anlächelt, dass sein ganzes Gesicht strahlt. Als er mich wieder ansieht, frage ich lachend: „Was hat es mit der wirklich bezaubernden Kinderarbeit auf sich?"

Er schüttelt den Kopf und stößt sich mit den Ellbogen ab, um sich zu seiner vollen Größe aufzurichten. „Heute ist ‚Bring deine Nichte mit zur Arbeit'-Tag."

Ich runzle die Stirn. „Das gibt es nicht."

„Ich habe es erfunden", sagt er mit einem Augenzwinkern. „Heute ist schulfrei, und die da hat ihre Mutter in den Wahnsinn getrieben, also wollte ich nur helfen."

Er lächelt süß, und unsere Blicke bleiben ein paar Sekunden lang aneinander haften, bevor Kate sich hinter uns räuspert.

Wir drehen uns beide schnell um, um uns wieder auf Miles zu konzentrieren, als er sagt: „Also, dann zeige ich euch Damen das Comfort Center, damit ich wieder an die Arbeit gehen kann. Mein Boss ist ein harter Hund."

Ich höre, wie Sam leise vor sich hin murmelt, während ich Miles und Kate nach hinten folge. Bevor ich um die Ecke biege, kann ich nicht anders, als über meine Schulter zu schauen, und mein Lächeln wird noch breiter, als ich sehe, wie Sam mich mustert. Ich weiß, ich sollte mich nicht so gut fühlen, weil ich einen Plan habe, aber verdammt, ich tue es irgendwie doch.

Kate zeigt mir die Kaffeemaschine, und wir holen uns beide eine Tasse unseres Lieblingsgetränks, bevor wir uns an einen hohen Tisch setzen. Ich sehe mir all die Gäste mit ihren Styroporbechern an, die in ihren Handys scrollen oder einen Keks mampfen. Im Fernseher läuft *Der Preis ist heiß*, aber insgesamt wirkt alles sehr gemütlich. Ich kann verstehen, warum Kate sich hier gern aufhält.

„Also, Meg, ich habe dir noch eine winzige Kleinigkeit zu sagen, und dann lasse ich es gut sein und lasse dich wieder im La-La-Land leben."

Ich verdrehe die Augen und atme schwer aus, während ich darauf warte, welche Verrücktheit als Nächstes aus ihrem Mund kommt. „Raus damit."

„Okay, nehmen wir an, dein Plan, deinen Ex zurückzugewinnen, funktioniert. Am Ende bist du verheiratet, hast Babys und einen verrückten Lebensstil als Frau eines Footballspielers, von dem du überzeugt bist, dass du ihn lieben wirst. Das ist alles schön und gut, und ich hoffe das für dich, verstehst du? Aber jetzt, in diesem Moment, an diesem Wochenende … bist du eine umwerfende zweiundzwanzigjährige Single-Frau mit einem heißen, bärtigen Rotschopf, der sich ein Bein ausreißt, um dir zu helfen. Warum nicht die Zeit mit Sam zu etwas Besonderem machen? Warum machst du ihn nicht zu deinem letzten Flirt vor der Hochzeit? Sam ist die perfekte Art von Mann ohne Verpflichtungen. Er hat nichts mit Beziehungen am Hut. Niemals. Keine Ausnahmen. Du wirst zwei Tage lang mit ihm in einer gemütlichen Hütte eingesperrt sein, und ich will wirklich nicht, dass du nur Muskelkater vom Snowboarden hast, wenn du verstehst, was ich meine."

„Oh mein Gott!", rufe ich und schlage ihr auf den Arm, weil mir das alles so peinlich ist. Es ist eine Sache, Kates schmutzige Bücher zu lesen, aber es ist eine ganz andere Sache, wenn sie mich in Sachen Sex praktisch anleitet. „Du gibst mir auf keinen Fall die Erlaubnis, Miles' besten Freund zu vögeln. Du bist völlig verrückt."

„Ich bin nicht verrückt, Meg. Ich bin Realistin. Und du bist Idealistin, was dir einen Tunnelblick verschafft und dazu führt, dass du die *wirkliche* Chance auf ein Abenteuer hier verpasst."

Kates Stimme wird leiser, als Sam mit seiner Nichte, die neben ihm her hüpft, in das Comfort Center schreitet. Kinsley greift nach oben und nimmt seine Hand, als wäre das völlig normal und sie würde das ständig tun. Sie geht zur Keksdose, sucht sich eine Leckerei aus und schaut ihn mit Hundeblick an, als sie ihn um zwei bittet. Er gibt ihr ein klares Nein und dreht sich dann um, um ihr eine Serviette zu holen.

Sie schnappt sich schnell einen zweiten Keks, als er nicht hinsieht, und versteckt ihn hinter ihrem Rücken. Er schaut stirnrunzelnd zu ihr hinüber, und ihr engelsgleiches Lächeln wird teuflisch, als er sie umdreht und sie mit Keks Nummer zwei erwischt. Mit einem verwirrten Lächeln schiebt er sie zur Tür, und sie hüpft fröhlich mit ihren beiden Keksen davon.

Bevor Sam zur Tür hinausgeht, wirft er noch einen Blick auf Kate und mich, die ihn beobachten. Er schenkt uns ein sexy, verlegenes Lächeln, und dann ist er mit einem Zwinkern verschwunden.

Ach du meine Güte, schon wieder ein Augenzwinkern.

Kate lehnt sich dicht an mich heran und flüstert: „Gib es zu, Meg, es hat dich erwischt."

Ich merke, dass ich mein Kinn in die Hände gestützt habe und mein Mund zu einem verzückten Lächeln verzogen ist, während ich Sam um die Ecke verschwinden sehe. Ich bedecke mein Gesicht mit den Händen und murmle gegen meine Handflächen: „Bist du sicher, dass er ein Typ ohne Verpflichtungen ist?"

„Absolut sicher", antwortet Kate.

Ich drehe mich um und sehe sie an. „Ich kenne ihn noch nicht einmal besonders gut."

Kate zuckt mit den Schultern und nimmt mein Handy vom Tisch. „Du hast eine Woche Zeit, ihn kennenzulernen."

Ich starre sie verwirrt an.

„Schreib ihm eine SMS, Megan." Sie lacht über mein langsames Verständnis. „Du wärst überrascht, wie mächtig das geschriebene Wort ist."

Ich beiße mir auf die Lippe und rufe Sams Nummer auf meinem Handy auf. „Was soll ich denn sagen?"

Kate zuckt mit den Schultern. „Was macht das für einen Unterschied? Erzähl ihm einen blöden Witz oder so. Was immer nötig ist, um den Ball ins Rollen zu bringen."

Während mein Finger über dem Bildschirm schwebt, sehe ich Kate an und sage: „Du weißt, wenn mein Bruder davon wüsste, würde er uns alle drei umbringen, oder?"

„Überlass deinen Bruder nur mir." Sie zwinkert mir zu und beißt in einen Keks, bevor sie ihren Laptop aufklappt und sich wahrscheinlich Notizen über diese verrückte Liebesgeschichte macht, aus der mein verkorkstes Leben derzeit besteht.

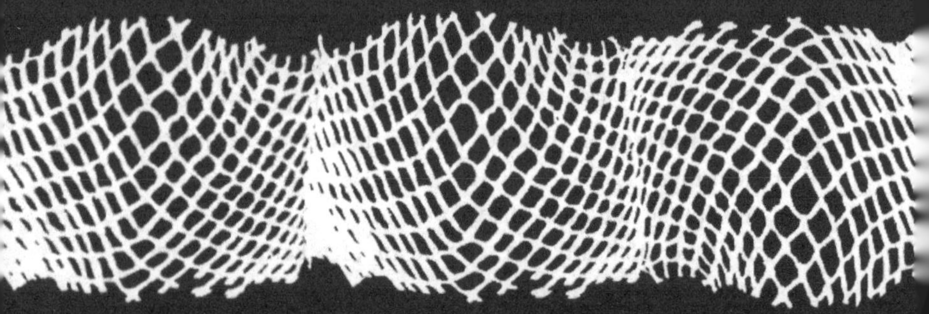

KAPITEL 10

Ein Angelexperte kann alles einholen

Sam

Mein Handy klingelt, und ich nehme an, dass es Maggie ist, weil heute Freitag ist und sie jeden Moment hier sein sollte, um mit meinem Pick-up zur Skihütte zu fahren, aber als ich auf das Display schaue, sehe ich Miles' Namen aufleuchten.

Meine Schultern spannen sich an, als ich den Anruf entgegennehme. „Hallo?"

„Hey, Mann, wie läuft's?"

„In Ordnung", sage ich langsam, nervös wegen des Grundes seines Anrufs.

„Hör zu, ich wollte dich um einen Gefallen bitten."

„Klar, was gibt's?"

„Kate und ich fahren dieses Wochenende nach Longmont, um ihre Familie zu besuchen." Die Worte werden leiser, als Miles in die Leitung flüstert. „Ich hatte gehofft, Kates Vater am Wochenende um die Erlaubnis zu bitten, sie zu heiraten. Kate hat keine Ahnung."

„Okaaay", antworte ich mit einem leisen Lachen. Sobald

Miles diesen Ring gekauft hatte, wusste ich, dass er ein Loch in seine Tasche brennen würde.

„Jedenfalls dachte ich, Megan würde mitkommen, aber sie sagt, sie fühlt sich nicht gut. Ich habe ein schlechtes Gewissen, sie hier allein zu lassen, weil das nicht ihre Stadt ist und so …, aber ich muss Kates Vater wirklich persönlich sehen, um das zu tun, verstehst du?"

„Ja, das verstehe ich."

„Also habe ich mich gefragt, ob du mal nach Meg sehen könntest?"

Mein Körper verkrampft sich bei seiner sehr unschuldigen Bitte. „Nach ihr sehen?"

„Ja, komm morgen vielleicht mit etwas Suppe für sie vorbei. Stell sicher, dass sie nicht zum Arzt muss und so."

„Du willst, dass ich deiner Schwester Suppe bringe?", hake ich nach, weil ich ein schuldbewusster Mistkerl bin.

„Ja, Mann. Ich würde nicht fragen, aber sie ist meine kleine Schwester, weißt du? Normalerweise passe ich auf sie auf, aber ich kann es nicht, also hoffe ich, dass du es kannst."

Ich ziehe meine Lippen in den Mund und atme durch die Nase aus, bevor ich antworte. „Ich kann auf deine Schwester aufpassen, Miles." Ich kneife mir in den Nasenrücken und hasse es, dass ich dieses Geheimnis vor meinem besten Freund bewahre, aber ich habe Maggie auch ein Versprechen gegeben, das ich nicht brechen kann. „Ich werde morgen nach ihr sehen."

„Klasse, du bist der Beste. Wir kommen am Sonntagnachmittag nach Hause, und je nachdem, wie es ihr geht, musst du vielleicht am Sonntagmorgen wiederkommen. Ist das okay?"

„Das ist okay."

„Du bist ein toller Freund, Sam, weißt du das? Ich weiß, dass ich in letzter Zeit ein Scheißfreund war, aber du bist großartig. Ich weiß das wirklich zu schätzen."

Mein Kopf senkt sich vor Scham. *Du würdest mich nicht für*

einen guten Freund halten, wenn du wüsstest, was ich letzte Nacht getan habe, während ich an deine Schwester dachte. Aber das sage ich natürlich nicht. Stattdessen lüge ich meinen Freund weiter an und erwähne mit keinem Wort, dass ich seine Schwester übers Wochenende in eine abgelegene Hütte mitnehme. *Ich bin so ein Arschloch.*

Wir legen auf, und ich scrolle durch die SMS, die Maggie und ich in der letzten Woche ausgetauscht haben. Es sind weit über hundert. So viele, dass ich ihren Kontaktnamen in meinem Telefon von Maggie in Sparky ändern musste, weil ich Angst hatte, sie würde mir im Reifenlager eine SMS schicken, wenn Miles in der Nähe ist.

Sparky: Warum kann man beim Eisfischen keine Witze erzählen?

Ich: Weil du neben mir sitzt, und ich dich nicht lustig finde.

Sparky: Augenroll-Emoji.

Ich: Gut … Warum kann man beim Eisfischen keine Witze erzählen?

Sparky: Weil es ein Eisbrecher sein könnte! Verstanden?

Ich: Verstanden, Sparky.

Sparky: Was haben Fische und Frauen gemeinsam?

Ich: Das könnte auf so viele Arten ausgehen, und die meisten, die mir einfallen, sind schmutzig.

Sparky: Sie hören beide auf, mit dem Hintern zu wackeln, wenn du sie gefangen hast!

Ich: Siehst du? Schmutzig.

Sparky: Das ist nicht schmutzig.

Ich: Doch, wenn du in meinem Kopf bist.

Sparky: ☺

Sparky: Was sagte der Fisch, als er an der Angel hing?

Ich: Keine Ahnung.

Sparky: Die Sache hat einen Haken.

Ich: Oh Mann, gerade als ich dachte, es würde besser werden.

Sparky: Mein Ex fand ihn auch nicht lustig.

Ich: In diesem Fall fand ich den Witz verdammt lustig. Du bist ein Comedy-Genie, und ich finde, wir sollten zusammen auf Tournee gehen.

Die ganze Woche über hat Maggie mich mit dummen Angelwitzen aus dem Internet bombardiert. Und die ganze Woche konnte ich mir das blöde Grinsen nicht aus dem Gesicht wischen. Es war wirklich verdammt nervig. Und niedlich. Und charmant. Und all die Dinge, die ich nicht für die kleine Schwester meines besten Freundes empfinden sollte. Jeden Moment wird sie auftauchen, und wir werden zusammen in eine Hütte fahren, wo wir über vierundzwanzig Stunden lang ganz allein sein werden.

Das wird eine verdammte Tortur.

Draußen ist es schon dunkel, als ich die Scheinwerfer in meine Einfahrt biegen sehe. Maggie parkt ihr Auto neben meinem bereits beladenen Pick-up, der mit Snowboardausrüstung, Snacks und Alkohol vollgepackt ist – alles, was man für ein

Snowboardwochenende braucht. Ich konnte für Maggie die Snowboardausrüstung meiner Schwester ausleihen, sodass wir nichts mieten müssen.

Ich höre, wie Maggie ihren Koffer die Treppe hinaufschleppt, gehe zur Haustür und öffne sie gerade, als sie die Hand zum Klopfen hebt. Ihr dunkles Haar steht wild unter ihrer roten Mütze hervor, und ihre blauen Augen sind groß und hektisch. „Tut mir leid, ich bin so spät dran. Ich schwöre, ich glaube, Miles und Kate hatten Sex, bevor sie losgefahren sind, denn sie sind viel länger als nötig in seinem Schlafzimmer verschwunden, um ein paar Sachen für ein Wochenende mit ihren Eltern zu packen. Ich musste eine Erkältung vortäuschen, weil Miles wollte, dass ich mitkomme, und dann hat meine Mutter angerufen, weil sie glaubte, ich hätte eine Art Nervenzusammenbruch, weil ich ein paar Wochen in Boulder bleibe, also musste ich ihr das ausreden, und dann sind die Straßen vom Schnee glatt, also musste ich sehr vorsichtig sein, als ich deine kurvenreiche Straße entlanggefahren bin, und heiliger Strohsack, es ist unheimlich, hier im Dunkeln herumzufahren, und die Sandwiches, die ich für uns geholt habe, sind wahrscheinlich kalt, aber ich bin froh, dass ich hergekommen bin, also erwarte bitte nicht, dass ich anständig aussehe."

Sie holt tief Luft, denn ich bin mir ziemlich sicher, dass dieser ganze Monolog einen Rekord für die meisten Wörter in einem zusammenhängenden Satz aufgestellt hat.

Ich lasse den Blick an ihrem Körper hinunterwandern und betrachte ihre Schneestiefel, die Leggings und den roten Wollmantel. „Du siehst großartig aus", antworte ich mit einem Schulterzucken.

Und einfach so werden ihre Augen weich, und ein süßes, etwas schüchternes Lächeln erscheint auf ihrem Gesicht. „Danke."

Sie beißt sich auf die Lippe, und ich muss wegschauen, weil ich sie küssen möchte. Ich nehme ihr den Koffer aus der Hand und trage ihn die Treppe hinunter, um ihn hinten in meinen Pick-up zu laden.

„Ist das alles, was du hast?", frage ich und schaue zu ihrem Auto hinüber.

„Ja, mein Schneeanzug ist in meinem Koffer verstaut." Sie sieht sich die ganzen Vorräte an. „Heiliger Strohsack, du hast ganz schön viel eingepackt. Ich sollte dir etwas davon bezahlen."

„Mach dir keine Sorgen", antworte ich und schließe die Heckklappe.

„Nein, wirklich, ich sehe hier Snacks. Ich habe nicht einmal daran gedacht, Snacks einzupacken. Und ist das Chardonnay? Das ist mein Lieblingswein! Ich kann Bier nicht ausstehen. Und Brennholz? Ich sollte dich dafür bezahlen. Eigentlich sollte ich dich für alles bezahlen. Du bist wirklich derjenige, der mir hier hilft, Sam. Ich bin sicher, Snowboardstunden sind nicht billig."

Sie dreht wieder durch, also lege ich meine Hände auf ihre Schultern und schaue sie einen Moment lang ruhig an. Als sie aufhört, sich aufzuregen, antworte ich langsam: „Im Ernst, Maggie, mach dir keine Sorgen. Ich will dein Geld nicht." *Ich will nur dich,* flüstert meine innere Stimme wie eine untreue Hure.

Sie blickt zu mir auf und blinzelt auf eine bezaubernd junge und unschuldige Weise. Es kostet mich all meine Kraft, mich nicht zu ihr zu beugen und meine Lippen auf ihre zu pressen. Warum ist sie heute Abend so küssbar? Liegt es daran, dass ich das Gefühl hatte, dass sie Anfang der Woche im Tire Depot mit mir geflirtet hat? Wenn ich gewusst hätte, dass das Herumhüpfen mit meiner Nichte ein Weg ist, um Mädchen dazu zu bringen, mich so anzuschauen, wie Maggie mich ansieht, hätte ich diese Karte schon vor langer Zeit ausgespielt. Oder vielleicht waren es unsere SMS. Normalerweise bin ich kein großer SMS-Schreiber, aber bei der Art und Weise, wie sie mich immer wieder zum Flirten verleitet hat, konnte ich einfach nicht anders.

Herrgott, wenn Maggie und ich in einer anderen Zeit, an einem anderen Ort, mit anderen Namen wären … dann würde sie jetzt unter mir liegen, meinen Namen schreien und mich anflehen, sie kommen zu lassen.

Aber das ist keine andere Zeit oder ein anderer Ort. Wir sind keine anderen Menschen. Das ist Miles' kleine Schwester. Und ich bin nur hier, um ihr über das Wochenende auszuhelfen. Sonst nichts.

Nachdem wir den Pick-up beladen haben, fahren wir Richtung Westen zum Eldora Mountain Resort. Die Fahrt ist ruhig, während wir unsere kalten Sandwiches essen und ich mich auf die schneebedeckten Straßen konzentriere. Zum Glück ist es nur eine dreißigminütige Fahrt von meinem Haus entfernt, und mein Fahrzeug hat Allradantrieb. Dieser Neuschnee wird morgen für perfekten Snowboard-Pulverschnee sorgen.

Als wir ankommen, müssen wir an der Rezeption des Hauptresorts anhalten, um die Schlüssel für das Ski-in, Ski-out Chalet zu bekommen. Nach einer weiteren kurzen Fahrt den Berg hinauf halte ich am hinteren Ende einer kleinen Hütte aus rotem Zedernholz, die ein gutes Stück abseits der üblichen Wege liegt. Wir steigen aus und machen uns auf den Weg zur Hintertür, die mit funkelnden Lichtern gesäumt ist, und ich stecke den Schlüssel ins Schloss.

„Heiliger Strohsack, ist das kalt hier draußen!", sagt Maggie aufgeregt, während sie wie ein Kind im Süßwarenladen lächelt.

„Du hättest deinen Schneeanzug anziehen sollen, Sparky", scherze ich und stoße die Tür auf, während ich das Licht anknipse. Ich trete zurück und folge Maggie durch die Tür und einen kurzen Flur, der in die Küche führt. Sie ist klein und rustikal, mit Holzschränken und einer Kücheninsel mit Granitplatte, die die Küche vom Wohnbereich trennt. Im Wohnzimmer steht eine übergroße karierte Couch mit einem grauen Fellteppich direkt vor einem gemauerten Kamin.

„Ich mache ein Feuer", sage ich und schreite zu dem Stapel gehackten Holzes, der in den Regalen an der Wand liegt.

Maggie knipst weiter das Licht an und nimmt die kleine, aber gemütliche Hütte in Augenschein. Sie dreht sich um und geht den Flur hinunter, während ich den Grillanzünder im Kamin anzünde. Als das Feuer brennt, höre ich Maggie meinen Namen rufen.

Ich gehe auf sie zu und sehe Maggie in der Mitte des Schlafzimmers am Ende des Flurs stehen. Sie schaut mich verlegen an und sagt: „Es gibt nur ein Schlafzimmer."

„Oh." Ich reibe mir den Nacken. „Ich habe wohl nicht daran gedacht, zu fragen, wie groß die Hütte ist. Das ist kein Problem. Ich schlafe auf der Couch."

„Nein, das wirst du nicht!", antwortet Maggie mit großen, überraschten Augen. „Du wirst das Schlafzimmer nehmen."

„Das wird nicht passieren." Ich lache und gehe zurück in den Flur, um mit dem Entladen des Trucks zu beginnen.

„Doch, das wird es", zwitschert Maggie, die mir dicht gefolgt ist, durch die Küche und wieder hinaus in die verschneite Kälte. „Schau mal, was du alles für uns eingepackt hast. Du hast mir sogar die Snowboardausrüstung deiner Schwester mitgebracht."

„Es war keine große Sache", sage ich, schnappe mir ein paar Taschen und gehe wieder hinein.

Maggie nimmt ebenfalls welche und folgt mir. „Das ist alles eine große Sache, Sam."

Ich stelle die Taschen in der Küche ab und drehe mich, um wieder zum Wagen zu gehen, aber sie bleibt im Flur stehen und lässt mich nicht vorbei.

„Maggie, lass mich durch. Es gibt noch ein paar Dinge, die ich holen muss."

Ich gehe an ihr vorbei, und sie drückt ihre Hände gegen meine Bauchmuskeln und stößt mich zurück. „Erst, wenn du zustimmst, das Schlafzimmer zu nehmen."

„Maggie, so ein Kerl bin ich nicht", antworte ich und senke

meinen Blick auf ihre Hände, die immer noch auf meinem Bauch liegen.

Sie reißt sie sofort zurück, verlegen darüber, mich berührt zu haben. „Nun, ich bin nicht so ein Mädchen."

Ich atme schwer aus. „Ich gehe ständig mit Miles campen, und wir schlafen auf dem Boden. Glaub mir, diese Couch ist wahrscheinlich schöner als mein Bett!"

„Ist sie nicht. Ich habe dein Bett gesehen", blafft sie, verschränkt die Arme und starrt mich an.

Ich trete zurück und runzle die Stirn bei dieser Antwort. „Wann hast du mein Bett gesehen?"

Ihr Gesicht wird weiß, ihre blauen Augen weit und panisch. „Vergiss es. Nur … als ich dein Bad benutzt habe", stammelt sie. „Du nimmst mein Geld nicht, also musst du wenigstens das Bett nehmen. Du bist derjenige, der wie ein Olympionike das Silo hochgeklettert ist, also muss ich leider darauf bestehen." Sie stützt die Hände an den Flurwänden ab. Es ist so niedlich, dass sie denkt, sie könne eine unüberwindbare Barriere zwischen mir und dem Rest unserer Ausrüstung da draußen bilden.

Ich stemme die Hände in die Hüften, während ich versuche, sie mit meinem Starren zur stummen Aufgabe zu bringen.

Es funktioniert nicht.

„Du weißt, dass ich dich hochheben und wo auch immer hin bewegen kann, oder? Ich habe das schon mal gemacht."

Ihre Augen verengen sich herausfordernd. „Aber das wirst du nicht."

Oh, aber ich würde es gern. Stattdessen ziehe ich meine Lippen in den Mund und reibe sie frustriert aneinander, bevor ich schließlich den Kopf schüttle. „Gut, dann nehme ich halt das Schlafzimmer."

Sie quietscht triumphierend und schlingt ihre Arme fest um meine Taille, um mich kurz zu umarmen. Ich starre an die Decke und tue mein Bestes, um die Tatsache zu ignorieren, dass ihre feierlichen Umarmungen in mir die Frage aufwerfen, wie sie wohl nackt aussieht.

Wir gehen wieder nach draußen und laden den Rest unserer Ausrüstung aus, dann machen wir uns an die Arbeit, alles auszupacken und an seinen Platz zu stellen. Widerwillig stelle ich meine Reisetasche auf den Boden des Schlafzimmers und komme heraus, um Maggie vor dem Schiebefenster der Hintertür zum Wohnzimmer stehen zu sehen. Sie hat alle Lichter im großen Raum ausgeschaltet, um einen besseren Blick nach draußen zu haben, sodass die einzige Lichtquelle im Raum das knisternde Feuer im Kamin ist.

Ich nehme mir einen Moment Zeit, nicht um die Aussicht auf die Berge zu betrachten, sondern um Maggies Anblick zu genießen, die mir den Rücken zuwendet. Ihr langes, dunkles Haar hängt ihr den Rücken hinunter, und mein Blick fällt auf die Kurve ihres prallen Hinterns, der in ihrer engen Leggings voll zur Geltung kommt. Ihre Füße sind nackt und sehen zierlich aus, während ihre Zehen im Fellteppich wackeln. Ich habe das seltsame Verlangen, sie zu berühren, sie zu reiben, wieder eine Art Hautkontakt mit ihr zu spüren, denn es ist zu lange her, dass ich ihre Lippen berührt habe. Ihr grauer Strickpullover hängt von einer Schulter herab, und ich lecke mir reflexartig über die Lippen bei der Vorstellung, sie an ihrer Haut zu berühren, direkt an ihrem schwarzen BH-Träger.

Verdammt, sie ist sexy. Selbst wenn sie es nicht einmal versucht.

„Was für eine Aussicht", sage ich, trete neben sie und schiebe meine Hände in die Taschen. In der Ferne kann man die Berge sehen, und am Ende des Grundstücks steht ein Whirlpool. Dahinter liegen die verschneiten Skihänge, die von hellen Lichterketten beleuchtet werden. Die Lifte sind voll mit Boardern und Skifahrern, die noch spät unterwegs sind, um den frischen Pulverschnee zu genießen.

„Bist du hier schon mal Ski gefahren?", fragt Maggie und blickt zu mir herüber.

Ich nicke. „Ja, sehr oft sogar."

Ich schaue hinüber und sehe, wie sie den Kopf schüttelt. „Gibt es irgendetwas, das du nicht getan hast?"

Ich lache und ziehe die Augenbrauen hoch. „Ich habe noch nie in einer heißen Quelle gesessen, um ehrlich zu sein, also wenn wir die finden, wird es auch für mich eine neue Erfahrung sein."

Maggies Augen leuchten auf. „Das ist richtig. Wo ist sie? Ich habe da draußen nur den Whirlpool gesehen."

Ich zeige auf eine kleine Holzbrücke auf der linken Seite, die auf der Ostseite des Hauses im Wald verschwindet. Sie ist mit schneebedeckten Außenlaternen schwach beleuchtet und führt in diese scheinbare Oase. „Ich habe in der Küche den Zettel der Hütte gelesen, und da stand, dass es gleich da entlang geht. Völlig privat, denke ich. Wir sollen den Sicherheitsdienst anrufen, wenn wir jemand anderen darin erwischen."

„Toll", antwortet Maggie mit großen, aufgeregten Augen. „Lass uns gehen."

„Jetzt?", frage ich, erstaunt, dass sie schon bereit dafür ist.

„Ja, jetzt! Lass uns die Badesachen anziehen, etwas von dem Wein einschenken, den du eingepackt hast, und es uns ansehen!"

„Okay", antworte ich und versuche, mein zufriedenes Lächeln vor ihr zu verbergen, denn ich spüre, wie sie mich anstarrt. „Auf gehts."

Augenblicke später versuche ich, meine Zunge im Mund zu behalten, als ich in die Küche gehe und Maggie nur in einem knappen schwarzen Bikini vorfinde. Und ich meine … *knapp*. Wenn ihr Bruder sie so sähe, würde er ausrasten.

Sie steht auf den Zehenspitzen und versucht, etwas auf dem obersten Regal zu erreichen. Anstatt wie ein Perverser auf ihren Hintern und ihre Beine zu starren, gehe ich zu ihr hinüber, greife über sie hinweg und murmle über ihrem Kopf: „Was willst du?"

Sie atmet scharf ein und lässt sich gegen mich fallen, wobei ihr fast nackter Körper gegen meinen nackten Oberkörper stößt. Ich stehe nur mit karierten Badeshorts hinter ihr, und sie leckt sich die Lippen, während sie ungeniert auf meine Brust und Bauchmuskeln starrt.

„Maggie." Ich errege ihre Aufmerksamkeit, meine Hand noch immer nach oben gestreckt. „Was wolltest du von hier oben?"

„Oh!", ruft sie und schließt den Mund. „Die stiellosen Weingläser da oben."

Ich hole sie herunter und reiche sie ihr, erfreut darüber, dass sie mir immer noch nicht ins Gesicht geschaut hat. „Hier, bitte", sage ich, und schließlich sieht sie mit geröteten Wangen zu mir auf und beißt sich auf die Lippe, als wäre es ihre letzte Mahlzeit.

„Danke", antwortet sie und dreht sich, um die Flasche Weißwein, die ich mitgebracht habe, mit dem Korkenzieher zu öffnen, den sie wohl gefunden hat.

Sie schenkt zwei Gläser ein und nimmt einen großen Schluck, bevor sie mir mein Glas reicht. Sie stählt sich, bevor sie sich umdreht und mich mit einem strahlenden Lächeln ansieht. „Bereit?"

„Immer", antworte ich. Wir schlüpfen in unsere Schneestiefel, schnappen uns unsere Handtücher, ziehen unsere Mäntel an und gehen durch die Hintertür auf die verschneite Brücke hinaus.

Wir zittern beide wie verrückt, als wir über die Brücke gehen. Eilig folgen wir dem beleuchteten Weg um einige Bäume herum, und in der Ferne glaube ich, das Geräusch von fließendem Wasser zu hören. Als wir endlich unser Ziel erreichen, vergesse ich völlig, wie kalt es draußen ist, denn ich trete in ein anderes Universum.

Plötzlich gehen die Bäume auseinander und geben den Blick

frei auf eine Lichtung mit einem atemberaubenden Felsengarten voller großer, schneebedeckter Steinbrocken, während darunter rundherum Wasser plätschert. Säulen mit leuchtenden Laternen erhellen das zerklüftete Gelände für uns. Ich erhasche einen Blick auf den Wasserfall in der Nähe, dessen Ränder gefroren sind und aus dem in der Mitte Dampf aufsteigt. An der Seite sind ein paar weitere Lichter um ein großes Felsbecken positioniert, das über die Spitze in den flacheren Bereich ausläuft.

Maggie und ich machen uns auf den Weg dorthin, beide sprachlos, als wir das dampfende, kristallklare Wasser bewundern.

„Das ist Wahnsinn", sagt Maggie leise, beugt sich vor und taucht ihre Hand in das Wasser. „Es ist wirklich heiß."

Ich muss über diese Bemerkung lachen, aber ich kann ihr nicht wirklich vorwerfen, dass sie schockiert ist. Ich bin selbst erstaunt. „Es ist sicher eine verrückte Anomalie der Natur."

„Gehen wir hinein!", antwortet sie aufgeregt, während sie mir ihr Weinglas reicht und schnell ihren Mantel und ihre Stiefel auszieht. Ich habe keine andere Wahl, als jeden Teil ihres atemberaubenden Körpers zu beobachten, während sie vorsichtig ins Wasser steigt. „Heiliger Strohsack, das ist ja superheiß!"

Sie quietscht, als sie in das kniehohe Wasser sinkt, und streckt ihre Beine vor sich aus, sodass das Wasser ihre Brüste umspült. Als sie einen bequemen Platz auf dem felsigen Grund gefunden hat, greift sie nach den Weingläsern. Ich reiche sie ihr und wiederhole ihre Bewegungen. Ich spüre die ganze Zeit ihre Augen auf mir, als ich hineingehe und in das dampfende Wasser sinke. Es fühlt sich verdammt lebensverändernd an.

Maggie reicht mir mein Glas und strahlt mich an. „Unglaublich, oder?"

Ich schaue mir den Schnee an, der in der Ferne von den Bäumen fällt, und genieße das Rauschen des Wasserfalls in der Nähe. Es ist alles verdammt magisch, und ich bin kein Typ, der das Wort „magisch" zur Beschreibung von Dingen benutzt, aber zum Teufel, wenn es nicht passt. „Das ist vielleicht das Beste, was ich in meinem ganzen Leben erlebt habe."

Maggies Lächeln wird liebevoll, da sie von dieser Bemerkung sichtlich berührt ist. Sie hebt ihr Glas in meine Richtung. „Dann freue ich mich darauf, es mit dir zu erleben, Sam."

Wir stoßen an und nehmen beide einen Schluck. Der kühle Weißwein strömt durch meine Kehle, während die heiße Quelle alle anderen Teile meines Körpers erwärmt. Maggies funkelnde blaue Augen leuchten in den schummrigen Laternen, und ich kann nicht anders, als zu denken, dass dies eine der bizarrsten Situationen sein muss, in der ich mich je befunden habe. Vor ein paar Wochen war ich noch total auf Tire Depot fokussiert und arbeitete mit meinem Onkel an meinen neuen Geschäftsplänen. Jetzt befinde ich mich in einer heißen Quelle bei einer wunderschönen Frau, die ich nicht berühren kann.

Das Leben ist manchmal vollkommen unvollkommen.

„Was sind deine Zukunftspläne, Sam?"

„Außer der Übernahme von Tire Depot?", frage ich und nehme einen Schluck von meinem Getränk. „Das ist so ziemlich alles."

„Hast du irgendwelche Ziele mit dem Unternehmen?"

„Ja, auf jeden Fall. Ich hoffe, dass ich das Geschäft mit deinem Bruder um die Restaurierung von Oldtimern erweitern kann. Miles ist wahnsinnig begabt mit alten Autos."

„Oh mein Gott, das wäre sein Traumberuf", sagt Maggie mit großen Augen. „Er und unser Opa haben immer über Autos gesprochen."

Ich nicke und lächle. „Ja, ich habe den Pick-up eures Opas gesehen. Er ist ein echtes Prachtstück. Es ergibt Sinn, dass Miles ihn nach seinem Tod bekommen hat."

Maggie lächelt und wackelt mit den Händen im Wasser. „Sie standen sich wirklich nahe. Miles würde alles für Opa tun."

Ich nicke nachdenklich. „Ich stehe meiner Mutter sehr

nahe. Wenn ich Tire Depot zu dem machen kann, was ich mir vorstelle, hoffe ich, dass ich den Rest ihrer Hypothek abbezahlen kann, damit sie früher in Rente gehen kann. Ich tue alles, damit sie nicht mehr im Krankenhaus arbeitet. Sie ist eine großartige Krankenschwester, aber sie arbeitet zu hart."

Maggies Augen sind groß und herausfordernd, als sie sagt: „Du bist ein absolutes Muttersöhnchen."

„Nein, das bin ich nicht", antworte ich mit einem verlegenen Lächeln und möchte sofort den Fokus von mir ablenken. „Wie weit bist du mit deinen beruflichen Ambitionen?"

Sie presst die Lippen zusammen und zuckt mit den Schultern. „Ich schätze, ich bin momentan eine Herumtreiberin, bis sich die Dinge ändern."

Ich ziehe wissend die Augenbrauen hoch: „Du meinst, bis du einen NFL-Quarterback heiratest."

„Ich heirate ihn nicht wegen seines Geldes", faucht sie und schnippt mir etwas Wasser auf die Brust, während sie vor sich hinmurmelt: „Eigentlich heirate ich ihn im Moment gar nicht."

„Aber das ist doch das Ziel, oder?", frage ich und neige den Kopf, um ihre Reaktion genau zu beobachten. „Darauf arbeitest du so hart hin?"

Sie zuckt mit den Schultern und nickt, scheinbar beschämt über ihre Antwort.

Ich drehe mich und stütze mich mit dem Ellbogen auf dem Felsen ab, um ihr ins Gesicht sehen zu können, dann stelle ich ihr die Frage, die mich schon eine ganze Weile quält. „Was ist eigentlich der Reiz an deinem Ex? Erzähl mir von ihm."

Maggie lässt sich weiter ins Wasser gleiten, nippt an ihrem Wein und stützt ihren Kopf auf einen Felsen. Sie nimmt einen tiefen Atemzug, bevor sie antwortet. „Na ja, er ist groß, dunkel und gut aussehend …, das schadet nicht. Er ist talentiert und hat eine extreme Leidenschaft für das, was er tut."

„Football?"

„Ja, Football", antwortet sie mit einem genervten Stirnrunzeln. „Hast du keine Leidenschaft für das, was du tust?"

„Ob ich Leidenschaft für Reifen habe?", antworte ich lachend. „Nein, Maggie. Ich habe keine Leidenschaft für Reifen."

„Was ist denn dann deine Leidenschaft?", fragt sie und nimmt einen weiteren Schluck Wein.

„Menschen", antworte ich schlicht, wobei die Antwort wie ein Reflex über meine Lippen kommt. „Mir sind die Menschen in meinem Leben wichtig … meine Familie, meine Freunde, meine Mitarbeiter …, besonders meine Mitarbeiter. Ich meine, ich möchte wirklich wissen, was in ihren Familien vor sich geht. Sie sollen wissen, dass ihr Privatleben wichtiger ist als der Profit und dass es als ihr Chef nicht darum geht, mehr Geld zu verdienen als sie. Es geht darum, das Unterstützungssystem zu sein, das sie brauchen, um nicht nur zu überleben, sondern auch um glücklich zu sein. Das ist es, was ich mit Leidenschaft tue. Reifen sind nur das, was das alles zusammenbringt."

Maggie starrt mich an, sichtlich erschrocken über meine langatmige Antwort, aber ihre Stirn ist gerunzelt, als sie nachdenkt.

„Warum hast du diesen Gesichtsausdruck?", frage ich und starre sie neugierig an.

Maggie blickt mich mit großen, fragenden Augen an. Ihre Stimme ist leise in der Dunkelheit, als sie antwortet. „Du bist leidenschaftlich in Bezug auf Menschen, aber nicht in Bezug auf langfristige Beziehungen?"

Ich ziehe den Kopf zurück, denn diese Frage trifft mich völlig unvorbereitet. „Wie kommst du darauf, dass ich keine Leidenschaft für Beziehungen habe?"

„Kate", antwortet Maggie mit einem leichten Achselzucken.

Ich atme langsam ein und aus, verärgert darüber, dass Maggie hinter meinem Rücken Dinge über mich erzählt werden. Nicht dass ich Kate dafür verantwortlich machen würde

– sie gibt nur die Wahrheit weiter –, aber ich denke, es wäre mir lieber, wenn Maggie es von mir hören würde.

„Ich nehme es dir nicht übel, dass du dich um deine Beziehung bemühst oder dem nachjagst, was du für dein Happy End hältst. Ich respektiere es und bin davon so beeindruckt, dass ich dir dabei helfe. Ich weiß nur, dass es nicht das ist, was ich mir für mein Leben wünsche. Im Gegensatz zu dir und Miles bin ich nicht in einer perfekten Familie aufgewachsen. Meine ist alles andere als perfekt. Und ich kenne mich gut genug, um zu wissen, dass es besser ist, wenn ich Tire Depot zu meiner Leidenschaft mache ... und nicht irgendein Mädchen.“

„Irgendein Mädchen“, wiederholt Maggie lachend und lässt ihre Hand langsam auf der Wasseroberfläche kreisen. „Es ist nicht irgendein Mädchen, Sam. Es ist *das* Mädchen. Wenn du *das* Mädchen treffen würdest, würdest du ein ganz anderes Lied singen.“

Ich schüttle den Kopf. „Du bist dir also hundertprozentig sicher, dass dein Footballspieler *der* Mann ist?“

Maggie hört auf, mit den Händen auf dem Wasser herumzufuchteln, und zieht nachdenklich die Brauen zusammen. Ihr Zögern schockiert mich. Ich hätte gedacht, sie würde mit einem schallenden Ja herausplatzen, aber sie denkt tatsächlich darüber nach, was mir ... reif erscheint. „Ich bin mir nicht hundertprozentig sicher, nein. Aber ich bin mir sicher, dass ich versuchen will, ihn zurückzugewinnen, damit ich es herausfinden kann.“

„Koste es, was es wolle.“

„Koste es, was es wolle“, bestätigt sie und kneift dann die Augen zusammen. „Mist ..., ich habe mein Handy vergessen.“

„Musst du jemanden anrufen?“

„Nein ..., ich ... brauche nur ein Bild von mir in dieser heißen Quelle, das ich Sterling schicken kann.“

Ich muss gegen den Drang ankämpfen, mit den Augen zu rollen. Maggie hat Momente der Reife, Momente, in denen sie älter wirkt, aber dann schlüpft sie wieder in die Rolle der zweiundzwanzigjährigen Uni-Absolventin, die ohne einen Plan vor Augen keine Ahnung hat, was sie tun soll.

„Maggie", sage ich, wobei meine Stimme eine eindringliche Warnung abgibt. „Hör auf, dir über Sterling Gedanken zu machen und lebe in diesem Moment. Wir sind mitten in einer heißen Quelle, umgeben von Felsen und Bergen und Schnee und Natur und … *Leben*. Dein Ex sollte das Letzte sein, woran du denkst. Du solltest das alles in dich aufnehmen."

„Ich nehme alles in mich auf", erwidert sie abwehrend.

„Aber tust du das? Tust du das wirklich?" Ich schaue ihr tief in die Augen, nicht um zu urteilen, sondern um zu verstehen. „Ich weiß, dass du einen Plan hast, aber manchmal muss man Pläne vergessen, damit man das Leben nicht verpasst."

„Leben? Wie jetzt gerade? Mit dir?" Sie sagt die Worte langsam, als wäre jedes einzelne eine Süßigkeit, die sie zum ersten Mal probiert.

„Verdammt, vielleicht", antworte ich, und meine Stimme wird durch den dunklen Ausdruck in ihren Augen tiefer. „Du scheinst damit beschäftigt zu sein, für eine fiktive Zukunft zu leben. Vielleicht ist es an der Zeit, ein wenig mit dem Blättern der Seiten aufzuhören."

Ihre Mundwinkel zucken, als sie mich einen Moment lang beobachtet. Ihre Zunge fährt heraus, um ihre Lippen zu befeuchten, während sie ihre untere mit den Zähnen einzieht. Sie dreht sich um und stützt sich mit den Armen auf den Felsen ab, während ihre Augen die Landschaft um uns herum betrachten. Sie atmet schwer aus und dreht sich dann um, um sich vor mir auf die Knie zu setzen.

Mein Blick fällt auf ihren üppigen Körper, kurvig an den richtigen Stellen und glatt wie Samt. Sie beugt sich vor, bis ihr Gesicht nur noch Zentimeter von meinem entfernt ist, und sagt: „Küss mich, Sam."

„Was?", frage ich lachend und entferne mich von ihr, weil ich annehme, dass sie das für einen Scherz hält.

Sie beißt sich auf die Lippe und kneift entschlossen die Augen zusammen. „Küss mich."

„Was machst du da?" Ich bewege mich nervös im Wasser, um mehr Platz zwischen uns zu schaffen. Ich schwöre bei Gott, die Temperatur des Wassers ist gerade um zehn Grad gestiegen.

Sie hebt die Schultern und antwortet: „Ich lebe das Leben im Moment."

„Aber du willst deinen Ex zurück." Eine Tatsache, an die sie nicht erinnert werden sollte.

„Das will ich … eines Tages." Ihr Blick schweift hinunter zu meiner Brust. „Aber er ist heute Abend nicht hier. Und du bist ein Typ für kurze Zeit, und ich bin vorübergehend Single. Warum leben wir also nicht einfach in diesem Moment …, zusammen?"

„Das willst du nicht", antworte ich kopfschüttelnd und schlucke den Inhalt meines Glases in einem Zug hinunter. Ich setze es ab und ziehe mich auf den Rand der Felsen, weil ich etwas kühle Luft brauche, um meinen Kopf freizubekommen.

„Ich glaube schon", antwortet sie mit hochgezogenen Augenbrauen. „Ich weiß, dass ich es will. Ich wollte es seit dem Tag, an dem wir uns kennengelernt haben."

„Blödsinn."

„Es ist wahr. Was denkst du, warum ich mich dir in deiner Fischerhütte an den Hals geworfen habe, Sam?"

Bei der Erinnerung an ihren Körper in meiner Nähe und daran, sie in meinen Armen zu spüren und ihre perfekten Lippen zu schmecken, erwacht mein Körper zum Leben. Maggie konnte küssen. Selbst in ihrer Eile wusste sie, wie man küsst.

Maggie nähert sich mir wie ein zaghaftes Jungtier, das seine erste Beute aufspürt. Sie kniet zwischen meinen Beinen, und ich verkrampfe mich, als sie ihre Hände an der Außenseite meiner Waden hinaufführt. „Du bist ein guter Kerl, Sam. Du bist vielleicht nicht der Typ für eine langfristige Beziehung, aber das ist auch nicht das, was ich von dir erwarte.“

Ihre Hände fahren über meine Oberschenkel und lassen einen Blitz direkt in meine Leistengegend zu meinem Schwanz schießen. Ich greife nach unten und halte ihre Hände fest, um ihre Bewegung zu stoppen. „Was genau willst du, Maggie? Sei verdammt genau.“

Ihre langen schwarzen Wimpern sind feucht vom Dampf, als sie zu mir aufschaut und die Augenbrauen zusammenzieht, als sie antwortet. „Ich bitte um unverbindliches Vögeln.“

„Mein Gott“, knurre ich und muss mich zwingen, den Blick von ihr abzuwenden. Sie sieht gerade viel zu heiß aus in diesem kleinen schwarzen Bikini, ihre Brüste sind zusammengepresst, als sie ihre Hände auf meine Oberschenkel legt, ihre blauen Augen sind groß und unschuldig. Mein Schwanz entwickelt seinen eigenen Herzschlag, während er gegen meine Badehose presst.

Wie konnte dieser Abend dazu führen, dass Maggie mich verführt? Ich bin verdammt noch mal neun Jahre älter als sie, um Himmels willen. Ich sollte derjenige sein, der sie verführt. Aber auf einmal ist sie der verlockende Köder, der direkt vor mir baumelt, und ich bin ein Fisch, der seit Wochen nichts gegessen hat.

Ich sehe sie mit flehenden Augen an. „Dein Bruder wird mich umbringen.“

Sie schenkt mir ein sexy Lächeln, das Grübchen auf ihrer Wange allgegenwärtig. „Miles muss nichts über mein Sexleben wissen.“

Ich schließe die Augen und mein Kopf fällt in den Nacken, während ich in die Sterne schaue und mit meinem Gewissen ringe. Ich weiß, dass ich Miles bereits anlüge, aber es ist eine Sache, seiner Schwester heimlich zu helfen, und eine andere, sie heimlich zu ficken. „Was ist, wenn die Sache kompliziert wird, Maggie?“, frage ich in den Himmel.

„Du meinst, was ist, wenn ich mich in dich verliebe?“

Ich schaue wieder zu ihr hinunter, als sie mir die Worte aus dem Kopf reißt.

„Das werde ich nicht tun“, versichert sie mit nachdrücklicher Stimme. „Ich bin ein sehr konzentrierter Mensch, wenn ich will, Sam. Und wenn ich ein Ziel vor Augen habe, kommt mir nichts in die Quere.“

Neugierig neige ich den Kopf, denn verdammt, ich glaube, sie hat recht. Seit ich Maggie kennengelernt habe, war sie zielstrebig, eigenwillig und hat sich voll und ganz ihren Zielen verschrieben. Verdammt, das Mädchen wollte ganz allein mit einem Haufen Müsli essender Kiffer, die sie gerade erst kennengelernt hatte, Silo-Eisklettern gehen.

Am Anfang habe ich es für Naivität gehalten. Jetzt denke ich, Maggie Hudson könnte tatsächlich verdammt unerschütterlich sein.

Sie rückt etwas näher und sagt mit tiefer, sinnlicher Stimme: „Betrachten wir das als einen befristeten Plan, der ein weiteres großes Abenteuer sein könnte.“

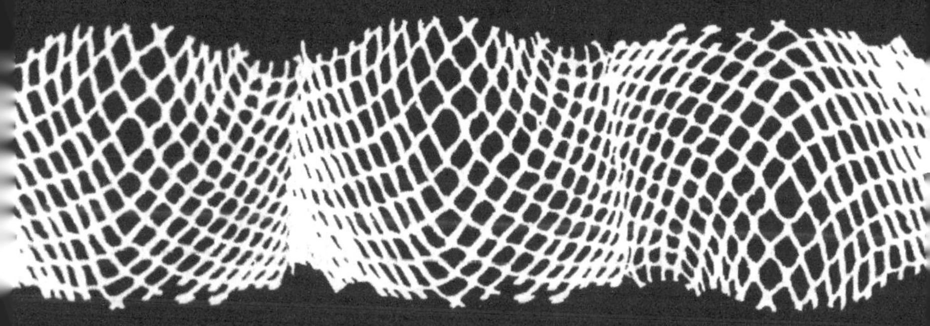

KAPITEL 11

Die Besten locken

Maggie

Es ist nicht der Wein, der mich dazu bringt, Sam anzumachen. Er selbst ist es. Mit jeder Sekunde, die ich mit ihm verbringe, wird er heißer und heißer und heißer. Von der Schlägerei mit dem Arschloch in Marv's Bait and Tackle bis hin zu seiner Leidenschaft für seine Angestellten – er ist einfach so sehr … *Mann*. Und es hilft auch nicht, dass mir Kates dringende Aufforderung, bei dieser Reise mehr zu tun, als nur Sterling zurückzuerobern, immer wieder durch den Kopf geht.

Ich schaue nach unten und kann die Umrisse von Sams Erektion in seiner Badehose sehen. Sie ist dick und lang und drückt gegen den dünnen Stoff wie ein Tier, das befreit werden will. Er will das eindeutig auch, also worauf warten wir noch?

Sam nimmt einen tiefen, reinigenden Atemzug und lässt meine Hände los, die er an seine Oberschenkel gepresst hatte. Der Akt ist scheinbar unschuldig, aber er fühlt sich wie ein klares Ja an, während ich beobachte, wie sich sein ganzer Körper vor Erwartung anspannt. Ich stehe zwischen seinen

Beinen, und seine Augen werden heiß, als sie meinen Körper hinunterwandern.

Er hebt sein Kinn an und sieht zu mir auf, während er seine rauen Hände um meine Taille, dann über meinen Hintern und die Rückseite meiner Beine streicht. Mit einer schnellen Bewegung spreizt er meine Beine, sodass ich rittlings auf ihm sitze, und als sein Ständer an meine Mitte stößt, muss ich mir ein Stöhnen verkneifen, das mir die Kehle hinaufzukriechen droht.

Irgendetwas sagt mir, dass sich der Sex mit Sam völlig von dem mit Sterling unterscheiden wird. Sam schürt die Flammen, als er meinen Hintern packt und mich auf seinem Schoß schaukelt, bevor er mit seinen Händen meine Seiten hinauffährt. Seine Daumen gleiten unter den Stoff meines Bikinioberteils und ich wölbe mich in seine Berührung, als seine Daumen über meine Nippel streichen.

„Das ist deine letzte Chance, auszusteigen, Sparky", sagt er wieder, wobei seine Stimme tief und offensichtlich lustvoll ist.

Ist er verrückt? Seine Hände fühlen sich wie Freiheit an, und sein Schwanz fühlt sich an wie ein Berg, den ich unbedingt besteigen will. Ich will nicht, dass etwas aufhört. Ich will, dass es schneller geht! Vor allem, als er auf meine gehärteten Nippel starrt und sich auf die Lippe beißt!

„Ich will dich, Sam", keuche ich und drücke meine Lippen auf seine.

Er zieht sich schnell zurück und verhindert, dass mein Mund den seinen berührt. Er schüttelt den Kopf und sagt: „Letztes Mal hast du mich zuerst geküsst. Jetzt bin ich dran."

Mit einer athletischen Bewegung steht er auf, hebt mich hoch, als würde ich nichts wiegen, und setzt mich auf den Felsen, auf dem er eben noch gesessen hat. Diese Steine sind nicht gerade bequem, aber ich bin zu sehr damit beschäftigt, meiner brüllenden Libido zu lauschen, als dass ich mich um Komfort kümmern würde.

Er kniet zwischen meinen Beinen und beugt sich nahe an meinen Mund heran, um zu flüstern: „Aber ich werde dich nicht hier küssen."

Ich starre auf seinen schönen Mund hinunter, während mein eigener offensteht wie bei einem hechelnden Hund. Er streicht mit seiner Nase sanft über meine Wange und meinen Hals, womit er eine Gänsehaut auf meinem ganzen Körper verursacht, und das nicht nur wegen der kühlen Luft um uns herum.

Denn im Moment ist es nicht kalt. Es ist dampfend heiß, und ich wünsche mir nichts mehr, als mit Sam O'Connor feucht und verschwitzt zu sein. Er beginnt einen Pfad von federleichten Küssen in meinem Hals, über die Rundungen meiner Brüste und zu meinem Bauch, direkt unter meinem Nabel.

„Ich werde dich hier unten küssen", flüstert er an meiner Muschi.

Ich schreie laut auf, weil ich mich nicht daran erinnern kann, wann mich das letzte Mal ein Mann dort unten geküsst hat. Jedenfalls nicht richtig. Mein High-School-Freund war der Einzige, und dieser Idiot wusste nie, was er tat. Traurigerweise wollte Sterling das auch nie. Er sagt, das sei nicht sein Ding, und Gott, ich habe mich danach gesehnt wie verrückt.

„Oh mein Gott", schreie ich, als Sams Finger am Stoff meiner Bikinihose vorbeigleiten und über meinen Schlitz streichen. Er schiebt seinen Daumen tief in mich hinein, während sein Zeigefinger meine Klitoris reizt. Ich spüre einen plötzlichen Druck unter mir und befürchte, dass ich einen seltsamen vorzeitigen weiblichen Orgasmus haben werde.

„Ist das der Punkt, an dem du mich magst, Sparky?", fragt er und beobachtet, wie mein Körper zuckt, als er seine Hand ausrichtet und zwei lange Finger in mich hineinschiebt.

Ich stöhne frustriert auf, weil er diesen Spitznamen benutzt hat und weil ich Angst habe, dass er nicht das tut, was ich wirklich von ihm will. „Nenn mich nicht Sparky", sage ich, weil ich nicht sagen kann, was ich eigentlich sagen will.

Er lacht und gibt mir einen zärtlichen Kuss auf die Innenseite meines Oberschenkels. „Warum nicht?"

Meine Augen bleiben an seinen hängen. „Als du mich das erste Mal so genannt hast, war das nicht gerade einer meiner Lieblingsmomente."

Seine Augen funkeln vor Vergnügen. „Das ist schade, denn es war einer von meinen."

Ich lächle über diese Antwort, aber mein Vergnügen wird jäh unterbrochen, als er sein Gesicht kurzerhand zwischen meinen Beinen vergräbt. Seine rechte Hand hält mein Bikinihöschen zur Seite, während seine linke Hand meinen anderen Oberschenkel ergreift, um mich zu spreizen. Er legt seine Zunge auf meine Muschi und leckt mich in einer langen, luxuriösen Bewegung von hinten nach vorn, wobei er an meiner Klitoris anhält, um heftig zu saugen.

Ein Schrei bricht aus mir hervor, während ich eine Hand in seinem Haar vergrabe und es nervös umklammere, während mein Körper mit der Reizüberflutung kämpft. Die Luft ist zu kalt, das Wasser ist zu heiß, und Sams Mund ist unerbittlich. Mein Ziehen an seinen Haaren scheint ihn zu ermutigen, denn er legt sich mein rechtes Bein über die Schulter, damit er meinen unteren Rücken packen und mich noch fester an sein Gesicht ziehen kann. Er bearbeitet mich weiter mit seinen Lippen, seiner Zunge und seinen Zähnen, was sich wie ein verdammter Albtraum und Traum zugleich anfühlt. Der Druck in meinem Unterleib ist so stark, dass ich das Gefühl habe, in der Mitte zu zerbrechen.

Meine Hüften entwickeln einen eigenen Willen, während sie nach vorn zucken und auf seinem Gesicht reiten, als wäre er ein kostbares Pferd beim Rodeo. Alles, was er tut, ist zu viel und doch irgendwie nicht genug. Ich verliere den Verstand, als das Verlangen, seine Zunge tiefer eindringen zu spüren, mich überwältigt.

Sam stößt ein leises, befriedigendes Stöhnen aus, als er spürt, wie sich meine Beine anspannen, und der Laut treibt mich nur noch höher. Mein Körper verkrampft sich, bereitet sich auf die Explosion vor, die sicher kommen wird. Sam muss wissen, was gleich passieren wird, denn als er anfängt, heftig meine Klitoris zu lecken, löst er einen so starken Orgasmus aus, dass meine Schreie wahrscheinlich noch auf der anderen Seite des Berges zu hören sind.

Im Hintergrund glaube ich, dass Sam sich zwischen meinen Beinen bewegt, aber meine Augen sind so glasig, dass ich nichts sehen kann. Ich kann auch nichts fühlen. Mein Körper ist wie tauber Wackelpudding, während ich versuche, zu Atem zu kommen und mich wieder auf diesem Planeten zurechtzufinden.

Schließlich wende ich meinen Blick zu Sam. Er hat sich in die heiße Quelle zurückgezogen und starrt mich an, als wäre ich ein Kunstwerk an einer Wand, das er bewundert. Die Hitze und Energie in seinen Augen sind alles, wovon ich mehr will. Mehr Schärfe, mehr Abenteuer … mehr Sam.

Ich schüttle erstaunt den Kopf. „Ich weiß nicht, warum es mich überrascht, dass du das so gut kannst, denn du kannst eigentlich alles gut.“

Sams Lippen zucken vor Belustigung, während er sich mit den Händen über das Gesicht und durch sein kurzes Haar streicht. „Ich bin ein Mann mit vielen Talenten.“

Daraufhin ziehe ich neugierig die Augenbrauen hoch. „Anscheinend.“

„Aber weißt du was, Sparky? Irgendwie glaube ich nicht, dass du so unschuldig bist, wie du aussiehst.“

Er sieht mich mit einem heißen Blick an, das mir ein Lächeln ins Gesicht zaubert. „Lass uns unsere Talente auf die Probe stellen“, sage ich, steige ins Wasser und gehe auf ihn zu.

Sams Gesicht wird lang, und er zieht sich mit düsterer Miene von mir zurück. „Wir haben ein kleines Problem."

„Was?"

Er räuspert sich. „Ich habe keine Kondome dabei."

„Oh …, Scheiße."

„Ja." Er atmet schwer aus, wobei Wasser aus seinem Haar tropft. „Und bei all dem Schnee, der heute Nacht gefallen ist, werde ich wohl bis zum Tageslicht warten müssen, um in den Ort zu laufen und sie zu holen."

„Morgen?", frage ich mit einem Schmollmund, und dann fällt mein Blick auf Sams Unterleib unter dem Wasser. Die Leistengegend, die ich erst vor wenigen Augenblicken in ihrer ganzen Dicke gespürt habe, als ich auf seinem Schoß saß. Die Leistengegend, die wahrscheinlich dringend eine Erlösung braucht.

Ich schlucke nervös, mein Körper spannt sich an, während Sam mich neugierig beobachtet. Ich weiß, was er von mir in diesem Moment erwartet. Ich weiß, was jede Frau in Amerika in dieser Situation tun würde.

Aber ich kann nicht.

Allein der Gedanke daran lässt meinen ganzen Körper vor Angst kribbeln, und bevor ich das Thema wechseln kann, trifft mich ein Flashback hart und schnell.

Sterling und ich waren seit etwa einem Monat zusammen, als es passierte. Es war Homecoming-Woche, und Sterling hatte gerade ein unglaubliches Spiel als Quarterback gespielt. Wir feierten auf einer Party, und ich war beschwipster, als ich zugeben wollte, als ich versuchte, Sterling zu beeindrucken, indem ich ihn für einen Quickie ins Badezimmer zerrte. In der einen Sekunde küssten wir uns, und in der nächsten drückte er meinen Kopf nach unten zu seinem Schwanz. Damit war ich völlig einverstanden, also leckte ich mir über die Lippen und machte mich eifrig an die Arbeit. Aber gerade als ich so richtig in Fahrt kam, packte Sterling mich an den Haaren und schob mir seinen

Schwanz so tief in den Hals, dass ich würgen musste. Er schien meine Reaktion nicht zu bemerken und schob ihn mir immer wieder in den Rachen. Mir brannten Tränen in den Augen, während ich die Fingernägel in seine Hüften grub, um ihn zu bitten, sich verdammt noch mal zu beruhigen. Aber er bemerkte es nicht. Er stieß einfach weiter und weiter, bis …

Ich mich übergab.

Also … auf seinem Schwanz.

Na ja, vielleicht nicht direkt auf seinem Schwanz, eher auf seinem Schoß, denn ich konnte meinen Mund gerade von ihm lösen, als ein weiteres Würgen einsetzte.

Nur war es nicht trocken.

Der Alkohol, den ich wie Limonade getrunken hatte, sprühte nur so aus mir heraus.

Sterling flippte aus und warf mich fast zu Boden, als er versuchte, von meinem Erbrochenen wegzukommen. Ich saß wie erstarrt auf meinen Knien, den Kopf nach unten hängend und mit Erbrochenem in den Haaren, während ich versuchte, wieder zu Atem zu kommen.

Es. War. Demütigend.

Ich war mir sicher, dass er mich abservieren würde. Ich war mir sicher, dass ich mich vor dem Mann, den ich heiraten wollte, unrettbar gedemütigt hatte und dass mein Leben vorbei war.

Aber Sterling hat mich nicht abserviert. Er entschuldigte sich sogar dafür, dass er übereifrig gewesen war, und reichte mir eine Zahnbürste aus dem Schrank.

Sams Augen sind auf mich gerichtet, mit einer Neugier, die ich nicht ansprechen will. Es ist eine Sache, auf den Schwanz deines Freundes zu kotzen, aber es ist eine andere Sache, auf einen Fickkumpel zu kotzen. Ganz zu schweigen davon, dass mir irgendetwas sagt, dass Sam an erfahrene Frauen gewöhnt ist.

„Ähhh, lass uns zurückgehen, ja?", sage ich mit hoher und schroffer Stimme, während ich mich schnell in der heißen Quelle aufrichte. Mein Sexualtrieb ist nach diesem Spaziergang in die Vergangenheit schrumpelig wie eine alte Dame. „Es ist schon spät, und wir haben morgen einen großen Tag voller Snowboarden."

„Oookay", antwortet Sam langsam, die Stirn verwirrt gerunzelt.

Schnell schlüpfe ich mit meinen nassen Füßen in meine Stiefel und mache mir nicht einmal die Mühe, mich abzutrocknen, bevor ich mir meinen Mantel schnappe und meinen Hintern den Weg zurück zur Hütte befördere, weg von Sams höchstwahrscheinlich halsausfüllendem Schwanz.

Am nächsten Tag wache ich auf und bin bereit, mit Sam darüber zu sprechen. Ich sollte mich für mein Verhalten entschuldigen, damit der Tag nicht voller Unannehmlichkeiten oder Groll ist …, aber ich komme nicht dazu.

„Hallo", sage ich schläfrig, als ich in die Küche gehe, wo Sam am Herd Speck und Eier brät.

„Morgen", sagt er fröhlich und wirft einen Blick auf meinen karierten Pyjama, bevor er sich wieder dem Herd zuwendet.

Ich betrachte seine graue Lounge-Hose und sein weißes T-Shirt, das seine kräftigen Arme gut umschließt. „Du bist früh auf."

Er nickt wissend. „Der frühe Vogel fängt den Wurm. Außerdem sollten wir heute früh loslegen, bevor es zu voll wird. Es ist einfacher, zu unterrichten, wenn kein Haufen jugendlicher Arschlöcher vorbeikommt und uns den ganzen Tag vollspritzt."

„Uns vollspritzt?", frage ich stirnrunzelnd.

Mit einem halben Lächeln sagt er: „Ja, sie fahren sehr schnell auf dich zu, halten dann an und drehen die Fersen zur Seite, sodass der Schnee aufspritzt. Das machen sie immer bei Neulingen."

„Was für Arschlöcher“, schnaube ich.

Sam schüttelt nur den Kopf. „Ja, aber das gehört alles zum Spaß dazu.“

Ich nicke und starre Sam an, um zu sehen, ob er sich wegen des abrupten Endes unseres Abends seltsam verhält. Sicherlich ist er verärgert, oder? Ich bin so schnell zurück zur Hütte geeilt, dass ich mich umgezogen und so getan habe, als würde ich auf der Couch schlafen, bevor er überhaupt zur Tür hereinkam. Das muss ihn doch frustriert haben, oder?

„Wie hast du letzte Nacht geschlafen?“, fragt er, während er das Essen auf ein paar Teller schaufelt.

„Großartig!“, rufe ich ein wenig zu energisch. „Die Couch ist wirklich bequem.“

Er dreht sich um und sieht mich kurz an, bevor er die letzten Speckstreifen umdreht. „Vielleicht können wir heute Abend tauschen.“

„Vergiss es.“

Er dreht sich zu mir um und seufzt verzweifelt. „Du bist sehr stur, weißt du das?“

„Mein Bruder erinnert mich fast täglich daran“, antworte ich und schnappe mir das Stück Speck, das er gerade auf Küchenpapier gelegt hat. Ich atme tief durch und füge hinzu: „Hey, tut mir leid, dass ich gestern Abend so komisch war.“

Er schüttelt den Kopf und antwortet: „Ist schon gut, Maggie. Ich habe mir gedacht, dass du es dir anders überlegt hast, und ich habe kein Problem damit. Es ist wahrscheinlich das Beste.“

Meine Augen werden groß. „Was habe ich mir anders überlegt?“

„Dass wir miteinander ins Bett gehen und so. Es ist keine große Sache.“

„Ich habe es mir nicht anders überlegt“, rufe ich und packe seinen kräftigen Bizeps, damit er sich zu mir umdreht und mich ansieht.

Seine Stirn ist gerunzelt, als er auf meine Lippen starrt. „Hast du nicht?"

„Nein! Wie kommst du denn darauf?"

„Weil du letzte Nacht in der heißen Quelle praktisch vor mir weggelaufen bist. Ich bin vielleicht nicht der intuitivste Typ, aber ich bin scharfsinnig, und die Reue stand dir ins Gesicht geschrieben."

Entsetzt schließe ich die Augen, als mir klar wird, dass Sam meinen Nervenzusammenbruch gestern Abend völlig falsch interpretiert hat. „Es lag nicht an dir …, sondern an mir."

Er lacht schnaubend. „Verstanden."

„Nein …, oh mein Gott, ich bin schrecklich darin." Ich lasse seinen Arm los und stütze mich auf dem Küchentisch ab, während ich versuche, meine Worte so zu formulieren, dass ich nicht wie eine totale Irre klinge. „Ich habe einmal eine schlechte Erfahrung gemacht, als ich einem Kerl einen Blowjob gegeben habe. So schlecht, dass ich es nie wieder tun will, und ich habe mir Sorgen gemacht, dass du das letzte Nacht erwartet hast, da wir keine Kondome hatten."

Sams Kinnlade fällt herunter. „Du dachtest, ich wollte, dass du mir einen bläst?"

Ich zucke mit den Schultern, erröte vor Verlegenheit und fühle mich ein wenig erregt, weil er so ein schmutziges Wort so beiläufig benutzt. „Nun, ja. Ich meine, du warst gerade bei mir zugange gewesen, und ich konnte sehen, dass dein Schwanz … sehr hart war." Mein Gesicht flammt vor Hitze auf, als ich stottere: „Den Gefallen zu erwidern, wäre angemessen gewesen."

„Mein Gott, Maggie …, du bist manchmal wirklich total verrückt, weißt du das?", blafft Sam, sein Tonfall schroff vor Ärger.

„Was?", erwidere ich verwirrt.

„Nur Arschlöcher erwarten eine Gegenleistung. Männer erwarten einen Orgasmus. Du hattest einen Orgasmus, und das war mein Ziel. Ende der Geschichte. Mit welchen Arschlöchern bist du eigentlich zusammen gewesen?"

Mein ganzer Körper schreckt vor Demütigung zurück. Wenn ich Sam erzähle, dass ich mit Sterling eine schlechte Erfahrung gemacht habe, wird er nie wieder bereit sein, mir zu helfen, ihn zurückzugewinnen. „Ich weiß nicht ... einmal war ein Typ wohl zu erregt und hat mich so weit getrieben, bis ich mich übergeben musste."

Sams Augen schließen sich vor Wut über meine Worte. „Verdammt noch mal, ich will ihn schlagen."

„Du kennst ihn doch gar nicht."

„Ich will ihn trotzdem schlagen." Sam schüttelt traurig den Kopf und streckt eine Hand aus, um die Herdplatten abzuschalten. Er rückt näher an mich heran, und ich zucke ein wenig zusammen, als er seine Hände an meinen Beinen hochgleiten lässt und sich dazwischen stellt. „Ich habe das Gefühl, ich sollte dir nicht das Snowboarden beibringen. Ich sollte dir beibringen, wie du deinen Wert erkennen kannst."

„Was?", frage ich und suche mit meinen Augen in seinen schroffen Gesichtszügen nach einem Hinweis darauf, wovon er spricht.

„Maggie, du bist klug, süß, dickköpfig und witzig, ohne es zu versuchen. Du musst erkennen, dass ein Mann, der dich nicht richtig behandelt, es nicht verdient hat, in deiner Nähe zu sein. Beim Sex geht es nicht darum, gleichgestellt zu sein. Es geht darum, großzügig zu sein."

„Du hast nicht schön gesagt", platze ich heraus, da mein Mund spricht, bevor mein Verstand ihn stoppen kann.

„Was?"

Ich zucke mit den Schultern. „Du hast nicht schön gesagt. Die meisten Männer beginnen damit."

Sam legt den Kopf schief und starrt mich einen langen Moment an. „Wenn das alles ist, worüber du dir Sorgen machst, dann brauchst du mich noch mehr, als ich dachte." Er nimmt mein Gesicht in seine Hände und sieht mir so tief in die Augen, dass ich den Atem für das anhalte, was als Nächstes kommen könnte. „Deine Schönheit ist genetisch bedingt, Maggie. Du hast nichts getan, um sie zu verdienen. All das andere, was ich gesagt habe, kommt daher, dass du knallhart bist."

Bauchflattern. Jede Menge Bauchflattern passiert gerade in mir, zusammen mit Schmetterlingen und Schwindelgefühlen und all den mädchenhaften Gefühlen, die ein Mädchen empfindet, wenn ein Typ sie nicht nur schön nennt, sondern so viel mehr.

„Danke", stoße ich hervor, denn diese Worte sind vielleicht das Beste, was ein Mann je zu mir gesagt hat.

„Keine Ursache", antwortet er achselzuckend und lässt mein Gesicht los, um sich wieder dem Essen zu widmen. „Aber falls du es hören willst, du bist die Art von Schönheit, die unvergesslich ist."

Meine Augen brennen bei seinen Worten, denn auch wenn sie so beiläufig gesprochen werden, sind sie nicht beiläufig gemeint. Kaum etwas, das Sam sagt, sind nur Worte. Ich strecke meine Hand aus und lege sie um Sams Bizeps, ziehe ihn zu mir und flüstere ihm ins Ohr: „Du solltest trotzdem in die Stadt laufen und diese Kondome holen."

Er zieht sich mit diesem bezaubernden schüchternen Lächeln zurück, das mir weiche Knie macht. „Was immer du sagst, Sparky."

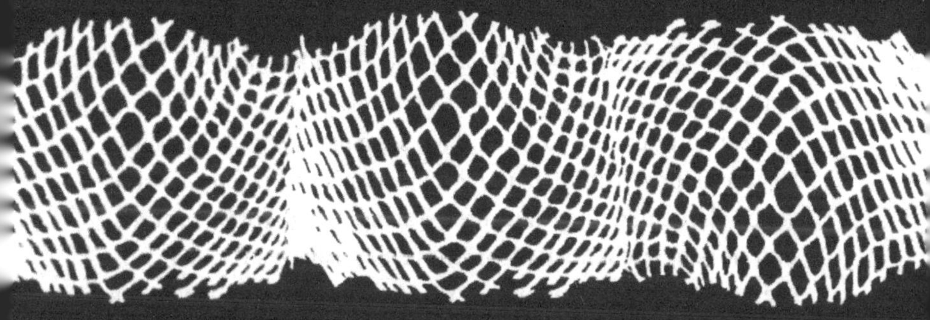

KAPITEL 12

Ich habe immer eine steife Rute dabei

Sam

Maggie ist eine schreckliche Snowboarderin. Ehrlich gesagt … die schlechteste, die ich je gesehen habe. Ich erinnere mich daran, wie meine Schwestern es lernten – die ich nicht im Geringsten für sportlich halte –, und Maggie ist trotzdem schlechter als sie alle. Sie wird den ganzen verdammten Tag von Arschloch-Teenagern mit Schnee bespritzt. Und es ist urkomisch, denn jedes Mal, wenn das passiert, nennt sie sie halbe Portion, und sie zeigen ihr den Mittelfinger.

„Du ermutigst sie nur", sage ich lachend, während ich meine Brille auf die Stirn schiebe und beobachte, wie die Jungs den Hügel hinunterfahren, wobei sie so sehr lachen, dass sie kaum auf ihren Brettern stehen können.

„Das ist mir egal!", ruft Maggie, die praktisch ununterbrochen mit dem Hintern auf dem Boden sitzt, während sie ihre Brille abzieht, um den Schnee von der Vorderseite zu wischen. Ihre blauen Augen sind wie Feuer, als sie mich anschaut. „Das sind kleine Scheißer! Ich war als Teenager nicht so schrecklich."

Ich tue mein Bestes, um meine Belustigung zu verbergen,

während ich antworte. „Ich weiß, aber jetzt hast du für sie ein Spiel daraus gemacht."

Sie schüttelt den Kopf, und ich schnalle einen meiner Füße ab, um zu ihr zu rutschen und ihr wieder hochzuhelfen. Wir sind schon den ganzen verdammten Tag auf dem Anfängerhügel, und sie beherrscht noch nicht einmal das Fahren auf einem Fuß. Meine Waden bringen mich durch das Rutschen auf den Zehen vor ihr um, denn wenn sie Fahrt aufnimmt, kann sie sich nicht mehr bremsen. Aber ich muss es ihr lassen. Sie gibt nicht auf.

„Denk daran, die Ferse deines freien Fußes einzugraben, um dich zu verlangsamen. Du bist zu schnell, und deshalb scheitern wir ständig."

„Eigentlich habe ich eine bessere Idee." Sie wackelt mit den Augenbrauen, mit einem schelmischen Funkeln in den Augen, das mir ein wenig Angst vor dem macht, was kommen wird.

Fünfzehn Minuten später sitzt Maggie wieder auf dem Hintern, und ich knie neben ihr. Mein Blick fällt auf die kleinen Arschlöcher, die uns den ganzen Tag gequält haben, und ein Lächeln breitet sich auf meinem Gesicht aus. „Okay, jetzt sehe ich sie. Sie kommen."

Maggies Augen leuchten auf, als sie mit zwei Schneebällen in den Händen dramatisch auf den Rücken fällt. „Zeig, was du draufhast, Sam. Diese kleinen Scheißer müssen bezahlen."

Ich kann mir ein Lachen nicht verkneifen, weil sie das alles so ernst nimmt. Ich schaue nach oben und sehe die vier Kids kommen, so vorhersehbar wie Schnee auf den Berggipfeln.

Als sie direkt auf uns zukommen, das Kinn vor Entschlossenheit gesenkt, rufe ich: „Jetzt!"

Maggie springt auf, dreht sich auf die Knie und wir beide beginnen, Schneebälle auf die vier zu schleudern. Und nicht nur irgendwelche Schneebälle, sondern Eisschneebälle. Solche, die verdammt wehtun. Wir haben mindestens fünfzig perfekt geformte Todeskugeln hinter ihrem gekippten Brett versteckt, und die Jungs krachen ineinander, während sie immer und immer wieder beworfen werden.

Ich löse schnell meine Stiefel, schnappe mir mehr Schneebälle und setze den Angriff fort, während die vier ihr Bestes geben, um ihr Gleichgewicht wiederzufinden und von hier zu verschwinden. Als sie den Hügel hinunterfahren, schreit Maggie ihnen hinterher: „Geht nach Hause und heult euch bei euren Müttern aus, ihr kleinen Scheißer!"

Ich lache heftig über ihren ernsten Gesichtsausdruck und lege dann kameradschaftlich einen Arm um sie. Maggie lächelt und gibt mir ein High Five.

Als wir beide aufgehört haben zu lachen, lässt sie sich wieder auf den Boden fallen. „Ich glaube, es ist an der Zeit, aufzuhören, Sam. Wie wäre es mit einer heißen Schokolade?"

„Klingt gut."

Wir begeben uns langsam den Berg hinunter und schließlich zurück zu unserer Hütte. Die Sonne geht gerade hinter den Bergen unter, als ich mich auf den Weg zum hinteren Teil des Grundstücks mache, um die Aussicht zu genießen. Meiner Meinung nach gibt es nichts Schöneres als einen Sonnenuntergang in den Bergen.

„Oh, mein Gott, es ist so schön hier draußen!", ruft Maggie, deren Füße im Schnee knirschen, während sie mit zwei dampfenden Tassen in der Hand zu mir herüberkommt.

Sie hat ihren Schneeanzug abgelegt und trägt jetzt eine graue Leggings, einen Pullover und eine Thermoweste. In ihren kleinen Schneestiefeln sieht sie aus, als könnte sie tatsächlich ein Skihase sein, aber die Realität des heutigen Tages lässt es mich besser wissen. Sie reicht mir einen dampfenden Becher mit heißer Schokolade, und ich nehme einen kleinen Schluck.

„Ist da Alkohol drin?", frage ich, da ich ein leichtes Brennen in der Kehle spüre.

Sie nickt grinsend. „Ich habe Baileys im Schrank gefunden. Das bisschen werden sie nicht vermissen."

Ich nehme einen weiteren stärkenden Schluck, die süße Flüssigkeit wärmt mein Inneres, während Maggie sich neben mich stellt, um den Sonnenuntergang zu genießen. Mit einem schweren Seufzer stellt sie traurig fest: „Ich fürchte, Snowboarden gehört nicht zu meiner Zukunft, Sam."

Ich muss mir das Lachen verkneifen, denn sie behauptet es, als wüsste ich es nicht. „Ja, Sparky …, ich muss sagen, du warst heute nicht gerade ein Naturtalent da draußen."

Sie kichert mit vollem Mund. „Aber ich habe es versucht. Du kannst nicht sagen, ich hätte es nicht versucht."

„Du hast es wirklich versucht", bestätige ich. „Ehrlich gesagt kann ich nicht glauben, dass du nach dem Mittagessen wieder rausgehen wolltest. Ich war mir sicher, dass du aufgeben würdest."

„Ich gebe nie auf!" Sie runzelt ernsthaft die Stirn, und ich komme nicht umhin, daran zu denken, dass sie dieselbe Logik wahrscheinlich auch auf ihren Ex anwendet. „Aber vielleicht hätte ich früher aufhören sollen, denn meine Muskeln bringen mich schier um."

Sie reibt sich die Schulter, und ich schaue an ihr vorbei zum Whirlpool in der Nähe. „Weißt du, was sich nach einem langen Tag im Schnee gut anfühlt?"

Sie sieht über ihre Schulter, wohin ich schaue, und nickt. „Gute Idee! Ich werde meinen Badeanzug und ein paar Handtücher holen." Sie dreht sich um, um wegzugehen, bleibt aber stehen, als ich ihren Namen rufe.

„Maggie." Sie sieht über ihre Schulter zu mir. „Ich dachte, du wärst auf der Suche nach einem Abenteuer."

„Das bin ich", antwortet sie stirnrunzelnd.

Ich gehe an ihr vorbei und gehe rückwärts auf den Whirlpool zu, um den Deckel zu öffnen. Ich setze meine Tasse ab, tauche meine Hand hinein, um die Temperatur zu testen, und schleudere ihr dann etwas Wasser entgegen. „Dann brich ein paar Regeln mit mir."

Mit einer schnellen Bewegung ziehe ich mir mein Hemd über den Kopf und lächle breit über Maggies schockierte Miene. Ihr Blick fällt auf meine Brust, und ich muss zugeben, dass ich eine tiefe Befriedigung empfinde, wenn eine junge, schöne Frau wie sie mich anstarrt. Ich ziehe meine Stiefel aus, schiebe sie zur Seite und mache mich dann an meine Jeans.

„Du bist verrückt!", ruft Maggie und dreht sich gerade um, als ich meine Hose und Boxershorts zu Boden fallen lasse. „Und offenbar überhaupt nicht schüchtern."

Ich springe über den Rand des Whirlpools und lasse mich in die Wärme sinken, damit das Wasser meine schmerzenden Muskeln beruhigt. Es ist zwar nicht die heiße Quelle, aber bei dieser Aussicht stört mich das nicht.

Ich gehe zum Bedienfeld und schalte die Düsen ein, dann setze ich mich in eine Ecke und lasse den kräftigen Strahl auf meine Rückenmuskeln prasseln. Laut stöhnend sage ich: „Das tut richtig gut, Sparky."

Maggie dreht sich um und sieht mich an, ihre Wangen sind rot, und das nicht nur wegen der Kälte. Sie geht hinüber und schaut hinunter ins Wasser, taucht ihren Finger vorsichtig hinein.

„Warum bist du jetzt so schüchtern?", frage ich, denn ihr Verhalten gestern Abend war alles andere als das.

„Bin ich nicht", antwortet sie reflexartig. Ihr Blick geht für einen Moment in die Ferne, als würde sie ernsthaft über etwas nachdenken.

Ich rücke näher an sie heran. „Gestern Abend hast du mich angemacht, heute Morgen hast du mir gesagt, ich solle Kondome besorgen … und heute Abend bist du schüchtern? Was ist los?"

Sie beißt sich auf die Lippe, ihre Augenbrauen sind nachdenklich zusammengezogen, und sie starrt mich mit einem Ausdruck an, den ich nicht recht einordnen kann. Wahrscheinlich fragt sie sich, wie sie Nacktfotos von sich in einem Whirlpool machen und sie ihrem Ex schicken kann, um ihn eifersüchtig zu machen. Obwohl sie gestern Abend ihr Handy für eine Minute vergessen hat, habe ich sie heute dabei erwischt, wie sie Selfies gemacht hat, als sie sich unbeobachtet wähnte. Ich habe sie nie darauf angesprochen, denn das war der Moment, in dem mir klar wurde, dass sie nicht anders ist als alle anderen Mädchen, mit denen ich bisher zusammen war, selbst nachdem ich all diese Dinge in der Küche gesagt hatte. Sie ist vorübergehend und flüchtig, und ich will sie nur noch nackt mit mir in diesem Whirlpool sehen.

Ohne Vorwarnung lehne ich mich über den Rand des Whirlpools und packe Maggie an der Taille. Ihre heiße Schokolade fällt auf den verschneiten Boden, als ich sie über den Rand in das dampfende Wasser hebe, wobei sie noch ihre Kleidung und Stiefel trägt.

„Du Arschloch!", schreit sie und stößt mich von sich, während sie versucht, sich im Wasser aufzurappeln. „Was zum Teufel glaubst du, was du da tust?"

„Ich bringe dich auf andere Gedanken!", erwidere ich mit einem Lächeln und bespritze sie mit Wasser.

„Ich wollte gerade reinkommen … Ich wollte uns erst noch Handtücher holen."

Sie spritzt zurück, und ich kann nicht anders, als über ihr wütendes kleines Gesicht zu lachen. Sie sieht aus wie ein nasses Hündchen, das in der Badewanne schmollt, während ihre Kleidung unangenehm an ihrem Körper klebt. Es gelingt ihr, aus ihrer inzwischen durchnässten Weste zu schlüpfen, und sie wirft sie über den Rand.

„Gott, ich habe meine Stiefel noch an", stöhnt sie und greift unter Wasser, um sie auszuziehen. Sie greift nach einem, bringt ihn an die Oberfläche und schüttet das Wasser direkt vor meinem Gesicht aus. „Diese Stiefel waren teuer", sagt sie und funkelt mich finster an.

„Sie werden es überleben", antworte ich und breite meine

Arme an den Seiten des Whirlpools aus, um das Schauspiel zu genießen, während sie ihre Kleidung ablegt.

Meine Belustigung wird sofort unterbrochen, als Maggie mich direkt anschaut, aufsteht und sich das durchnässte Oberteil über den Kopf zieht, um ihre zierlichen Brüste in einem schwarzen Spitzen-BH zu enthüllen. Sie wirft den nassen Stoff über den Rand und blickt mir in die Augen.

Und einfach so sieht sie nicht mehr wie eine unsichere Zweiundzwanzigjährige aus. Sie sieht nicht wie ein ertrinkendes Hündchen aus. Sie hat denselben entschlossenen Blick, den sie gestern Abend in der heißen Quelle hatte. Ihre Hand gleitet zu ihrem Rücken, um ihren BH zu öffnen, und als er ihr von den Schultern fällt, wirft sie ihn mir direkt ins Gesicht.

Ich bin mir ziemlich sicher, dass ich meine Zunge wieder in meinen Mund rollen muss, als ich durch ihren BH, der jetzt über meinem Gesicht hängt, einen Blick auf ihre perfekten rosa Nippel erhasche. Schnell nehme ich die Stoffbarriere weg, die mich daran hindert, Maggie vollständig zu begaffen, aber sie rutscht in den Schutz der Luftblasen der Düsen, bevor ich einen weiteren Blick erhaschen kann.

Als Nächstes entledigt sie sich ihrer Unterhose, und jetzt sind wir zwei Köpfe, die in einem Whirlpool auf dem Gipfel eines Berges wippen, während die Wintersonne den Schnee mit goldenen Funken überzieht.

„Ich kann nicht glauben, dass du meine heiße Schokolade verschüttet hast", schmollt sie, und es ist so süß, dass ich ein wenig hart werde.

Ich greife nach meiner, die sicher auf dem anderen Ende der Wanne ruht. „Du kannst meine haben."

Sie funkelt meine ausgestreckte Hand an, nimmt das Getränk aber trotzdem. Als sich unsere Finger berühren, schießt ein Stromschlag meinen Arm hinauf. Der Funke lässt mich wünschen, meine Finger würden einen anderen Teil von Maggie berühren.

„Ich habe nicht so viele Klamotten hier bei mir, weißt du."

Meine Augen tanzen vor Heiterkeit. „Du hast deinen Schneeanzug." Sie spannt wütend den Kiefer an, aber bevor sie wieder ausflippt, füge ich hinzu: „Und wenn du Kleidung brauchst, kannst du dir welche von mir leihen."

Sie stellt ihren Becher ab und schwimmt zum Rand des Whirlpools, um die Sonne zu beobachten, die hinter den Bergen zu verschwinden beginnt. Ich setze mich zu ihr und genieße die Landschaft in angenehmer Stille, während der orangefarbene Himmel sich rosa und violett färbt und die Dunkelheit hereinbricht.

„Das fühlt sich wirklich gut an", sagt Maggie und dreht sich um, damit die Düsen ihre Rückenmuskeln treffen.

„Ich habe ja versucht, es dir zu sagen", antworte ich mit einem halben Lächeln.

Sie atmet aus und legt ihren Kopf zurück auf die Kopfstütze. „Hast du so etwas als Kind auch gemacht?"

„Nackt in Whirlpools mit Mädchen sitzen? Ja", sage ich trocken und mein Blick fällt auf ihre Brüste, die aus dem Wasser ragen.

Sie wirft mir einen Seitenblick zu und lächelt spielerisch. „Ich meine nur skifahren gehen und in Hütten rumhängen. Ich weiß nicht …, du scheinst dich mit allem so wohlzufühlen. Schneemobilfahren, Klettern, Snowboarden. Du gehst Risiken ein, als wäre es ein ganz normaler Tag. Bei dir wirkt das alles so leichtfertig."

Ich zucke abweisend mit den Schultern und breite meine Arme auf dem Rand des Whirlpools aus. „In Boulder aufgewachsen zu sein, macht es einfach, denke ich. Meine Kumpels und ich haben uns das Klettern und Boarden selbst beigebracht. Und ich bin Schrauber, also habe ich schon immer mit motorisiertem Spielzeug gespielt."

Maggie beißt sich auf die Lippe und schafft es nicht, ein schelmisches Grinsen zu verbergen.

„Ich habe nicht gesagt, dass es sich um batteriebetriebenes Spielzeug handelt", sage ich wissend. „Mein Gott, reiß dich zusammen."

„Was?", antwortet sie lachend. „Ich habe gar nichts gesagt! Es ist nicht meine Schuld, dass du meine Gedanken lesen kannst!"

Ich schüttle den Kopf, verblüfft, dass ein so schönes Mädchen tatsächlich so lustig sein kann. Die meisten Mädchen, die ich treffe, sind entweder das eine oder das andere …, nie beides. „Du überraschst mich immer wieder, Sparky."

„Wie das?", fragt sie und lässt sich tiefer ins Wasser gleiten.

„Letzte Nacht war eine Überraschung. Heute war eine Überraschung. Verdammt, zu sehen, wie du es bis auf das Silo geschafft hast, war eine Überraschung. Du bist ziemlich erstaunlich, wenn du dir etwas in den Kopf setzt."

Sie errötet unter meinen Komplimenten, und ich spüre echte Zuneigung für sie, von der ich weiß, dass ich sie nicht empfinden sollte. Das hier ist zwanglos. Nichts weiter. „Und was hält dein Ex von deinen bisherigen Abenteuern?", frage ich in dem Versuch, mich wieder in die richtigen Bahnen zu lenken. „Du hast in den wenigen Wochen viel erreicht, würde ich sagen. Läuft alles nach Plan?"

Maggies Gesichtsausdruck ändert sich vor meinen Augen von fröhlich und unbeschwert zu verwirrt und etwas beunruhigt. „Ich habe ihm hier und da ein paar Bilder geschickt, und ich glaube, er ist beeindruckt."

„Sagt er es nicht?", frage ich stirnrunzelnd.

Sie zuckt mit den Schultern. „Er scheint wirklich überrascht zu sein von dem, was ich in den Winterferien gemacht habe, aber er sagt nicht unbedingt, dass er beeindruckt ist. Vielleicht spiele ich es aber auch zu sehr herunter? Ich habe versucht, so zu tun, als wollte ich so etwas schon seit Jahren machen."

„Aber du wolltest es nicht?", frage ich verwirrt.

„Gott, nein!", antwortet sie lachend. „Du hast mich heute auf dem Anfängerhügel gesehen. Ich habe kein Talent für Sport!"

„Aber macht es dir trotzdem Spaß?", frage ich, weil sie nicht unglücklich wirkt, wenn sie etwas davon macht. Entweder ist sie also eine großartige Schauspielerin oder sie ist einfach so sehr auf ihr Ziel fixiert, dass sie sich zum Spaßhaben zwingt.

„Ich habe mehr Spaß, als ich erwartet hätte, schätze ich", antwortet sie mit einem nachdenklichen Gesichtsausdruck. „Aber ich glaube, das liegt vor allem an dir. Es ist so einfach, mit dir auszukommen, Sam. Und du bist ein lustiger Lehrer. Ich verstehe, warum du und Miles euch so nahe stehen."

Die Erwähnung ihres Bruders bringt eine Steifheit in meine Haltung, die vorher nicht da war. Wahrscheinlich, weil ich gerade nackt mit seiner Schwester in einem Whirlpool liege und sie mich gerade an diese Tatsache erinnert hat. Aber was soll's, sie ist eine erwachsene Frau, und ich bin ein erwachsener Mann. Ich weiß, dass das hier komplizierter wird, als einer von uns beiden ursprünglich erwartet hat, aber Maggie ist eindeutig immer noch auf ihren Ex fixiert, und ich wäre ein Idiot, wenn ich die Chance bei einem Mädchen wie Maggie nicht ergreifen würde.

„Was glaubt Miles eigentlich, warum du so lange in Boulder bleibst?", frage ich, lehne meinen Kopf zurück in die heiße Wanne und fahre mit der Hand durch die kalten Wassertropfen in meinem Bart.

Maggie macht einen gequälten Gesichtsausdruck, bevor sie antwortet. „Ich habe ihm gesagt, dass ich nicht weiß, wo wir landen werden, wenn Sterling zur NFL geht, und dass dies wahrscheinlich die letzte freie Zeit ist, die ich haben werde, bevor wir zusammen wegziehen. Als ich ihm gesagt habe, dass ich vor all dem noch etwas Zeit für mich haben möchte, hat er mir das alles abgekauft."

Ich ziehe eine Grimasse, denn ich kann mir vorstellen, dass Miles das alles glaubt. „Ja, er ist ziemlich leichtgläubig, fürchte ich."

„Ich weiß, und glaub mir, ich fühle mich schrecklich, weil ich ihm so ins Gesicht gelogen habe, aber ich sage mir immer wieder, dass all das keine Rolle mehr spielen wird, wenn Sterling und ich wieder zusammen sind."

„Und du bist dir immer noch sicher, dass du das willst?", frage ich, weil ich ehrlich gesagt immer noch hoffe, dass sie irgendwann erkennt, wie verrückt dieser Plan ist, und es sich anders überlegt und die Sache auf sich beruhen lässt.

Sie nickt ernsthaft. „Ich bin mir sicher, dass Sterling der Richtige für mich ist. Ich habe mich noch nie so sehr und so schnell in einen Mann verliebt. Und meinen Eltern ging es genauso, als sie sich auf der Uni kennenlernten, und sie sind jetzt schon ewig verheiratet."

„Aber warum sagst du deiner Familie nicht einfach, was passiert ist? Es ist doch keine große Sache, wenn ein Paar sich trennt und dann wieder zusammenkommt."

Maggie schüttelt den Kopf. „Du erinnerst dich doch an Miles' Ex-Freundin Jocelyn, oder?"

Bei der Erwähnung dieser Person läuft mir ein kalter Schauder über den Rücken, und meine Oberlippe kräuselt sich. „Oh, ich erinnere mich."

„Genau", sagt Maggie mit großen Augen. „Sie war furchtbar und hat Miles immer wieder das Herz gebrochen. Sie haben sich so oft getrennt und wieder zusammengefunden, dass sie schlimmer waren als Kourtney Kardashian und Scott Disick. Es war so schlimm, dass es sogar unseren Opa beunruhigte. Jetzt ist Miles endlich mit einer wundervollen Frau wie Kate zusammen, und ich möchte meine Familie nicht noch einmal so belasten."

„Aber Joce war ein Miststück", sage ich, während sich in meinem Hinterkopf die Erinnerungen an das Drama wiederholen, das diese Frau in unsere Leben gebracht hat. „Tut mir leid, dass ich das sagen muss, aber es ist wahr. Wenn Sterling so ein toller Kerl ist, wie du sagst, dann wird sich deine Familie nicht darum scheren.“

Maggie schüttelt den Kopf. „Nein, ich weigere mich, ihnen das anzutun, denn in ein paar Wochen oder ein paar Monaten sind wir wieder zusammen, und es spielt keine Rolle mehr. Ich möchte, dass sie Sterling lieben. Ich will nicht, dass sie ihn mit Jocelyns Verhalten in Verbindung bringen, in welcher Form auch immer. Und ich will vor allem nicht die Stimmung trüben, wenn alle so glücklich sind.“

Ich atme schwer aus, denn sie setzt sich selbst unter Druck, das Ganze in Ordnung zu bringen, ohne dass jemand davon erfährt, und das ist nicht meine Vorstellung von Familie. „Hör zu, Maggie … du kannst tun, was du willst, aber ich habe drei ältere Schwestern, und ich sage dir …, ich bin für sie lieber während all ihrer unvollkommenen Momente da, als dass ich mich einem perfekten Blödsinn aussetzen muss.“

Maggie sieht mich mit flehenden Augen an, zu denen ich wohl nie Nein sagen könnte. „Das verstehe ich, Sam. Aber das ist mein Problem. Mein Schlamassel. Und so gehe ich damit um.“

Ich lasse mich in die Düsen zurücksinken und presse meine Lippen aufeinander, um nicht noch mehr zu sagen. Ich leiste meinen Beitrag, indem ich dafür sorge, dass sie in Sicherheit ist. Es ist nicht meine Aufgabe, sie mit Gewalt zu einem bestimmten Weg zu zwingen. Ich bin nur ein Freund.

Maggie nimmt meine niedergeschlagene Haltung zur Kenntnis und schwimmt mit verschmitztem Blick näher an mich heran. „Sieh es doch mal so …, wenn ich nicht so wäre, dann würden wir beide jetzt nicht nackt in einem Whirlpool sitzen.“

Sie wackelt mit den Augenbrauen und setzt sich auf die Knie, sodass ihre nassen, nackten Brüste voll zur Geltung kommen. Ich muss wegschauen, als mein Schwanz unter dem Wasser hart wird. „Du bist verdammt böse.“

Maggie kichert. „Aber ich benutze meine Kräfte für das Gute."

Ohne Zögern greife ich nach ihr und schlinge meine Hand um ihr Handgelenk, um sie zu mir zu ziehen. Sie gleitet auf meinen Schoß, und diese perfekten Brüste streifen meine Brust, während ihre Hüfte über meinen Schwanz gleitet. Ihrem nackten Körper so nahe zu sein, ohne sie zu berühren, war die Tat eines Heiligen …, und in diesem Moment möchte ich ein Sünder sein. Ich lasse meine Handfläche an ihrer Hüfte entlang gleiten, als sie eine Hand an mein Kinn legt und meine Lippen mit einem unübersehbaren Hunger anstarrt.

Bevor sie mir zuvorkommen kann, beuge ich mich vor und presse meine Lippen auf ihre. Sie schmeckt nach Schokolade und Baileys, und ihre Lippen sind so weich, dass ich sie auf jedem Zentimeter meines Körpers spüren möchte. Ihre Haltung entspannt sich in meinen Armen, als sie den fordernden Stoß meiner Zunge mit ihrer eigenen beantwortet. Ich stöhne meine Anerkennung in ihren Mund und lasse meine Hand herumgleiten, um ihren Hintern an mich zu drücken.

Sie dreht sich auf meinem Schoß, um sich rittlings auf mich zu setzen, und ein Schauder durchfährt meinen Körper, als mein Schwanz ihre Mitte berührt.

„Maggie", murmle ich gegen ihre Lippen, während unser Atem sich mischt. „Wenn wir nicht aus diesem Whirlpool rauskommen, war der Kondomkauf heute Morgen umsonst."

„Sam." Sie stöhnt einen sanften Laut der Missbilligung und reibt sich gierig an meinem Schwanz. „Ich will nicht raus."

Ich tauche meine Hand unter das Wasser und reibe mit dem Daumen über ihre Klitoris. Sie schnappt an meinem Ohr nach Luft, ihre Hände umklammern meinen Kopf wie eine Rettungsinsel inmitten eines Sturms. Ich fasse den Entschluss, sie genau hier mit meinen Fingern kommen zu lassen, aber mein Verstand wird aus dieser Maggie-Trance gerissen, als ich leises Lachen höre, das viel zu nah ist.

Ich packe Maggie an den Armen und stoße sie gerade noch rechtzeitig zur Seite, um zu sehen, wie eine Gruppe junger Teenager vom Whirlpool wegrennt.

„Hey!", rufe ich und ziehe meinen Schwanz von Maggies Schenkeln weg. „Das ist ein Privatgrundstück. Was zum Teufel macht ihr hier?"

Die Jungs bleiben stehen und winken mit etwas, das ich in der Dunkelheit nicht genau erkennen kann. Ich höre Maggie neben mir nach Luft schnappen und drehe mich um, um sie fragend anzuschauen.

„Sie haben unsere Kleidung mitgenommen!", ruft sie und stellt sich aufrecht hin. „Hey, ihr kleinen Scheißer!"

Die Jungs brüllen vor Lachen, und ich packe Maggie schnell an den Schultern und ziehe sie zurück ins Wasser. „Maggie, du bist verdammt noch mal nackt."

„Scheiße", knurrt sie, da sie sich eindeutig selbst vergisst. „Das sind dieselben kleinen Arschlöcher vom Skifahren. Ich werde euch die Polizei auf den Hals hetzen", schreit sie, während kleine Adern an ihrem Hals hervortreten.

„Nur zu!", ruft einer der Jungs zurück. „Ich bin sicher, dass sie auch gern deine heißen Titten sehen würden!"

Ich will aus dem Whirlpool springen und ihnen nachlaufen, aber Maggie legt ihre Hände um meinen Arm und zieht mich zurück ins Wasser.

„Was machst du da?", lacht sie, als sie in den Wald sprinten. „Willst du sie durch den verschneiten Wald jagen, während dein Schwanz heraushängt?"

Ich zucke mit den Schultern, genervt davon, dass diese kleinen Scheißer das letzte Wort haben. „Ich hätte sie erwischen können."

„Und was dann?" Maggies Gesicht strahlt vor Belustigung. „Wolltest du sie mit Schnee bespritzen?"

„Ich weiß es nicht!", rufe ich frustriert und schwinge meine Hand wütend ins Wasser. „Ich habe es nicht durchdacht."

Ihr Lachen wird lauter, und meine eigene Stimmung hebt sich bei ihrem Anblick. „Das ist alles deine Schuld, weißt du", brumme ich und schaffe es nicht, so finster dreinzuschauen, wie ich es eigentlich möchte.

„Meine Schuld?" Sie kichert, umklammert ihren Bauch und wischt sich die Tränen aus den Augen.

„Ja!", erwidere ich mit vorgerecktem Kinn. „Du hast sie heute mit den Schneebällen total angestachelt."

„Du hast mir geholfen, diese Schneebälle zu machen!"

Ihr Lachen ist ansteckend und bringt mich zum Lächeln. „Du hast einen schlechten Einfluss auf mich. Vor deinem Auftauchen war ich ein harter Kerl. Ohne dich hätten sich diese kleinen Arschlöcher nie mit mir angelegt."

„Als ob", antwortet sie mit einem Augenrollen und schaut dann wieder zum Haus. „Aber ich denke, wir sollten lieber zum Haus rennen, bevor sie zurückkommen und versuchen, uns aus unserer eigenen Hütte auszusperren."

Obwohl ich nicht aus dem Wasser gehen will, stöhne ich und schüttle den Kopf, in dem Wissen, dass sie verdammt noch mal recht hat. Wir hatten eine schöne Zeit, bis diese kleinen Arschlöcher alles ruiniert haben.

„Komm schon, alter Mann", sagt Maggie aufgeregt und steht dann auf, um ihr Bein über den Rand des Whirlpools zu schwingen. „Ich mache mit dir ein Rennen!"

Splitterfasernackt läuft sie los und tänzelt wie Tinker Bell durch den Schnee. Ich steige heraus und schließe den Deckel des Whirlpools, bevor ich ihr hinterhereile. Ich hole sie gerade ein, als sie die Tür erreicht, und wir beide stürzen uns in die Sicherheit der warmen Hütte.

Maggie eilt durch den Flur ins Bad. „Ich hole uns Handtücher …, leg mehr Holz auf das Feuer!"

Einen Moment später erscheint sie mit einem flauschigen weißen Handtuch, das sie sich um den Körper gewickelt hat, und wirft mir eines zu. Ich lege es mir schnell um die Taille,

und wir kuscheln uns beide vor das Feuer, um unsere frieren-
den Glieder von unserem kleinen Schneesprint zu wärmen.

„Oh mein Gott, meine Füße sind eiskalt!", ruft Maggie aus,
die am ganzen Körper zittert, während sie ihre Füße vor sich
ausstreckt.

„Weißt du, was einen am schnellsten aufwärmt?", frage ich
und drehe mich so, dass ich mit dem Rücken zum Feuer bin.
Ich greife nach unten und ziehe ihren Fuß auf meinen Schoß,
um die kalten Ballen zu reiben.

„Was?", fragt sie, beißt sich auf die Lippe und beobachtet
mich neugierig.

„Hautkontakt." Verschmitzt wackle ich mit den
Augenbrauen.

„Oh mein Gott, halt die Klappe!" Sie reißt ihren Fuß von
meinem Schoß und versucht, mich von sich wegzuschieben.

Ich nehme ihr Handgelenk in meine Hand und verbinde
unsere Lippen zu einem harten, keuschen Kuss. Sie erstarrt vor
Überraschung, ihre Augen glühen vor Schock, bevor sie ihren
Blick auf meinen Mund senkt. Plötzlich, als wäre ein Startschuss
gefallen, packt Maggie mein Gesicht und presst ihre Lippen auf
meine. Sie ist hektisch und bedürftig und wie eine aufgespannte
Feder, als sie sich auf die Knie erhebt und ihre Zunge tief in
meinen Mund schiebt. Ich komme ihr entgegen, und meine
Zunge tut ihr Bestes, um jeden Teil von ihr mit harten, hung-
rigen Küssen zu erforschen und in Besitz zu nehmen.

Meine Hände wandern von ihren Wangen zu dem
Handtuch, das fest um ihre Brust gewickelt ist. Mit einem groben Ruck löst es sich und landet auf dem Boden. Ich ziehe mich
von ihren Lippen zurück und starre auf ihren Körper hinunter.
Meine Brust hebt sich vor Verlangen, als ich ihre völlig nackte
Gestalt betrachte, die von den goldenen Flammen des Feuers
beleuchtet wird. Harte Nippel an tropfenförmigen Brüsten zeigen direkt auf mich, als ich den Kopf senke und einen in meinen Mund nehme.

Sie schmeckt nach Chlor, Haut und Sex in einem, als meine Hände ihre Brüste umfassen. Sie stöhnt laut, als ich hart an ihrer Brustwarze sauge, ihre Finger fahren durch die Haarsträhnen auf meinem Kopf. Ich lasse Küsse zu der Brust in meiner anderen Hand hinüberwandern und huldige auch diesem Nippel. Maggie knurrt und packt mein Gesicht, um mich wieder an ihre Lippen zu ziehen. Ihre Hände fummeln an meiner Taille herum und lösen schließlich mein Handtuch. Als sie meine Länge in ihre Handfläche nimmt, ziehe ich mich von ihrem Mund zurück und stöhne.

Wir schauen beide auf ihre zierliche, weibliche Hand hinunter, die meinen nicht zierlichen Schaft umschließt und ihn mit langen, trägen Bewegungen streichelt. „Mein Gott", flüstert sie und starrt mich eindringlich an. „Du bist groß."

„Musik in den Ohren eines Mannes", murmle ich lachend, drücke ihr einen Kuss auf das nasse Haar und hebe ihr Kinn an, damit sie mich ansieht. „Bist du sicher, dass du das tun willst?"

Sie nickt eifrig. „Äh, dein Schwanz ist in meiner Hand ..., das ist normalerweise ein gutes Zeichen."

Ich gebe ihr einen züchtigen Kuss auf ihren intelligenten Mund, und mit einer raschen Bewegung bin ich auf den Beinen und gehe ins Schlafzimmer, wo ich die Kondome hingelegt habe.

Als ich ins Wohnzimmer zurückkehre, kniet Maggie immer noch völlig nackt auf dem grauen Fellteppich. Vor dem lodernden Feuer sieht sie aus wie die verdammte Fantasie eines jeden Mannes. Ihr dunkles Haar ist nass und nach hinten gestrichen. Ihr Gesicht ist ungeschminkt, ihre Augen sind hell und weit vor Erregung, und ihr nackter Körper bettelt darum, dass meine Hände ihn berühren.

Ich lasse mich vor ihr nieder, ihr Blick ist auf das Kondom in meinen Händen gerichtet. „Lehne dich zurück, Maggie. Spreiz die Beine."

Sie tut wie ihr geheißen, öffnet sich mir und gibt mir einen schönen Blick auf die Muschi, die ich gestern Abend gekostet habe. In der Mitte hat sie ein paar Haare stehen lassen, und ich muss mich davon abhalten, mich herunterzubeugen und sie erneut zu kosten. Stattdessen lasse ich meine Finger über ihre Klitoris gleiten, was ihre Brust vor Überraschung erbeben lässt. Ich schiebe zwei Finger tief in sie hinein und bemerke, wie feucht sie bereits ist. Ich ziehe sie heraus und umkreise ihr festes Nervenbündel, und sie stöhnt meinen Namen.

„Oh, mein Gott, Sam." Ihre Hüften stoßen nach oben, um meine Finger wieder tief in sich aufzunehmen. „Oh, mein Gott."

Ich fingere sie weiter und spüre, wie ihr Körper allein durch meine Finger vor Verlangen erschaudert. Meine freie Hand sinkt nach unten und packt meinen Schwanz, streichelt ihn langsam, während sie sich auf dem Teppich windet. Als sie die Augen öffnet und mich sieht, wie ich mich festhalte, leuchtet ihr Blick mit einer Sehnsucht, die ich nicht ignorieren kann.

Ich schiebe einen dritten Finger in sie hinein, und ihre Finger graben sich in den Teppich, während sie laut schreit: „Ich brauche mehr."

„Willst du immer noch mehr, Sparky?", frage ich und bewege mich mit langsamen, sanften Bewegungen in sie hinein und wieder heraus.

„Ja, ich will dich!", schreit sie, während sich ihr Höhepunkt bereits anbahnt und sich ihre Muschi um meine Finger zusammenzieht.

„Willst du meinen Schwanz?", frage ich, weil ihre Stimme gerade so sexy ist, dass ich sie immer wieder hören möchte.

Sie hebt den Kopf und fixiert mich mit ihrem Blick. „Ich will deinen Schwanz."

Mit einem kleinen Lächeln ziehe ich meine Finger heraus und beginne, das Kondom über meine angespannte Erektion zu ziehen. Sie sieht fasziniert zu, wie ich mich zwischen ihre Beine begebe und die Spitze meines Schwanzes in sie hineinschiebe.

„Tu es", fleht sie, wobei ihr der Atem vor Verlangen stockt.

Mit einer einzigen fließenden Bewegung stoße ich hart und

schnell in sie hinein. Sie schreit auf, als ich in sie eindringe, und die Enge ist überwältigend, als ich meine Stirn an ihre Brust drücke und vor Lust zusammenzucke. Langsam bewege ich mich in sie hinein und wieder heraus, dringe tief in sie ein und ziehe mich wieder heraus, bis nur noch meine Spitze in ihr steckt, und stoße dann wieder hinein.

Ihre Hände wandern meinen Rücken hinauf und kratzen meine Haut mit ihren Nägeln, während sie mich dazu drängt, schneller zu werden. Ich drücke ihr einen festen Kuss auf den Mund und stoße in sie hinein. Meine Hüften zucken mit einer rhythmischen Bewegung, während sie die Beine um meine Hüften legt und meinen Stößen entgegenkommt.

Es ist atemberaubend, Maggie in dem warmen Licht leuchten zu sehen. Ihre Haut ist mit einem dünnen Schweißfilm bedeckt, während ihre Schreie immer lauter werden. Als sich ihr Höhepunkt nähert, verwandelt sie sich vor meinen Augen von einem schönen Mädchen in eine atemberaubende Frau, die sich der Lust ihres Körpers hingibt. Es ist ein herrlicher Anblick.

Ich senke den Kopf zu ihrer Schulter und verteile Küsse entlang ihres Schlüsselbeins, ich muss sie kosten, ich muss mit meiner Zunge über jede köstliche Stelle ihres Körpers streichen, während sie meinen Namen immer wieder schreit.

Plötzlich zieht sie sich um mich zusammen, ihre Beine drücken so unnachgiebig auf meine Seiten, dass ich mich kaum noch bewegen kann. Sie sieht mir in die Augen und öffnet ihren Mund mit einem Schrei, und ich schwöre, dass allein der sexy Blick in ihrem Gesicht meinen Orgasmus aus mir herauszieht.

Meine Sicht wird unscharf, als ich in ihr komme und ihren Kanal um mich herum pulsieren spüre. Wir keuchen beide und sind durch das viel zu heiße Feuer so verschwitzt, dass ich jeden Muskel in meinem Körper brauche, um aus ihr herauszukommen und mich auf den Rücken zu drehen.

„Heilige Scheiße", sagt sie schwer atmend.

„Ja." Ich atme lautstark aus, mein Gehirn ist kaum in der Lage, zusammenhängende Sätze zu bilden.

„Das war … unerwartet."

Ich schaue zu ihr hinüber und sehe, wie sie stirnrunzelnd an die Decke starrt, denn ihr Verstand arbeitet im Moment offensichtlich viel mehr als meiner. „Unerwartet schlecht? Oder unerwartet gut?"

„Gut", antwortet sie, aber sie hat immer noch dieses Stirnrunzeln, sodass ich mich nicht wirklich besser fühle. „Ich meine …, du hast eine ganz schöne Rute."

Ich drehe den Kopf und blinzle sie schnell und verwirrt an.

Sie sieht mich an und zuckt mit den Schultern. „Dieses Angel-Wortspiel wollte ich schon eine ganze Weile loswerden."

Da ergeben die Worte einen Sinn, und ich breche in Gelächter aus, denn was Bemerkungen nach dem Sex angeht, so ist das definitiv ein Novum. Mit einem breiten Grinsen im Gesicht stehe ich auf und schnappe mir eine Decke von der Couch, um sie über sie zu legen. Ihr Grübchen wird sichtbar, als sie zu mir hochschaut, erfreut über ihren kleinen Scherz.

„Ich werde mich nur darum kümmern."

Ich deute auf das Kondom, und sie starrt es mit großem Interesse an, als ich mich umdrehe und ins Bad gehe, um mich sauber zu machen. Ich schlüpfe ins Schlafzimmer, ziehe mir Shorts an und nehme ein T-Shirt, das Maggie im Bett tragen kann, da sie gesagt hat, dass sie nicht viele Klamotten für dieses Wochenende hat. Als ich wieder ins Wohnzimmer zurückkomme, schläft sie fest, zusammengerollt vor dem Kamin wie eine kleine Katze.

Mit einem Lächeln beobachte ich sie einen Moment lang und genieße ihren friedlichen Anblick. Das Mädchen muss nach einem langen Tag des … schlechten Snowboardens müde sein. Ich bin auch müde, um ehrlich zu sein. Da ich galant sein will, bücke ich mich, um sie aufzuheben. Ich halte ihren schlaffen Körper in meinen Armen, während ich sie den Flur hinunter und in das dunkle Schlafzimmer trage. Ich lege sie auf das Bett, schiebe ihre Füße unter die Decke und ziehe sie um sie herum hoch.

Sie rührt sich und stöhnt: „Nein, ich habe gesagt, ich nehme die Couch.“

Sie versucht, sich aufzusetzen, und ich drücke sie sanft zurück nach unten. „Sei nicht so stur. Du nimmst das Bett.“

Ich versuche, sie wieder zuzudecken, und sie ergreift meine Hand. „Wenn ich hier drin schlafen muss, dann musst du das auch.“

Sie rutscht in die Mitte des Bettes und versucht, mich mit sich herunterzuziehen. „Ich schlafe nicht mit Frauen, Maggie. Das gehört zu den Regeln für zwanglose Typen.“

Sie brummt schläfrig. „Du gehst auch nicht mit Frauen zum Snowboarden. Halt die Klappe und kuschle mit mir, Sam. Nur, bis ich wieder einschlafe.“

Ich schüttle den Kopf, obwohl sie mir den Rücken zuwendet. Wenn ich mit ihr in dieses Bett krieche, weiß ich, dass ich nicht mehr herauskomme.

Als ich nicht reinkrieche, setzt sie sich auf und sagt: „Na gut, dann gehe ich eben auf die Couch.“

Mit einem frustrierten Knurren schiebe ich sie zurück ins Bett und lege mich hinter sie. „Du bist wirklich verdammt manipulativ, weißt du das?“

Sie schnurrt wie eine Katze. „Das ist Teil meines Charmes.“

Sie wirft die Decken über mich und schmiegt ihren nackten Hintern an meine Leistengegend. Es ist erst ein paar Minuten her, dass wir Sex hatten, und schon regt sich in mir der Beginn einer zweiten Runde. Sie ergreift meine Hand und drückt sie an ihre Brust, wie ein verdammtes Stofftier.

„Hautkontakt, weißt du noch?“, sagt Maggie schläfrig, während sie ihren Rücken an meine Brust drückt. „Schlaf einfach, Sam. Das ist keine große Sache.“

Ich kann nicht anders, als meinen Kopf niedergeschlagen

auf das Kissen zu legen. Dieses Kissen fühlt sich wirklich gut an. Und so gern ich auch versuchen würde, wach zu bleiben und mich hinauszuschleichen, es war ein verdammt langer Tag, und dieses Bett fühlt sich himmlisch an. Ich gähne und umfasse ihre nackte Brust.

Als sie sich in meiner Umarmung anspannt, flüstere ich ihr ins Ohr: „Hautkontakt, weißt du noch?"

Und der letzte Laut, an den ich mich vor dem Einschlafen erinnere, ist Maggies bezauberndes Kichern.

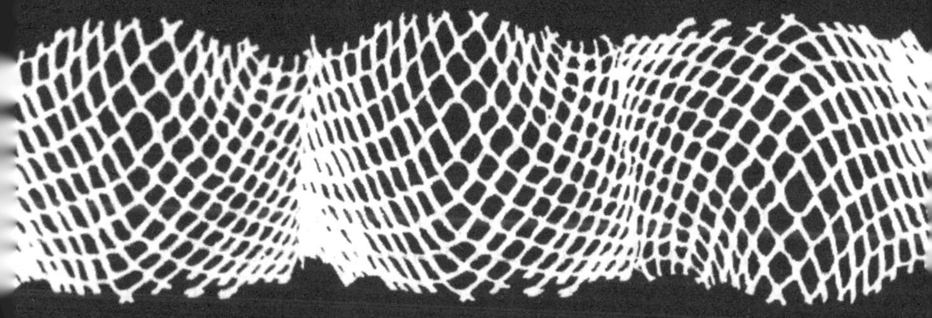

KAPITEL 13

Ich angle …, also lüge ich

Maggie

Am nächsten Tag wache ich auf und finde Sam ganz an mich geschmiegt. Einer seiner Arme liegt unter meinem Kopf und dient mir als Kopfkissen, während der andere fest um meine Taille geschlungen ist. Das ist keine schlechte Art, aufzuwachen. Er ist wie ein kuscheliges Körperkissen, das warm und schwer ist und genau zu mir passt.

Die letzte Nacht war völlig unerwartet. Ich hatte mir vorgestellt, dass Sex mit Sam gut sein würde, aber ich hätte nicht gedacht, dass er *so* gut sein würde. Es war ein Unterschied wie Tag und Nacht zu Sterling, dass ich selbst nicht glauben kann, dass alles so passiert ist, wie ich es in Erinnerung habe. Ob es wirklich so gut war? Oder lag es nur daran, dass es in der Hitze des Gefechts vor einem Feuer stattfand? Oder lag es daran, dass ich in Boulder bin und die Luft hier oben dünner ist, sodass sich alles flauschiger anfühlt? Ich kann nicht sagen, ob die letzte Nacht wirklich so viel besser war als jede andere sexuelle Erfahrung, die ich bisher hatte, oder ob ich nur träume.

Ich wette, wenn ich jetzt Sex mit Sam hätte, wäre es eher

durchschnittlich. Das Tageslicht strömt durch die Jalousien und wir haben beide morgendlichen Mundgeruch. Es wäre total gewöhnlich. *Und ehrlich gesagt würde ich mich besser fühlen, wenn es gewöhnlich wäre.*

Ich beiße mir auf die Lippe und drehe mich langsam zu Sam, ignoriere den schlimmen Muskelkater in meinen Beinen und bewundere seinen roten Bart. Er ist jetzt länger und wird mehr zu einem Bart als nur Stoppeln. Sein Mund steht offen, während er tief atmet. Die Decken sind bis über seine Taille heruntergeschoben, sodass ich einen schönen Blick auf seine Brust und seine Arme habe, auf die dicken Muskeln, die sich von seinen Schultern bis zu seinem Hals erstrecken. Er ist eigentlich ziemlich heiß.

Langsam strecke ich die Hand aus und fahre mit einem Finger an seinem Schlüsselbein entlang und seinen Arm hinunter, der immer noch über meine Taille gelegt ist. Ich bewege mich in seiner Umarmung, um seinen Bauch zu berühren und streife dann ganz lässig an seiner Leiste vorbei.

Seine Leiste, die steinhart ist.

Meine Finger wagen sich weiter vor und umschlingen sanft seine Länge über den Shorts. Er stöhnt, und ich erstarre in seinen Armen, als er sich auf den Rücken rollt. Ich verkneife mir ein Kichern und berühre ihn erneut, streiche über den Stoff, und da er nicht aufzuwachen scheint, ziehe ich vorsichtig den Bund seiner Shorts herunter und erschrecke, als sein nackter Penis herausspringt und auf seinen Bauchnabel zeigt. Ich starre einen langen Moment auf seinen schön geäderten Schwanz, und ein flüchtiges Verlangen, ihn mit meinen Lippen zu umschließen, überkommt mich.

Aber ich weiß, wie schlecht das ausgehen kann. So, so schlecht.

Andererseits schläft er. Wenn ich es jemals wieder versuchen wollte, wäre jetzt der richtige Zeitpunkt. Und ehrlich gesagt, wenn ich Sterling damit beeindrucken will, wie sehr ich mich verändert habe, ist es vielleicht keine schlechte Idee zu lernen, wie man einen richtigen Blowjob gibt.

Ich lecke mir über die Lippen und gehe auf die Knie, setze mich auf die Fersen und streiche mir die Haare hinter die Ohren, als würde ich mich auf eine Prüfung vorbereiten. Ich greife nach unten, nehme seine Erektion in die Hand und schaue in sein Gesicht, um zu sehen, ob er die Augen öffnet. Als das nicht der Fall ist, senke ich meinen Kopf und drücke meine Lippen sanft auf die Spitze seines Schwanzes.

Ich fahre mit meiner Zunge über die weiche Haut seines Schafts, von der Wurzel bis zur Spitze. Sam bewegt sich plötzlich und stößt ein tiefes, schroffes Stöhnen aus. Ich schaue auf, und er scheint immer noch wie tot zu sein, aber sein Penis ist definitiv lebendig. Lebendig und pochend.

Ich öffne den Mund und nehme ihn so weit wie möglich in meine Kehle auf. Als ich mich zurückziehe, ist das Sauggeräusch laut im Raum, aber es ermutigt mich nur noch mehr, also öffne ich den Mund und tue es noch einmal, genieße das Gefühl seines glitschigen Schwanzes auf meiner Zunge. Mein eifriger Rhythmus führt dazu, dass mir die Haare ins Gesicht fallen, und plötzlich sind Hände in meinem Haar. Ich schaue auf und sehe Sams amüsierte Augen auf mich gerichtet, während er mein Haar sanft zu einem Pferdeschwanz zusammenfasst und es für mich zurückhält.

„Morgen", sagt er mit einem trägen Lächeln.

Ich zucke zusammen, als ich auf frischer Tat ertappt werde, und wische mir über die Unterlippe, bevor ich mich aufsetze und dümmlich antworte: „Ähm …, Morgen."

Sein Lächeln wird breiter. „Das Frühstück ist heute Selbstbedienung?"

Vor Scham schlage ich mir die Hände vors Gesicht. Gegen meine Handflächen murmelnd, antworte ich: „Ich habe eine Theorie getestet …, für die Wissenschaft."

Sam stützt sich auf seine Ellbogen, seine Augen leuchten

vor Belustigung, als er auf meinen nackten Körper hinunterblickt. „Die wäre?"

Ich zucke mit den Schultern. „Ich … wollte nur sehen, ob es so gut ist wie gestern Abend."

Er nickt nachdenklich, legt sich zurück und legt eine Hand unter den Kopf, während er an die Decke starrt: „Also bitte, lass dich nicht von mir bei einem wissenschaftlichen Experiment stören. Tu so, als wäre ich gar nicht hier."

Ich lache über diese Antwort, schaue dann aber wieder auf seinen pochenden Schwanz hinunter. „Okay, ich werde es versuchen, aber beweg dich nicht zu viel."

„Geht klar, Sparky." Er zwinkert mir zu, und das ist so süß, dass ich mich mutig genug fühle, es noch einmal zu versuchen.

Mit einem kleinen Grinsen beuge ich mich hinunter und nehme ihn wieder in den Mund, diesmal wesentlich weniger sanft, da ich keine Angst mehr habe, ihn zu wecken. Ich bearbeite ihn mit schnellen Bewegungen, und die Geräusche im Zimmer sind so laut, dass es mir peinlich wäre, wenn er nicht zustimmend stöhnte. Sam macht wieder diese Sache mit meinen Haaren, aber diesmal fährt seine andere Hand mit langsamen, sanften Bewegungen meine Wirbelsäule auf und ab. Es fühlt sich irgendwie wunderbar an.

Sein Schwanz fühlt sich in meinem Mund plötzlich noch härter an, und bevor ich ihn zum Höhepunkt bringen kann, packt er mich unter den Armen und zieht mich von seinem Schwanz weg. „Was machst du da?", frage ich und starre zu ihm hinunter, während er nach einem Kondom auf dem Nachttisch greift.

„Ich komme nicht in deiner Kehle, Maggie", sagt er mit erregter Stimme, während er das Kondom mit Rekordgeschwindigkeit überzieht.

„Warum denn nicht? Ich dachte, das wäre für die Wissenschaft!"

Er schüttelt den Kopf. „Kleine Schritte, okay? Im Moment brenne ich darauf, dass du meinen Schwanz reitest."

Na ja, okay. Eilig werfe ich ein Bein über seinen Unterleib und positioniere seine Spitze an meinem Schlitz. „Wie ist das?", frage ich, während ich mich auf ihn sinken lasse.

Sein Kopf fällt zurück ins Kissen, und er stöhnt tief. „Oh, verdammt, ja, genau so."

Ich stütze mich mit den Händen auf seiner Brust ab und lasse die Hüften über ihm kreisen, spüre seinen ganzen Körper hart und fest unter meinem. Er greift nach oben, um meine Brüste zu umfassen, und starrt mir direkt in die Augen, während er sie mit seinen rauen Handflächen bearbeitet und meine Nippel zwischen seinen Fingern und Daumen rollt. Die Reizüberflutung lässt mich schreien und mein Körper bewegt sich schneller auf ihm.

Sam setzt sich auf und streift mit seinen Lippen die meinen. Zuerst ist es eine sanfte Liebkosung, aber ich ziehe sein Gesicht zu mir herunter, um etwas Tieferes, etwas mehr zu erreichen. Ein Gefühl der Freude steigt in mir auf, als ich an seiner Zunge sauge und mich weiter bewege. Sam stützt sich auf dem Bett ab und stößt so perfekt in mich hinein, dass mein Orgasmus schnell und heftig kommt.

Bald vergesse ich, wo ich bin oder was ich eigentlich herausfinden wollte, und verliere mich im Delirium des Höhepunkts, der wie Wunderkerzen in all meinen Gliedmaßen explodiert. Sams kehliges Stöhnen ist tief und feucht in meinem Ohr, als er sich auf das Bett zurückfallen lässt und versucht, zu Atem zu kommen.

Ich gleite von ihm herunter, lege mich zurück auf seinen Arm und starre mit ihm an die Decke. „Hast du herausgefunden, was du herausfinden wolltest ..., für die Wissenschaft, meine ich?", fragt er mit rauer Stimme.

Ich nicke langsam, während mir diese neuen Informationen durch den Kopf gehen. „Ich fürchte, das habe ich."

„Und wie lautet deine Schlussfolgerung?", fragt er, zieht das Kondom ab und verknotet es wie ein Profi, bevor er es in ein Taschentuch wirft.

Ich atme schwer aus und ziehe das Laken über meine Brust, bevor ich mich auf die Seite zu ihm drehe. Er tut es mir gleich.

Ich zupfe am Rand des Lakens, als ich sage: „Ich wollte sehen, ob der Sex mit dir heute Morgen anders ist als gestern Abend."

„Inwiefern anders?", fragt er und schiebt seinen Finger unter mein Kinn, sodass ich gezwungen bin, ihn anzuschauen.

Ich ziehe kapitulierend die Augenbrauen hoch. „Weniger unglaublich."

Daraufhin runzelt er die Stirn. „Warum solltest du wollen, dass es weniger unglaublich ist?"

„Es ist nur …, wenn ich es mit dem vergleiche, was ich bisher hatte, denke ich, dass ich vielleicht etwas verpasst habe."

Sam zeigt wieder dieses bezaubernde, schüchterne Lächeln, bei dem ich ihm am liebsten auf dem ganzen Gesicht küssen würde. Nur dass es dieses Mal etwas selbstgefälliger ist als sonst. Ich verdrehe die Augen und rutsche auf die andere Seite des Bettes.

„Was?", ruft er aus und kommt mir nach. „Ich kann nicht anders, als ein wenig arrogant zu sein. Du bist wahnsinnig in diesen Quarterback verliebt, und du hast mir gerade gesagt, dass Sex mit mir besser ist als mit ihm."

„So hab ich das nicht gesagt!", rufe ich, und mein Körper versteift sich vor Verärgerung. „Würdest du einfach die Klappe halten? Ich glaube nicht, dass wir darüber reden müssen, in Ordnung?"

„Okay, okay", sagt er, aber dann kommt er näher und flüstert mir ins Ohr. „Aber ich denke, es wäre eine gute Idee, wenn wir noch ein paar Experimente unter der Dusche machen würden …, zum Wohle der Wissenschaft."

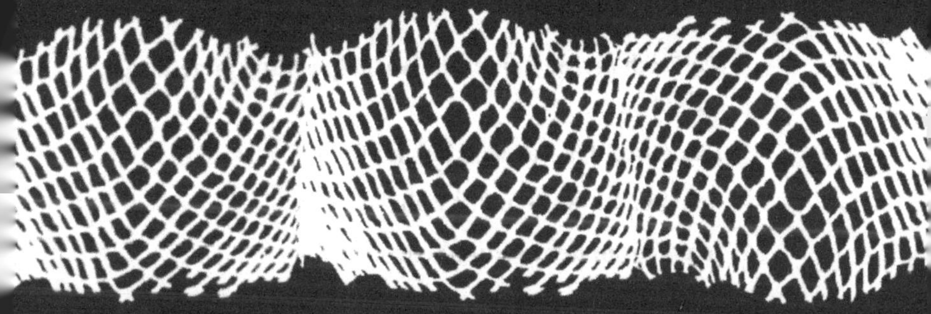

KAPITEL 14

Ich bin ein Mann weniger Worte –
lass uns angeln gehen

Sam

Sparky: Geht es nur mir so, oder ist diese Woche verdammt langweilig?

Ich greife nach meinem Handy und gehe von der Theke des Tire Depot zu den ausgestellten Chromfelgen, bevor ich antworte.

Ich: Es geht nicht nur dir so.

Sparky: Ich muss ständig an dieses Wochenende denken.

Ich: Ich auch.

Sparky: Und ich denke nicht an das Snowboarden.

Das Lächeln in meinem Gesicht ist peinlich.

Ich: Worüber denkst du nach? So genau.

Sparky: Dass du mir von der Toilette helfen musstest,

weil sich meine Beine wie Wackelpudding angefühlt haben.

Ich: Gott, das war wirklich heiß.

Sparky: Ich weiß, nicht wahr?

Ich: Woran denkst du noch?

Sparky: Versuchst du gerade, mich zum Sexting mit dir zu überreden?

Ich: Sparky, ich bin ein Gentleman. Das würde ich nie tun. Was hast du an?

Sparky: Das ist Sexting! Du bist gerade bei der Arbeit, perverser alter Mann.

Ich: Das ist kein Sexting. Es ist für die Wissenschaft.

Sparky: Welche Art von Wissenschaft?

Ich: Ich versuche herauszufinden, ob ich Hellseher bin oder nicht. Ich glaube, du trägst den pinkfarbenen BH, den du bei unserem Kennenlernen unter dem Schneeanzug anhattest. Und ich glaube, das ist alles, was du trägst.

Sparky: Du liegst so falsch, dass es schon komisch ist.

Ich: Wenn du mir sagst, dass du einen Oma-Schlüpfer trägst, werde ich trotzdem erregt sein.

Sparky: OMG, das sollte dir peinlich sein.

Ich: Und doch … ist es das nicht.

Es gibt eine kurze Pause.

Sparky: Was hast du an?

Ich: Da ist mein Hitzkopf vom Wochenende.

Sparky: Ich sage dir meins, wenn du mir deins sagst. ☺

„Sammy, kommst du bitte rein?", brüllt Onkel Terry so laut aus dem Büro, dass mir das Herz in die Kehle springt.

Ich schicke Maggie eine kurze SMS, dass ich losmuss, und mache mich auf den Weg in sein Büro, wobei ich mich wie ein Kind fühle, das gerade mit der Hand in der Keksdose erwischt wurde.

Als ich durch die Tür trete, sehe ich mich um und stelle fest, dass das Büro ganz anders aussieht als heute Morgen. „Wo sind denn deine ganzen Sachen?", frage ich und werfe einen Blick auf die leeren Wände, die letzte Woche noch vollständig bedeckt waren.

„Setz dich", sagt er und deutet auf einen der Stühle vor ihm.

Obwohl ich tue, was er verlangt, runzle ich die ganze Zeit die Stirn. Ich habe ihm vor zwei Tagen meinen Vorschlag unterbreitet, und seitdem ist er mir gegenüber sehr schweigsam. Aber Onkel Terry war schon immer ein Mann weniger Worte. Manchmal ist es schwer zu glauben, dass er der Bruder meines Vaters ist, denn sie sind zwei völlig unterschiedliche Typen. Wo mein Vater unzuverlässig und impulsiv war, ist Terry standhaft und verantwortungsbewusst. Er mag ein wenig still und verschlossen sein, aber er ist immer für mich da, wenn ich ihn brauche.

„Sammy, ich gehe heute weg." Terry lehnt sich in seinem Stuhl zurück und faltet die Finger über seinem Bauch.

Ich nicke reflexartig. „Das ist kein Problem. Ich kann den Laden abschließen, wenn du früher gehen musst."

Terry lehnt sich über seinen Schreibtisch und schürzt die Lippen. „Nein, ich gehe heute wirklich weg, Sammy. Ich werde den Tag beenden und mich dann auf den Weg machen. Ich werde für eine Weile nicht zurückkommen."

„Was?", frage ich, wobei meine Stimme ansteigt. „Wovon sprichst du? Wir sollten doch die nächsten sechs Monate zusammen haben."

Er schüttelt den Kopf. „Ich habe deinen Geschäftsvorschlag

mit meinem Finanzberater besprochen, und wir sind beide sehr beeindruckt. Er ist gut durchdacht, mit Eventualitäten und Optionen zur Problemlösung. Er ist so großartig, dass ich mein Tire-Depot-Geld, das du mir seit Jahren zahlst, nehme und einer der stillen Investoren werde, die du brauchst, damit es funktioniert."

„Willst du mich verarschen?", frage ich, stehe auf und fahre mir mit den Fingern durchs Haar. „Veräppelst du mich, Terry?"

Er schüttelt den Kopf. „Nicht, wenn es ums Geschäft geht, Sammy. Diese Idee, zu erweitern und Miles' Wissen über Oldtimer zu nutzen, wird unglaublich sein. Ich kann es kaum erwarten, zu sehen, wie das alles zusammenkommt."

Ich lächle breit, setze mich wieder hin und atme tief durch. „Aber warum gehst du dann heute? Dieser Vorschlag ist ein Fünfjahresplan."

„Du brauchst mich nicht mehr, Sammy." Er zuckt mit den Schultern, sein Blick ist stolz und väterlich. „Der Schüler hat den Lehrer in jeder verdammten Hinsicht übertroffen. Verdammt, du hast den Laden doch schon das letzte Jahr über geführt. Du brauchst keinen alten Knacker, der dich zurückhält."

„Du hältst mich nicht zurück, Terry", stelle ich fest und ziehe die Stirn in Falten, während ich mich vorbeuge und direkten Augenkontakt herstelle. „Du hältst mich aufrecht."

Seine Augen glänzen feucht, und mit einem schroffen, kehligen Laut presst er seine Hände auf den Schreibtisch und steht auf, um zu mir zu kommen. Ich stelle mich ihm entgegen, und er umschließt mein Gesicht mit festem Griff, seine Augen sind ernst, als er sagt: „Du hältst dich selbst aufrecht, Sammy, und du hältst alle um dich herum aufrecht."

Ich schüttle den Kopf und meine Stimme ist voller Emotionen. „Was ist, wenn ich nicht für deinen Weggang bereit bin?"

Er atmet durch die Nase aus und tätschelt meine Wange. „Ich verlasse dich nicht für immer, Kumpel, in Ordnung? Ich bin nur einen Anruf entfernt, und wenn ich zurückkommen muss, lasse ich alles stehen und liegen und komme. Du weißt, dass ich das tun werde.“

Ich nicke und schaue zu Boden, unfähig, ihm in die Augen zu sehen, denn ich bin überwältigt von dem, was aus diesem Tag geworden ist. Ich freue mich, dass es endlich so weit ist, aber es ist das Ende einer Ära mit meinem Onkel, der mir sehr ans Herz gewachsen ist.

„Du verstehst mich doch, oder?“, murmelt er und senkt den Kopf, um meine niedergeschlagenen Augen zu sehen. „Ich werde dich nicht verlassen. Du bist meine Familie – und daran wird sich nichts ändern.“

Er fixiert mich mit einem Blick, der so viele Dinge ausdrückt, über die wir selten sprechen. Dinge über meinen eigenen Vater und alles, was in der Vergangenheit passiert ist. „Ich verstehe, Onkel Terry.“

„Ich bin nicht dein Vater“, erklärt er und schockiert mich damit, ihn in diesem Moment überhaupt zu erwähnen. „Aber du sollst wissen, dass ich verdammt stolz auf dich bin.“

Ich atme tief ein und aus, bevor ich ihm eine Antwort gebe. „Danke, Terry. Ganz ehrlich. Durch dich habe ich ausgesorgt, und das werde ich nie vergessen.“

„Blödsinn. Das hast du selbst geschafft.“ Er zieht mich in eine Umarmung mit Schulterklopfen, und als es zu emotional wird, lässt er mich mit einem Schubs los und macht sich auf den Weg aus dem Büro. „Du solltest dir den Rest des Tages freinehmen, denn dieses Büro gehört ab morgen dir, und Chefs haben selten einen Tag frei.“

Mit diesen Abschiedsworten geht er hinaus und schließt die Tür hinter sich. Ich drehe mich im Kreis und betrachte den Raum. Es ist nichts Besonderes. Abgeplatzte Rigipsplatten, die dringend einen neuen Anstrich brauchen. Ein billiger Schreibtisch mit Furnierplatte, der schon bessere Tage gesehen hat, und ein altes Sofa und ein Couchtisch, die seit den

Neunzigern nicht mehr ersetzt wurden. Es ist verdammt schlicht.

Und es gehört alles mir.

Ich strecke die Fäuste in die Luft und führe einen wirklich unmännlichen Siegestanz auf, denn verdammt noch mal, ich mache das wirklich. Ich verwandle Tire Depot in Miles' und meinen Traumjob. Ich werde für den Rest meines Lebens mit meinem besten Freund zusammenarbeiten. Es schien immer ein Wunschtraum zu sein, all das zu tun, und jetzt ist es Realität.

Als ich mich ein drittes Mal drehe, lassen mich blassblaue Augen innehalten. „Scheiße, Maggie, was machst du denn hier?", stottere ich und bewege unbeholfen die Hände, um eine männlichere Position zu finden, die nicht an Jazzhände erinnert.

Maggies Augen leuchten vor Belustigung, während sie sich eine Tüte an die Brust drückt. „Tut mir leid, die Jungs haben gesagt, ich könnte nach hinten gehen. Ich hätte mir denken sollen, dass du beschäftigt bist, als du sagtest, du müsstest gehen." Sie beißt sich auf die Lippe, um sich das Lachen zu verkneifen, und ich möchte am liebsten sterben.

Ich fasse mir in den Nacken und spanne meinen Bizeps auf die bescheuertste Art und Weise an, aber das ist alles, was mir in meiner Demütigung einfällt. „Das ist nicht das, wonach es aussieht."

Sie kommt herein und versucht nicht einmal mehr, ihr Lächeln zu verbergen. „Es sah so aus, als würdest du hier drin ganz allein tanzen."

Ich blinzle sie schnell an. „Ich schätze, es ist genau das, wonach es aussieht." Ich verdrehe die Augen und deute auf die Tür. „Ich habe gerade eine wirklich aufregende Nachricht bekommen, und ich schätze, ich bin deswegen ausgeflippt."

„Welche Nachricht?", fragt sie, schließt die Tür und schenkt mir ihre ungeteilte Aufmerksamkeit.

„Mein Onkel hat mir Tire Depot im Grunde einfach überlassen."

„Wow!", ruft sie aus, klemmt sich die kleine Papiertüte unter den Arm und kommt zu mir, um mich zu umarmen. „Glückwunsch, Sam. Das ist so aufregend!"

Ich atme ihren blumigen Duft ein, während sich ihre freie Hand um meinen Hals legt. Sie fühlt sich in meinen Armen heute genauso gut an wie am Wochenende, als ich sie in der Dusche gehalten habe. Außerdem hat sie mir immer noch nicht gesagt, was sie anhat.

Ich ziehe mich zurück und lächle unbeholfen. „Ich meine, er hat es mir nicht einfach gegeben. Ich habe ihn ausgekauft. Und es ist nur ein Reifenladen, aber es ist aufregend. Ich habe lange darauf hingearbeitet."

„Es ist nicht nur ein Reifenladen", erwidert sie und gibt mir einen spielerischen Schubs. „Es ist Tire Depot, die Heimat der berühmten erotischen Liebesromanautorin Mercedes Lee Loveletter!"

Als sie Kates Pseudonym benutzt, werfe ich lachend den Kopf in den Nacken. „Verdammt richtig. Ich hatte vergessen, dass wir in der Welt der Liebesromanleser eigentlich berühmt sind."

„Eure Kekse und euer hervorragender Service sind berühmt", antwortet Maggie, wippt mit dem Kopf hin und her und führt ihren eigenen kleinen Siegestanz auf, der mich zum Lachen bringt.

„Was machst du eigentlich hier?", frage ich und lasse sie aus meinen Armen los. „Bist du gekommen, um mir persönlich zu sagen, was du anhast?"

Maggies Wangen erröten, als sie eine Tüte hochhält. „Ich stand gerade in der Schlange für Sandwiches, als du mir eine SMS geschickt hast. Es ist ein paar Tage her, dass ich dich gesehen habe, und da es mir jetzt *besser geht*", sagt sie mit Anführungszeichen, „habe ich beschlossen, dir etwas zu essen zu bringen, als Dankeschön dafür, dass du dich dieses Wochenende so gut um mich gekümmert hast."

Sie zeigt mir das Logo auf der Seite der Yellow Deli-Sandwichtüte, und ich hebe anerkennend die Brauen. „Hey, ich bin einfach froh, dass es dir besser geht", erwidere ich mit einem spielerischen Wackeln der Augenbrauen. „Es war eine Menge Arbeit, mich um dich zu kümmern."

„Vielen Dank für deine Aufopferung." Sie kichert und reckt ihr Kinn mit einem so bezaubernden Lächeln in die Höhe, dass ich nicht anders kann, als den Kopf zu senken und sie zu kosten. Meine Zunge fühlt sich an, als würde sie mit einem Muskelgedächtnis arbeiten, als sie sofort an ihren Lippen vorbeigleitet und sich mit ihrer duelliert, um sie in sexy, ungehinderten Bewegungen zu massieren. Die Sandwichtüte wird zwischen uns zerquetscht, während meine Hände um ihre Taille gleiten und ihren Körper fest an den meinen ziehen. Sie stöhnt zustimmend, und ich würde lügen, wenn ich nicht zugäbe, dass ich darüber nachdenke, wie einfach es wäre, sie hier und jetzt auf diesem leeren Schreibtisch zu ficken und mit meinen eigenen verdammten Augen herauszufinden, welche Farbe der BH hat, den sie trägt.

Plötzlich dröhnt eine vertraute Stimme durch den Flur. „Sam, du Dreckskerl!"

Maggie und ich springen auseinander wie zwei Teenager, die von ihren Eltern ertappt wurden, als Miles mit einem breiten, dämlichen Grinsen durch die Tür stürmt. Sein Blick fällt auf Maggie, und dann legt er verwirrt die Stirn in Falten. „Meg, was machst du hier?"

Maggie fallen fast die Augen aus dem Kopf, als sie herbeieilt und ihrem Bruder die Tüte in die ahnungslosen Hände drückt. „Ich habe euch Sandwiches mitgebracht."

„Wirklich? Klasse!" Miles nimmt die Tasche und geht an Maggie vorbei zu dem leeren Stuhl vor meinem Schreibtisch. Ich begebe mich diskret auf die andere Seite, um die Situation zu verbergen, die sich zufällig ergeben hat, während Maggie und ich uns geküsst haben.

Maggie greift nach dem Türknauf und erklärt knapp: „Das war ein Dankeschön dafür, dass Sam mir dieses Wochenende Suppe gebracht hat." Ihre Stimme klingt wie ein verdammter Roboter, und ich versuche, sie anzulächeln, damit sie sich ein wenig entspannt.

„Ach, Megs, das ist aber nett von dir!", antwortet Miles mit einem herzlichen Daumen nach oben. „Aber das hättest du wirklich nicht tun müssen. Ich habe gerade herausgefunden, dass dieser Wichser jetzt mein offizieller Chef ist, also kann er es sich leisten, sein verdammtes Mittagessen selbst zu kaufen."

Ich sehe meinen vermeintlich besten Freund mit zusammengekniffenen Augen an. „Da ich jetzt dein Chef bin, heißt das, dass ich mir aussuchen darf, welches Sandwich ich will?" Mein Ton ist trocken, denn im Hinterkopf denke ich darüber nach, wie viel lieber ich dieses Essen mit Maggie statt mit ihrem Bruder essen würde.

„Auf keinen Fall, Mann", antwortet Miles mit einem Augenzwinkern und beginnt, in der Tüte zu wühlen. „Aber das heißt nicht, dass wir morgen Abend nicht feiern, wenn du deinen ersten offiziellen Tag hinter dir hast!"

„Ja? Woran hast du gedacht?", frage ich und reibe mir unbeholfen den Nacken, denn ich habe mir schon die ganze Woche überlegt, wie ich Maggie sehen könnte.

„Du, ich, Kate und Megs. Pearl Street-Kneipentour. Wir müssen diesen bedeutenden Erfolg für dich feiern."

„Klingt lustig!", ruft Maggie aus und winkt dann verlegen in unsere Richtung. „Ich gehe jetzt besser. Wir sehen uns morgen, Sam!"

„Danke für das Sandwich, Maggie", sage ich und schaue ihr wehmütig auf den Hintern, als sie weggeht.

Als ich meinen besten Freund vor mir sehe, der buchstäblich Senf am Kinn hat, verzieht sich mein Ständer von vorhin in seiner Niederlage. Wir essen unsere Sandwiches und schmieden Pläne für den nächsten Abend, aber sobald Miles mein

Büro verlässt, wird mir klar, dass ich nicht bis morgen warten kann, um Maggie zu sehen. Ich krame mein Handy hervor und schreibe ihr eine SMS.

Ich: Hast du deinen Schneeanzug dabei?

Sparky: Ist das mehr Sexting? Denn ich muss sagen, ich glaube, du bist schlecht darin.

Ich: Keine schmutzigen Gedanken, Sparky. Beantworte die Frage.

Sparky: Ja, der Schneeanzug ist in meinem Kofferraum … Warum?

Ich: Ich nehme mir den Nachmittag frei. Wir treffen uns in zwanzig Minuten im Marv's.

Ein breites Lächeln klebt auf meinem Gesicht, als ich mich auf den Weg zum Marv's mache, was, wenn man meine aktuellen Glücksgefühle bedenkt, auch Disney World sein könnte. Aber verdammt noch mal, heute war ein großartiger Tag, und ich will ihn genießen. Ich übernehme Tire Depot, meine Expansionspläne mit Miles an meiner Seite schreiten voran, und ich habe einen seltenen freien Donnerstagnachmittag, um Eisfischen zu gehen. Das Leben ist verdammt gut.

Als ich Marv's Bait and Tackle betrete, ist Maggie bereits drinnen, in ihrem entzückenden rot-weißen Schneeanzug und über ein Becken mit kleinen Fischen gebeugt, während sie Marv völlig in den Bann zieht. Ehrlich gesagt, wusste ich nicht einmal, dass Marv lachen kann. Ich dachte, sein Gesicht wäre in einem permanenten faltigen Stirnrunzeln gefangen, aber wenn Maggie ihm ein Ohr abschwatzt, sieht das ganz anders aus.

Als ich auf sie zugehe, denke ich an das erste Mal, als ich sie hier sah, und wie deplatziert sie damals wirkte. Jetzt sieht sie aus wie einer der Jungs …, aber mit einem wirklich heißen Arsch und sexy langen dunklen Haaren, die aus ihrer Mütze herausragen.

Als ich mich neben Maggie stelle, brüllt Marv förmlich vor Lachen. Es ist ein seltsames Raucherglucksen, das mich darüber nachdenken lässt, wie viele Jahre ihm auf dieser Erde noch bleiben.

„Du sagst, sie sind mit euren Klamotten abgehauen?“, stottert er und hustet ein feuchtes Geräusch aus seiner Kehle, das sein Lachen begleitet.

„Das sind sie! Wir mussten den ganzen Weg zurück in unsere Hütte rennen, und zwar nackt!“, ruft Maggie aus und dreht sich dann zu mir um. „Hi, Sam! Ich habe Marv gerade von unserem lustigen Wochenende erzählt.“

„Oh, ich bin froh, dass du ihm nur die guten Sachen erzählst“, sage ich trocken und kneife die Augen zusammen.

Maggie presst die Lippen zusammen. „Nun, ich könnte ihm stattdessen von deiner großen Rute erzählen?“

„Das reicht für heute, Sparky!“ Ich lege meinen Arm um ihren Kopf, sodass ich ihren Mund mit meiner Handfläche bedecken kann. Ich lehne mich über den Tresen und sage beiläufig: „Rede mit mir, Marv. Wo angeln wir heute, und welcher Köder wird deiner Meinung nach Erfolg bringen?“

Marv macht sich an die Arbeit und hilft mir, aber ich schwöre, seine Augen funkeln, als er ein paar kleine Fische in eine Wanne schöpft und sie Maggie übergibt. Wenige Minuten später sitzen Maggie und ich in meinem Pick-up und fahren zu einem abgelegenen Ort namens Fawn Lake.

„Diesmal kein Schneemobil?“, fragt sie vom Beifahrersitz aus, während sie den Sicherheitsgurt anlegt.

„Nein, ich wollte keine Zeit damit verschwenden, erst den ganzen Weg nach Hause zu fahren.“

Sie schüttelt traurig den Kopf. „Das ist schade. Ich dachte, du würdest mich dieses Mal vielleicht fahren lassen.“

„Ach ja?“ Ich werfe ihr einen verschmitzten Seitenblick zu. „Wolltest du damit ein Foto für deinen Ex machen oder nur zum

Spaß?" Die letzte Frage habe ich unüberlegt ausgesprochen und wünsche mir sofort, ich könnte sie zurücknehmen.

Warum erwähne ich dieses Arschloch überhaupt? Er sollte mir scheißegal sein, weil Maggie und ich nicht von Dauer sind. Ja, ich mache etwas anderes mit ihr, als ich es je mit einem Mädchen gemacht habe, aber das ändert nichts an der Tatsache, dass wir vorübergehend sind. Wie ein Fangen und Freilassen.

Sie runzelt die Stirn, und ich denke, dass meine Bemerkung ihre Gefühle verletzt haben könnte, als sie sich umdreht und aus dem Fenster schaut. „Nicht alles dreht sich um Sterling."

Ich habe ein schlechtes Gewissen, weil ich unsere gute Laune zerstöre, also greife ich nach ihr und drücke spielerisch ihren Oberschenkel. „Ich glaube, Marv hat vielleicht ein Schneemobil. Wenn du ihn weiter so um den Finger wickelst, würde er sicher eine Runde mit dir drehen."

„Vielleicht werde ich das", zwitschert sie und streckt mir die Zunge entgegen. „Wenn ich mit ihm befreundet bin, brauche ich dich nicht mehr, das ist sicher."

Ich lache über diese Antwort. „Ich weiß zwar, dass er ein besserer Angler ist, aber ich fürchte, ich kann nicht über seine große Rute berichten."

Sie kichert, und die Stimmung ist sofort wieder locker und lustig. Ein paar Minuten später fahren wir am See vor und bauen die Angelhütte auf. Maggie erinnert sich noch an viele der Aufbauanweisungen von den letzten beiden Malen, sodass es wirklich reibungslos klappt. Sobald wir drinnen sind, heize ich den Gasofen an, bevor ich Maggie beim Anbringen der Köder helfe.

Eine angenehme Stille legt sich über uns, während wir unsere Angeln in den gebohrten Löchern auswerfen, und ich muss daran denken, wie einfach es ist, mit Maggie zu angeln. All die Jahre habe ich nie eine andere Person zum Eisfischen mitgenommen, weil ich so viele Erinnerungen an meinen Vater hatte. Aber dann ist Maggie in mein Leben getreten, und jetzt fühlt sich alles anders an. Weniger bedrohlich und schwer. Leichter und heller sogar. Wäre sie nicht gewesen, wäre ich wahrscheinlich immer noch ein einsamer Angler hier draußen, der über den Scheiß aus seiner Vergangenheit nachdenkt, der nichts über seine Zukunft aussagt.

„Bist du also bereit, morgen der echte Boss zu sein?", fragt Maggie und bricht unser Schweigen, während sie auf den Videomonitor hinunterblickt, der das Wasser unter uns zeigt.

Ich zucke abweisend mit den Schultern. „Mein Onkel Terry scheint zu glauben, dass ich bereit bin, also nehme ich es an."

„Stehst du deinem Onkel sehr nahe?", fragt sie und schaut mich mit großen, neugierigen Augen an.

„Ja, wir stehen uns nahe", antworte ich und muss sofort daran denken, wie er mir als Teenager geholfen hat. „Ich habe schon immer für ihn gearbeitet. Ehrlich gesagt, wenn er nicht gewesen wäre, hätte ich wahrscheinlich einen ganz anderen Weg in meinem Leben eingeschlagen."

„Wie das?", fragt Maggie, die mich immer noch nachdenklich beobachtet.

Ich atme schwer aus, weil diese schlichte Frage so geladen ist. Aber irgendwie scheint es nicht so anstrengend zu sein, sie mit Maggie zu teilen, wie es mit jemand anderem der Fall ist, also räuspere ich mich und antworte. „Als ich in der High-School war, habe ich mich oft geprügelt, und meine Mutter wusste nie so recht, was sie mit mir machen sollte. Mit den Mädchen konnte sie gut umgehen, aber ich habe sie immer nur zum Weinen gebracht. Ich hatte ein schlechtes Gewissen, weil ich sie im Stich gelassen hatte, aber am nächsten Tag sagte jemand etwas und brachte mich wieder auf die Palme." Ich schlucke den Kloß hinunter, der sich bei dieser Erinnerung in meinem Hals bildet. „Aber dann kam Onkel Terry ins Spiel und half mir, wieder auf die richtige Bahn zu kommen. Er stellte mich ein, um nach der Schule bei Tire Depot zu arbeiten, und er hängte diesen Boxsack in der Werkstatt auf und brachte mir bei, wie ich meine Aggressionen dort ausboxen kann, anstatt sie an irgendeinem Arschloch auszulassen.“

Maggie kichert leise. „Das scheint weise zu sein … und erklärt auch, warum der Typ bei Marv am ersten Tag so hart zu Boden gegangen ist.“

Ich zucke bei dieser Erinnerung zusammen. „Ja, das war das erste Mal seit Jahren, dass ich einen Kerl geschlagen habe, aber das Arschloch hatte es mit diesen widerlichen Bemerkungen verdient. Ich habe nicht einmal ein schlechtes Gewissen, weil es sich wirklich verdammt gut angefühlt hat.“

Sie kichert, und ich kann nicht anders, als mitzulachen. „Aber als Kind brauchte ich einen Ort, an dem ich meine Wut ablassen konnte. Ich war jung und voller Hormone …, immer kurz davor, wegen der dümmsten Sachen auszuflippen.“

„Was glaubst du, warum das so war? Hat es dich verrückt gemacht, drei ältere Schwestern zu haben?“ Sie schaut mich erwartungsvoll an, ohne die geringste Ahnung, wie tiefgründig ihre Frage gerade war.

Um ehrlich zu sein, tun das nicht viele. Nicht einmal Miles. Meine Kindheit ist nichts, was ich mit anderen teile. Aber aus irgendeinem Grund fühlt sich Maggie wie ein sicherer Hafen an. Wie diese seltsame Zwischenperson, die in meiner realen Welt nicht wirklich existiert, weil alles, was wir zusammen tun, ein Geheimnis ist. Und wenn ich in ihre blauen Augen blicke, sehe ich etwas, das in mir den Wunsch auslöst, mich mitzuteilen. Etwas Tiefes und Bedeutungsvolles. Etwas nicht Zwangloses.

Ich räuspere mich und starre auf meine Hände, die fest um meine Angelrute liegen. „Ich glaube, ich habe es dir noch nie erzählt, aber mein Vater hat mir das Eisfischen beigebracht.“

Maggie legt den Kopf schief, neugierig über meinen Richtungswechsel. „Oh, das ist cool. Du hast deinen Vater noch nie erwähnt.“

Ich schlucke langsam, als ein alter Schmerz in meiner Brust aufsteigt. Es fühlt sich an wie ein schwerer Stiefel, der auf mich drückt und den ich am liebsten von meinem Körper schieben würde. „Ja …, das war so ziemlich das einzig Coole, was er je mit mir gemacht hat."

Maggie nimmt diese Aussage ein paar Sekunden lang auf, bevor sie fragt: „Wo wohnt er?"

„Scheiße, wer weiß das schon", antworte ich mit einem selbstironischen Brummen. Ich strecke meine Beine um das Eisloch herum aus und schüttle den Kopf. „Er hat uns sitzen lassen, als ich vierzehn war. Er hat psychische Probleme, und …, na ja, meine Kindheit mit ihm war nicht einfach."

Maggie rückt näher und mustert mich mit einer Ernsthaftigkeit, die mich unruhig macht. „Welche Art von psychischen Problemen?"

Vor meinem geistigen Auge tauchen Erinnerungen auf, die mich zusammenzucken lassen, weil ich seit Monaten nicht mehr an meinen Vater gedacht habe. Sogar als meine Mutter mich vor ein paar Wochen fragte, ob ich mit ihm Eisfischen war, ging die Frage durch das eine Ohr rein und durch das andere wieder raus. Aber wenn man die Reaktion eines anderen auf die eigene Wahrheit sieht, kommen all die alten Gefühle zurück, die in einem schlummern.

„Er hat eine bipolare Störung, was kein Problem ist, wenn er sich um sich selbst kümmert, aber er hat oft seine Medikamente abgesetzt und wurde manisch. Das war immer verdammt beängstigend. Angeln war das Einzige, was ihn wieder zur Ruhe kommen ließ. Am meisten aber das Eisfischen. Ich glaube, es liegt daran, dass es abgeschlossen ist, weißt du? Als wir in der Hütte waren, war es, als könnte er endlich zur Ruhe kommen.

Als ich ein Teenager war, fing er an, immer öfter seine Medikamente abzusetzen. Und eines Tages verschwand er einfach. Meine Mutter ließ die Polizei überall nach ihm suchen. Und als sie ihn schließlich fanden, lebte er bei dieser anderen Familie, über die er uns jahrelang belogen hatte."

„Oh, mein Gott", stöhnt Maggie, und ich schaue hinüber,

um den Schmerz in ihrem Gesicht zu sehen. Es ist ein vertrauter Blick. Ich erinnere mich, wie ich ihn als Teenager gesehen habe, als sich in Boulder herumsprach, dass unser Vater uns verlassen hatte.

„Offenbar hatte er eine andere Frau und ein Kind in einer zwei Stunden entfernten Stadt, die nichts von uns oder der Tatsache wussten, dass er bereits verheiratet war. Es war ein Chaos."

„Was für ein Arsch", sagt Maggie und verzog vor Verachtung die Oberlippe.

Ich nicke zustimmend, denn es ist wahr. Ich bin weit davon entfernt, jemals irgendetwas zu verteidigen, was mein Vater getan hat. „Er hat versucht, seine Erkrankung für viele seiner Entscheidungen verantwortlich zu machen, aber auch das war Blödsinn. Er war einfach ein schlechter Mensch. Er hat sogar Geld von Tire Depot gestohlen, das er mit meinem Onkel Terry von Grund auf aufgebaut hat."

Maggie schweigt einen Moment lang, als ihr die Schwere des Geschehens bewusst wird. „Wo ist er jetzt?"

„Immer noch bei dieser anderen Frau", antworte ich achselzuckend. „Das Letzte, was ich gehört habe, ist, dass sie nach Nevada gezogen sind."

„Ihr seht ihn also nie?" Sie sieht so jung und traurig aus, als sie diese Frage stellt. Als könnte sie sich ein Leben mit einem Versager-Vater nicht vorstellen. Und ich bin froh, dass sie es nicht kann. Ich hoffe, sie verliert nie diese Unschuld in ihr. Es erinnert mich daran, dass es noch gute Menschen auf dieser Welt gibt.

„Manchmal, wenn er keine Medikamente mehr nimmt, taucht er auf, sagt, dass er uns vermisst und seine Enkel kennenlernen möchte. Meine Schwestern lehnen ihn ab, und am Ende muss ich ihn immer aus dem Haus meiner Mutter werfen. Es ist ein verdammtes Chaos. Alle hassen ihn, weil er sich für die andere Familie entschieden hat. Ich gebe einen Scheißdreck auf ihn.“

„Das kann ich dir nicht verübeln“, sagt Maggie und holt geistesabwesend ihre Angel ein.

„Mein Onkel ist die Art von Mann, die ich sein möchte. Wenn er mich nicht unter seine Fittiche genommen hätte, wüsste ich nicht, wo ich jetzt wäre. Dank ihm bin ich derjenige, der ich jetzt bin.“

Mir brennen Tränen in den Augen, als ich das Gewicht dieser Aussage erkenne. Wenn ich daran denke, wie mein Onkel so wütend auf seinen eigenen Bruder sein konnte und sich dennoch so um den Sohn seines Bruders gekümmert hat, ist das schon bemerkenswert. Und die Tatsache, dass er mir ein Unternehmen anvertraut, das er zusammen mit meinem Vater gegründet hat, der nicht nur seine Frau und seine Kinder, sondern auch seinen Bruder und seinen Geschäftspartner im Stich gelassen hat … Zwischen uns herrscht ein großes Vertrauen. Ein Vertrauen, das ich nicht als selbstverständlich ansehe.

„Ich kann mir nicht vorstellen, wie man sich als Kind fühlt“, sagt Maggie mit ernster Miene. „An einem Tag mit seinem Vater Eisfischen, und am nächsten Tag ist er für immer weg. Mein Gehirn kann nicht einmal begreifen, wie jemand seine Familie auf diese Weise verlassen kann.“

Ich nicke zustimmend. „Ehrlich gesagt versuche ich gar nicht mehr, das alles zu verstehen. Jetzt, da ich älter bin, bin ich einfach darüber hinweg. Ich weigere mich, jemals wieder jemandem an mich ranzulassen, der mich so tief verletzen kann.“

Ich spüre Maggies Blick auf mir, als sie fragt: „Meinst du, dass du deshalb keine langfristigen Beziehungen eingehst?“

Überrascht über ihren Richtungswechsel zucke ich mit dem Kopf zurück. „Nein“, antworte ich sofort, und sie zieht die Augenbrauen hoch. „Nein“, bestätige ich und atme dann schwer aus, weil ich das Gefühl habe, dass sie versucht, mich zu durchschauen. „Als ich jünger war, hatte ich wirklich Angst, dass ich wie mein Vater bin, also habe ich Beziehungen gemieden wie die Pest. Aber jetzt, da ich älter bin und weiß, dass ich die Störung nicht habe, gefällt mir mein Leben so, wie es ist. Alles, was ich tue, tue ich zu meinen Bedingungen."

Sie schüttelt den Kopf. „Ich weiß nicht, Sam. Wenn mich die letzten Wochen irgendetwas gelehrt haben, dann dass ich jemand Besonderen will, der mir den Köder an den Haken legt, verstehst du?"

„Zum Glück kann ich meinen eigenen Haken beködern", brumme ich und schaue auf unsere Angeln im Wasser hinunter. „Wir sind zwei sehr unterschiedliche Menschen, Sparky."

Sie presst die Lippen aufeinander und zuckt mit den Schultern. „Ich glaube nicht, dass wir das sind. Deine Leidenschaft gilt den Menschen, und das kann weit über die Familie und deine Mitarbeiter hinausgehen." Maggies Augen funkeln, als sie mich anschaut. „Du hast ein großes Herz, Sam, und ich glaube, du wärst überrascht, wie wunderbar es sich anfühlt, es an jemand Außergewöhnlichen zu verschenken."

Ich kann nicht anders, als über ihren Optimismus zu lächeln. Sie sitzt auf dem Hocker, sieht hinreißend aus, hat eine Angel in der Hand und spricht leidenschaftlich über ihre grandiosen Vorstellungen von der Liebe – ein Gespräch, das ich beim Eisfischen sicher noch nie geführt habe.

Doch irgendwie hat sie sich in einen Teil meiner Seele eingeschlichen, den nicht viele Menschen erreicht haben. Die Tatsache, dass ich mich mit ihr treffe, nachdem wir Sex hatten, ist schon sehr aufschlussreich. Aber es ist nicht nur der Sex, der mich zu Maggie zurückführt. Es ist ihr offener Optimismus. Ich glaube, er färbt langsam auf mich ab. Vielleicht sind ihre romantischen Ideale doch nicht so naiv, wie ich einmal dachte. Vielleicht könnte meine Zukunft anders aussehen, wenn ich es wollte.

In den nächsten Stunden wird weniger geredet und mehr geangelt. Ein Fischschwarm taucht auf, und der ganze Nachmittag ist von Fangen und Freilassen geprägt. Gut, dass dieser Ausflug ein Geheimnis ist, denn das ist die Art von Angeltag, die meine Freunde sowieso nicht glauben würden.

Als wir für den Tag erschöpft sind, steigen wir wieder in meinen Pick-up, um uns auf den Weg zurück zum Marv's zu machen. Ich halte inne, bevor ich rückwärts aus meiner Parklücke fahre, denn mir liegt schon den ganzen Nachmittag etwas auf der Zunge, und das könnte das einzige Mal sein, dass ich den Mut habe, es tatsächlich auszusprechen.

„Danke, dass du mich heute begleitet hast", sage ich dummerweise, denn das wollte ich eigentlich nicht sagen.

„Jederzeit!", strahlt sie, und ihr dunkles Haar umrahmt ihr schönes Gesicht wie ein Bild. „Ich habe das Gefühl, dass Eisfischen das einzige Abenteuer ist, bei dem ich nicht versage."

Ich gluckse und fahre mir nervös mit der Hand durch den Bart. „Hör mal …, ähm …, ich habe mit Miles noch nie über meinen Vater gesprochen. Ich meine, er weiß, dass mein Vater unsere Familie für eine andere Familie verlassen hat, aber er weiß nicht, wie es in meinem Kopf aussieht. Wenn wir das also für uns behalten könnten, wäre das toll."

Maggies Augen werden warm vor Zuneigung, als sie meine Hand berührt, die auf der Bank zwischen uns ruht. „Sam, du kannst mir vertrauen."

Ich atme die Last auf meinen Schultern aus. „Ich glaube, ich war heute einfach sentimental. Mein Onkel war mein Fels in der Brandung … und sein Weggang hat einfach alte Erinnerungen wachgerufen."

„Ich verstehe", sagt sie, verschränkt ihre Finger mit meinen und schenkt mir ein sanftes, beruhigendes Lächeln. „Ich fühle mich geehrt, dass du das alles mit mir geteilt hast."

Ich lecke mir über die Lippen, weil ich immer noch nicht sage, was ich sagen will, und mich deshalb wie ein verdammter Schwächling fühle. Stattdessen starre ich auf unsere verschränkten Hände hinunter. Händchenhalten mit einem

Mädchen scheint so einfach und grundlegend zu sein. Wie etwas, das jeder tun kann. Aber der Anblick ihrer zarten Finger, die mit meinen verschränkt sind, fühlt sich wichtig und vielleicht sogar ein wenig außergewöhnlich an. Meine Augen wandern nach oben, um in die von Maggie zu schauen, und etwas wächst in meiner Brust, als sie mich mit so viel Offenheit und Verletzlichkeit anschaut. Es ist überwältigend.

Ich schlucke schwer. „Maggie, mein Vater ist der einzige andere Mensch, mit dem ich je Eisfischen gegangen bin."

„Was meinst du?", fragt sie stirnrunzelnd.

Mein Herz klopft in meiner Brust, als ich antworte: „Ich meine …, ich bin nie wieder mit jemand anderem Eisfischen gegangen, seit er vor siebzehn Jahren gegangen ist. Nicht einmal mit Miles."

Schweigen bricht über uns herein, während sie meine Worte aufnimmt. Ich bin mir nicht einmal sicher, was genau sie bedeuten oder warum ich es ihr unbedingt sagen wollte, aber ich hatte einfach das Gefühl, dass sie es wissen muss. Eisfischen ist so einfach, aber es bedeutet mir sehr viel. Und dass sie mit mir angelt, bedeutet mir auch etwas.

„Warum ich?", fragt sie mit ruhiger Stimme und glänzenden Augen, die sich mit meinen verbinden. Mit einem halbherzigen Lachen fügt sie hinzu: „Weil ich an jenem Tag so bedürftig war?"

Ich starre sie an, mein Körper ist angespannt, als ich antworte. „Ich glaube, in diesem Moment war ich derjenige, der dich brauchte."

Maggies Augenbrauen ziehen sich zusammen, und ich fühle mich plötzlich zu weit von ihr entfernt. Ich rutsche auf den mittleren Platz, näher zu ihr. „Ich habe das Gefühl, dass ich an dem Tag bei Marv etwas in dir gesehen habe, das ich in mir selbst verloren habe, nachdem mein Vater gegangen ist." Ich strecke meine Hand aus und streiche ihr mit dem Fingerrücken über die Wange. „Einen Funken."

Sie lächelt ein kleines, fast unsichtbares Lächeln, aber das

Grübchen in ihren Wangen kommt zum Vorschein und lässt ihr ganzes Gesicht erstrahlen. „Deshalb nennst du mich Sparky."

Ich nicke langsam. „Jahrelang fing ich Prügeleien an, suchte den Nervenkitzel und ging gefährlichen Hobbys nach. Ich war ein Abenteurer, aber ich bin nie wirklich ein Risiko eingegangen." Ich atme tief ein. „Ich bin das Risiko mit dir eingegangen, weil ich diesen Funken, den du hast, zurückhaben will."

Maggie atmet scharf ein, ihr Lächeln verschwindet völlig, als sie meine Wange berührt. „Ich verspreche dir, Sam, dein Funke ist lebendig und wohlauf."

Ich schüttle den Kopf und weigere mich, ihre Worte zu glauben, denn ich weiß, dass ich anders bin. Ich weiß, dass ich verschlossen bin. Ich kann es spüren, wenn ich mit meiner Familie zusammen bin und Miles und Kate beobachte. Sie alle strahlen eine Unschuld aus, die ich in meinem Herzen nicht zulasse.

Maggie setzt sich in Bewegung, schnallt sich ab und kriecht auf meinen Schoß, wobei sie sich mit einem Bein auf beiden Seiten von mir abstützt. Sie streicht mit ihren Händen über mein Gesicht, und ich erwidere ihre Berührung, indem ich mit den Lippen über ihre Handfläche streiche, um die Wärme ihrer Umarmung zu spüren. Um ihre Haut an meinen Lippen zu spüren. Die Berührung jagt mir einen Schauder über den Rücken, und ich schwöre, dass sich mein Herz in der Brust ausdehnt.

„Dein Funke ist genau hier", sagt sie nachdrücklich, bevor sie sich zu mir beugt und mich küsst.

Ihr Kuss ist zunächst sanft – zart und beruhigend –, aber das reicht nicht. Ich möchte sie in diesem Moment verzehren. Ich will ihren Funken kosten und etwas davon für mich selbst stehlen, damit ich immer ein Stück von ihr bei mir haben kann, und zwar lange nach dem Ende unserer verrückten Fahrt.

Ich spreize ihre Lippen mit meiner Zunge und stoße in ihren süßen, sanften Mund, während meine Hände ihren Rücken hinaufgleiten und sie fest an mich drücken. In mir tobt es, weil ich das Gefühl habe, dass ich ihr nicht nahe genug kommen kann, egal, wie sehr ich es versuche. Unsere Münder verschmelzen in perfekter Harmonie miteinander, aber es ist immer noch nicht genug. Ich will sie nackt haben. Ich will, dass dieser Schneeanzug verbrennt und ihr Körper entblößt wird, damit ich ihn verschlingen kann.

Sie zieht sich zurück, um Luft zu holen, und ihre Hände wandern von meinem Gesicht zu dem Reißverschluss auf ihrer Brust, da sie in diesem Moment offensichtlich die gleichen Bedürfnisse hat wie ich. Sie öffnet den Reißverschluss ihres Schneeanzugs und enthüllt denselben pinkfarbenen BH, den sie beim ersten Mal trug, als wir zusammen angeln waren. Ich lächle und bin dankbar, dass ich bis jetzt nicht wusste, dass sie nichts unter dem Anzug trug, sonst hätte ich den ganzen Nachmittag an nichts anderes gedacht.

Es ist alles zu perfekt. Sie ist zu perfekt.

Ich nehme mir einen kurzen Moment Zeit, um aus allen Fenstern zu schauen und mich zu vergewissern, dass wir immer noch das einzige Fahrzeug hier sind. Als die Luft rein ist, vergrabe ich mein Gesicht in ihren Brüsten, reibe mein stoppeliges Kinn an ihrer weichen Haut und verspüre das Verlangen, sie zu markieren, als ich nach hinten greife und ihren BH öffne. Ihr Kichern prallt an den Wänden meines Trucks ab, als ich den anstößigen Stoff loswerde und ihn mit einem Grunzen wegwerfe.

Ich ergreife ihre Hüften und drehe uns so, dass sie auf der Bank unter mir liegt und ihre Beine fest um meine Taille geschlungen sind. Ich drücke ihr einen sanften Kuss auf die Lippen und murmle: „Du weißt, dass das bedeutet, dass ich dir meine große Rute zeigen werde, oder?"

Sie bricht in Gelächter aus, und der Funke in mir kehrt mit aller Macht zurück. Und das alles wegen dieses Mädchens, von dem ich glaube, dass ich mich in sie verlieben könnte.

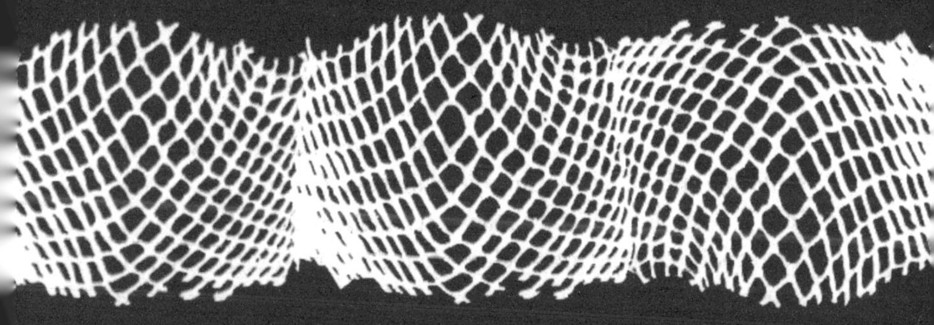

KAPITEL 15

Hier werden große Fischgeschichten erzählt

Maggie

Nachdem ich mit Sam in seinem Pick-up geschlafen habe, denke ich darüber nach, wie es möglich ist, dass der Sex mit ihm jedes Mal außergewöhnlich war. Ich dachte, unser Wochenende war ein Zufall, und es fühlte sich nur gut an, weil es wie Urlaubssex war. Urlaubssex ist immer der beste Sex, weil man im Urlaub ist. Aber dann kehrt man in die reale Welt zurück, und der Sex wird wieder ganz gewöhnlich.

Aber bei Sam war das nicht der Fall.

Was gestern in seinem Pick-up passierte, war *Titanic*-epischer Sex. Wir waren Jack und Rose, beschlugen die Scheiben und beschmierten das beschlagene Glas über eine Stunde lang mit Fingerabdrücken. Ich wusste gar nicht, dass ich zu multiplen Orgasmen fähig bin, geschweige denn zu multiplen Orgasmen im Führerhaus eines Pick-ups.

Der Sex war so fantastisch, dass ich seitdem schmolle, weil ich nur noch daran denken kann, dass diese Orgasmen ein Enddatum haben. Und dann werde ich wahrscheinlich für den

Rest meines Lebens Sex mit Sterling haben. Sterling wird der letzte Schwanz sein, den ich je haben werde!

Ich meine, das ist nicht falsch zu verstehen, er ist nicht schlecht im Bett. Ich komme die Hälfte der Zeit zum Orgasmus. Ihm scheint nur jegliche Kreativität zu fehlen. Seine bevorzugte Technik ist es, bei jeder Gelegenheit den Presslufthammer zu spielen. Sam ist da ganz anders. Er liest meinen Körper und wird schneller und langsamer, wenn es am schönsten ist. Und sein gelegentlicher Dirty Talk schadet auch nicht.

Ich bin gerade dabei, mich für unsere große Kneipentour heute Abend zu schminken, als Kate in mein Zimmer stolziert. Sie mustert mich von Kopf bis Fuß, und ein Grinsen breitet sich auf ihrem Gesicht aus. „Heilige Scheiße, du siehst verdammt heiß aus."

Mir fällt die Kinnlade herunter, und ich schaue schnell an meinem burgunderroten Pulloverkleid und der schwarz karierten Strumpfhose hinunter. „Was? Sehe ich aus, als würde ich mich zu sehr bemühen?"

„Du siehst aus, als würdest du dich für einen Mann anziehen", sagt Kate, wackelt mit den Augenbrauen und lässt sich auf das Bett fallen.

„Nun, ich habe nicht gerade Kleider für einen ganzen Monat eingepackt. Ich hatte eigentlich nicht geplant, so lange in Boulder zu bleiben." Ich schaue mich im Gästezimmer meines Bruders um, das ich im Grunde zu meinem eigenen Zuhause gemacht habe. „Habt ihr es langsam satt, dass ich hier bin?"

Kate schüttelt entschieden den Kopf. „Auf keinen Fall! Du bist ein unkomplizierter Hausgast, und du kochst ... Ich würde dich zur Schwesterfrau nehmen, wenn du nicht mit meinem Freund verwandt wärst, und Inzest ist illegal und so."

Ich erschaudere bei dieser Antwort, aber ich bin überhaupt nicht mehr überrascht von dem verrückten Zeug, das aus Kates Mund kommt. Sie sagt immer etwas Unangemessenes, das meinen

Bruder zum Lächeln bringt, wie ich es noch nie erlebt habe. Ihre Perversität ist auf seltsame Weise herzerwärmend.

„Ja, keine Schwesterfrau für mich, danke. Ich habe Männerprobleme, um die ich mich kümmern muss. Da brauche ich nicht auch noch Frauenprobleme."

Kate setzt sich auf die Knie, ihr gelocktes rotes Haar fällt ihr in Wellen um die Schultern. „Also, komm schon. Ich hatte die ganze Woche über keine Zeit mit dir allein. Wie war das letzte Wochenende? Erzähl mir alles!" Sie tut so, als würde sie Popcorn aus einer Schüssel essen, in Erwartung dessen, was sie für eine epische Geschichte hält.

Sie wird enttäuscht sein. „Ich erzähle dir gar nichts", antworte ich und strecke die Hand aus, um ihre Schüssel mit gespieltem Popcorn auszukippen.

„Warum nicht?", stöhnt sie und wirft mir Körner ins Gesicht. „Es war meine schnelle Auffassungsgabe, die dir sowieso ein Wochenende allein mit Sam Bam Thank You Ma'am beschert hat."

Ich verdrehe die Augen und beiße mir auf die Lippe angesichts dieser sehr treffenden Beschreibung von ihm.

„Oh mein Gott, Meg, du wirst ja rot!", ruft Kate mit großen Augen aus. „Schau dich an! Knallrot! Es muss unglaublich gewesen sein!"

Ich verdrehe die Augen und lasse mich neben ihr auf das Bett fallen. „Es war sehr aufschlussreich."

Kate nickt eifrig. „Ihr habt es also getan."

Ich ziehe eine Grimasse, in dem Wissen, dass ich unter ihrer intensiven Beobachtung völlig zusammenbreche. „Wir haben rumgemacht, ja."

„Und es war fantastisch." Sie quietscht vor Freude und wirft ein Kissen auf mich. „Ich wusste, dass Sam ordentlich bestückt ist. Für einen Rotschopf läuft er viel zu selbstbewusst herum."

Ich runzle die Stirn über diese Bemerkung. „Darf ich dich etwas fragen, Kate?"

„Äh, klar, frag mich alles!" Sie setzt sich im Schneidersitz hin und streicht sich die Haare hinter die Ohren, bereit für meine Fragen.

Ich spiele mit dem Saum meines Kleides, als ich frage: „Okay, also in deiner Vergangenheit … waren manche Kerle einfach viel besser beim Sex als andere?"

„Ein klares Ja", antwortet sie sofort.

Ich sehe sie mit zusammengekniffenen Augen an. „Okay …, gab es eine … Möglichkeit, das in Ordnung zu bringen?"

„Moment, ist Sam schlecht im Bett oder Sterling?", fragt Kate mit einem verwirrten Stirnrunzeln.

Mein Blick geht nach unten, während ich „Sterling" murmle.

„Meine Güte", antwortet Kate und verzieht das Gesicht zu einer Grimasse. „Dein zukünftiger Ehemann? Das ist nicht gut."

„Aber das ist doch kein Hindernis", argumentiere ich mit flehenden Augen. „Sex ist nicht so wichtig. Oder er wird mit der Zeit sicher besser werden. Ich meine, Sam ist älter und erfahrener als Sterling. Das ist doch ein großer Teil davon, oder?"

Kate kaut nachdenklich auf ihrer Lippe, als würde sie versuchen, die richtigen Worte zu finden und nicht einfach das Erste zu sagen, was ihr in den Sinn kommt. „Ich weiß nicht, wie ich es anders ausdrücken soll, Meg, also sage ich es einfach. Beim Sex geht es nicht um Mechanik oder Anweisungen. Es geht nicht darum, mit Übung und Erfahrung besser zu werden. Es geht um die Verbindung."

Ich nicke eifrig. „Ja, Verbindung! Sterling und ich sind so tief verbunden."

Kate schüttelt den Kopf. „Ich rede nicht von Sterling, Babe. Ich habe euch an Heiligabend zusammen gesehen. Ihr wart doch schon seit einigen Monaten zusammen, oder? Aber ich hatte das Gefühl, zwei Fremde vor mir zu haben, nicht zwei Menschen, die nicht die Finger voneinander lassen können. Ehrlich gesagt, denke ich, dass Miles Sterling deshalb so sehr mochte. Der Typ hat null sexuelle Chemie. Er ist wie eine Amöbe oder so. Sind das nicht die einzelligen Tiere, die nur mit sich selbst Sex haben?"

„Kate", stöhne ich und kämme mir frustriert durch die Haare. „Mein Ex-Freund ist keine asexuelle Amöbe."

Kate zuckt mit den Schultern. „Aber wenn der Sex nicht toll ist, würde ich mir Sorgen um eure Verbindung machen."

„Das ergibt keinen Sinn", behaupte ich und spüre, wie mein Blutdruck steigt. „Ich kenne Sam kaum, und wir hatten unglaublichen, umwerfenden Sex."

„Bei einer Beziehung geht es nicht darum, zu wissen, was die Lieblingsfarbe von jemandem ist oder wie er seinen Kaffee trinkt oder wie die gemeinsame Zukunft aussehen wird." Kate ballt ihre Hände zu Fäusten und berührt ihre Brust. „Es geht darum, die Seele der Person zu sehen. Es geht darum, ihre nonverbalen Signale zu erkennen, ihre Laute, ein Gespür dafür zu haben, wer sie sind und was sie brauchen."

Ein Kloß bildet sich in meinem Hals bei der Vorstellung, dass der Sex mit Sterling niemals mit dem Sex mit Sam zu vergleichen sein wird. Und die Tatsache, dass ich mich überhaupt mit Sam eingelassen habe, bedeutet, dass ich Sterling für den Rest meines Lebens immer mit Sam vergleichen werde. Jetzt bin ich in einer noch schwierigeren Lage, als ich es ohnehin schon war!

„Warum hast du mich in Sams Arme gedrängt, Kate?", frage ich und spüre, wie mir die Tränen in die Augen schießen, während sich Panik in mir breit macht.

„Wow, Megan …, ich habe dich nicht gedrängt. Ich dachte nur …, du solltest vielleicht jemand anderem eine Chance geben, so lange du Single bist."

„Aber ich will keinen anderen. Ich will Sterling!" *Oder?* Mir geht durch den Kopf, dass er derjenige ist, mit dem ich zusammen sein soll. Es war Liebe auf den ersten Blick. *Vor der Seltenheit der Liebe auf den ersten Blick läuft man nicht weg!*, schreit mein innerer Schweinehund, während sich meine Angst zu einem totalen Ausraster steigert.

Kates Augen werden groß, und sie sieht ein wenig ängstlich aus. Ich hätte auch Angst vor mir. Ich zapple in Boulder wie ein Fisch auf dem Trockenen, ohne Orientierung in meinem Leben. Ich treibe gedankenlos umher und hoffe, dass mich jemand auffängt und zurück ins Wasser entlässt. Aber wenn man mich nicht am Schwanz festhält und mich freilässt, bevor ich bereit bin, bin ich tot!

Die Mauern um mich herum schließen sich, und weil ich vor der Freundin meines Bruders nicht völlig zusammenbrechen will, setze ich ein falsches Lächeln auf und sage: „Okay …, danke für das Gespräch, Kate, du hast mir eine Menge zum Nachdenken gegeben und ich werde mich jetzt fertig machen!"

Kate erstarrt und starrt mich mit schuldbewussten Augen an. „Megan, kann ich dir einen Rat geben?"

„Nein, danke …, ich komme schon klar!", rufe ich und versuche, die hochtönende Hysterie in meiner Stimme zu ignorieren. Ich muss mich zusammenreißen!

Ich springe vom Bett und gehe zur Tür. „Ich denke, ich werde Sterling anrufen, bevor wir gehen, also sollte ich mich beeilen und mich fertig machen."

Kate steht vom Bett auf und kommt zu mir hinüber, wobei ihre Augen mich durchbohren. Als sie mich erreicht, lehnt sie sich an den Türrahmen und verschränkt die Arme vor der Brust. „Meg, komm schon. Sag mir einfach die Wahrheit."

„Mir geht es gut", antworte ich kopfschüttelnd. „Ich schwöre, mir geht es gut. Aber danke für das Gespräch."

Schließlich schüttelt sie langsam den Kopf, verlässt den Raum und lässt mich mit dem Chaos allein, das ich selbst angerichtet habe.

❦

Mein Telefonat mit Sterling entwickelt sich in eine Richtung, die ich nie erwartet hätte. Er macht mir tatsächlich einen Vorschlag für Telefonsex – etwas, das wir noch nie gemacht haben. Also …, niemals. Ich meine, wir sind noch nicht einmal offiziell wieder zusammen, also bin ich in gewisser Weise leicht beleidigt. Aber dann frage ich mich, warum ich von dieser Aussicht nicht begeistert bin. Es ist eine Veränderung in unserer SMS-Dynamik. Sieht er mich jetzt endlich anders? Weniger gewöhnlich?

Aber wenn ich so viel weniger gewöhnlich bin, warum hat mich dann die Vorstellung, mit Sterling zu sexten, so sehr abgeschreckt? Als ich mit Sam Sexting betrieben habe …, war das einfach und völlig natürlich. Es hat Spaß gemacht!

Was gerade mit Sterling passiert ist, war verdammt peinlich. So peinlich, dass ich damit herausplatzte, dass ich bei Taco Bell sei, um mir eine Chalupa zu holen, und dass ich ihn später anrufen würde. Ich legte auf wie eine verrückte Psychopathin, gerade als Miles schrie, dass es Zeit fürs Gehen sei.

Jetzt sitze ich in einem Pick-up zwischen meinem Bruder und Kate und fühle mich wie ein Kind, das gezwungen ist, mit seinen Eltern auszugehen, obwohl ich eigentlich nur eine Chalupa bestellen und meine Gefühle mit Essen erdrücken möchte.

Das Wichtigste, was ich herauszufinden versuche, ist, warum Sterlings Vorschlag mich nicht so sehr erregt hat wie mit Sam. Vor zwei Wochen hätte ich alles dafür gegeben, dass er mir Telefonsex vorschlägt, weil das sicher ein Zeichen dafür ist, dass er wieder mit mir zusammenkommen will. Jetzt fühlt es sich einfach … merkwürdig an.

Ich bin nicht mehr in der Lage, mich innerlich über mein Telefonat mit Sterling aufzuregen, denn Miles hält vor unserer ersten Station für die Nacht. Es ist ein Laden namens Rayback Collective – ein architektonisches Lagerhaus mit Foodtrucks im Außenbereich und einer riesigen Gemeinschaftsbar mit Bühne und Lounge-Bereichen mit vielen Tischen und Sofas im Inneren.

Ich folge Miles und Kate nach drinnen, wo wir Sam an

einem hohen Tisch in der Ecke sitzen sehen. Er unterhält sich mit der Kellnerin und in meinem Bauch kribbelt es, weil er nicht wie der Sam aussieht, den ich gewohnt bin. Er sieht aus wie … sexy Sam – ich wusste nicht einmal, dass es so etwas gibt.

Er trägt eine dunkle Jeans mit einem kleinen Riss am Oberschenkel und ein hellblaues Hemd, das nur einen Hauch der wohlgeformten Brust zeigt, die ich so gut kenne. Mit seinen gegelten Haaren, die zur Seite gekämmt sind, und dem frisch gestutzten Bart sieht er ganz anders aus. Er ist nicht der raue, männliche Typ, der er immer ist. Heute Abend ist er … zum Anbeißen heiß. Ich schwöre, ich höre sogar JT in meinem verdammten Kopf singen, *„I'm bringing sexy back!"*

Und aus irgendeinem Grund ärgert es mich, wie freundlich die Kellnerin ist. Sam dreht plötzlich den Kopf, und seine Augen finden meine, als wir uns einen Weg durch die Menge bahnen. Erst als Miles ihm auf den Rücken klopft, um ihn zu umarmen, schaut er schließlich weg und begrüßt seinen besten Freund.

„Wie war dein erster Tag als offizieller Besitzer von Tire Depot, Arschloch?", fragt Miles und lässt sich auf den Hocker neben Sam fallen.

„Ich habe nur neunzehnmal daran gedacht, dich zu feuern, also alles in allem ein toller Tag." Sam steht auf und zieht den Hocker ihm gegenüber heraus, damit ich mich setzen kann.

Kates Augen blitzen mich neugierig an, als ich den Platz einnehme. Sie rutscht neben mich und stößt mich mit einem Grinsen an. Ich werfe einen Blick hinüber, um zu sehen, ob Miles etwas davon mitbekommen hat, und atme erleichtert aus, als er sich mit der Kellnerin unterhält.

Er sieht zu Kate hinüber. „Willst du ein IPA, Babe?"

„Ha-ha", antwortet sie und rollt mit den Augen. „Ich nehme eine Margarita."

„Und ich nehme eine Flasche Coors", fügt Miles hinzu und sieht mich dann erwartungsvoll an.

Ich beiße mir auf die Lippe, weil ich nicht weiß, warum er

mich so anstarrt. Weiß er es? Ahnt er, dass etwas vor sich geht, weil sein bester Freund gerade meinen Hocker für mich rausgezogen hat?

„Willst du Chardonnay?", fragt Sam wie aus dem Nichts. „Die haben hier guten Wein."

Mein Kopf ruckt hin und her. „Ich hasse Wein."

Er runzelt die Stirn und ich ärgere mich innerlich über mich selbst, denn ein Glas Chardonnay klingt wirklich köstlich. Die Kellnerin starrt mich ungeduldig an, damit ich mich entscheide, also sage ich das Erste, was mir einfällt. „Ich nehme ein Guinness." Sowohl Sams als auch Miles' Gesichter verziehen sich vor Verwirrung.

„Du hasst Bier, Megan", sagt Miles wissend.

„Nicht mehr!", rufe ich und spüre, wie sich meine Schultern anspannen. „Sterling hat mich bekehrt. Er braut manchmal sein eigenes Bier." Dieser Teil ist tatsächlich wahr, also bin ich dankbar, dass wenigstens eine Sache, die heute Abend aus meinem Mund kommt, keine totale Lüge ist.

Miles zuckt mit den Schultern, und ich spüre, wie Sam mich von der anderen Seite des Tisches anstarrt, aber ich weigere mich, ihn anzuschauen. Die Kellnerin macht sich auf den Weg, um unsere Getränke zu holen, und wir vier sitzen da – die Mädchen auf der einen Seite, die Jungs auf der anderen – als wären wir auf einem verrückten Doppeldate.

Miles und Sam fangen an, über ihre Oldtimer-Erweiterungspläne für Tire Depot zu sprechen, als mein Handy in meiner Handtasche summt. Als ich es herausziehe, entsperre ich es und finde eine SMS von Sterling.

Sterling: Ich vermisse dich, Baby. Ich muss dich sehen … Bald.

Mein Herz klopft in meiner Brust, als Kate sich zu mir beugt. „Von wem ist die SMS?", fragt sie.

Ich nehme mein Handy weg, damit sie es nicht sehen kann. „Niemand", antworte ich sofort.

Sie beäugt mich misstrauisch. „Hör auf zu lügen. Sie ist von *ihm*, nicht wahr?"

Ich verdrehe genervt die Augen, weil sie immer alles zu wissen scheint. Ich lehne mich dicht an sie heran und flüstere: „Ja, sie ist von Sterling. Er sagt, er will mich sehen."

Kates Lippen kräuseln sich vor Abscheu. „Warum?"

Ich zucke mit den Schultern. „Er sagte, er vermisst mich."

Kate stößt ein Lachen aus. „Will er dich zurück?"

Meine Augen werden groß, als ich hinüberschaue, um zu sehen, ob Miles und Sam etwas gehört haben. Zum Glück sind sie immer noch in ein Gespräch über den Laden vertieft, also beuge ich mich vor und zische: „Nicht so laut, okay? Ich weiß nicht, was er will, aber ich habe das Gefühl, dass es das sein könnte."

Kate wendet ihren Blick ab und sieht Sam an. Sie zeigt mit dem Finger zwischen uns beiden hin und her und sagt: „Das ergibt für mich einen Sinn." Dann zeigt sie auf mein Handy. „Das ergibt für mich keinen Sinn."

„Wovon redest du?", frage ich mit großen, flehenden Augen, während ich mit meinem Handy vor ihr herumwedle. „Das ist es, worauf ich hinarbeite. Deshalb war ich in den letzten Wochen in Boulder und habe mich wie eine Art Frau aus dem Wald verhalten."

Sie nimmt einen großen Schluck von ihrem Getränk, greift nach einem Eiswürfel und kaut mit offensichtlicher Anspannung laut darauf herum. Gleichzeitig blickt Sam mit dem winzigen Hauch eines Lächelns zu mir herüber, von dem ich denke, dass es nur für mich offensichtlich ist, aber ich schaue hinüber, um zu sehen, dass Kate es auch gesehen hat.

Sie beugt sich vor und flüstert mir ins Ohr. „Sexuelle Chemie mit nur einem Blick, Meggie-Bär."

„Halt die Klappe, Kate", flüstere ich und widerstehe dem Drang, sie von ihrem Stuhl zu stoßen.

Die Getränke kommen, und ich muss fast würgen, als ich einen Schluck Guinness nehme. Es ist dickflüssig wie Schlamm, und ich kann nicht glauben, dass Menschen diesen Mist tatsächlich trinken. Sam starrt mich mit gerunzelter Stirn über den Rand seines Bieres hinweg an. Ich habe Angst, dass er mich wegen meines Getränks zur Rede stellt, also platze ich aus dem Nichts heraus: „Ich esse die Enden eines Brotlaibs nicht, denn als wir Kinder waren, hat Miles mir erzählt, das seien menschliche Hintern."

Kate stößt ein Lachen aus und spuckt ihr Getränk über den ganzen Tisch. „Wie bitte?", fragt sie und wischt sich die Tropfen vom Kinn.

„Ja", bestätige ich mit einem ruckartigen Kopfnicken. „Ich kann sie nicht essen, weil ich immer nur an Hintern denke. Das ist unlogisch, denn ich weiß natürlich, wie Brot gemacht wird und dass es keineswegs Menschenfleisch als Zutat braucht, aber jedes Mal, wenn ich einen neuen Laib Brot kaufe, werfe ich als Erstes die Enden weg, damit ich sie nicht ansehen muss."

Miles blinzelt mich an, als wäre ich ein Idiot, und Sam gibt sich alle Mühe, nicht zu lachen, was ihn nur noch attraktiver aussehen lässt.

Kate ist keine Hilfe, denn sie kichert unkontrolliert neben mir. „Hier Meg, ich glaube, das solltest du probieren." Sie schiebt ihren Drink zu mir rüber.

Ich beuge mich vor und nehme einen kräftigen Schluck, in der Hoffnung, dass er meine Nerven beruhigt. Warum bin ich im Moment so ein Idiot? Mir liegt die Geschichte auf der Zunge, wie ich unseren Familienhund mit Haargel eingeschmiert und Miles erzählt habe, er sei ganz verschwitzt … und das ist nicht einmal eine gute Geschichte!

Mein Blick trifft Sam, und er scheint völlig verwirrt von

meinem Verhalten. Er kann sich einfach dem Club anschließen, denn ich bin auch verwirrt.

Kate lenkt unser aller Aufmerksamkeit ab, als sie vom Tisch aufsteht. „Miles, lass uns zu diesem Taco-Truck gehen …, ich bin am Verhungern."

Miles sieht zu mir herüber. „Weißt du schon, was du willst, Meg?"

Ich nehme die Speisekarte vom Tisch. „Noch nicht. Aber ihr könnt schon mal vorgehen. Das Bier ist wie Pudding, also bin ich nicht besonders hungrig."

Miles runzelt bei dieser Antwort die Stirn, während er einen Arm um Kate legt. „Sam, kommst du?"

„Ich muss mir noch die Speisekarte ansehen", antwortet er mit einem halben Lächeln, das meinen Beinen einen Ruck versetzt. *Ich wünschte wirklich, er würde damit aufhören.*

Sobald sie weggehen, atme ich schwer aus und breite meine Hände auf dem Tisch aus, während ich meine Stirn auf die kühle Holzoberfläche drücke.

„Du führst dich wie eine Verrückte auf", sagt Sam, und ich sehe aus dem Augenwinkel, wie er seine Bierflasche an die Lippen führt.

Mein Kopf schießt hoch. „Ich führe mich wie eine Verrückte auf? Du führst dich wie ein Verrückter auf!"

„Wieso bin ich verrückt?", fragt er und reckt den Kopf in meine Richtung. „Ich trinke nur Bier mit Freunden."

„Du benimmst dich wie ein fester Freund!", rufe ich aus.

„Einen Scheiß tue ich!" Die Adern an seinem Hals treten hervor, und oh, mein Gott, selbst die sind sexy. „Ich weiß doch gar nicht, wie sich ein fester Freund verhält. Ich … behandle dich nur wie einen Menschen."

„Nun, du solltest mich wie eine Fremde behandeln." Ich schnaube und versuche erneut, mein Bier zu trinken. Allein der Geruch lässt mich zusammenzucken, also stelle ich es wieder hin. „Du musst aufhören, so nett zu sein."

„Ich bin nett zu Fremden." Er schüttelt den Kopf und wendet den Blick ab, wobei ein sexy Muskel in seinem Kiefer vor offensichtlicher Erregung zuckt.

Mein Herz klopft bei seinen Worten, denn verdammt, ich wette, er ist nett zu Fremden. Und ich benehme mich hier wie eine Idiotin. Ich lehne mich über den Tisch und senke meine Stimme. „Es tut mir leid, Sam. Ich wollte nicht zickig sein. Ich bin nur nervös, weil ich gleichzeitig in deiner Nähe und in der meines Bruders bin."

„Versuch dich zu entspannen", bellt er zurück und nimmt noch einen Schluck von seinem Bier.

Ich verschränke die Arme vor der Brust und ärgere mich über seine einfache Forderung, weil er so tut, als würde er in diesem Szenario nichts falsch machen. „Nun, du hilfst der Sache nicht wirklich, weißt du."

Seine Augenbrauen heben sich, als er auf seine Brust zeigt. „Was zum Teufel mache ich denn falsch?"

Ich rolle mit den Augen. „Lächle nicht so schüchtern, wie du es tust."

„Was für ein schüchternes Lächeln?"

„Du schaust manchmal weg, wenn du lächelst, weil du nicht willst, dass man es sieht. Das ist wirklich verdammt süß, und wenn du das machst, gerate ich ein wenig ins Schwärmen, und ich kann nicht vor meinem Bruder ins Schwärmen geraten."

„Du gerätst ins Schwärmen?", fragt er und setzt wieder dieses nervige schüchterne Lächeln auf.

„Das!", sage ich und zeige mit dem Finger anklagend auf seinen sexy Mund. „Mach das nicht. Und wenn wir schon dabei sind, zieh deine Unterlippe nicht in den Mund. Das erinnert mich an Prinz Harry auf seiner Hochzeit, und das *macht Dinge mit mir.*" Meine Stimme wird am Ende des Satzes so tief, als wäre ich Bruce Bane aus *Batman*, und Sam kann nicht anders, als mich auszulachen. Ich würde auch lachen. Ich benehme mich total daneben.

„Und was ist mit dir?“, blafft er, sobald er sich wieder unter Kontrolle hat.

Meine Augen werden groß. „Was ist mit mir?“

„Wenn es Dinge gibt, die ich nicht tun kann, dann gibt es definitiv Dinge, die du nicht tun kannst.“

„Was denn zum Beispiel?“

„Zum Beispiel … nicht plappern.“ Er lehnt sich nahe heran, sein Hemd spannt sich um seinen Bizeps, als er die Ellbogen auf den Tisch stützt. „Wenn du plapperst, bekommst du diesen verrückten Blick, der deine Augen noch blauer werden lässt. Das ist ablenkend.“

„Okay, ich werde versuchen, nicht zu plappern.“ Ich zucke mit den Schultern.

„Und du hättest keine Strumpfhose tragen sollen.“ Sein Blick geht nach unten, und meine Schenkel ziehen sich sofort zusammen.

„Was ist mit meiner Strumpfhose?“, frage ich mit erhobenen Händen.

„Sie lässt deine Beine verdammt sexy aussehen, und ich kann nicht aufhören, sie anzustarren, was mich dazu bringt, mir vorzustellen, wie sie mich umschlingen, was dann zu einem ernsten Problem wird.“

Ich drücke meine Hände auf die Tischplatte. „Okay, okay, entspann dich.“

„Und da das Bestellen für dich anscheinend zu beziehungsähnlich ist, gehst du bitte an die Bar und holst dir ein Glas Wein? Ich kann nicht mehr zusehen, wie du mit diesem Guinness würgst.“

„Gut … ich gehe.“ Verärgert stehe ich auf und richte mein Kleid, das an der Strumpfhose hochgerutscht ist. Sams Blick fällt auf meine Beine, und er beißt sich auf die Lippe. Mit einem scharfen Einatmen drehe ich mich auf dem Absatz um und murmle leise: „Wir sind so was von am Arsch.“

Miles und Kate kommen zur gleichen Zeit wie ich zurück,

und dann gehen Sam und ich getrennte Wege, um Essen zu holen. Und zwar sehr getrennt. Ich wähle den Foodtruck, der am weitesten von seinem entfernt ist.

Nachdem ich gegessen und ein Glas Wein getrunken habe, fühle ich mich etwas ruhiger. Und zum Glück gelingt es mir, die peinliche Geschichte mit dem verschwitzten Hund für den Rest des Abendessens in meinem Kopf zu behalten. Nachdem wir alle noch einen Drink getrunken haben, stehen wir auf, um in die Pearl Street zur nächsten Bar zu fahren.

Ich gehe davon aus, dass ich wieder mit „Mom und Dad" fahren werde, als Kate mich plötzlich zu Sams Wagen schiebt. „Fahr mit Sam, damit er nicht allein fahren muss."

Miles nickt zustimmend, und die beiden machen sich unbekümmert auf den Weg zu ihrem Pick-up, während ich zusehen muss, wie Sexy Sam die Tür seines Wagens für mich öffnet. Ich ignoriere das süße Grinsen auf seinem Gesicht, als ich in sein Fahrzeug hüpfe, und als er einsteigt und losfährt, habe ich mir schon sechs verschiedene Möglichkeiten ausgedacht, wie ich Kate ermorden könnte, sodass es wie ein Unfall aussieht.

Während der Fahrt herrscht eine drückende Stille, und alles, woran ich denken kann, ist die Tatsache, dass ich erst vor vierundzwanzig Stunden völlig nackt an dieser Stelle gelegen habe. Sicherlich denkt Sam auch daran, denn er umklammert das Lenkrad so fest, dass seine Knöchel weiß sind.

Ich schlucke langsam und versuche so gut es geht, tief durchzuatmen, aber schließlich wird die Stille zu viel, um sie zu ertragen. „Das ist schwieriger, als ich dachte." Ich stoße meine Worte aus, als hätte ich die ganze Zeit die Luft angehalten.

„Ja, das ist echt ätzend", antwortet Sam mit angespanntem und verkrampftem Tonfall.

„Es tut mir leid, dass ich dich in eine so unangenehme Lage gebracht habe", erkläre ich, denn es war meine Idee, unser kleines Täuschungsmanöver mit Sex zu ergänzen. „Es war alles ziemlich unschuldig, bis ich mich dir an den Hals geworfen habe."

Er räuspert sich und schaut weg. „Du hast mich nicht in diese Lage gebracht. Die habe ich mir selbst eingebrockt."

Wir fahren noch ein Stückchen weiter, bis wir den Bohemian Biergarten in der Pearl Street erreichen. Sam parkt den Wagen und dreht sich zu mir um. Seine Augen sind ernst, als er sagt: „Wir müssen uns einfach entspannen und versuchen, etwas Spaß zu haben. Dein Bruder ist mein bester Freund, und du bist seine Schwester, also gibt es keinen Grund, warum wir nicht ein paar Drinks zusammen trinken und so tun können, als hätten wir uns noch nie nackt gesehen."

„Richtig", antworte ich mit einem ernsten Nicken. „Weil es wirklich keine große Sache ist!"

„Genau."

„Weil du nicht der Typ bist, der sich bindet, und Miles weiß, dass ich mich nie mit jemandem wie dir einlassen würde. Er wird es nicht herausfinden."

„Richtig", bestätigt Sam, und ein seltsamer Ausdruck huscht über sein Gesicht, als er sich von mir abwendet und aus dem Wagen gleitet.

Er öffnet mir die Tür, und ich halte mich mit der Bemerkung zurück, dass ein fester Freund das tun würde, denn er sieht aus, als würde er sich über etwas den Kopf zerbrechen, und ich möchte nicht noch mehr Öl in sein Feuer gießen.

Wir gehen in die Bar im deutschen Stil, die bis zum Rand mit Leuten gefüllt ist. Es ist laut, als wir an den Picknicktischen vorbeikommen und Miles und Kate finden, die an der Wand eingekeilt sind und sich einen Gemeinschaftstisch mit einer Studentengruppe teilen. Sam und ich quetschen uns durch alle hindurch und nehmen die letzten beiden freien Plätze direkt gegenüber von ihnen ein.

„Ich habe uns eine Runde bestellt!", ruft Miles mit einem breiten Lächeln, als die Kellnerin ein Tablett mit Getränken über alle Köpfe hinweg trägt. „Meg, ich habe Wein für dich bestellt … ich glaube, du liegst falsch damit, dass du Bier magst."

Ich zwinge mich zu einem Lächeln und nehme das Weinglas, das Miles mir reicht. Wenn ich heute Abend genug trinke, fällt mir das alles vielleicht weniger schwer. Die restlichen Getränke werden herumgereicht, und wir stoßen an.

„Und, Megan, vermisst Sterling dich schon?", ruft Miles über den lauten Lärm der Bar hinweg und lehnt sich über den Tisch zu mir.

„Ich glaube schon", antworte ich mit einem gezwungenen Lächeln.

Er runzelt die Stirn. „Er ist jetzt wieder an der Uni. Sicherlich bettelt er darum, dass du zurück nach Utah kommst."

„Willst du mich loswerden?", frage ich und nehme noch einen Schluck.

„Auf keinen Fall! Ich wünschte, du würdest hierherziehen." Miles trinkt einen schnellen Schluck und fügt hinzu: „Ich hoffe, dass Sterling von den Broncos unter Vertrag genommen wird, damit ich noch viel mehr von dir sehen kann. Denver ist so sehr nah an Boulder …, nur eine einfache Zugfahrt entfernt."

Ich atme langsam ein und aus und bemühe mich, dieses sehr großzügige Glas Wein nicht zu verschlingen. Miles und ich haben seit meiner Ankunft in Boulder nicht viel über Sterling gesprochen, also war es nicht so schwierig, ihn anzulügen …, bis jetzt.

Ich beschließe, ihm das kleine Stückchen Wahrheit zu erzählen, das ich während des Telefonats heute Abend erfahren habe. „Er hat heute Abend gesagt, dass er mich vermisst hat, also gehe ich vielleicht bald zurück. Wir werden sehen."

Sowohl Sams als auch Kates Augen blicken mich neugierig an, aber ich tue mein Bestes, keine der beiden Reaktionen zu beachten.

Miles nickt Sam zu und sagt: „Du hättest unseren Vater sehen sollen, als er Sterling in den Weihnachtsferien traf. Er war wie ein Kind in einem Süßwarenladen. Er hat sich immer gewünscht, dass ich Football spiele, also ist Sterling für ihn wie ein wahr gewordener Traum von einem zukünftigen Schwiegersohn."

Sam nickt langsam und nimmt einen Schluck von seinem Bier, bevor er antwortet. „Ich war nie ein Freund von Mannschaftssportarten."

„Ich auch nicht, aber ich sehe gern zu!", antwortet Miles fröhlich, ohne Sams Anspannung zu bemerken. „Ich bin nur froh, dass Megan nicht bei einem meiner Kumpels von zu Hause gelandet ist. Die haben mir immer gesagt, wie heiß du bist."

Diese Antwort lässt mich erbleichen, denn erst im letzten Sommer habe ich einen von Miles' Freunden auf einer Studenten-Party gesehen. Sie sind alle einige Jahre älter als ich, also war es schon seltsam, dass dieser spezielle Freund auf einer Studenten-Party abhing, aber es muss Schicksal gewesen sein, denn Sterling kam aus dem Nichts und rettete mich wie mein Ritter in glänzender Rüstung.

„Deine Freunde sind eklig", antworte ich um mein Weinglas herum und spüre, wie Sam den Kopf dreht, um mich direkt anzustarren.

„Vor allem dieser Wichser", sagt Miles, greift über den Tisch und stößt Sam in die Schulter. „Er wird der Hugh Hefner von Boulder werden."

„Hugh Hefner war eigentlich ein Serienmonogamist", erklärt Kate mit großen, herausfordernden Augen. „Er hatte drei Ehefrauen und war seinen Freundinnen gegenüber sehr treu. Es waren immer die Frauen, die ihm das Herz gebrochen haben."

Wir alle blinzeln Kate an, weil sie solche Details kennt, und dann fügt Sam hinzu: „Also, das bin definitiv nicht ich."

Miles schüttelt den Kopf und sieht dann wieder zu mir hinüber. „Wie stehen die Chancen, dass Sterling in Denver landet, Meg?"

Ich zucke mit den Schultern. „Er hat einige Trainingslager

mit ihrem Team absolviert, was immer vielversprechend ist, aber wir werden es erst nach dem Draft wissen."

„Wir", murmelt Sam mit einem leisen Lachen. Es ist so leise, dass nur ich es hören kann, aber Kate muss seinen Stimmungswechsel bemerkt haben, denn sie beobachtet ihn neugierig.

Miles ist immer noch völlig ahnungslos. „Ich habe das Gefühl, dass ich bei Mom und Dad nicht viel Gelegenheit hatte, mit ihm zu reden", mischt er sich ein. „Er sollte uns mal besuchen kommen, Megs. Meinst du, er würde das tun?"

Ich nicke sofort. „Ich denke schon."

„Cool, ich möchte ihn besser kennenlernen, wenn du denkst, dass er dir bald einen Antrag machen wird. Ich muss sicher sein, dass er gut genug für meine kleine Schwester ist."

„Woher weißt du, ob jemand gut genug ist?", fragt Sam, der Miles mit zusammengekniffenen Augen ansieht. „Bist du die ‚Gut genug'-Polizei?"

Miles hebt sein Kinn an. „Für meine Schwester bin ich das verdammt noch mal, ja."

Sam zuckt mit den Schultern. „Meine Schwester wurde gerade geschieden, und ich dachte, der Typ wäre gut genug. Offensichtlich habe ich mich geirrt. Woran erkennst du also, ob jemand ein Arschloch ist oder nicht?"

Miles nimmt sich einen Moment Zeit, um seinen besten Freund anzustarren, dessen ganzer Körper vor Anspannung steif ist. „Tut mir leid, das mit deiner Schwester zu hören, Kumpel. Das ist echt scheiße. Ist es deine Ältere? Du hattest erwähnt, dass sie Probleme haben."

Ich atme schwer aus, als Miles nicht zu verstehen scheint, worauf Sam hinaus will. Ich versuche auch herauszufinden, was Sam zu sagen versucht. Bezieht er sich auf sich selbst oder auf Sterling? Denn irgendwie glaube ich nicht, dass er im Moment wirklich an die Situation seiner Schwester denkt.

„Wirst du überhaupt arbeiten, Megan?", fragt Kate und mischt sich aus dem Nichts ein.

„Was meinst du?"

Sie zuckt mit den Schultern. „Ich meine …, du bist verdammt klug, hast deinen Abschluss in Utah vorzeitig und als Klassenbeste gemacht, aber du hast vor, einen zukünftigen NFL-Spieler zu heiraten. Heißt das also, dass du überhaupt nicht arbeiten wirst?"

Mein Kiefer spannt sich an, weil Kates Frage zickig und verurteilend wirkt, aber sie sagt es mit ihrem strahlenden, glücklichen Lächeln. „Ich werde arbeiten. Unser Plan war, dass ich im Frühjahr auf Jobsuche gehe. Ich nehme mir nur eine kleine Auszeit, bevor meine Zukunft richtig beginnt."

„Deine Zukunft mit Sterling?", fragt Kate, und ich sehe ein schelmisches Funkeln in ihren Augen, das mir nicht gefällt.

„Ja, meine Zukunft mit Sterling", antworte ich mit zusammengebissenen Zähnen.

„Mann, er muss ein toller Liebhaber sein, wenn du dein Leben für ihn auf Eis legst!", ruft Kate aus und klatscht mit der Hand auf den Tisch.

Miles hält sich die Hände über die Ohren. „Ekelhaft, du redest über meine Schwester, und ich kann das nicht hören!"

Ihre Worte brennen, weil sie Dinge, die ich ihr im Vertrauen gesagt habe, gegen mich verwendet, und das ist nicht in Ordnung. Ich lehne mich über den Tisch, als wäre ich ein Boxer, der sich mit seinem Gegner misst. „Ich weiß, du schreibst erotische Liebesromane, Kate, aber nicht alles dreht sich um Sex."

Sie lächelt ein falsches Lächeln. „Dann musst du mir sagen, was an Sterling so verdammt fantastisch ist. Denn du bist schon seit Wochen hier und ich habe noch nichts diesbezüglich gehört."

Ich atme schwer aus, meine Nasenflügel beben vor Erregung darüber, wie schnell sie sich gegen mich gewendet hat. „Du musst Liebe auf den ersten Blick nicht verstehen, aber als

Liebesromanautorin hätte ich gedacht, dass du es respektieren würdest."

„Ich respektiere und glaube an Liebe auf den ersten Blick!", ruft Kate mit großen, trotzigen Augen. Miles schaut nervös zwischen uns hin und her, die Hände immer noch fest an die Ohren gepresst, als Kate hinzufügt: „Ich respektiere einfach keine blinde Liebe."

„Und du glaubst, ich hätte eine blinde Liebe mit Sterling?", kreische ich. „Was ist blinde Liebe überhaupt?"

Kate legt den Kopf schief und sieht mich mit so viel Verachtung an, dass ich sie schlagen möchte. „Blinde Liebe ist, wenn man sich so sehr auf einen Plan und eine Zukunft und Ziele und das, was man für ein perfektes Leben hält, konzentriert, dass man aufhört, sein peripheres Blickfeld zu nutzen. Und lass mich dir sagen, Meg … manchmal ist das, was in deiner Peripherie liegt, der Ort, an dem das wahre Leben wartet."

Sie dreht den Kopf zur Seite und reißt Miles die Hände von den Ohren, bevor sie ihn zu einem Kuss an sich zieht. Er ist leidenschaftlich, boshaft und süß zugleich. Normalerweise freue ich mich angesichts der Zuneigung zwischen Miles und Kate für meinen großen Bruder. Aber in diesem Moment tut es einfach nur weh.

Plötzlich fühle ich mich klaustrophobisch und stehe vom Tisch auf. „Das ist eine Kneipentour, kein Sitzenbleiben, stimmt's? Ich denke, wir müssen in Bewegung bleiben!"

Miles löst sich mit einem verschmitzten Lächeln von Kates Lippen. „Pearl Street Pub?", fragt er und zieht aufgeregt die Augenbrauen hoch.

„Klar …, der ist doch gleich um die Ecke, oder?", frage ich, ziehe meinen Mantel an und trinke den Rest meines Weins mit einem großen Schluck aus.

„Auf geht's!", jubelt Miles, greift nach Kates Jacke und hilft ihr beim Anziehen.

Kate beobachtet mich nervös, als ich auf dem Absatz

kehrtmache und zur Tür laufe, da ich dringend frische Luft brauche. Verflucht sei sie. Ich dachte, sie wäre auf meiner Seite, aber der Scheiß, den sie jetzt abzieht, ist ganz sicher nicht Team Maggie!

Ich warte, bis alle draußen zu mir stoßen, und wir gehen über den belebten Bürgersteig in Richtung des Pubs. Kate joggt vor Miles und Sam her und legt ihren Arm um meinen, woraufhin ich mich sofort anspanne. Ich drehe mich um und sehe Miles und Sam ein paar Schritte hinter uns, bevor ich mich Kate zuwende und ihr ins Ohr zische: „Lass mich los, Verräterin."

„Megan, sei nicht böse", fleht sie und hat Mühe, mit meinem schnellen Tempo mitzuhalten.

„Nicht böse sein?", kreische ich und will sie vom Bordstein schubsen. „Natürlich bin ich böse. Was dachtest du denn, was du da drin machst?"

„Eine große Schwester sein", antwortet sie mit hochgezogener Augenbraue.

Ich schnaube und rolle mit den Augen. „Große Schwester, von wegen. Du versuchst, mich vor Sam lächerlich zu machen."

Ihre Augen werden groß vor Schreck. „Das ist nicht das, was ich tue, aber die eigentliche Frage sollte lauten, warum es dich interessiert, was Sam denkt, wenn er nur eine Affäre ist?"

„Er ist einfach zwanglos!", rufe ich und fange an, schneller zu gehen, sodass Kate auf ihren Absätzen stolpert. „Ich brauche das nicht, Kate. Ich brauche dich nicht auch noch gegen mich."

„Niemand ist gegen dich, Meg!", ruft sie, bleibt stehen und reißt mich zu sich herum, als wir vor dem Pearl Street Pub ankommen. „Wir sind alle auf deiner Seite und wollen nur das Beste für dich."

„Ich weiß, was das Beste für mich ist!", jammere ich, und dann schwillt ein unerwartetes Gefühl in meiner Brust an.

Miles erreicht uns, die Sorge steht ihm ins Gesicht geschrieben. „Was ist hier los?", dröhnt seine tiefe Stimme.

„Nichts!", antworte ich und zwinge mich zu einem Lächeln.

„Ich mache mir nur in die Hose“, lüge ich, denn Lügen ist etwas, das ich offensichtlich sehr gut kann – sogar mir selbst gegenüber. Ich ziehe meinen Mantel aus, reiche ihn Miles und sage: „Ich gehe nach unten auf die Toilette. Kannst du mir noch ein Glas Wein holen?“

Er nickt hölzern, und bevor er merken kann, wie sehr ich mich aufrege, laufe ich die knarrenden Holzstufen hinter der Tür hinunter und gehe zu den Toiletten, die ich noch vom letzten Mal in Erinnerung habe. Ich erreiche die Einzeltoilette für Frauen und bin froh, dass es keine Schlange gibt, stürme durch die Tür und steuere direkt auf das Waschbecken zu.

Ich stütze meine Hände auf dem Becken ab und lasse den Kopf nach vorn sinken, während ich tief Luft hole. Ich muss mich einfach wieder orientieren, denn es fühlt sich an, als würde sich meine ganze Welt drehen. Wenn das harte Schwesterliebe von Kate war, kann sie den Scheiß für sich behalten.

Plötzlich öffnet sich die Toilettentür, und ich drehe mich auf dem Absatz, bereit für die zweite Runde mit Kate, aber sämtliche Luft wird mir aus den Lungen gesaugt, als ich Sam in der Tür stehen sehe. Er macht die Tür hinter sich zu und schließt ab.

„Sam, was machst du hier?“, frage ich, kneife mir in den Nasenrücken und versuche, mich wieder zusammenzureißen.

„Was machst *du* hier, Maggie?“, antwortet er. Er macht drei Schritte durch die kleine Toilette und steht nahe genug, dass ich seine Irish Spring Seife riechen kann.

„Was meinst du? Ich bin auf der Damentoilette.“

„Nein, ich meine, was zum Teufel machst du eigentlich hier? In Boulder?“ Seine grünen Augen bohren sich mit so viel Intensität in meine, dass ich seinem Blick kaum standhalten kann.

„Ich versuche, abenteuerlustiger zu sein und das Mädchen zu sein, das Sterling sehen will“, stöhne ich und stemme die Hände in die Hüften, während mich die Scham übermannt. „Ich dachte, du würdest mir dabei helfen!“

„Dann hör auf mit den Lügen", sagt er, rückt näher und drückt mich mit einer Hand auf jeder Seite gegen das Waschbecken.

„Welche Lügen? Ich lüge nicht!", schreie ich und presse meine Hände auf seine Brust, um etwas Abstand zu gewinnen, den er mir definitiv nicht gibt.

„Du belügst dich selbst!", ruft er, wobei sein Kiefer vor Entschlossenheit starr ist. „Das, was du über Sterling sagst, klingt nach totalem Schwachsinn. Er ist ein Mistkerl, und du bist aus irgendeinem Grund blind dafür. Das ist, was Kate dir zu sagen versucht. Verdammt noch mal, das habe ich auch versucht, dir zu sagen."

„Du hast kaum ein Wort über Sterling verloren!"

„Ich habe versucht, es dir zu zeigen, Sparky", knurrt er, und die Adern in seinem Hals pulsieren, während er sich näher an mich drängt. Seine Hände greifen nach meinen Hüften, und er drückt mit einer Dringlichkeit zu, die ich in jedem Zentimeter meines Körpers spüre. „Ich habe versucht, dir zu zeigen, dass das Leben viel mehr ist als nur ein lächerlicher Plan."

Ich schlucke langsam, als er in seiner ganzen statuenhaften Pracht über mir aufragt. „Tja, ich denke, es hat funktioniert, denn es scheint, dass er mich zurückhaben will."

„Aber ist es das, was du willst?", fragt Sam mit flehenden Augen, während ich mein Kinn neige und ihn ansehe.

„Ich glaube schon", antworte ich, aber meine Stimme ist schwach und erstickt, als würden die Worte versuchen, im Inneren zu bleiben.

„Hör auf, dein Leben für ihn zu leben, Maggie. Fang an, es für dich selbst zu leben."

„Als wärst du ein gutes Beispiel dafür!", erwidere ich und denke an alles zurück, was er gestern beim Eisfischen zu mir gesagt hat. „Deine Familie ist alles, wofür du lebst. So sehr, dass du dich sogar weigerst, dein Herz für die Idee eines neuen Menschen in deinem Leben zu öffnen."

Sams Gesicht verzieht sich, als würde er sich von meiner Aussage verletzt fühlen. „Wenigstens erwidern die Menschen in meinem Leben, für die ich lebe, meine Liebe auch.“

Sobald die Worte aus seinem Mund kommen, kann ich meine Hand nicht davon abhalten, ihm ins Gesicht zu schlagen. Die Ohrfeige ist grausam und hart, aber nicht schmerzhafter als die Worte, die er zu mir gesagt hat. Die Worte, die den schmerzhaften Teil meiner Seele ansprechen und mich anschreien, dass ich nie genug bin. Ich will wieder nach ihm schlagen, weil alles in mir schmerzt, aber er fängt die Hand mit einer Faust ab. Ich schlage mit der anderen Hand nach ihm, und auch die fängt er auf. Ich zapple in seinen Armen, als er uns umdreht und meine Handgelenke neben meinem Kopf an die Wand drückt.

„Maggie, hör auf“, fleht er, seine Stimme gequält durch meinen Kampf.

„Du bist ein verdammtes Arschloch, Sam!“, schreie ich und versuche vergeblich, mich aus seinem Griff zu befreien.

„Ich weiß“, sagt er seufzend. „Aber ich kann es nicht mehr hören, wie du über deinen verdammten Ex lügst.“

„Du lügst auch!“, brülle ich ihm ins Gesicht, wobei meine Stimme aufgrund der in mir explodierenden Emotionen tief wird. „Wir lügen beide. Wir sind verdammt noch mal gefangen meinem dummen Plan, und es ist anstrengend, weil mein Herz in so viele verschiedene Richtungen gezogen wird. Ich weiß nicht, was ich tun soll.“

„Was sagt dein Herz, was du jetzt willst?“, fragt er, und sein Griff an meinen Handgelenken lockert sich.

Ich lasse meinen Kopf zurück gegen die Wand fallen. „Ich wünschte, ich wüsste es.“

„Du weißt es, Maggie. Sag es einfach.“ Seine Finger verschränken sich mit meinen, er drückt mich nicht mehr an die Wand, sondern hält meine Hände in einer festen Umarmung.

Ich starre auf seine Brust hinunter, mein Kiefer ist vor Frustration angespannt, weil das alles keinen Sinn mehr ergibt.

Nichts. Mein Herz weiß, was ich brauche, aber was ich will, ist eine ganz andere Sache. Und was ist, wenn das, was ich will, mich nicht zurückhaben will?

Ich schaue nach oben und spreche ein einziges, einsames Wort aus. „Dich."

Sams Blick fällt auf meine Lippen, und in zwei Sekunden stürzt sein Mund auf meinen, während er meine Hände loslässt und seine Arme fest um meine Taille schlingt. Seine Zunge streicht fordernd über meine Lippen und spaltet sie mit einem wilden Knurren, das ich bis in mein Innerstes hinein spüre.

Ich wimmere, als er mich in seine Arme nimmt, und meine Beine umklammern seine Taille, während er mich von der Wand auf die Kante des Waschbeckens zieht. Seine Zunge verschlingt mich weiter, während seine Hände mich überall berühren, an den unanständigsten Stellen reiben und kneten.

„Verdammte Strumpfhose", knurrt er gegen meine Lippen, während seine Hand unter mein Kleid und am Bund vorbeigleitet, um zu entdecken, wie erregt ich gerade bin. Er stöhnt vor Verlangen, als meine Feuchtigkeit uns beide überwältigt. „Wenn du willst, dass ich aufhöre …, musst du es sagen."

„Hör nicht auf", rufe ich, während mein Herz wie wild in meiner Brust schlägt. „Hör nicht auf."

Plötzlich reißt er mich vom Waschbecken und sinkt zu Boden, um mir die Strumpfhose von den Hüften zu ziehen. Er fummelt eilig an meinen Stiefeln herum, und als ich von der Taille abwärts nackt bin, zieht er ein Bein auf seine Schulter und küsst mich genau dort, wo ich ihn am meisten brauche.

Ich schreie laut auf, der Lärm der Bar im Obergeschoss ist deutlich zu hören, aber es hilft nicht, mich von den überwältigenden Empfindungen von Sams Mund auf meinem Schritt abzulenken. Er saugt mich fest und scharf in seinen Mund, und ich schreie. Mein Rücken wölbt sich, während sich meine Ferse in sein Schulterblatt gräbt. Sein Angriff ist so aggressiv, dass mein Orgasmus ohne Vorwarnung explodiert.

Meine Beine fühlen sich an wie Wackelpudding, als er aufsteht, und ich greife zittrig nach seinem Gürtel. Unsere Hände prallen aufeinander, als wir seine Hose und Boxershorts gerade so weit herunterschieben, dass sein pochender Schwanz frei liegt. Ich greife nach seinem Schaft und lehne mich auf dem Waschbecken zurück, um ihn in mich hineinzuführen.

„Fuck, ich habe kein Kondom", knurrt er, seine Spitze drückt sich in meine Nässe und fühlt sich an wie alles, was ich mir für den Rest meines Lebens wünsche.

„Das ist mir egal", rufe ich und packe seine Pobacken. „Ich nehme die Pille, und es ist mir egal."

Seine Augen fixieren die meinen schockiert, als ich ihn an mich ziehe. *Alles von ihm.*

„Fuck, Maggie", schreit er mit kehliger Stimme, als er bis zum Anschlag in mir versinkt und innehält. Er beugt sich vor, um meine Lippen mit seinen zu liebkosen, und dann fährt er meinen Hals hinunter, bevor er sich vorbeugt, um mir durch mein Kleid in den Nippel zu beißen.

„Sam!", schreie ich schockiert, und dann hebt er ruckartig den Kopf und stößt mit seinen Hüften mit einer einzigen sanften Bewegung in mich. Zuerst ist er langsam und gleichmäßig, seine Augen genießen meinen Anblick, wie ich mich zurücklehne, und sein Körper ist in einem Zustand der Reizüberflutung, als wir beide den Hautkontakt genießen.

Als sich sein Tempo beschleunigt, stütze ich mich mit einem Arm auf seine Schulter und mit dem anderen auf den Spiegel hinter mir. Er schürt sanft den Orgasmus, den ich vorhin hatte, wie ein Feuer aus Glut, das einen kleinen Hauch von Sauerstoff braucht. Und als die Flammen schließlich in mir auflodern, beschleunigt er seine Bewegungen und stößt mit perfektem Rhythmus in mich.

Unsere Augen bleiben aneinander haften. Jede Bewegung fühlt sich richtig und perfekt an. Verbunden. Sam und ich sind verbunden, nicht nur sexuell, sondern auch emotional. Er weiß, was ich brauche, und gibt es mir ohne Fragen.

Mein Orgasmus steht kurz bevor, und ich nicke ihm einmal zu. Ohne ein Wort bewegt er sich schneller in mir, beschleunigt seine eigene Erlösung, damit wir dieses Mal gemeinsam kommen können. Und all das – die Nacktheit, die Verbindung, die Gefühle des Abends – fühlt sich völlig überwältigend an. Als wollte ich gleichzeitig, dass sie aufhören und es doch nicht tun.

Ich schreie auf, als sich alles in mir anspannt und entlädt. Ich setze mich auf und vergrabe mein Gesicht an seinem Hals, als der Höhepunkt ohne Gnade durch mich hindurchschießt. Sekunden später stöhnt Sam einen tiefen, vibrierenden Ton, und dann spüre ich, wie er sich in mir entlädt.

Unsere Atemzüge sind rau und laut in der Stille der Toilette, während er in meinen Armen zittert, seine Stirn ist schweißnass, und mein Kleid ist zwischen uns gerafft. Mit einem leisen Ausatmen zieht er sich aus mir heraus, und ich spüre seinen Samen zwischen meinen Beinen tropfen.

Er zieht seine Hose hoch, zieht ein paar Taschentücher aus einer Box auf dem Tresen und wischt vorsichtig zwischen meinen Beinen, bis ich nicht mehr klatschnass bin. Sein Gesicht sieht besorgt aus, als er sich auf die Lippe beißt und das Papier wegwirft.

„Es tut mir leid, Maggie."

„Was tut dir leid?", frage ich, lasse mich vom Waschbecken sinken und sehe ihn verwirrt an.

„Das hätte nie passieren dürfen."

Ich stoße ein Lachen aus. „Ich bin mir ziemlich sicher, dass ich dafür gesorgt habe."

Er schluckt, als stecke ein Messer in seiner Kehle. „Ich weiß, aber es hätte wirklich nicht passieren dürfen."

Ein erschreckender Gedanke geht mir durch den Kopf. „Willst du mir sagen, dass du nicht sauber bist oder so?"

Sein Gesicht wird lang. „Was? Nein, verdammt. Ich bin

sauber. Maggie, ich bin verdammt sauber." Er macht einen Schritt auf mich zu und nimmt mein Gesicht in seine Hände. „Ich schwöre, ich bin sauber."

„Warum wirkst du dann so aufgebracht?", frage ich, während meine Augen über seine Gesichtszüge tanzen.

Er atmet durch die Nase ein, und ich kann ein Zittern in seiner Brust hören, als er sich vorbeugt und mich auf die Stirn küsst. „Weil du mich umbringst."

„Was?", frage ich und reiße mich verärgert von seinen Händen los. „Was soll das denn heißen?"

Er schließt die Augen und schüttelt den Kopf. „Ich muss gehen. Ich werde Miles sagen, dass ich mich nicht wohlfühle. Ich kann nicht gleichzeitig in deiner und seiner Nähe sein. Nicht mehr."

„Nicht mehr?", frage ich, greife nach unten und hebe meine Strumpfhose vom Boden auf. „Wovon sprichst du? Was hat sich geändert, Sam?"

Er geht zur Tür und schaut mich mit ernster Miene an. „Alles."

Und ohne ein weiteres Wort lässt er mich in der Damentoilette des Pearl Street Pub zurück – verwirrter als je zuvor.

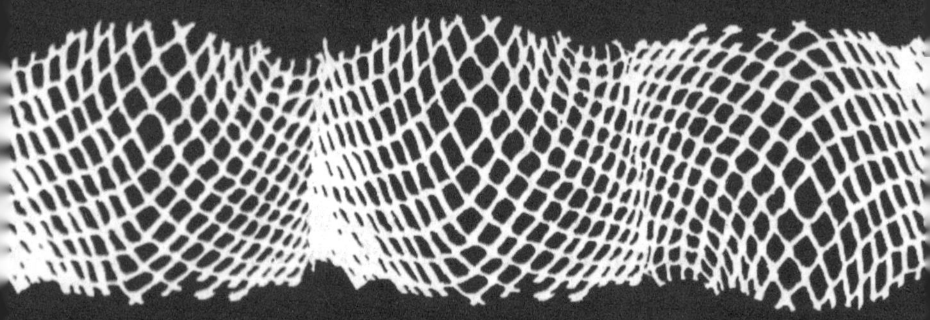

KAPITEL 16

Nun, dieser Tag war eine Köderverschwendung

Sam

Der Montagmorgen bricht an, und Miles kommt voller Begeisterung in mein Büro gestürmt. „Hey, Mann, geht's dir besser?", fragt er und lässt sich auf den Stuhl auf der anderen Seite meines Schreibtischs fallen.

Ich fahre mir mit der Hand durch die Haare und versuche, ganz cool zu sein. „Ja, tut mir leid, dass ich Freitagabend abgehauen bin. Einer dieser Foodtrucks hat sich nicht mit meinem Magen vertragen", lüge ich, was mir inzwischen eigentlich zur zweiten Natur geworden sein sollte.

„Das ist schon in Ordnung. Megan war sowieso für den Rest des Abends schlecht gelaunt, also wurde aus unserer Kneipentour ein Kneipenfehlschlag, und wir haben auch früh Schluss gemacht."

Ich nicke und zucke zusammen, als ich an die Millionen Male denke, die ich Maggie am Wochenende schreiben wollte, mich aber nicht dazu durchringen konnte, es zu tun. Ungeachtet der Geschehnisse am Freitagabend ist sie immer noch hinter ihrem Ex her, und ich bin immer noch der, der ich bin. Und jetzt, da ich das Geschäft übernommen habe, habe ich definitiv nicht die Zeit für Ablenkungen.

„Glaubst du, Meg ging es Freitagabend gut? Sie kam mir irgendwie komisch vor“, sagt Miles, legt seine Stiefel auf die Kante meines Schreibtischs und beißt in einen Keks, den er aus dem Comfort Center mitgebracht hat.

„Wie das?“, frage ich und spanne meine Arme an.

„Einfach so … emotional. Ich habe versucht, etwas aus Kate rauszubekommen, weil sie offensichtlich etwas weiß, aber sie ist ein verschlossener Tresor.“

Ich zucke langsam mit den Schultern. „Ich weiß es nicht, Mann.“

„Ich mache mir Sorgen, dass zwischen ihr und Sterling etwas sein könnte.“

„Was zum Beispiel?“, frage ich und wünsche mir sehnlichst, sie würde Miles einfach sagen, dass sie und Sterling Schluss gemacht haben.

„Ich weiß nicht …, es ist einfach seltsam, dass sie in Boulder abhängt und nicht zurück nach Utah geht, um näher bei ihm zu sein. Sie sagt, sie sei wahnsinnig verliebt in ihn, aber ihre Liebe sieht nicht so aus wie die von mir und Kate.“

Daraufhin nicke ich nachdenklich. „Ich glaube nicht, dass irgendjemandes Liebe so aussehen könnte wie die von dir und Kate. Ihr habt so eine … einhornscheißende Regenbogenliebe, bei der sich Normalsterbliche minderwertig fühlen.“

Miles lacht über diese treffende Beschreibung und zuckt dann mit den Schultern. „Ich mache mir nur Sorgen um sie. Sie ist so eine hoffnungslose Romantikerin, und manchmal denke ich, dass sie die Dinge etwas natürlicher angehen lassen sollte.“

An Maggie Hudsons Vorstellungen von Liebe ist nichts Natürliches. „Ich fürchte, da bin ich keine große Hilfe“, antworte ich.

Miles sieht mich einen Moment lang ernst an, seine Augen blinzeln langsam, als er mich betrachtet. „Geht es dir gut?“

„Ja, ich habe dir gesagt, dass es mir besser geht."

„Nein, ich meine … geht es dir gut? Du scheinst auch irgendwie seltsam zu sein. Man sollte meinen, du wärst überglücklich, seit Terry dir die Schlüssel zum Schloss gegeben hat, aber seltsamerweise scheinst du nicht so begeistert zu sein."

„Ich bin begeistert", erwidere ich und spanne die Schultern an. „Ich meine, es ist ein Reifenladen. Ich bin so begeistert von einem Reifenladen, wie es nur geht."

Miles nickt nachdenklich, offensichtlich mit dieser Antwort nicht zufrieden. „Hör zu, ich weiß nicht viel über deine Familie, und das muss ich auch nicht tun, denn beste Freunde sind beste Freunde, ohne dass es irgendwelche Voraussetzungen gibt. Aber ich weiß, dass dieses Reifengeschäft ursprünglich deinem Vater gehörte, und vielleicht fühlt es sich ein bisschen komisch an, jetzt auf seinem Stuhl zu sitzen."

„Das war Terrys Stuhl", korrigiere ich und balle meine Hände zu schweißnassen Fäusten.

„Du weißt, was ich meine." Miles setzt sich auf die Kante seines Stuhls und stützt seine Arme auf dem Schreibtisch ab. „Hör zu, Sam, wir stehen uns nahe, aber ich weiß, dass eine Mauer zwischen uns steht. Das war schon immer so. Ich habe dir wie verrückt von meinem Ex-Drama erzählt, aber du hast dich mir nie geöffnet."

„Das liegt daran, dass ich kein Ex-Drama habe", behaupte ich und spüre, wie sich meine Muskeln anspannen, je tiefer das Gespräch geht.

„Ich weiß, aber du hast immer noch ein Drama. Und tu nicht so, als hättest du keins. Ich weiß, dass du deiner Mutter helfen willst, in zwei Jahren in Rente zu gehen, und dass du deinen Schwestern ständig aushilfst. Und jetzt musst du auch noch ein Reifenlager leiten. Das ist eine große Verantwortung, Sam. Und ich weiß, dass nicht alle Männer teilen können, aber ich hoffe, du weißt, dass ich immer für dich da bin. Pure Loyalität, Mann."

Miles' Worte lassen mich innehalten. Seine blauen Augen sind weit aufgerissen, als wolle er mir mit einem einzigen bedeutungsvollen Blick seine Liebe zu mir vermitteln. Es tut weh. Alles, was er gesagt hat, tut weh, weil ich es nicht verdient habe. Nicht nach all dem Scheiß, den ich hinter seinem Rücken mit seiner Schwester gemacht habe. Ich bereue nicht, was wir getan haben, aber ich bereue, dass ich ihn deswegen angelogen habe. Ich habe vielleicht eine Mauer errichtet, aber Miles ist immer noch mein bester Freund. Auch für mich ist es pure Loyalität.

„Danke, Mann. Bei mir ist es auch pure Loyalität."

Er nickt und streckt die Hand aus, um mir einen Fauststoß zu geben. „Das ist im Grunde deine Version von *ich liebe dich*, also nehme ich es." Er steht auf, um zur Tür hinauszugehen und sich wieder an die Arbeit zu machen, aber ich halte ihn auf, bevor er hinausgeht.

„Miles, hast du morgen Abend Zeit, mit mir etwas trinken zu gehen? Es gibt tatsächlich ein paar Dinge, über die ich mit dir reden möchte."

Miles' Augen leuchten wie die eines Kindes am Weihnachtsmorgen. „Auf jeden Fall. Lass es uns tun."

„Hört sich gut an, Mann", antworte ich, während ich denke: *Ich hoffe, dass du nach all dem, was ich dir erzähle, immer noch pure Loyalität zeigst.*

Ich ziehe mein Handy heraus, um Maggie eine SMS zu schicken.

Ich: Wir müssen reden.

Sparky: Okay …

Ich: Können wir uns bei Marv's zum Mittagessen treffen?

Sparky: Sicher, bis dann.

Ich sitze an demselben Tisch, an dem Maggie und ich zuvor saßen, und meine Handflächen sind schweißnass, während ich aus dem Fenster starre und darauf warte, dass ihr Auto vorfährt. Als es endlich parkt, schwöre ich, dass mein Herz zu rasen beginnt, als ich sie in ihrem langen roten Wollmantel, den Keilstiefeln und der engen Jeans in den Köderladen schreiten sehe. Ihr dunkles Haar fällt glatt und locker über ihren Rücken, und ich starre sie erstaunt an, weil sie so gar nicht diejenige ist, die ich mir vor ein paar Wochen vorgestellt habe.

Sie lächelt sanft, als sie mich in der Ecke sieht und kommt rüber. Sie setzt sich an den Tisch, leckt sich die Lippen und sieht sich die alten Männer an, die Karten spielen. „Vielleicht hätte ich doch ein Kartenspiel mitbringen sollen", sagt sie und ihr Blick wandert nervös zu mir.

Meine Augen blinzeln sie langsam an. „Ich fürchte, ich bin nicht in der Stimmung für Spielchen."

Sie nickt und atmet schwer aus. „Es tut mir leid, Sam. Mir tun so viele Dinge leid."

„Wie genau?", frage ich und schiebe meine Ärmel hoch, um mich auf das Kommende vorzubereiten.

„Dass ich dich dazu gebracht habe, meinen Bruder anzulügen. Dass ich unsere Freundschaft in eine Fickkumpel-Situation verwandelt habe …"

„Fickkumpel?", unterbreche ich sie, während meine Brust sich bei dieser krassen Bezeichnung zusammenzieht. „Glaubst du, dass wir das sind?"

Sie zuckt zusammen. „Das dachte ich? Ich weiß es nicht. Wie würdest du uns nennen?"

„Nicht das", antworte ich und wende den Kopf von ihr ab, während mein Kiefer vor Frustration zuckt. Was denke ich, was wir sind? Auf jeden Fall nicht nur Fickkumpel, das ist verdammt sicher.

„Was ist es dann, Sam? Worüber wolltest du reden?"

Ich schaue sie an und mustere ihr Gesicht, so wie ich es getan habe, als wir das erste Mal hier saßen. Sie hat sich seit jenem Tag verändert. Sie hat immer noch die gleichen hellen Augen und das dunkle Haar, aber ihr Gesicht enthält jetzt mehr als damals bei unserem Kennenlernen – vielleicht eine innere Stärke, die sie schmerzlich vermisst hat.

Ich atme schwer aus. „Ich will Miles die Wahrheit über uns sagen."

Maggies Augen werden groß. „Bist du verrückt? Er wird dich umbringen!"

Ich schüttle den Kopf. „Das ist mir egal. Ich kann ihm das nicht mehr antun."

Sie holt tief Luft, ihre Wangen blähen sich auf. Das hat sie heute eindeutig nicht von mir erwartet. Sie rutscht auf ihrem Stuhl nach vorn und kaut nachdenklich auf ihrer Lippe. „Ich meine, mir ist klar, dass wir das so weit getrieben haben, wie es nur geht, aber das heißt nicht, dass Miles alles wissen muss."

Bei ihrer Antwort schlucke ich einen Kloß in meinem Hals herunter. „Er muss es wissen."

Sie blinzelt schnell. „Aber wenn wir ihm von uns erzählen, wird er denken, dass ich Sterling betrogen habe."

„Du hast ihn nicht betrogen, weil du nicht mit Sterling zusammen bist, und dein Bruder verdient es, das auch zu wissen."

Ihr Gesicht wird blass. „Du sagst also, du willst ihm … alles sagen?"

„Ja."

„Warum, Sam? Warum das plötzliche Bedürfnis, über Dinge zu sprechen, die ihn nichts angehen?"

„Weil er mein bester Freund und dein Bruder ist, Maggie. Er sorgt sich um uns beide, und diese Fantasiewelt, in der du lebst, in der du glaubst, er würde Sterling hassen, weil er dich verlassen hat, ist genau das … eine Fantasie." Ich breite meine Hände auf dem Tisch aus, mein Herz klopft heftig in meiner Brust. „Dein Märchen kann so sowieso nicht wahr werden. Es ist jetzt verdorben."

„Das weißt du nicht", stottert Maggie mit weit aufgerissenen Augen und trotzig, während ihr Gesicht vor Wut errötet. „Und außerdem nehme ich keine Beziehungsratschläge von dir an. Du bist ein Einunddreißigjähriger, der noch nie verliebt war, geschweige denn eine monogame Beziehung hatte. Nur weil dein Herz nicht offen für die Liebe ist, musst du mir nicht die Chance darauf verbauen."

Ihre Worte treffen mich mitten ins Herz, denn ich weiß nicht genau, ob mein Herz nicht offen für die Liebe ist. Es gibt vieles, was ich nicht mehr über mich weiß, weil dieser Hitzkopf von einer Frau in mein Leben gestürmt ist und alles, was ich zu wissen glaubte, unter Strom gesetzt hat. Aber im Moment ist das Wichtigste, was ich im Kopf habe, ein reines Gewissen.

„Meine Entscheidung, mit deinem Bruder zu sprechen, ist endgültig." Ich lehne mich zurück und verschränke die Arme vor der Brust.

Ihre Lippen zucken, die Wut kocht in ihrem ganzen Körper hoch, bis hinunter zu ihren geballten Fäusten auf dem Tisch. „Das ist ja toll. Jetzt wird meine ganze Familie wissen, dass ich eine verzweifelte, *gewöhnliche* Verliererin bin, die bis zum Äußersten gegangen ist, um einen Typen zurückzugewinnen, der mich nicht liebt. Danke für deine ganze Hilfe, Sam!"

Sie will aufstehen, und ich greife nach ihrem Handgelenk und halte sie auf. Sie wirbelt herum und starrt mich mit ihren blauen Augen voller Schmerz und Verlegenheit an. Aber vor allem … Verrat. Sie fühlt sich von mir verraten, und verdammt, vielleicht verdiene ich es.

„Es tut mir leid, Maggie", krächze ich, weil es das Einzige ist, was mir einfällt.

Sie stößt ein Lachen aus und beißt sich auf die Innenseite

ihrer Wange, während sie immer wieder nickt. „Es ist in Ordnung, Sam. Es ist in Ordnung. Erzähl Miles alles, mal sehen, ob es mich interessiert." Sie atmet tief ein und beugt sich vor, um hinzuzufügen: „Aber weißt du, was das Schlimmste an der ganzen Sache ist?"

Ich schaue stumm zu ihr auf und warte mit angehaltenem Atem darauf, dass sie es mir sagt.

„Dass ein abartiger, wahnhafter Teil von mir dachte, du würdest mich heute herbitten, um mir zu sagen, dass du Gefühle für mich hast."

Wütend reißt sie mir ihr Handgelenk aus der Hand und stürmt aus Marv's, wobei sie mich so durcheinander wie eine verknotete Angelschnur zurücklässt.

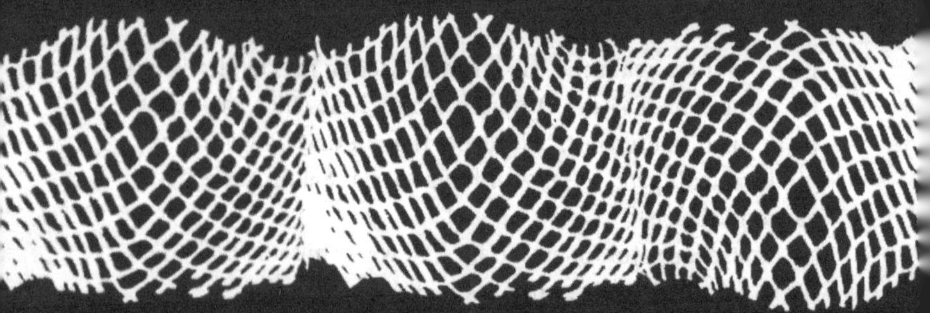

KAPITEL 17

Ich wünschte, ich wäre angeln gegangen

Maggie

In meiner Kindheit war ich berühmt für epische Wutanfälle. Ich erinnere mich, dass sich alle in meiner Familie immer so viel größer, klüger und stärker anfühlten als ich, dass sie mich gar nicht bemerkten, wenn ich mich nicht auf dem Boden wälzte und eine riesige Szene machte.

Meine Mutter sagte, ich sei melodramatisch, weil ich Veränderungen hasste. Sie erzählte mir, als ich einmal meiner Barbie die Haare abgeschnitten hatte, habe ich sofort angefangen zu schluchzen und sie angefleht, sie wieder anzukleben, obwohl ich sie abgeschnitten hatte. Und anscheinend ist dieser liebenswerte Teil meiner Persönlichkeit nie verschwunden, denn ich kann mich noch gut daran erinnern, wie ich mich an der Schulter meines Bruders ausheulte, als er mir erzählte, dass er mit seiner Freundin ins acht Stunden entfernte Boulder in Colorado ziehen würde. Zugegeben, das lag zum Teil daran, dass ich seine damalige Freundin nicht ausstehen konnte, aber der größte Teil davon war, dass ich Veränderungen hasste.

Ich hasse Veränderungen immer noch.

Paradebeispiel, Sterling verlässt mich, und ich begebe mich auf eine verrückte Reise der Selbstfindung. Ich schätze, manche Dinge ändern sich nie.

Draußen ist es schon fast dunkel, als ich mich zum ersten Mal seit vierundzwanzig Stunden aus meinem Zimmer quäle. Ich habe mich wie eine Einsiedlerin in meinem Zimmer versteckt, weil ich Angst habe, dass Miles jeden Moment hereinstürmt und mich verleugnet, weil ich ihn angelogen und dann mit seinem besten Freund rumgemacht habe. Aber bis jetzt ist alles ruhig in Boulder. Wie die Ruhe vor dem Sturm.

Ich schlurfe ins Bad, um zu duschen, was mir hoffentlich einen klaren Kopf verschafft, aber ich weiß, dass es das nicht tun wird. Im Moment fühle ich mich, als würde ich ständig von einem Bus überfahren, nur um gleich darauf von einem anderen Bus überfahren zu werden. Zuerst mit Sterling, dann mit Kate und jetzt mit Sam. Für ein Mädchen, das nicht gut mit Veränderungen umgehen kann, kommt eine Menge Mist viel zu schnell auf mich zu.

Im Haus ist es still, als ich mit einem Handtuch um mich gewickelt aus dem Bad trete. Miles und Kate werden nach einem weiteren romantischen Tag bei Tire Depot bald zu Hause sein. Vielleicht sollte ich etwas zum Abendessen vorbereiten. Es könnte durchaus mein letztes Abendmahl mit ihnen sein.

Mein Handy klingelt, und das Gesicht meiner Mutter leuchtet auf dem Display. Ich gehe ran und spüre, wie sich allein bei dem Gedanken, ihre Stimme wieder zu hören, ein Kloß des Heimwehs in meinem Hals bildet. „Hey, Mom.“

„Hallo Maggie, wie geht es dir?“, fragt sie mit ihrer wie immer beruhigenden Stimme.

„Mir geht es gut“, lüge ich. „Wie geht es dir?“

„Mir geht es gut. Aber ich vermisse dich. Wann glaubst du, dass du aus Boulder zurückkommst? Ich habe das Gefühl, dich ewig nicht gesehen zu haben.“

Ich seufze schwer. „Ich werde wahrscheinlich bald nach Hause kommen.“

„Gut. Dein Vater und ich sind noch nicht bereit, offiziell ohne unsere Kinder zu wohnen.“

„Wie geht es Dad?“, frage ich, beiße mir auf die Lippe und versuche, die Tränen zu unterdrücken, die mir in die Augen steigen.

„Ihm geht es gut. Er hat heute Abend dieses lächerliche Flag-Football-Liga-Training. Ich kann immer noch nicht glauben, dass er einem Senioren-Football-Programm beigetreten ist. Das scheint mir ein Widerspruch in sich zu sein.“

Ich lache darüber. Dad hat Football schon immer geliebt. „Mom, erzähl mir noch mal, wie du und Dad euch kennengelernt habt.“

„Was?“, fragt sie neugierig.

„Erzähl mir die Geschichte noch einmal.“

Sie lacht leise ins Telefon und sagt: „Nun, ich war auf meiner ersten Studenten-Party mit meinen Freundinnen, und dieser Junge versuchte die ganze Nacht, mich zum Tanzen zu bewegen. Ich war nicht interessiert. Er hat seine Zigaretten im Ärmel aufgerollt, und das fand ich immer so geschmacklos. Aber der Junge gab nicht auf, und gerade als ich dachte, ich müsste die Party verlassen, um von ihm wegzukommen, stellte sich dein Vater zwischen uns, starrte dem Kerl ins Gesicht und sagte: ‚Geh weiter, oder dein nächster Tanz wird mit meiner Faust sein.‘“

Mein Gesicht verzieht sich zu einem breiten, glücklichen Lächeln. „Und dann drehte er sich um …“

„Dann drehte er sich um, lächelte mich an, und irgendwie wusste ich, dass ich den Mann vor mir hatte, mit dem ich den Rest meines Lebens verbringen würde.“

„Und Daddy hat dasselbe gedacht.“

„Dein Vater hat mir später erzählt, dass er wusste, dass es daran lag, dass ich noch nicht in seine Richtung geschaut hatte, als er sah, wie ich den anderen Kerl auf der anderen Seite des Raumes abwies.“

„Meine Güte, diese Geschichte ist die beste.“

„Das ist sie wirklich.“ Meine Mutter lacht. „Ich werde es nie leid, sie zu erzählen.“

Ich schniefe einmal ins Telefon und krächze: „Glaubst du, das ist es, was Sterling und ich haben?“

„Was meinst du?“

„Meinst du, wir könnten so sein wie du und Dad?“

„Schatz, ich weiß nicht, warum das wichtig sein sollte. Wenn ich durch meinen Dirty Birdy’s Buchblog etwas gelernt habe, dann, dass alle Geschichten einzigartig sind. Von Anfang bis Ende. Fiktionale und echte.“

„Aber du und Dad seid so glücklich. Eure Geschichte lässt mich glauben, dass das, was wir in den Liebesromanen lesen, das wahre Leben sein kann. Ich würde alles für diese Art von buchwürdigem Glück tun.“

„Glück sollte nicht erzwungen werden, Liebes. Es sollte natürlich kommen. Bist du mit Sterling glücklich?“

Ich beiße mir auf die Lippe und unterdrücke den kleinen Schluchzer, der mir aus der Kehle kommen will, weil ich so eine Idiotin war. So blindlings dumm, dass ich mich in diesem Moment hasse. Ich öffne den Mund, um mein Herz auszuschütten, aber die Türklingel unterbricht mich.

Ich schaue stirnrunzelnd auf die Haustür. „Hey, da ist jemand an der Tür, Mom. Ich mache besser auf.“

„Okay, Schatz. Aber ruf mich später an?“

„Mache ich, Mom. Danke für das Gespräch.“

„Jederzeit, Maggie.“

Ich lege auf, ziehe das Handtuch fester um meine Brust und gehe zur Haustür, in der Erwartung, dass es sich um eine Postzustellung handelt oder dass Kate und Miles ihren Schlüssel vergessen haben. Als ich die Tür öffne und hinausspähe, damit sie nicht sehen können, dass ich nur mit einem Handtuch bekleidet bin, kann mein Verstand nicht einmal akzeptieren, was auf der anderen Seite ist.

Meine Augen sehen es, aber mein Geist zeigt keine körperliche Reaktion darauf. Er … starrt es einfach ausdruckslos an, ohne irgendeine emotionale Reaktion.

„Baby", sagt Sterling mit heiserer Stimme. Er stößt die Tür ganz auf und überfällt meinen fast nackten Körper mit der eiskalten Winterluft. Er tritt ein und schließt die Tür, bevor er sich umdreht und mich in meinem Handtuch mustert. Er nimmt mich in die Arme, und während meine Füße über dem Boden baumeln, tue ich alles, was ich kann, um mein Gehirn dazu zu bringen, aufzuwachen und zu reagieren. Es ist, als hätte ich eine außerkörperliche Erfahrung, als ich mich selbst dabei beobachte, wie ich zusammenzucke, während mein Ex-Freund mich im Foyer des Hauses meines Bruders umarmt.

Als er mich absetzt, schaue ich zu ihm hoch, um mich zu vergewissern, dass er es wirklich ist. Groß, check. Dunkel, check. Gut aussehend, check. Braune Augen, die ein bisschen schärfer sind, als ich sie in Erinnerung habe, check.

„Sterling?" Ich spreche seinen Namen wie eine Frage aus, damit ich eine verbale Bestätigung bekomme, dass ich nicht mitten in einem Nervenzusammenbruch stecke und mir einbilde, der Postbote sei mein Ex.

„Ja, Baby. Gott, ich habe dich vermisst. Was hast du da an?"

Ich werfe einen Blick auf mein Handtuch und löse mich aus seinen Armen, um es enger um meine Brust zu ziehen. „Ich komme gerade aus der Dusche."

„Es ist fast sechs Uhr, Baby. Warum bist du nicht angezogen?", fragt er, schiebt seine Hände in die Taschen und geht weiter ins Haus, das er mit einem Hauch Arroganz in seinem Verhalten inspiziert.

Ich schüttle den Kopf, denn der Nebel hält sich länger als er sollte, während ich versuche herauszufinden, warum er mich ständig Baby nennt. „Warte, warum bist du hier? Musst du nicht zur Uni?"

Sterling zuckt mit den breiten Schultern. „Die Uni ist im Moment ziemlich sinnlos für mich, weil ich weiß, dass ich in die NFL aufgenommen werde." Er lächelt überheblich, und es fühlt sich seltsam an. „Ich bin hier, weil ich dich vermisst habe und dich sehen musste."

„Du wolltest mich sehen?", wiederhole ich und blinzle langsam, während ich versuche, die Worte zu verstehen, die er sagt. „Woher wusstest du, wo Miles wohnt?"

„Ich habe deine Eltern angerufen", antwortet er mit einem stolzen Grinsen.

Ich schaue nach unten, schüttle immer noch schockiert den Kopf und sehe seine Jeans über seinen Schuhen hängen. Eine große, schlaffe Jeans, die über einem Paar teurer Turnschuhe Falten bildet.

„Wo ist dein Schlafzimmer?", fragt er und starrt auf mein Handtuch, was mich veranlasst, es noch fester um mich zu ziehen.

„Mein Schlafzimmer?", stottere ich, während ich eine Gänsehaut bekomme.

Er legt seinen Mantel ab und wirft ihn auf einen Stuhl in der Nähe, während er auf mich zu schlendert. „Ich habe dir gesagt, dass ich dich vermisse." Er erreicht mich, schiebt seine Hände in mein nasses Haar und zieht mich an sich, während ich mein Bestes gebe, um das sichtbare Zusammenzucken zu unterdrücken.

Sein Körper fühlt sich seltsam und fremd an, anstatt dass Wärme meinen Körper bedeckt. Das ist schlimmer als ein Eimer kaltes Wasser, den man mir über den Kopf schüttet. „Du bist also wegen … Sex hier?", platze ich heraus, als ich ihn wegstoße.

„Nein", antwortet er und sieht dabei ein wenig verletzt aus. „Aber zu einem Quickie würde ich sicher nicht Nein sagen, wenn du Lust hast."

Ich entferne mich aus seiner Reichweite und schüttle entschlossen den Kopf. „Nein, ich habe keine Lust."

Sterling runzelt die Stirn. „Was ist los mit dir? Ich dachte, du würdest dich freuen, mich zu sehen."

„Das tue ich …, glaube ich", sage ich leise und versuche, wieder etwas Klarheit zu gewinnen. „Ich versuche nur herauszufinden, was du hier tust."

Plötzlich höre ich, wie sich das Garagentor öffnet, und Sterling und ich starren uns an, während die Stimmen von Miles und Kate die Treppe von der unteren Ebene der Garage heraufwehen.

„Meg, wessen Auto steht da draußen?", brüllt Miles und schreitet dann ins Foyer, um Sterling zu sehen. „Oh verdammt, Sterling! Ich wusste nicht, dass du hier bist!" Miles schüttelt Sterling die Hand und klopft ihm auf die Schulter. „Megan, warum hast du mir nicht gesagt, dass Sterling nach Boulder kommt?"

„Ich habe es gerade herausgefunden", antworte ich und zwinge mich zu einem Lächeln, als Kate den Raum betritt und mich misstrauisch ansieht.

„Hallo, Sterling", sagt sie, wesentlich weniger enthusiastisch als Miles.

„Ich habe mein Mädchen vermisst, also dachte ich, ich überrasche sie", sagt Sterling und lächelt mich an. „Du bist überrascht, nicht wahr, Baby?"

Ich nicke, und Miles brüllt vor Lachen, bevor er sagt: „Na, dann lasst uns doch essen gehen, wir müssen Sterling die Wunder von Boulder zeigen!"

Sterling nickt langsam und starrt mich an. „Das klingt doch ganz gut."

Miles runzelt für einen Moment die Stirn und schnippt dann mit den Fingern. „Mist, ich muss nur schnell Sam anrufen. Ich wollte mich eigentlich heute Abend mit ihm treffen, aber ich bin sicher, dass er es für diesen Anlass verschieben kann."

Mir gefriert das Blut in den Adern, und ich platze heraus: „Sag Sam nicht, dass Sterling hier ist!"

Miles sieht mich stirnrunzelnd an. „Warum nicht?"

Nervös beiße ich mir auf die Lippe und stottere: „Ähm …, er ist ein großer Footballfan, glaube ich, und ich will nicht, dass er auftaucht und Sterling überfordert."

Miles verzieht das Gesicht. „Du kennst Sam überhaupt nicht, Megs. Er schert sich einen Dreck um Football."

Miles dreht sich um und schaut nach unten, um eine SMS an Sam zu tippen, und alles in mir verwandelt sich in Wackelpudding, während ich darüber nachdenke, wie zum Teufel ich diesen Abend heil überstehen soll.

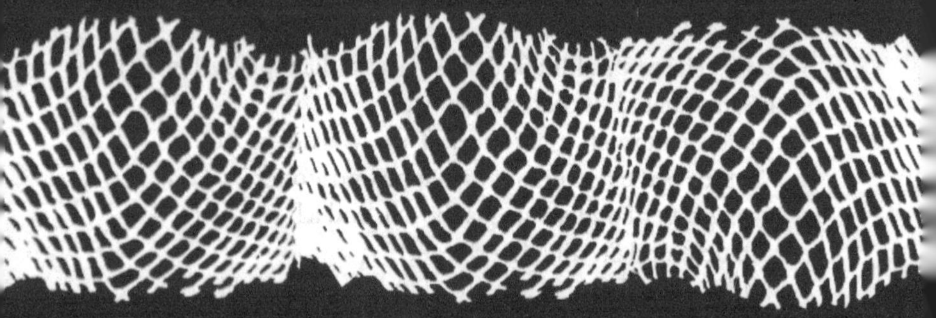

KAPITEL 18

Ich habe mein ganzes Leben im falschen Loch geangelt

Sam

Nach der Arbeit fahre ich zu meiner Mutter, bevor ich mich mit Miles treffen soll, denn sie hat angerufen und gesagt, dass die Decke unter ihrem Badezimmer im Obergeschoss undicht ist. Das ist ein immer wiederkehrendes Problem mit dieser Dusche und etwas, das ich schon seit einer Weile austauschen wollte, aber einfach nicht dazu gekommen bin. Sie wollte einen Klempner beauftragen, das Problem heute zu beheben, aber ich weiß, dass ich nur zehn Minuten dafür brauche. Die Dusche muss nur geflickt werden, und dann ist sie so gut wie neu.

Ich schließe mit meinem Schlüssel die Haustür auf. „Hey Mom, wo bist du?", rufe ich.

Ihre Stimme dringt von oben herab. „Ich bin gerade hier oben im Bad und räume Sachen aus dem Weg, damit du es dir ansehen kannst! Komm hoch!"

Mit dem Werkzeugkasten in der Hand steige ich die Treppe hinauf und finde sie mit ausgebreiteten Armen im Badezimmer.

„Hallo", sagt sie mit einem schwachen Lächeln. „Ich habe gerade das Zeug für dich weggeräumt. Es tut mir leid, dass du herkommen musstest."

„Mom", schimpfe ich kopfschüttelnd, schenke ihr aber ein beruhigendes Lächeln. „Es ist in Ordnung."

Sie weicht mir mit mehreren Shampooflaschen an der Brust aus und lässt sie auf den Waschtisch fallen. Ich leuchte mit meiner Taschenlampe auf den Boden der Dusche und erkenne den Haarriss auf Anhieb. Er muss nur kurz abgeschliffen und mit Fiberglas aus dem Reparaturset, das ich für ein paar Dollar gekauft habe, ausgebessert werden, und schon sollte alles so gut wie neu sein.

Ich lasse mich auf Hände und Knie sinken, um mich an die Arbeit zu machen, während meine Mutter hinter mir auf dem Tresen hockt. Nach nur einem Moment des Schweigens sagt sie aus heiterem Himmel: „Du warst seit ein paar Wochen nicht mehr zum Sonntagsbrunch da. Ist alles in Ordnung? Ist die Übernahme des Ladens zu viel für dich? Ich habe Terry gesagt, dass ich nicht will, dass er dich drängt."

„Nein, Mom. Dem Laden geht es gut", antworte ich, während ich das Fiberglas um den Riss herum abschleife. „Es ist nicht die Arbeit. Es sind … persönliche Dinge." Sobald die Worte aus meinem Mund kommen, bereue ich sie.

„Persönliche Dinge?", fragt sie mit neugieriger Stimme. „Welche persönlichen Dinge?"

Ich verdrehe die Augen und schaue über meine Schulter zu ihr. Meine Mutter hat ein Gespür für Lügen, und wenn ich versuche, etwas zu erfinden, wird sie mich ausfragen, bis ich schwitze. „Ich habe diesem Mädchen bei einem blöden Projekt geholfen. Aber im Grunde ist es jetzt vorbei."

Ich beende das Schleifen und lehne mich zurück, um als Nächstes die Epoxidharz-Gelschicht anzumischen. Ich spüre, wie meine Mutter mich ruhig beobachtet, während sie darüber nachdenkt, wie sie mich am besten wie den Boden dieser Dusche knacken kann.

„Ist das dasselbe Mädchen, das du zum Eisfischen mitgenommen hast?", fragt sie und trifft damit das Thema genau auf den Punkt.

Ich hebe eine Augenbraue und schaue sie an. „Ja, und sie ist Miles' kleine Schwester."

„Sammy." Sie schnappt nach Luft, ihre blauen Augen sind groß. „Hast du eine *Beziehung* mit ihr …, eine romantische? Weiß Miles davon?"

Ich schüttle den Kopf. „Er weiß es nicht. Ich werde es ihm heute Abend sagen." Ich tauche das Fiberglastuch in die Mischung und lehne mich über den Boden, um es entlang des Risses zu verteilen. „Die Sache wurde einfach zu heiß. Zu stressig. Und ich hasse es, meinen Freund anzulügen."

Ich höre ihr abfälliges Geräusch. „Was sagt das Mädchen dazu? Wie ist ihr Name?"

„Maggie", antworte ich und greife nach meinem Spachtel, um die Luftblasen zu entfernen. „Sie ist nicht glücklich darüber. Ziemlich sauer sogar."

Sobald alles glatt ist, drehe ich mich um und setze mich mit dem Rücken zur Wand auf den Hintern. Ich schaue auf und beobachte die Reaktion meiner Mutter, die alles bedenkt, was ich ihr erzähle.

„Was meinst du, was Miles tun wird?", fragt sie mit besorgt zusammengezogenen Augenbrauen.

„Er wird mich wahrscheinlich schlagen", schnaube ich. „Aber ich habe es verdient."

Diese Antwort gefällt ihr gar nicht, sie fummelt an ihrer Halskette herum und starrt mit ernster Miene an die Wand. „Nun, was ist dann dein Ziel? Bist du in das Mädchen verliebt?"

„Verliebt? Nein, Mom", schnauze ich und drehe mich um, um die Flasche mit dem Dichtungsmittel zu holen. „Wie kommst du darauf, dass ich in sie verliebt bin?"

„Weil du für sie eine Freundschaft riskierst."

Sie zuckt mit den Schultern, als wäre es das Selbstverständlichste der Welt, und ich drehe mich schnell um, damit sie meine Reaktion auf diese Aussage nicht sehen kann. Meine Augen blinzeln schnell, als ihre Worte eine unerwartete Wirkung auf mich haben. Setze ich meine Freundschaft mit Miles für Maggie aufs Spiel? Sicherlich nicht. Ich möchte Miles nicht verlieren, aber das Geständnis der Wahrheit scheint mir im Moment das einzig Richtige zu sein. Maggie und ich sind offensichtlich mehr als zwanglos, und ich kann meinen besten Freund nicht mehr anlügen, wenn ich mich in seine Schwester verliebe.

Mein Herz beginnt bei dieser Erkenntnis in meiner Brust zu pochen, und ich drehe mich um, um mich mit dem Rücken an die Duschwand zu lehnen und mich verdammt noch mal zusammenzureißen. Mein Handy klingelt von seinem Platz auf dem Boden und ich schaue nach unten, um eine SMS von Miles zu sehen.

Miles: Hey, Mann, Planänderung. Megans Freund ist gerade unerwartet aufgetaucht, also kann ich die Drinks heute Abend verschieben? Kate und ich bringen die beiden ins Rio und machen sie mit den „Two Limit Margaritas" bekannt.

Meine Hand verkrampft sich um das Telefon, meine Augen werden unfokussiert, während ich die Tatsache verinnerliche, dass Maggies Ex-Freund hier ist. *Sterling ist hier? Was für ein beschissener Name ist das überhaupt?*

Und ernsthaft, was soll der Scheiß? Es ist erst ein paar Tage her, dass ich in Maggie war und sie zum Orgasmus gebracht habe, und *jetzt* taucht dieser Wichser auf?

„Wer ist es?", fragt meine Mutter mit sanfter, aber bohrender Stimme.

„Miles", antworte ich, während sich meine Hand um mein

Handy lockert. „Maggies Ex ist gerade aufgetaucht, also muss er die Drinks verschieben, auf die wir uns heute Abend treffen wollten.“

„Maggies Ex?“, fragt Mom, und ihre Stimme wird immer lauter. „Ist er aus Boulder?“

„Nein“, antworte ich mit zusammengebissenen Zähnen. „Er ist von weit her.“ Das heißt, wenn er hier ist, hat Maggies bescheuerter Plan tatsächlich funktioniert und er will sie zurück.

Ich stehe auf und fange an, mein Werkzeug in meinen Werkzeugkasten zu werfen, viel schneller und lauter als nötig, aber verdammt, ich flippe gerade total aus. Wer ist dieser Typ, der im Haus meines besten Freundes auftaucht und mit meinen gottverdammten Leuten zu Abend isst?

Mom rutscht von der Theke und hält mich am Arm fest, sodass ich mich ihr zuwende. „Sammy, was ist hier los?“

„Nichts, Mom. Lass es gut sein“, knurre ich. Ich ziehe mich von ihr zurück, nehme meinen Werkzeugkasten vom Boden und gehe zur Tür hinaus.

„Es ist nicht nichts!“, ruft sie und versucht mit aller Kraft, mich zu drehen, damit ich sie ansehe. „Rede mit mir.“

Ihr Gesicht ist von Sorge gezeichnet, und sofort verwandelt sich mein Ärger in eine Entschuldigung. „Ich weiß nicht, was ich dir sagen soll. Ich bin einfach nur stinksauer, schätze ich.“

„Wegen dieser SMS?“

„Ja, wegen dieser SMS“, knurre ich und fahre mir mit der freien Hand durch die Haare. „Dieser Ex von ihr ist ein Arschloch. Er hat ihr das verdammte Herz gebrochen, aber sie ist besessen davon, ihn zurückzubekommen. Sie wird ihn zurücknehmen. Ich weiß es.“

„Und warum interessiert dich das?“, fragt sie und berührt mit ihren Händen meine Wangen, sodass ich aufhöre, meinen Blick in dem kleinen Badezimmer umherschweifen zu lassen, und sie ansehe.

„Weil mir etwas an ihr liegt“, sage ich ohne Zögern.

Sie nickt, wobei sie die Augenbrauen zusammenzieht. „Das kann ich sehen. Liegt ihr etwas an dir?"

Ich schüttle frustriert den Kopf, denn es ist verdammt noch mal egal. „Das ist nicht der Punkt, Mom. Sie ist Miles' kleine Schwester. Ich kann das nicht tun."

„Natürlich kannst du das", sagt sie und schlägt mir auf die Brust, bevor sie die Hände in die Hüften stemmt. „Er liebt dich, und er liebt sie. Er wird es verstehen, wenn es das ist, was euch beide glücklich macht."

„Es ist nicht nur das", sage ich und unterdrücke den Drang, mit den Augen zu rollen. „Du kennst Maggie nicht, Mom. Sie hat sich in den Kopf gesetzt, ihren Ex zurückzugewinnen, und dafür hat sie sich viel Mühe gegeben. Wenn er hier ist, ist das Spiel vorbei. Sie hat ihr Ziel erreicht."

Mom fixiert mich mit einem unbeeindruckten Blick. „Willst du mir sagen, dass du nach all den schrecklichen Schlägereien, die du als Kind hattest, nicht das Zeug dazu hast, um dieses Mädchen zu kämpfen?"

Ich muss lachen, denn von meiner Mutter Ratschläge in Sachen Liebe zu bekommen, ist ungefähr so nützlich wie ein Eimer gefrorener Fische. „Ich glaube nicht, dass Maggie will, dass ich um sie kämpfe."

„Das ist egal!", argumentiert Mom und verpasst mir einen Klaps auf den Bauch. „Wenn du diesem Mädchen dein Herz geschenkt hast, Sammy, dann ist das nichts, was du zurücklassen kannst."

Ich atme schwer aus, denn ich hasse es, meiner Mutter all das erklären zu müssen, aber ich weiß, dass sie es nicht auf sich beruhen lassen wird, wenn ich es nicht tue. „Ich kann nicht mit jemandem wie ihr zusammen sein, Mom. Maggie ist … eine Menge. Sie ist jung und stur und viel zu besessen von einem perfekten Leben und einem Happy End. Sie will Liebesroman-Scheiße. Ich bin nicht die Art von Mann, die ihr das geben kann."

„Natürlich kannst du das, du Dummkopf. Happy Ends gibt es in allen Formen und Größen."

Mom lässt nicht locker, und das macht mich fertig, weil ich weiß, dass meine größte Angst sie verletzen wird. Mit leiser Stimme antworte ich: „Ich bin nicht gut genug für sie, Mom. Was, wenn ich wie Dad bin?"

„Samuel Michael O'Connor!", ruft sie mit hoher, rauer Stimme, genau wie damals, wenn ich als Kind in Schwierigkeiten geriet. „Ich habe während deiner ganzen vergeudeten Jugend nie die Hand gegen dich erhoben, aber ich schwöre bei Gott, meine Handfläche sehnt sich gerade danach, dir eine Ohrfeige zu verpassen."

„Mom, meine Güte!", rufe ich und halte zur Verteidigung meine Hand hoch.

„Du bist nicht wie dein Vater, hörst du?", zischt sie und schubst mich, um ihren Standpunkt zu unterstreichen. „Du bist freundlich, gut und großzügig. Du kümmerst dich um diese ganze Familie. Das hast du immer getan …, selbst als du mit sechzehn ein kleiner Teufelsbraten warst, bist du früh aufgestanden und hast in der Einfahrt Schnee geschippt. Dein Vater hat hier nie etwas getan. Nicht einmal für euch Kinder. Das einzig Anständige, was er je getan hat, war, dir das Eisfischen beizubringen, und du hängst sogar daran, weil du denkst, du müsstest es allein tun, um die einzige gute Erinnerung zu bewahren, die er dir hinterlassen hat."

Meine Augen brennen aufgrund ihrer Worte, denn verdammt, sie sind wahr. Jahrelang bin ich allein zum Eisfischen gegangen, weil ich die einzige gute Erinnerung, die ich an meinen Vater habe, der, seien wir ehrlich, in den Augen meiner Familie verstorben ist, nicht schmälern wollte. Ich habe befürchtet, dass neue Erinnerungen die alten in den Schatten stellen würden, wenn ich jemand anderen mit aufs Eis nähme.

Dann traf ich Maggie, und plötzlich – ohne konkreten oder

greifbaren Grund – öffnete ich mich, um eine neue Erinnerung zu schaffen.

Meine Mutter streckt die Hand aus und zieht mich in eine Umarmung, die so fest ist, dass ich ihr ganzes Gewicht an meinem Hals spüre. „Wenn du jemanden gefunden hast, den du zum Eisfischen mitnimmst, dann solltest du aufhören zu bangen und anfangen zu angeln." Ein Lächeln breitet sich auf meinem Gesicht aus, als sie mich mit einem eigenen Lächeln loslässt. „Lass nicht zu, dass dieses Mädchen dir durch die Finger gleitet."

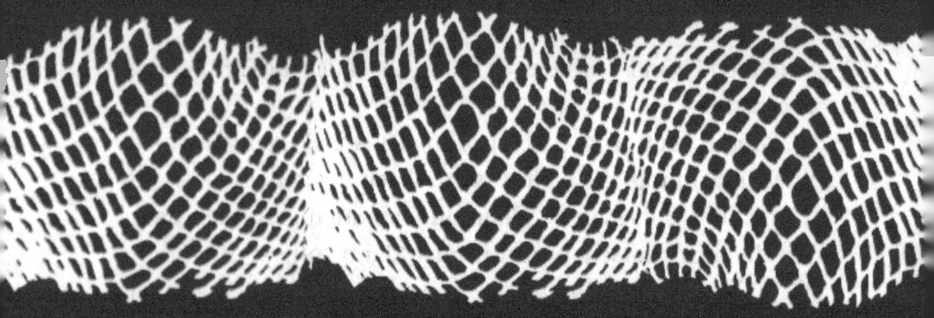

KAPITEL 19

Männer und Fische sind sich ähnlich …
Beide geraten in Schwierigkeiten, wenn
sie den Mund aufmachen.

Maggie

In Boulder gibt es nicht genug Chardonnay, um mich durch dieses Abendessen zu bringen. Und leider sind wir in einem mexikanischen Restaurant, sodass Wein hier nicht einmal eine Option ist. Auf der ganzen Fahrt zum Restaurant flippe ich innerlich aus, weil Sterling hier in Boulder ist. Das ist, als würden alle meine Liebesroman-Fantasien wahr werden. Nachdem der Held eine Fülle von Naturkatastrophen durchlebt hat, taucht er vor der Haustür der Heldin auf, um der Liebe seines Lebens zu sagen, dass er sie zurückhaben will, dass er ein Idiot war und dass er sie heiraten und eine Million Babys und Ziegen haben will.

Nun, vielleicht nicht die Ziegen.

Aber das ist doch der Traum, oder? Doch die ganze Zeit beim Abendessen fühlt sich etwas anders an. Wenn ich Sterlings Gesicht ansehe, bekomme ich nicht mehr das gleiche Flattern in meinem Bauch wie noch vor ein paar Wochen. Ist mein Herz einfach immer noch so gebrochen?

Sogar mein Bruder scheint Schwierigkeiten zu haben, sich mit der Person zu verbinden, die ich in meiner Fantasie mindestens fünfzigmal geheiratet habe.

„Also, Sterling", sagt Miles, setzt sein Corona ab und lehnt sich über den Tisch des mexikanischen Restaurants, „wie fühlt es sich an, zu wissen, dass sich in nur wenigen Monaten deine ganze Welt verändern wird?"

Sterling runzelt die Stirn, lehnt sich zurück und legt einen Arm über meine Stuhllehne. „Ziemlich verrückt."

Miles blinzelt und wartet darauf, dass Sterling es näher ausführt, aber als er merkt, dass er es nicht tun wird, fügt er hinzu: „Auf welches Team hoffst du?"

„Nicht die Broncos", schnaubt er und nimmt einen Schluck von seiner Margarita. „Ich habe hier ein Trainingslager gemacht, und die Höhenlage war brutal. Und wie kommt ihr mit dem ständigen Schnee zurecht? Ich kann ihn nicht ausstehen."

Das Gesicht meines Bruders wird lang, als hätte Sterling gerade sein Lieblingshündchen getreten. „Nun …, man gewöhnt sich daran."

„Besser du als ich", schnaubt Sterling.

Kates Augen finden meine, während sie an ihrem Drink nippt, und sie schenkt mir ein mitfühlendes Lächeln. Ich erwidere es. Ich bin immer noch sauer auf sie wegen Freitagabend, aber sie ist die Einzige, die wirklich versteht, in welcher Lage ich mich gerade befinde, und ich brauche ihre Unterstützung.

Mein Bruder gibt sich weiterhin alle Mühe, Smalltalk zu machen, als plötzlich Sterlings Hand unter den Tisch rutscht und meinen Oberschenkel fest umklammert. Die Art und Weise, wie seine Finger langsam meine Strumpfhose hinaufwandern, veranlasst mich, seine Hand in stiller Warnung zu drücken. Er sieht mit zusammengekniffenen Augen zu mir herüber, während mein Bruder weiter über die Wunder von Colorado und den Wechsel der Jahreszeiten schwafelt.

Als Sterlings Hand den Saum meines karierten Rocks berührt, beuge ich mich vor und zische: „Hör auf."

Er lächelt mich halb an, seine Lider sind leicht gesenkt. „Warum?"

„Weil wir mit meinem Bruder hier sind", stoße ich hervor und lächle Miles höflich an, als er Kate nach dem Namen eines Wandergebietes fragt, das sie im letzten Sommer entdeckt haben.

Sterling brummt und reißt seine Hand sichtlich verärgert von meinem Bein weg. Ich beuge mich vor und nehme einen großen Schluck von meiner sehr starken Margarita. Sterling hatte schon immer eine Vorliebe für öffentliche Zuneigungsbekundungen, und früher habe ich sie mit ihm genossen. Was hat sich geändert?

„Was dagegen, wenn ich mich zu euch setze?", sagt eine vertraute Stimme hinter mir, und ich spucke einen Teil meines Getränks über Sterlings Schoß aus.

„Mein Gott", sagt Sterling, stößt sich vom Tisch ab und wischt sich den Schoß ab, auf dem der größte Teil meines Getränks gelandet ist. „Was zum Teufel, Maggie?"

Ich ignoriere Sterlings Reaktion und drehe mich um, um festzustellen, dass Sam nur wenige Zentimeter von mir entfernt steht und die ganze Szene mit großer Belustigung beobachtet. Mein Blick schweift an seinem Körper hinunter und ich sehe, dass er wieder eines seiner heißen Hemden trägt, diesmal grün, passend zu seinen Augen, sowie eine perfekt sitzende Jeans. Er sieht mich an, und seine Augen blitzen hinunter zu meiner Strumpfhose und weiten sich leicht, bevor er ein angestrengtes Lächeln aufsetzt.

„Alles in Ordnung, Sparky?", fragt Sam und beugt sich vor, um mir sanft auf den Rücken zu klopfen.

Miles gluckst vom anderen Ende des Tisches. „Hey, Mann, was gibt's?"

Sam lächelt zu meinem Bruder hinüber. „Nun, ich habe deine SMS bekommen und dann beschlossen, dass ich sowieso Lust auf Tacos habe, also dachte ich mir, ich komme vorbei und schaue, ob ich mich euch anschließen kann. Das heißt, wenn ihr nichts gegen ein fünftes Rad habt."

„Wir lieben alle Räder!", sagt Miles, steht auf und geht zum Nachbartisch, um zu fragen, ob er sich einen Stuhl leihen kann. Sie nicken zustimmend, und er dreht den Stuhl herum und stellt ihn genau an das Ende, direkt zwischen Miles und Sterling.

„Ich fürchte, wir kennen uns noch nicht", sagt Sam und hält Sterling die Hand hin.

Sterling nimmt Sams Hand und schüttelt sie fest. „Ich bin Sterling, Maggies Freund."

„Freund!", ruft Sam aus und hebt überrascht die Augenbrauen, während er weiter seine Hand schüttelt. „Du bist der Footballspieler-Freund, von dem wir alle schon so viel gehört haben? Wow, schön, dich endlich kennenzulernen."

Sterling lächelt Sam unbeholfen an, als die beiden sich viel länger als nötig die Hände schütteln. „Und du bist?", fragt Sterling schließlich.

Miles klopft mit der Hand auf Sams Rücken. „Das ist mein bester Freund, Sam. Ihm gehört Tire Depot hier in der Stadt – wo ich arbeite", antwortet er.

Sterling hebt die Augenbrauen. „Du bist Geschäftsinhaber?"

Sam nickt nachdenklich. „Seit Kurzem, ja."

Sterling nickt, sagt aber nichts. Stattdessen nimmt er einen Schluck von seiner Margarita und mustert Sam wie ein Hahn, der sich über die Anwesenheit eines anderen Hahns aufregt.

Sam schlägt mit einer Hand auf den Tisch. „Also, was habe ich verpasst?", fragt er.

„Sterling hat uns gerade erzählt, wie sehr er Colorado hasst", sagt Kate trocken, dann setzt sie ihre Margarita an die Lippen und trinkt den letzten Schluck aus. Ihre Augen wirken leicht glasig, und ich bin mir sicher, dass der Tequila gerade das Reden übernimmt.

Sterling rutscht auf seinem Stuhl herum. „Ich habe nicht gesagt, dass ich Colorado hasse. Ich habe nur gesagt, dass ich hier nie leben möchte."

„Das ist schade", antwortet Sam kopfschüttelnd. „Es gibt hier so viel zu tun für Abenteurer. Du bist ziemlich abenteuerlustig, nicht wahr, Sterling?"

Sterling nickt und legt wieder den Arm um mich.

Sams Augen fixieren die Stelle, an der Sterlings Hand auf meiner Schulter landet. „Das konnte ich sehen. Du hast das Selbstvertrauen von jemandem, der viele Risiken eingeht. Was ist das Verrückteste, was du in letzter Zeit getan hast?", fragt er.

Sterling gluckst leise. „Du meinst, abgesehen davon, den Tacklings von einhundertzwanzig Kilo schweren Linemen auszuweichen?"

Miles nickt anerkennend – ein süßes, nichtsahnendes Hündchen, wie er es immer ist.

„Linemen sind aber nur Arbeit", sagt Sam und stützt sich mit den Ellbogen auf den Tisch. „Ich frage dich, welche persönlichen Abenteuer du unternimmst. Etwas, das deine Seele nährt."

Sterling starrt auf den Tisch und legt die Stirn in Falten, während er versucht, eine Antwort zu finden. „Ich fürchte, mir fällt nichts ein."

Sams Gesicht verzieht sich vor Verwirrung. „Nichts? Du kommst von der Ostküste, richtig? Hast du schon mal Hochseefischen oder Wassersport gemacht? Du weißt schon …, das *Gewöhliche*."

Sterling schüttelt den Kopf, da er offensichtlich nicht versteht, was Sam da sagt.

„Hm", erwidert Sam und kratzt sich am Kinn. „Was ist mit Bungee-Jumping oder Wildwasser-Rafting?"

„Nee, Mann. Das habe ich nicht gemacht.“

„Klettern?“

Sterling schüttelt erneut den Kopf.

„Paintball? Du hast doch sicher schon Paintball gespielt. Sogar zwölfjährige Jungs spielen Paintball!“

Sterlings Augen leuchten auf. „Ich habe mit meinen Kumpels Laser-Tag in einer Halle in meiner Heimatstadt gespielt. Das ist ziemlich heftig.“

Sams Lippen verziehen sich, als er versucht, seine Belustigung zu unterdrücken. „Klingt knallhart.“

Sterling rutscht auf seinem Sitz herum, da er merkt, dass Sam ihn verarscht. Er kneift die Augen zusammen. „Was ist mit dir?“, fragt er.

„Was ich so zum Spaß mache?“, fragt Sam und deutet mit großen, unschuldigen Augen auf seine Brust. „Nun, in Boulder gibt es selbst im Winter endlose Abenteuer. Ich fahre Snowboard. Ich klettere gefrorene Wasserfälle hoch. Verdammt, es gibt sogar diese eisbedeckten Silos, die man jetzt erklimmen kann und die ziemlich aufregend sind. Aber meine wahre Liebe gilt dem Eisfischen. Das mache ich bei jeder Gelegenheit.“

Sterling legt die Stirn in Falten, und mein Blick fällt auf Sam, der soeben fast alles aufgezählt hat, was ich in den letzten Wochen getan und wovon ich Sterling ein Foto geschickt habe. Wenn Sam näher bei mir säße, würde ich ihm unter dem Tisch gegen das Schienbein treten.

„Also Kate, an welchem Buch arbeitest du im Moment?“, frage ich mit roboterhafter Stimme, in dem Versuch, das Thema zu wechseln.

„Also Sterling, was liebst du am meisten an unserer Maggie?“, fragt Sam, der mich offen ignoriert.

Diesmal wendet Miles sich Sam zu, von der aggressiven Gesprächsführung seines Kumpels sichtlich überrascht. „Sam, was ist hier los?“

„Nichts!“, antwortet Sam und atmet schwer aus. „Ich

schätze, ich fühle mich hier wie ein großer Bruder für Maggie. Ich will sichergehen, dass dieser Typ gut genug für sie ist."

Miles setzt sich ein wenig aufrechter hin, sein Blick ist fest auf seinen besten Freund gerichtet, aber anstatt Sam herauszufordern, wendet er sich Sterling zu und wartet auf dessen Antwort.

Sterling lehnt sich nach vorn und stützt die Ellbogen auf den Tisch, während er mich ansieht und alle Züge meines Gesichts anstarrt. „Nun, sie ist wunderschön. Helle Augen und dunkles Haar sind so einzigartig, weißt du?"

Sams Blick bleibt an mir haften, und sein rechtes Auge zuckt verärgert. „Das ist es, was du am meisten an ihr liebst?", fragt er.

Ich greife nach Sterlings Arm und halte ihn besitzergreifend fest. „Wir haben auch viel gemeinsam."

Sams Augenbrauen heben sich. „Was du nicht sagst."

Ich schlucke langsam und werfe einen Blick auf meinen Bruder. Miles wird langsam klar, dass Sam im Grunde mitten in einer Art Schwanzmesswettbewerb mit meinem Freund steckt. Oder Ex-Freund, sollte ich sagen. „Wir lieben beide das Kino, und wir gehen gern auf Partys." Ich erzwinge ein Lächeln, das Sterling nur halbherzig erwidert. „Wir haben einen sehr ähnlichen Hintergrund. Sterling war Footballspieler. Ich war Football-Cheerleaderin."

„Wie niedlich", sagt Sam und stützt sein Kinn auf eine Hand, als wäre er entzückt über diese erbärmliche Antwort, die ich wie eine Idiotin vor mich hinmurmle.

„Wir lieben Pizza", füge ich schwach hinzu. Sterling sträubt sich neben mir, also platze ich schnell heraus: „Und als wir uns kennenlernten, war es Liebe auf den ersten Blick, der Rest ist also Geschichte."

Sam lehnt sich in seinem Stuhl zurück und stützt seinen Knöchel auf sein Knie. „Wie süß. Ihr beiden Paare seid so süß. Ihr bringt mich dazu, tatsächlich die Monogamie in Betracht zu ziehen."

„Bruder, das ist großartig!", ruft Miles und seine Laune hellt sich auf, als verstünde er jetzt, warum Sam sich wie ein Verrückter aufführt. „Ist dieses Verhör nur, weil du dich in die heiße Braut vom Eisfischen verknallt hast, von der du mir erzählt hast?"

Sam antwortet nicht. Stattdessen wirft er mir einen Blick zu, der so intensiv, so aussagekräftig, so überwältigend ist, dass ich keine Luft mehr bekomme.

Mein Stuhl scharrt laut auf dem Boden, als ich aufstehe. „Würdet ihr mich entschuldigen? Ich gehe nur kurz auf die Toilette. Zu viel Margarita", sage ich und fuchtle mit der Hand vor meinem Gesicht herum.

Ich mache mich auf den Weg zu dem langen Gang im hinteren Teil des Restaurants, der zu den Toiletten und einem Hinterausgang führt. Da ich mich klaustrophobisch fühle, umgehe ich die Damentoilette und stürme durch die Hintertür. Ich finde mich in der Hintergasse wieder, neben ein paar Müllcontainern und Lüftungsschächten, aus denen Dampf von Gott weiß was kommt. Ich atme die kalte Nachtluft ein und beginne, den Schnee unter meinen Stiefeln mit den Füßen zu treten, in einem kindischen Versuch, etwas von der Angst zu lindern, die mich durchströmt.

Was ist heute Abend überhaupt los? Warum ist Sterling hier? Warum ist Sam hier? Warum ist mein Bruder so ein süßer Idiot, und warum hat er nicht herausgefunden, dass ich eine komplette Betrügerin bin? Warum hilft mir Kate nicht, aus diesem verdammten Schlamassel herauszukommen? Dieses Gefühl in meiner Brust? Das ist der Grund, warum ich keine Romane mit Dreiecksbeziehungen lese!

Ich lehne mich an die Steinmauer und sehe eine Gestalt, die die Gasse entlang auf mich zugeht. Zuerst denke ich, es könnte ein Mörder sein, und drehe mich um, um wieder hineinzugehen, aber dann ruft Sam meinen Namen. „Maggie!"

Ich runzle die Stirn. „Sam? Warum gehst du durch die Gasse?"

„Ich bin durch die Vordertür rausgegangen, damit niemand denkt, dass ich dir auf die Toilette gefolgt bin."

„Du und Toiletten", murmle ich kopfschüttelnd.

Sam erreicht mich schließlich, sein Atem zeigt sich als weiße Wolke, während das einzige blaue Licht in der Gasse wie ein Scheinwerfer auf uns herabstrahlt. „Was machst du da? Es ist scheißkalt hier draußen."

Ich halte mir die Hände vor den Mund und blase heiße Luft hinein. „Ich brauchte etwas Luft. Ich bin da drin erstickt."

Er stößt ein hochmütiges Lachen aus. „Das kann ich verstehen. Was zum Teufel machst du hier mit diesem Kerl?"

Ich verschränke abwehrend die Arme vor der Brust. „Er ist einfach aufgetaucht."

„Und du nimmst ihn einfach so zurück?", schnauzt er mit großen, anklagenden Augen. „Er ist ein verdammter Idiot!"

„Du hast fünf Minuten mit ihm gesprochen!", erwidere ich und verteidige damit nicht nur mich, sondern auch Sterling.

„Fünf Minuten haben ausgereicht", stößt er hervor und stopft die Hände in die Taschen. Er zieht seine breiten Schultern bis zu den Ohren hoch, während er versucht, sich hier draußen nicht den Arsch abzufrieren.

„Was machst du überhaupt hier, Sam?", frage ich und ziehe meinen Blazer fester um mich. „Du hast gestern sehr deutlich gemacht, dass du mit dieser Scharade fertig bist."

„Das bin ich auch."

„Warum bist du dann hier?", frage ich, und meine Stimme hallt in der Gasse wider, als meine Gefühle an die Oberfläche kommen.

„Ich bin verdammt noch mal hier, um dich anscheinend vor dir selbst zu retten", schnauzt er, wobei er den Kiefer vor Wut anspannt.

„Wie kommst du darauf, dass ich gerettet werden muss?"

„Weil du dich da drin wie eine völlig andere Person verhältst, Maggie. Du bist nicht du selbst. Du bist die Version, von der du glaubst, dass er sie will, und das ist dumm. Verändere dich nicht für einen Kerl. Du bist nicht dieses Mädchen."

„Sam, wie gut kennst du mich überhaupt?", frage ich. Ich kenne mich nicht einmal mehr selbst, wie sollte er mich also kennen?

„Ich kenne dich besser als dieser Schwachkopf da drinnen, das ist verdammt sicher!", knurrt er mit tiefer Stimme.

„Wie auch immer", schnauze ich und schüttle ungläubig den Kopf.

Das scheint etwas in Sam zu entfachen, denn er tritt näher an mich heran und sein Körper vibriert mit etwas Intensivem. Etwas Überwältigendes und vielleicht sogar ein wenig Beängstigendes.

Er verschränkt die Arme vor der Brust. „Du magst Chardonnay, du hasst Bier und du erzählst furchtbare Anglerwitze."

„Was machst du da?", frage ich, aber er hält nicht inne, um zu antworten.

„Es macht dir einen Heidenspaß, Leute zu wecken. Ich glaube, du hast Marv im Angelladen bezirzt, weil du dich wegen seines ersten Eindrucks von dir schlecht gefühlt hast. Du bist so stur, dass du niemals aufgibst, egal, wie schlecht du in einer Sache bist. Du wirst heiß, wenn du dich aufregst. Du hasst die Kälte, aber du magst das Eisfischen, weil es mit einer Heizung verbunden ist, und ich bin mir ziemlich sicher, dass es dir Spaß macht, dir eine Welt voller Möglichkeiten für die Fische vorzustellen, die du fängst und wieder freilässt."

Mein Atem bleibt in meiner Brust stecken, ich kann ihn nicht loslassen, denn nichts hätte mich auf diesen Ansturm von Worten vorbereiten können.

Kopfschüttelnd beugt sich Sam zu mir und fügt hinzu: „Scheiß auf deinen Ex. Ich kenne dich. Und in der kurzen Zeit, in der ich dich kenne, habe ich nie, nicht ein einziges Mal, nicht einmal für den Bruchteil einer Sekunde gedacht, du wärst gewöhnlich. Verrückt? Ja. Wahnhaft? Auf jeden Fall. Idealistisch bis zu dem Punkt, dass du an unerreichbare Märchen glaubst? Hundertprozentig. Aber du bist so weit von gewöhnlich entfernt, Maggie. Du bist wie der große Fang des Tages, von dem du weißt, dass er nie zu toppen ist, selbst wenn du für den Rest deines Lebens fischen würdest."

Mir steigen die Tränen in die Augen, weil er so viel sagt, aber irgendwie immer noch nicht genug. „Worauf willst du mit all dem hinaus, Sam? Was genau versuchst du, mir zu sagen?"

„Ich will dich, Maggie", ruft er und die Adern an seinem Hals treten hervor, als er sich direkt vor mich stellt. „Ich will dich … nicht als Fickfreund und nicht als heimlicher Freund, der dir bei einem Problem hilft. Ich will dich … für alles."

Meine eisigen Finger bewegen sich nach oben, um meinen Mund zu bedecken. „Aber du hast keine Beziehungen."

„Für dich will ich es versuchen", sagt er einfach, und seine Augen werden weicher.

„Du bist also jetzt einfach so bereit?", frage ich mit ausgebreiteten Armen. Denn das scheint zu einfach zu sein. Wenn er wirklich bereit war, warum hat er es gestern bei Marv's nicht gesagt? Warum hat er mich gehen lassen? „Es hat nichts damit zu tun, dass Sterling aufgetaucht ist und du jetzt eifersüchtig bist?"

„Ja, ich bin verdammt eifersüchtig", knurrt er, wobei er trotzig das Kinn vorstreckt. „Aber das macht nichts von dem, was ich gerade gesagt habe, weniger wahr. Ich will dich!"

„Du wirst mir das Herz brechen", rufe ich wie aus dem Nichts, und in meinem Kopf macht sich eine tiefe, dunkle, schreckliche Angst breit. Sam zu verlieren, wird hundertmal schlimmer sein, als Sterling zu verlieren. „Du wirst mir das Herz noch mehr brechen als Sterling."

„Weil du dir aus mir mehr machst", erwidert er und tritt

so dicht an mich heran, dass mein Rücken gegen die kalte Steinwand gepresst wird. „Gib es zu.“

Ich schüttle den Kopf und verschränke die Arme vor der Brust, während ich den Blick von ihm abwende. „Du hast keine Ahnung, wie man eine Frau behandelt. Ich meine, sieh dir an, wie du dich am Freitagabend verhalten hast.“

„Du hast gesagt, ich hätte mich an dem Abend wie ein fester Freund verhalten!“

„Das war, bevor du mich ungeschützt in einer Bar-Toilette gevögelt hast“, schreie ich, wobei meine Stimme aus der Tiefe meiner Seele kommt. „Was zum Teufel sollte das?“

Bei meinen groben Worten zuckt er zusammen und spricht dann mit zusammengebissenen Zähnen. „Das war etwas, das nur jemand tun darf, dem du vollkommen vertraust. Und Vertrauen ist der Kern einer Beziehung, nicht wahr?“ Er holt tief Luft und sieht mir direkt in die Augen. „Maggie, ich vertraue dir. Du vertraust mir. Ich habe vielleicht eine Minute gebraucht, um mich über meine Gefühle für dich klar zu werden, aber jetzt bin ich hier.“

„Dir über deine Gefühle für mich klarzuwerden?“, schnaube ich und streiche mir mit der Hand die Haare aus dem Gesicht. „Und was hast du herausgefunden?“

„Ich liebe dich, Maggie“, krächzt er, und seine Augen sind von diesem Geständnis gezeichnet.

Ich atme scharf ein, meine Sicht verschwimmt, denn nichts hätte mich darauf vorbereiten können, diese Worte aus seinem Mund zu hören. „Du liebst mich?“

Er streckt die Hände aus, um mein Gesicht zu umfassen. „Ich liebe dich wie einen verdammt guten Tag beim Angeln“, murmelt er gegen meine Lippen. Er presst seinen harten Körper an meinen, und ich spüre, wie sein Herz in seiner Brust pocht.

Und in einem Atemzug … küsst er mich.

Aber er küsst mich nicht nur …

Er verehrt mich.

Er teilt meine Lippen mit seiner Zunge und taucht tief und zielgerichtet ein, mit einer Wildheit in seiner Berührung, die ich noch nie zuvor gespürt habe. Er gibt mir alles, was er hat, und ich gebe es sofort zurück, weil ich mir nicht helfen kann. Seine Lippen schmecken wie ein Geständnis, das meine Seele hören will. Meine Hände legen sich um seine Taille, ich sehne mich danach, seine Wärme und Zuneigung auf jedem Zentimeter meines Körpers zu spüren, während unsere Zungen tanzen und unsere Körper sich aneinander reiben.

Es ist zu viel und doch nicht genug. Es fühlt sich so an, als wäre die Angst, die tief in meinem Bauch lebt, immer noch da, wenn er fertig ist, egal, wie heftig er mich küsst. Die Angst vor Veränderung drückt auf mich ein und ich werde aus dem Moment herausgerissen, als würde ich im freien Fall an einer Reißleine ziehen.

Mit geschwollenen Lippen ziehe ich mich zurück, während ich angestrengt atme. Mein ganzer Körper scheint angesichts dieser überwältigenden Erklärung vor Kälte zu erstarren. Ich drücke eine Hand auf Sams Brust. „Das war so was von nicht Teil meines Plans.“

„Scheiß auf deinen Plan, Sparky“, antwortet er und hebt mein Kinn an, damit ich ihn ansehe. „Ich kann dir kein märchenhaftes Happy End versprechen, aber ich kann dir ein Abenteuer versprechen, das du nicht vortäuschen musst. Verdammt, schon das Aufwachen mit dir ist ein Abenteuer.“

Eine Träne befreit sich und gefriert auf halbem Weg über mein Gesicht. „Ich brauche Zeit, um das zu verarbeiten.“

Er versteift sich, seine Hände fallen von meinem Gesicht weg. „Zeit, um was zu verarbeiten?“

„Alles“, stoße ich lachend hervor. „Du und ich. Ich muss Sterling loswerden und mir darüber klar werden, was das alles bedeutet.“

Er schüttelt den Kopf. „Blödsinn.“

„Was?", frage ich, als er sich ruckartig von mir löst und viel zu viel kalte Luft zwischen uns bringt.

„Ich werde nicht hier sitzen und hoffen, dass ich der Nächste in der Schlange für dich bin, Maggie", knurrt er, während er mich mit zusammengekniffenen Augen ansieht. „Das wird nicht passieren."

„Was meinst du?", rufe ich und trete mit verzweifelten Augen näher an ihn heran. „Wenn du endlich zugibst, dass du Gefühle für mich hast, warum kannst du dann nicht geduldig und verständnisvoll sein?"

„Weil ich nicht der Typ bin, der in der Schlange wartet", brüllt er, ballt die Fäuste an den Seiten und sein ganzer Körper vibriert vor Wut, die aus dem Nichts kommt. Plötzlich stürmt er auf mich zu, drückt mich wieder an die Wand und umschließt mich mit seinen starken Armen. „Ich bin der Typ, der immer vorn steht, und wenn du mich nicht siehst, dann verschwenden wir unsere Zeit."

„Was zum Teufel ist hier draußen los?", sagt eine Stimme aus dem Eingang des Restaurants.

Ich schaue hinüber und sehe Sterling in der offenen Tür und mit dunklen, anklagenden Augen dastehen.

Sam atmet aus, und seine Lippen blähen sich wütend auf, während er sich von der Wand abstößt. „Du musst gehen", sagt er in bedrohlichem Tonfall.

„Ich muss gehen?", bellt Sterling zurück, tritt hinaus und lässt die Tür hinter sich zufallen. „Ich glaube, du bist derjenige, der sich von meiner Freundin entfernen muss."

„Sie ist nicht deine verdammte Freundin", knurrt Sam, als er einen Schritt auf Sterling zugeht.

Sterling sieht mich an, seine Augen sind verwirrt.

„Ja, ich weiß Bescheid", antwortet Sam auf Sterlings stumme Frage. „Ich weiß, dass du den verdammten Anstand hattest, sie an Weihnachten abzuservieren. Und ich weiß, dass du sie als gewöhnlich bezeichnet hast. Und ich weiß, dass du absolut falsch für sie bist. Wenn du also nicht meine Faust in deinem Gesicht haben willst, schlage ich vor, dass du uns verdammt noch mal in Ruhe lässt."

Sterling lacht und tritt direkt an Sam heran, um seinen Größenvorteil von wenigen Zentimetern auszuspielen. „Es gibt kein uns zwischen dir und ihr. Ich bin ihre Vergangenheit und ihre Zukunft, Bruder. Also tritt verdammt noch mal zurück."

Er rempelt gegen Sams Schulter.

Sam lacht vor Freude. „Du willst mich nicht anfassen."

„Fass meine Pussy nicht an, dann haben wir kein Problem", erwidert Sterling und streckt die Hand aus, um Sam erneut zu stoßen.

Mit diesen Worten dreht Sam durch.

Er weicht Sterlings Hand aus, die nach seiner Brust greift, und in einem schnellen Manöver gelingt es ihm, einen Fuß auszustrecken und Sterling in den Rücken zu stoßen, sodass dieser mit einem lauten Knall zu Boden geht. Sterling springt wieder auf die Beine und stürzt sich mit der Athletik eines Quarterbacks auf Sam, während Sam Sterling wie ein vorbereiteter Lineman packt.

Sterling zieht seine rechte Hand zurück und zielt auf Sams Rippen. Sam zuckt bei dem Schlag zusammen, aber dann zieht er Sterling an den Hüften zurück, und blitzschnell trifft Sams Faust Sterlings Gesicht.

Der Schlag lässt Sterling taumeln, und bevor ich „Vorsicht" schreien kann, fällt Sterling mit dem Rücken zur Wand und knallt mit dem Hinterkopf auf ein Abgasrohr.

„Sterling!", rufe ich, eile herüber und lasse mich neben seinem schlaffen Körper auf die Knie fallen. Vorsichtig hebe ich seinen Kopf vom Boden, und meine Hand spürt sofort die Nässe.

Ich sehe zu Sam auf. „Er blutet."

„Scheiße", knurrt Sam und fährt sich mit der Hand durch die Haare.

Plötzlich stürmt Miles durch die Hintertür, sein Blick trifft erst Sam, dann mich und dann Sterling. „Was ist passiert?"

„Sterling hat sich den Kopf an diesem Rohr angeschlagen. Wir müssen einen Krankenwagen rufen."

Als Nächstes erscheint Kate, die sofort ihr Handy zückt. „Ich bin dabei."

„Sterling, geht es dir gut?", frage ich mit besorgter Stimme. „Wie viele Finger halte ich hoch?"

Sterling blinzelt und starrt zu mir hoch, seine Augen glasig im blauen Licht von oben.

„Sam, was zum Teufel ist passiert?", fragt Miles.

„Es tut mir leid", sagt Sam, und in seiner Stimme schwingt Bedauern mit. „Es tut mir leid, das alles."

Ich blicke gerade noch rechtzeitig auf, um zu sehen, wie Sam auf dem Absatz kehrt macht und die Gasse hinunterläuft, während ich mit meinem Bruder, seiner Freundin und meinem blutenden Ex-Freund zurückbleibe.

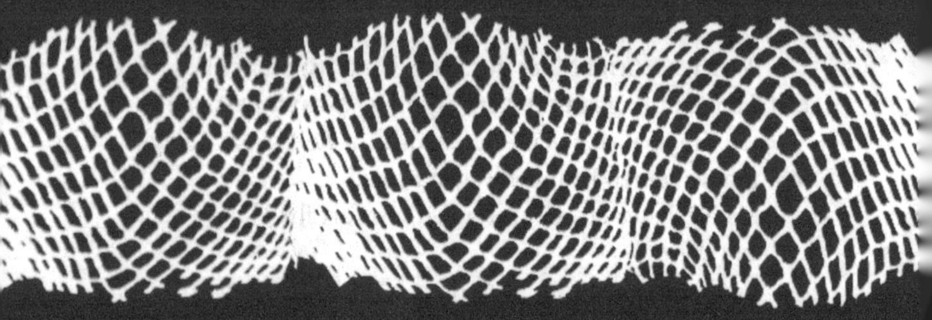

KAPITEL 20

Es gibt einen schmalen Grat
zwischen Fischen …
und wie ein Idiot am Ufer zu stehen

Maggie

Eine Stunde später sitze ich im Wartebereich der Notaufnahme des Krankenhauses in Boulder, mit Kate auf der einen und Miles auf der anderen Seite. Ich schaue nervös zu meinem Bruder, dessen Zähne wahrscheinlich knacken, weil er seinen Kiefer seit unserer Ankunft so fest zusammengebissen hat.

Er hat kein einziges Wort gesagt, seit der Krankenwagen gekommen ist, um Sterling abzuholen. Und er weigert sich, mich auch nur anzuschauen. Im Grunde ist mein Bruder also eine tickende Zeitbombe, die jeden Moment hochgehen kann.

Aus dem Augenwinkel sehe ich, wie ein Mann in blauem Kittel aus der Doppeltür kommt, durch die Sterling bei unserer Ankunft gebracht wurde. Er sieht ausgesprochen mürrisch aus, als er ein Klemmbrett aus einer Halterung zieht.

„Hallo, Dr. Schwanz", flüstert Kate mir ins Ohr.

Ich runzle die Stirn und schüttle den Kopf über sie, dann blicke ich zu Miles.

Kate lacht leise. „Ich bin Autorin von erotischen Liebesromanen, Maggie. Jeder ist Stoff für meine Fantasie, und Dr. Schwanz da drüben könnte mein nächster Bestseller werden“, flüstert sie.

„Warum nennst du ihn Dr. Schwanz?“, frage ich verwirrt.

„Er sieht wütend aus“, sagt sie, während sie ihn mustert. „Sieh dir seine Haltung an. Er ist total verschlossen und will nichts mit Menschen zu tun haben. Wahrscheinlich hat sich ihm gerade eine Pflegerin an den Hals geworfen, und er musste sie zurückweisen, was ihn verärgert hat, weil er Kommunikation hasst, und es ist über ein Jahr her, dass er flachgelegt wurde. Außerdem kann man den Umriss seines Schwanzes in der Hose deutlich sehen!“

Ich drehe den Kopf und starre sie an. „Kate!“

Ihr Gesicht verzieht sich. „Ja, du hast recht. Das ist eine schwache Handlung. Ich werde sie überarbeiten und mich wieder bei dir melden.“

Plötzlich ruft Dr. Schwanz: „Maggie Hudson?“

„Das bin ich!“, erwidere ich und erhebe mich von meinem Stuhl.

Mit mürrischer Miene kommt er zu mir herüber. „Sie sind mit Sterling Fitzgibbons gekommen?“, fragt er.

„Ja, bin ich.“

„Okay. Er wird wieder. Er wurde gerade geröntgt, und es gibt keine Anzeichen einer Gehirnerschütterung. Wir mussten ihn mit zwei Stichen nähen.“

„Zwei?“, frage ich, schockiert über die geringe Zahl. „Nur zwei?“

Er nickt mit gelangweilter Miene. „Kopfwunden sind dafür bekannt, dass sie viel schlimmer aussehen, als sie es sind. Ehrlich gesagt hätte er selbst herfahren können.“

Ich atme schwer aus und schaue zu Kate hinüber, die sich eine Hand vor den Mund hält, ihre Belustigung jedoch nicht verbergen kann.

Dann fügt der Arzt hinzu: „Er hat beim Nähen ziemlich heftig geweint, deshalb haben wir ihm ein Schmerzmittel gegeben, das ihn ein wenig benebelt. Er sollte nicht selbst nach Hause fahren."

Kate lacht prustend in ihre Handfläche und Spucke fliegt überall hin, während sie den Willen verliert, ruhig zu bleiben.

Der Arzt schaut stirnrunzelnd zu ihr herüber. „Er füllt gerade seine Entlassungspapiere aus und wird bald rauskommen."

Ich presse die Lippen zusammen, um nicht zu lachen, und schaffe es, zu antworten. „Okay, danke, Dr. Schwanz, ich meine, Doktor."

Als er sich zum Gehen wendet, bricht Kate in regelrechte Hysterie aus. Ich schüttle den Kopf über Kate, der vom Lachen Tränen über die Wangen laufen. Miles spielt immer noch den mürrischen Bruder, und ich bin ein bisschen allein mit meiner Erleichterung, dass es Sterling gut geht.

Als sie sich wieder gefasst hat, wendet sich Kate an Miles und sagt: „Babe, kannst du mir ein Wasser holen?"

Mit einem finsteren Blick nickt er und marschiert den Gang entlang um die Ecke, wo wir die Automaten entdeckt hatten. Ich sehe ihm nach und stöhne dann: „Wird Miles jemals wieder mit mir reden?"

Sie schüttelt traurig den Kopf. „Höchstwahrscheinlich. Aber ehrlich gesagt kann ich nicht einmal sagen, worüber genau er wütend ist."

„Ich auch nicht", antworte ich und lasse mich wieder auf meinen Stuhl fallen.

Kate rutscht neben mich. „Er sollte wütend auf Sterling sein. Guter Gott, so wie er sich benommen hat, als der Krankenwagen kam, dachte ich, er hätte Hirnmasse verloren."

Ein manisches Lachen bricht aus mir heraus, denn verdammt noch mal, sie hat recht. Was für ein Durcheinander das war. Und das alles nur für zwei Stiche?

„Meine Gefühle sind im Eimer", sage ich als Erklärung für meinen Ausbruch.

Kate dreht sich zu mir um. „Was zum Teufel ist da draußen eigentlich passiert? Sag es mir schnell, bevor Miles zurückkommt."

Ich zucke hilflos mit den Schultern. „Sam und ich unterhielten uns, und Sterling tauchte auf. Es wurde hitzig, und ehe ich mich versah, lag Sterling blutend auf dem Boden."

„Toller Footballspieler", murmelt Kate.

Ich fixiere sie mit einem Blick. „Das heute Abend war alles meine Schuld. Wenn ich nie angefangen hätte, mit Sam zu schlafen und Miles anzulügen, wäre das alles nicht passiert."

„Was zum Teufel?", brüllt Miles, als er mit zwei Wasserflaschen in der Hand um die Ecke kommt. „Was hast du gerade gesagt, Meg?"

„Miles!", rufe ich mit großen Augen, während ich aufstehe.

„Hast du gerade gesagt, dass du Sam gevögelt hast? Sag mir, dass ich mich verhört habe."

„Es ist mehr als das …"

Er hält eine Hand mit der Wasserflasche hoch, um mich am Sprechen zu hindern. „Warte … warte, warte. Antworte mir. Hast du meinen besten Freund gevögelt?"

Ich atme scharf ein. „Ja."

„Das ist alles, was ich hören muss", sagt er, drückt Kate die Wasserflaschen in die Hand und durchbohrt sie praktisch mit seinem Blick. „Und du wusstest es, verdammt?"

Kate zuckt zusammen. „Ja, aber Miles, Maggie und Sterling hatten sich getrennt. Sie war total Single …"

„Was?", knurrt Miles und sieht mich mit anklagenden Augen an. „Wann hast du dich von Sterling getrennt?"

Mein Herz schlägt wie wild in meiner Brust, als ich leise antworte. „Er hat am Weihnachtsmorgen mit mir Schluss gemacht. Ich sollte ihn eigentlich besuchen, aber statt zum Flughafen zu fahren, wie Mom und Dad dachten, bin ich nach

Boulder gefahren und habe mich für eine Woche in einer Frühstückspension einquartiert, um einen klaren Kopf zu bekommen. Ich wollte dir nicht von meiner Trennung erzählen."

„Du hast mich also die ganze Zeit *angelogen*?", brüllt er, wobei die Adern in seinem Hals vor Wut hervortreten. „Ich bin dein Bruder, Maggie. Du hättest es mir sagen müssen."

„Ich weiß!", antworte ich mit zittriger Stimme. „Aber ich dachte, Sterling und ich würden wieder zusammenkommen, und ich wollte nicht, dass du ihn hasst."

„Oh, ich hasse ihn", antwortet er, während er die Zähne zusammenbeißt und aus der Nase ausatmet wie ein Stier, der zum Angriff bereit ist. „Und jetzt kann ich meinen besten Freund hassen …, also vielen Dank, Megs." Er dreht sich, um wegzugehen, und ich greife nach seinem Arm und versuche, ihn wieder zu mir zu ziehen.

„Miles, es tut mir leid! Sam und ich wollten nur zwanglos sein und Spaß haben. Es sollte nicht so kompliziert werden."

„Du bist meine kleine Schwester, und das ist mein bester Freund, verdammt. Ihr hättet es beide besser wissen müssen." Er reißt sich von mir los und stürmt aus der Notaufnahme, ohne sich umzudrehen.

Ich sehe Kate mit großen, entsetzten Augen an. „Das ist schlimm."

Kate nickt. „Wirklich schlimm."

Dann, um noch mehr Öl ins Feuer zu gießen, kommt Sterling mit einem Eisbeutel am Hinterkopf aus der Flügeltür geschlurft. Er sieht mich mit düsterer Miene an. „Zwölf Stiche. Kannst du das glauben?"

Meine Augen rollen so weit in den Hinterkopf, dass ich die Wand hinter mir sehen kann. „Ich muss gehen, Sterling."

„Wohin?", ruft er aus.

„Ich kann nicht mehr in deiner Nähe sein", antworte ich ehrlich, weil es verdammt noch mal an der Zeit ist, dass ich endlich mal ehrlich bin.

„Maggie", knurrt Sterling, packt mich am Arm und dreht mich auf dem Absatz um. „Was ist mit uns?"

Ich schüttle den Kopf und muss lachen, denn wenn ich Sterling so sehe, wie er jetzt ist, kann ich nicht glauben, dass ich ihn jemals wirklich geliebt habe. „Uns? Du hast mich abserviert, Sterling. Es gibt kein uns. Wahrscheinlich hätte es das auch nie geben sollen. Ich dachte, ich wüsste, was Liebe ist, aber ich habe mich geirrt … Ich habe mich in so vielen Dingen geirrt."

Ich drehe mich um, um mit Kate an meiner Seite zu gehen, und höre Sterling hinter mir schreien. „Du lässt mich also einfach in einer Notaufnahme in Boulder zurück? Wo zum Teufel soll ich denn hin?"

„Ich schicke dir die Nummer einer schönen Frühstückspension", rufe ich über die Schulter. „Grüß Claire von mir!"

Gerade als wir durch die Türen der Notaufnahme eilen, müssen wir zurückspringen, um einer Trage auszuweichen, die hereingerollt wird. Ich werfe einen Blick auf die Patientin, und das Mädchen kommt mir seltsam bekannt vor.

„Lynsey?", fragt Kate mit großen, fragenden Augen. „Lynsey! Heilige Scheiße!"

„Oh mein Gott, Kate. Gott sei Dank", schreit sie, während ihr Tränen über das Gesicht laufen.

„Geht es dir gut?"

„Ich bin in Ordnung", sagt sie erbärmlich.

„Was ist passiert?"

Sie wimmert, während sie ihre Hand umklammert. „Ich hatte ein Date und habe mich mit einem Steakmesser geschnitten."

„Meine Güte."

„Und ich habe eine allergische Reaktion."

Kates und mein Blick fällt auf die Flecken auf Lynseys Brust, die unter einem sehr süßen Kleid hervorlugen.

„Und ich bin umgeknickt, als ich zur Toilette rannte, und ich glaube, mein Knöchel ist gebrochen."

Kate schüttelt ungläubig den Kopf. „Heiliger Strohsack, Lynsey."

„Ich weiß. Und dann hat mich mein Tinder-Date einfach sitzen lassen."

Der Sanitäter sieht Kate mit traurigen Augen an. „Ja, wir haben sogar gesagt, dass er mit ihr im Krankenwagen mitfahren kann, und er hat abgelehnt."

Lynsey stößt ein weiteres Wimmern aus. „Ich habe sogar gehört, wie er sich darüber beschwert hat, die Rechnung zu übernehmen."

„Was für ein Arschloch."

Der Sanitäter stimmt zu.

Kate blickt nach unten und ergreift die unverbundene Hand ihrer Freundin. „Nun, ich bin hier. Ich werde bei dir bleiben."

Lynseys Augen füllen sich mit dankbaren Tränen, als Kate sich zu mir umdreht. „Dein Auto ist hier, richtig, Meg? Kannst du nach Hause fahren?"

„Das schaffe ich", bestätige ich und nicke dem Sanitäter zu, damit er durch die Türen gehen kann. „Gute Besserung, Lynsey!"

Als sie das Krankenhaus betreten, höre ich Kate sagen: „Oh mein Gott, wir bitten so was von um Dr. Schwanz!"

Und damit hat Kate wahrscheinlich jede Menge Ideen für Bücher über heiße Ärzte und tollpatschige Mädchen im Kopf und kann sich hoffentlich von der Geschichte mit dem besten Freund des Bruders lösen.

Zum Glück gibt es kleine Gefallen.

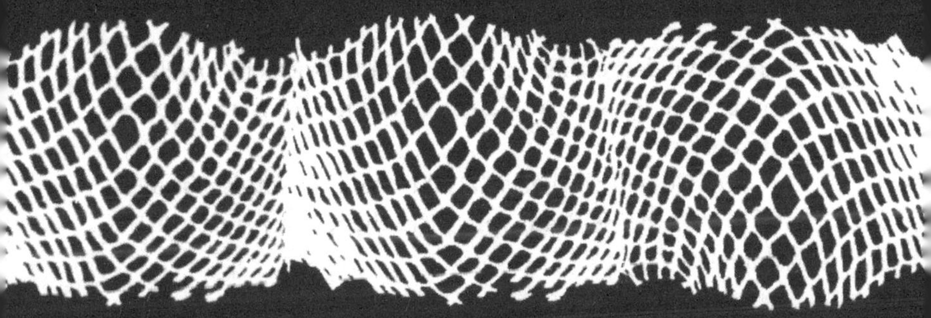

KAPITEL 21

Manchmal angelt man einen Stiefel

Sam

„Ich kann nicht glauben, dass du meine Schwester gevögelt hast!", brüllt Miles, als er durch meine Haustür stürmt.

Ich wusste, dass es so kommen würde, als ich seinen Pick-up anfahren sah, und jetzt muss ich mich der Sache stellen. Schwer atmend lege ich den Eisbeutel für meine Faust in die Spüle und gehe hinaus ins Foyer. „Ich wollte dir alles erzählen", sage ich, die Hände abwehrend gehoben, wie ein Mann, der sich einem Bären nähert.

„Na klasse, genau die Art von Geschichte, die ich gern höre", knurrt Miles zurück. „Eine, in der mein bester Freund und meine Schwester mich verdammt noch mal hintergehen."

Ich verdrehe angesichts seiner Dramatik die Augen. „Wir haben dich nicht hintergangen."

Er schüttelt den Kopf, offensichtlich nicht daran interessiert, was ich zu sagen habe. „Ich kann nicht glauben, dass du unsere Freundschaft für eine schnelle Nummer aufs Spiel setzt! Warum ausgerechnet sie?"

„Ich wusste damals nicht, dass sie deine Schwester ist,

Mann. Wir hatten keine Ahnung voneinander. Soweit ich wusste, war sie nur ein Mädchen, das ich bei Marv's getroffen habe!"

Sein Gesicht wird blass, als ihm die Erkenntnis dämmert. „Das ist die heiße Braut vom Eisfischen, von der du mir erzählt hast?"

Ich nicke.

„Die mit den", er schluckt unbehaglich und hält die Hände vor seine Brust, „Wasserballontitten?"

Ich zucke zusammen und nicke erneut.

Er hebt die Hände, um sich über sein entsetztes Gesicht zu reiben. „Wie konntest du mir das antun, Mann? Wie konntest du meine Schwester flachlegen wie all deine anderen Eroberungen?"

„Sie ist anders, Mann", sage ich und gehe warnend einen Schritt auf ihn zu.

„Du hast verdammt recht, sie ist anders!", brüllt Miles, dessen Stimme vor Wut zittert. „Sie ist meine Schwester, aber anscheinend bedeutet dir das nichts, denn ihr habt das alles hinter meinem verdammten Rücken gemacht."

Ich atme schwer aus und murmle: „Nun, ich glaube nicht, dass es dir besser gefallen hätte, wenn ich sie vor deinem Rücken verführt hätte."

Miles wird knallrot, als würde er gleich Blut aus den Ohren spucken. Er tritt direkt vor mich, seine Knöchel knacken an den Seiten, als er sich darauf vorbereitet, mich niederzuschlagen. Und in diesem Moment wäre es mir recht, wenn er das täte. Besinnungslosigkeit wäre besser als das, was ich fühle.

Stattdessen tritt er zurück, schüttelt den Kopf und sieht auf mich herab, als wäre ich der Schmutz an seinen Stiefeln. „Es ist, als würdest du jetzt versuchen, wie dein Vater zu sein. Er hat deine Familie verarscht, also verarschst du jetzt meine."

Mein Blutdruck schießt in die Höhe. „Wie bitte?"

„Wie der Vater, so der Sohn", stößt er mit kalten und leeren Augen hervor, als er auf mich herabblickt.

Ohne Zögern stürze ich mich auf Miles und treffe ihn an den Knien. Er kracht auf den Holzboden wie ein gottverdammter Baum und stößt den Garderobenständer im Eingangsbereich um. „Das war unter der Gürtellinie, du Arschloch."

Er kämpft sich aus meinem Griff um seine Hüften und knurrt: „Wie? Wie kann das noch schlimmer sein, als wenn du meine Schwester fickst?" Mit einer schnellen Umkehrung versucht er, mich in einen Doppelnelson zu werfen, aus dem ich mich herauswinde und über ihm lande, wo ich ihn im Schwitzkasten festhalte.

Ich spanne meinen Arm um seinen Hals an und schreie: „Weil ich nicht nur deine Schwester ficke, ich bin in sie verliebt, du Wichser."

Miles erstarrt und wehrt sich nicht mehr gegen meinen Griff. „Blödsinn", knurrt er.

„Es ist die Wahrheit", stoße ich mit zusammengebissenen Zähnen hervor, während ich ihn noch immer festhalte. „Ich habe diese Worte noch nie in meinem Leben gesagt."

Mit einem Schnauben lasse ich Miles los, und er fällt auf den Hintern, seine Beine sind gekrümmt und die Augen fest auf meine gerichtet. „Woher weißt du das?"

Ich schlucke langsam und lasse meinen Nacken schmerzhaft knacken, als ein Stechen von der Stelle hochschießt, an der er mich getroffen hat. Mit einem schweren Seufzer antworte ich: „Ich vermisse sie, wenn sie nicht da ist. Ich kann nicht aufhören zu lächeln, wenn ich ihre SMS lese. Sobald mir etwas halbwegs Interessantes passiert, ist sie die erste Person, der ich es erzählen will. Es ist ein verdammtes regenbogenscheißendes Einhorn, Mann."

Er ist immer noch außer Atem, als er mich ansieht. „Ein regenbogenscheißendes Einhorn?", wiederholt er.

Ich nicke düster. „Ich würde es nicht sagen, wenn es nicht

wahr wäre. Und ich würde unsere Freundschaft nicht riskieren, wenn ich keine Zukunft mit ihr haben wollte.“

„Mein Gott, Mann. Du meinst es ernst? So richtig ernst?“, fragt Miles und fährt sich mit der Hand durch die Haare.

„Scheiße, ich glaube, ich würde sie morgen heiraten, wenn du nicht so ein kontrollierendes Arschloch wärst.“

„Du würdest meine Schwester heiraten?“, fragt Miles, wobei seine Stimme einen seltsamen, hohen Tonfall annimmt.

„Das habe ich gesagt.“

„Wäre ich dein Trauzeuge?“

Ich schaue ihn an, seine Augen voller Hoffnung und Verwunderung, während ich ernst antworte: „Ja.“

Blitzschnell steht Miles auf, hebt mich vom Boden hoch und zieht mich in eine Umarmung, die all meine Organe zerquetscht. Er klopft mir so fest auf den Rücken, dass ich sicher bin, dass ich dort morgen blaue Flecke in Form von Miles’ Handabdrücken haben werde. Er schnieft in meine Schulter. „Ich bin sehr emotional wegen dieser Sache“, murmelt er.

„Das merke ich, Großer“, antworte ich, während ich mich verzweifelt festhalte.

„Ein Teil von mir möchte das lieben, aber ein Teil von mir möchte dich immer noch ein wenig umbringen.“

„Ich verstehe schon.“

„Gemischte Gefühle sind schwer.“

„Ja, das sind sie.“

Miles zieht sich zurück und wischt sich vorsichtig über seine roten Augen. „Liebt Maggie dich auch?“

Ich schüttle den Kopf. „Ich weiß es nicht, Mann. Sie hat es nie gesagt.“

Miles blinzelt mich nervös an. „Wenn sie dich nicht nimmt, bringe ich sie um.“

Ich lächle ein wenig. „Junge, du hast wirklich schnell eingelenkt, oder?“

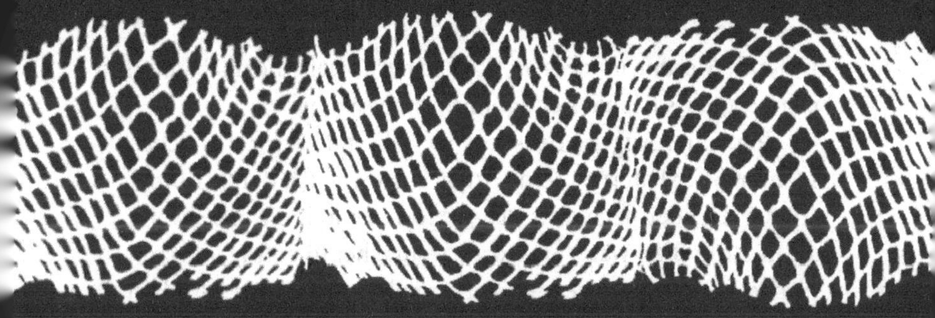

KAPITEL 22

Wenn's hart auf hart kommt …,
gehen die Harten fischen

Sam

Am nächsten Tag kostet es mich all meine Energie, Maggie nicht zu schreiben. Nach meinem Ringkampf mit Miles hat er mir gesagt, dass es Sterling gut geht und er nur mit zwei Stichen genäht werden musste, was bedeutet, dass ich Maggie nichts mehr zu sagen habe. Ich habe alles gesagt, was ich sagen konnte.

Im Tire Depot versucht Miles, mit mir zu reden, aber ich will nichts von seiner Schwester hören. Wenn sie wieder mit Sterling zusammen ist, muss ich es von ihr hören. Aber sie taucht nie auf. Sie ruft nicht an und schreibt keine SMS. Nicht einmal ein lahmer Anglerwitz. Am Ende des Tages beschließe ich, dass es das Beste für mich ist, angeln zu gehen.

Nach der Arbeit ist es dunkel, aber Marv sagt, dass es einige gute Stellen gibt, an denen man nachts angeln kann und die Fische zu einem kommen. Ich fahre mit dem Schneemobil zu dem von ihm empfohlenen See und tue mein Bestes, um die wütende Stimme in meinem Kopf zu beruhigen, die mich daran erinnert, dass ich alles endgültig vermasselt habe.

In meiner Angelhütte ist es still, während ich im schwachen Licht meiner Laterne meine Angel auswerfe. Ich denke immer wieder darüber nach, was Maggie wohl erzählen würde, wenn sie hier draußen wäre. Sie würde wahrscheinlich fragen, wann Fische schlafen, wo sie schlafen und ob sie mit ihren Familien schlafen oder ob sie einfach nur herumschwimmen und plötzlich ohnmächtig werden, um am nächsten Tag aufzuwachen und festzustellen, dass sie ihre gesamte Familie verloren haben.

„Reiß dich verdammt noch mal zusammen, Sammy", murmle ich und runzle die Stirn, als Scheinwerfer die Seite meiner Hütte beleuchten.

Ich stecke meine Angel in die Halterung, schnappe mir meine Laterne und öffne den Reißverschluss der Tür, wobei ich ein Schneemobil sehe, das sich über das Eis nähert. Ich blinzle durch das Schneegestöber und sehe die Scheinwerfer eines Schneemobils mit zwei Personen an Bord. Der Fahrer sieht aus, als trage er einen rot-weißen Schneeanzug, aber das kann nicht Maggie sein. Sie kann auf keinen Fall ein Schneemobil fahren.

Der Schlitten kommt direkt auf mich zu und stoppt mit einem harten Ruck nur einen Meter vor meiner Hütte. Mir fällt die Kinnlade herunter, als ich sehe, wie Maggie ihren Helm abnimmt und ihr langes, dunkles Haar ausschüttelt. „Das Ding fährt sich traumhaft, Marv!", ruft sie und dreht sich zu ihm um.

Er nimmt seinen Helm ab und sieht aus, als hätte er sich gerade in die Hose gemacht. „Das wird nie wieder passieren, Liebes", sagt er leise, wobei seine Stimme vor Angst zittert.

„Was?", fragt Maggie, springt vom Sitz und klemmt sich den Helm unter den Arm. „Ich dachte, ich hätte es für mein erstes Mal ganz gut gemacht."

Marvs faltige Augen werden groß. „Du hast gesagt, du seist eine erfahrene Schneemobilfahrerin!"

„Nun ja." Maggie schenkt ihm ein schiefes Lächeln. „Ich

hätte sagen sollen, dass ich eine erfahrene Beifahrerin bin. Ich bin noch nie selbst gefahren."

Marv schlägt die Hände vors Gesicht und schüttelt verzweifelt den Kopf. „Ich muss gehen. Ich brauche meine Blutdruckmedikamente." Er sieht mich mit einem entsetzten Kopfschütteln an, setzt seinen Helm auf und fährt so schnell los, wie ich noch nie einen alten Mann habe fahren sehen.

Maggie dreht sich zu mir um, ihr Gesicht leuchtet im Licht meiner Laterne, während perfekte weiße Schneeflocken in ihrem dunklen Haar hängen bleiben.

„Hi!", sagt sie aufgeregt.

„Äh …, hi", antworte ich, immer noch völlig verwirrt von ihrer Anwesenheit hier draußen.

„Ich habe bei dir zu Hause auf dich gewartet, aber du bist nicht gekommen, also habe ich bei Marv's nachgesehen, und er sagte, du seist hier." Sie zuckt mit den Schultern und lächelt unbeholfen. „Ich habe ihn überredet, mich herzufahren."

Ich nicke und antworte hölzern. „Ich … ähm … habe beschlossen, ein wenig Nachtangeln zu gehen."

Sie schaut mit großen Augen zu meiner Hütte zurück. „Ich wusste gar nicht, dass es so etwas gibt."

„Das gibt es." Ich zucke mit den Schultern.

Sie nickt und steckt die Hände in die Taschen ihres Schneeanzugs. „Also, wie geht es dir?"

Ich atme schwer aus. „Es geht mir gut. Hör zu, Maggie, wir müssen das nicht tun …"

„Ich wollte dir diese tolle Angelgeschichte erzählen", sagt sie und tritt ins Licht, sodass ich das helle Blau ihrer Augen sehen kann.

Sie lächelt mich hoffnungsvoll an, und ich kann nicht anders, als zurückzulächeln. „Woher soll ich wissen, ob sie wahr ist? Die Angler lügen doch immer."

Sie presst ihre Lippen aufeinander. „Nun, das ist eine Liebesgeschichte, also muss sie wahr sein."

Ich verdrehe die Augen, denn selbst nach allem, was passiert ist, glaubt sie noch an Märchen. „Ich bin eher der Typ für reale Romanzen", antworte ich, stelle die Laterne auf dem Eis ab und verschränke die Arme vor der Brust.

„Dann wird dir die hier gefallen", sagt sie und presst ihre Hände zusammen, um zu beginnen. „Da ist also dieses Mädchen. Nennen wir sie Margaret. Sie hat noch nie in ihrem Leben geangelt … aber eines Tages, mitten im Winter, hört sie, wie diese Jungs von einem berühmten Fisch erzählen, der immer wieder entkommt. Margaret ist ein entschlossenes Mädchen, das gern Herausforderungen annimmt, und so beschließt sie, diesen berühmten Fisch zu fangen und ihre ganze Familie zu beeindrucken."

„Margaret klingt stur", unterbreche ich.

Maggie legt den Kopf schief, Schnee klebt an den Spitzen ihrer langen Wimpern. „Ich sehe es eher als hartnäckig, aber egal. Jedenfalls taucht sie in diesem Angelgeschäft auf und verärgert alle, weil sie sich wie eine Klugscheißerin aufführt. Aber dieser eine einsame Angler … nennen wir ihn Sid … hat Mitleid mit Margaret und beschließt, ihr zu helfen."

Sie zieht ihre Handschuhe aus und streicht sich die Haare hinter die Ohren, bevor sie fortfährt. „Er ist ein mürrischer alter Angler, aber auf magische Weise verstehen sich die beiden und werden in seiner Eisfischerhütte schnell Freunde. Die Zeit vergeht wie im Flug, als sie einen kleinen Fisch nach dem anderen fangen. Sie haben viel Spaß, aber natürlich ist Margaret nicht glücklich, denn sie will den großen Fisch. Den unfangbaren Fang. Den, der immer entkommt."

„Stur", füge ich noch hinzu.

„Okay, sie ist stur", räumt Maggie mit einem Augenzwinkern ein. „Aber im Laufe der Wochen findet sie heraus, dass Sid mit niemandem angelt. Sie ist sogar die erste Person, die er überhaupt in seine Fischerhütte lässt. Margaret ist so gerührt von seiner Freundlichkeit, dass sie beginnt, sich in den mürrischen alten Mann zu verlieben, der so freundlich war, ihr anfangs zu helfen.“

Maggie tritt näher an mich heran, das Licht von unten wirft einen Heiligenschein um ihren Kopf, während sie sich genau vor mich stellt. „Aber sobald Margaret aufhört, sich darauf zu konzentrieren, ihre Familie zu beeindrucken, und akzeptiert, was in ihrem Herzen ist, beschließt sie, ihren Köder nicht mehr auszuwerfen.“

Ich schüttle den Kopf. „Es ist schwer, einen Fisch ohne Köder zu fangen.“

Sie beißt sich auf die Lippe. „Ist es aber nicht, denn Margaret hat herausgefunden, dass der größte Fang nicht in dem eisigen Wasser lag … er saß die ganze Zeit direkt neben ihr.“

Ich atme schwer aus, als Maggie nach oben greift und mein Gesicht in ihre Hände nimmt. Ich drehe mich zu ihr, drücke meine Lippen auf ihre kalte Handfläche und murmle: „Lass mich raten, Sid ist Sam?“

Sie strahlt mich an. „Nur wenn Margaret Sparky ist.“

Ich nicke einmal und lasse zu, dass der Gedanke an diese Geschichte den Schmerz in meiner Brust lindert. „Bist du sicher, dass du mit der Jagd nach dem großen Fisch fertig bist?“

Sie legt ihre Hand auf meine Brust. „Der Fang ist mir völlig egal. Mir geht es nur um dich. Ich liebe dich, Sam.“

Mein Herz rast in meiner Brust, als ich mich hinunterbeuge, um dieses sture, fantastische Mädchen im Schnee zu küssen, aber sie hält mich auf, kurz bevor wir uns berühren. „Und es war auch nicht Liebe auf den ersten Blick. Es war besser …, es war wie ein Fisch, bei dem man geduldig sein muss, um ihn zu fangen, weil man ihn auf keinen Fall entkommen lassen will.“

„Gott, diese Angel-Wortspiele machen mich an, Sparky“, murmle ich, und sie lacht an meinen Lippen. Ich drücke meine Stirn an ihre und füge hinzu: „Du hast mich wirklich an Land gezogen.“

Maggie

Die Aussicht auf nächtliches Eisfischen fasziniert mich definitiv, aber nicht so sehr wie die Aussicht, mit Sam in der Horizontalen zu liegen. Wir bauen seine Hütte in Rekordzeit ab und rasen zurück zu seinem Haus wie ein Paar, das wochenlang statt nur wenige Tage getrennt war.

Er parkt seinen Schlitten vor seinem Haus, und wir küssen uns unbeholfen im Schnee, während wir die Treppe hinauf und in seine Hütte gehen. Der warme Luftzug nach einer langen Fahrt in der Dunkelheit ist fast so stark wie die Wärme, die sich zwischen meinen Beinen aufbaut.

Wir ziehen unsere Winterkleidung aus und sind nur noch in Unterwäsche, als Sam mich hochhebt. Ich lege die Beine um seine Hüften und ziehe ihn so nah wie möglich an mich heran, als unsere Münder verschmelzen und seine Zunge in mich eindringt, um mich zu kosten.

Er dreht sich um, um den Flur hinunterzugehen, und steuert direkt auf sein abgedunkeltes Schlafzimmer zu. Ein Sicherheitslicht von draußen scheint auf sein herrlich aussehendes Bett. Im Bruchteil einer Sekunde zieht er die Decke zurück, und ich liege auf den Laken. Langsam zieht er mir Slip und BH aus und wirft sie zusammen mit seinen Boxershorts auf den Boden. Die Matratze senkt sich, als er sich über mir positioniert, eine Hand auf jeder Seite meines Gesichts, während er auf mich herabblickt, wie ich nackt und zitternd unter ihm liege.

„Das ist das erste Mal, dass ich das mit jemandem mache, den ich liebe", sagt er sanft, seine Augen voller Sorge. „Ich will es richtig machen."

Ich greife nach oben und fahre mit meinen Händen durch

sein Haar, streiche hinunter zu seinem Kinn, während er meine Handfläche küsst. „Das fühlt sich schon ganz richtig an."

Er lächelt ein zufriedenes Lächeln, dann wird sein Gesicht ernst. „Ich liebe dich, Maggie."

„Ich liebe dich auch, Sam." Ich greife nach unten und führe ihn zwischen meine Beine. Mit einem festen Stoß füllt er mich aus und verharrt einen Moment lang, während seine Lippen sich mit meinen verbinden.

Seine Rückenmuskeln spannen sich an und ziehen sich zusammen, während er sich in mir bewegt. Mein Körper kommt seinem entgegen, während wir uns aneinander reiben und an Geschwindigkeit gewinnen, als wir uns an den Körper des anderen anpassen. Seine Fülle in meinem engen Körper sorgt für die perfekte Reibung.

Er senkt den Kopf und zieht meinen Nippel hart und scharf in seinen Mund. Ich schreie auf, fahre mit meinen Händen durch sein Haar und ziehe mit köstlicher Qual an seinen kurzen Strähnen. „Sam, oh mein Gott", stöhne ich mit tiefer und überwältigter Stimme, als das Gefühl zwischen meinen Beinen meinen ganzen Körper durchströmt.

„Gott, ich liebe deine Laute", murmelt er und drückt mir Küsse auf den Hals, bis er meine Lippen erreicht. „Ich werde sie nie leid werden."

„Hör nicht auf", stöhne ich laut, denn seine Stimme und seine Bewegungen in mir tragen zum Aufstieg bei. Zu dem wahnsinnigen Zustand, in dem ich mich gerade befinde. „Mach weiter, Sam."

Er stößt schneller, und das Geräusch unserer aneinanderprallenden Hüften hallt zusammen mit meinen Schreien von den Wänden wider. Als er anfängt, süße Worte auf meiner Haut zu flüstern und dann mit seiner Zunge über meine empfindliche, kribbelnde Haut streicht, spüre ich eine unvorstellbare Schwere zwischen meinen Beinen fließen.

„Du bist so sexy." *Kuss.* „Du bist so stur." *Kuss.* „Ich werde dich für immer lieben." Die letzten Worte treiben mir die Tränen in die Augen, während meine Träume größer, heller und klarer werden als je zuvor. Die Träume, die ich mit diesem Mann habe – diesem süßen, ehrlichen, gefühlvollen Mann, der mir sagt, dass er kein Märchen ist, sondern die Wirklichkeit – sind unglaubliche Träume, aber ausnahmsweise ist die Wirklichkeit so viel besser als das Märchen.

„Gott, ich liebe dich", stöhnt er und streicht mit einem Kuss über mein Schlüsselbein.

„Mehr!", schreie ich mit schamlosem und bedürftigem Verlangen.

„Ich liebe dich", flüstert er gegen meine Schulter. „Ich liebe dich", flüstert er an meinem Hals. „Ich liebe dich", flüstert er in mein Ohr. Die Tränen, die aus meinen Augen kullern, sind schön, echt und wunderbar. Und als er damit fertig ist, meinen ganzen Körper mit seinen Worten zu bedecken, wird mir klar, dass meine Träume nichts waren im Vergleich zu dem hier.

Wir kommen gemeinsam zum Höhepunkt. Zum selben Zeitpunkt. Mit demselben Atemzug. Unsere Herzen schlagen wie eines. Ich schaue ihm in die Augen und habe das Gefühl, dass keine zwei Seelen auf der ganzen Welt mehr miteinander verbunden sein könnten als wir in diesem Moment.

Nachdem wir uns sauber gemacht haben, kehren wir nackt und mehr als befriedigt ins Bett zurück. Sam schlingt seine Arme um mich und drückt mich mit dem Rücken an seine Brust, sein Atem geht im gleichen Rhythmus wie mein eigener.

„Ich hoffe, du bist bereit für all das", sage ich leise und starre aus dem Fenster, mein Kopf auf einem Kissen.

„Was alles?", fragt er und drückt mir einen Kuss auf die nackte Schulter.

„Alles von mir, die ganze Zeit", antworte ich mit einem Seufzer. „Ich bin eine Menge."

Er hält mich noch fester. „Dessen bin ich mir bewusst."

„Und du weißt, dass ich gern träume", betone ich.

Seine Schultern beben vor stummem Lachen. „Ja, das tue ich, Sparky."

Mit einem Nicken drehe ich mich zu ihm um, seine Augen leuchten in dem schwachen Licht von draußen. „Aber ist dir klar, dass du die abgeschwächte, zusammengefasste Version von Maggies Träumen bekommen hast? Träume von einer richtigen festen Freundin sind eine ganz andere Sache, auf die man sich vorbereiten muss."

Er kneift die Augen zusammen. „Gib mir dein Schlimmstes."

Ich ziehe die Augenbrauen hoch. „Meine schlimmsten, wahnhaftesten, fantasievollsten Träume, die den letzten Kerl in die Flucht geschlagen haben?"

Er nickt stoisch und küsst mich schnell auf die Lippen. „Ich kann es verkraften. Dein verrücktes Traumgerede ist eines der Dinge, die ich an dir liebe, Sparky."

Ein Schrei der Begeisterung schießt durch mein ganzes Inneres, während ich mich auf den Rücken rolle und zur Decke schaue. „Oh mein Gott, du lässt mir alle Freiheiten. Ich hoffe, du bist darauf vorbereitet."

Er küsst meine Schulter. „Her damit."

Ich schlucke schwer und runzle die Stirn, während ich einen Moment nachdenke. „Okay, hier ist die Liebesgeschichte von Maggie und Sam. Ich werde also nach Boulder ziehen, ganz klar. Du hast Tire Depot und Pläne mit Miles, das Geschäft zu erweitern, und obwohl ich Kate ein paarmal am Tag erwürgen möchte, ist sie eigentlich einer meiner liebsten Menschen im Leben …, also wird Boulder unser Zuhause sein."

„Der Anfang gefällt mir", sagt er, und ich kann das Lächeln in seiner Stimme hören.

„Ich treffe deine Mutter beim Sonntagsbrunch, und sie wird mich lieben."

„Ein wenig eingebildet, was?", fragt er und fixiert mich mit überraschten Augen.

„Na klar!", rufe ich aus, die Hände vor mir ausgestreckt.

„Sie wird mich als das Licht zu deiner Dunkelheit sehen, das Süße zu deinem Salzigen. All mein Gutes hat deine Seele komplett erhellt.“

„Mmm, ich stimme zu“, murmelt er, greift nach meiner Brust und drückt sie.

Ich stoße ihn weg. „Ich sinniere hier. Das ist unsere märchenhafte Zukunft, und ich darf nicht den Fokus verlieren.“

„Entschuldigung“, sagt er und legt seine Hand um meine Taille.

„Deine Nichten und Neffen werden mich lieben, weil ich ihnen Geschichten vorlesen werde. Aber deine Schwestern werden ein bisschen hasserfüllt sein, weil ich dich ihnen wegnehme. Irgendwann werden sie sich mit mir anfreunden, vor allem, wenn wir Kinder haben, denn sie werden sich freuen, wenn ihr kleiner Bruder Papa wird.“

„Kinder?“, fragt Sam, und ich schaue zu ihm hinüber, um seinen überraschten Gesichtsausdruck zu sehen.

„Ich dachte an zwei?“ Ich formuliere es als Frage, winke ihn aber ab, denn das sind meine Träume, nicht seine. „Aber ich könnte mir vorstellen, dass wir ein drittes Kind bekommen, wenn unser Jüngster zehn Jahre alt ist, weil du so ein geiler Bock bist und dich weigerst, eine Vasektomie machen zu lassen.“

Das bringt Sam zum Lachen. „Gott, dein Verstand ist unglaublich.“ Er zieht mich zu sich und küsst meine Schläfe.

„Ich bin noch nicht einmal zum guten Teil gekommen“, antworte ich und stoße ihn sanft mit dem Ellbogen. „Wir werden ein Boot haben. Ein Pontonboot für die Familie, auf das alle Enkelkinder passen und mit dem wir die tollsten Angelausflüge aller Zeiten machen können.“

Ich schaue hinüber und sehe Wärme und Zuneigung in Sams Augen, die mir fast den Atem rauben. Ich habe Schock und Verurteilung, Gelächter und jede Menge Neckereien erwartet. Das schlimmste Szenario wäre angstgeladene Reue. Was ich nicht erwartet hatte, war, in die Augen eines Mannes zu blicken, der gerade den Sinn des Lebens entdeckt hat, und ich bin diejenige, die ihn ihm aufgezeigt hat.

Ohne eine Antwort zu geben, zieht Sam mich zu sich und presst unsere nackten Körper aneinander, während er mich so zärtlich küsst, dass meine Augen hinter meinen geschlossenen Lidern brennen. Diese Reaktion ist ein wahrgewordener Traum. Das ist die Reaktion, die mir das Gefühl gibt, dass ich bei diesem Mann wirklich so sein kann, wie ich bin, und dass er mich akzeptieren wird – verrückte, optimistische Liebesgeschichten und alles.

Wir lösen uns atemlos voneinander, und ich berühre mit meinen Fingern sein Handgelenk. „Wie ist dein Puls? Bist du sicher, dass du keine kalten Füße bekommst?" Ich schiebe meine Füße rüber und lege sie um seine Beine.

„Ich verspreche es dir, Maggie. Mir ist mollig warm", sagt er mit leiser Stimme und schenkt mir dieses bezaubernde Lächeln, das er einfach nicht verbergen kann.

Ich grinse gegen seine Lippen. „Heißt das, ich werde morgen nicht aufwachen und feststellen, dass du weg bist?"

„Auf keinen Fall", antwortet er mit ernster Miene. „Ich liebe unsere fiktive Geschichte und hoffe, sie wird wahr."

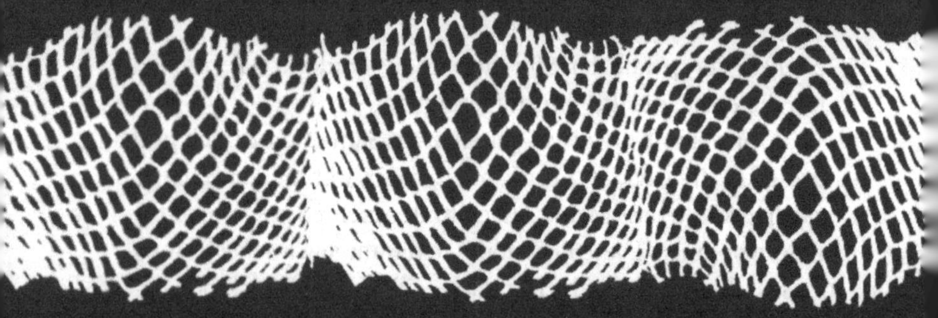

KAPITEL 23

Geangelt

Sam

Ein paar Monate später

„Hey, Marv …, wie wird man ein Meister-Köderfänger?", fragt Maggie und krempelt ihre Ärmel hoch, bevor sie ein Netz in ein Becken mit frischen kleinen Fischen wirft.

Ich schaue zu Marv hinüber, der mit einem Klemmbrett in der Hand neben Maggie hinter der Lebendködertheke steht. „Was sagst du da?"

Maggie gibt die hüpfenden Fische in den Eimer ihres Kunden. „Neulich habe ich für einen Kunden Köder geholt, und er sagte, ich sähe aus wie ein Meister-Köderfänger. Ich sagte, ich arbeite erst seit ein paar Monaten hier, und ich wusste nicht einmal, dass es so etwas wie einen Meister-Köderfänger gibt."

Der männliche Kunde, der vor Maggie steht, schaut mit großen Augen zu mir herüber, die ich erwidere, denn im Ernst …, was zum Teufel?

Marvs Gesicht verzieht sich vor Verwirrung. „Ich habe schon von Meisterfischern gehört. Aber nicht von

Meister-Köderfängern. Sicherlich bin ich ein Meister-Köderfänger. Ich mache das schon mein ganzes Leben."

Ich bedecke meinen Mund mit einer Hand, als ich zu lachen beginne. Der Kunde verschränkt die Arme und starrt auf den Boden, um seine Reaktion auf Maggies und Marvs Gespräch zu verbergen.

„Du bist eindeutig ein großer Meister-Köderfänger", antwortet Maggie mit großen Augen. „Aber ich frage mich, wie viel Übung ich brauche, um einer zu werden?"

Marv nimmt seine Baseballkappe ab und kratzt sich am Kopf. „Ich glaube, du hast in den letzten Wochen schnell gelernt, und wenn du willst, befördere ich dich jetzt gleich."

„Im Ernst?", ruft Maggie aus.

Er zuckt mit den Schultern und beugt seinen kleinen Körper über die Theke. „Du hast dich praktisch an deinem ersten Arbeitstag hier selbst befördert, Schätzchen, also sehe ich kein Problem darin, den Meister-Köderfänger hinzuzufügen."

Maggie dreht sich mit einem strahlenden Lächeln zu mir um. „Hast du das gehört, Sam? Ich wurde gerade befördert!" Sie klappt den Deckel des Eimers zu und klebt einen Zettel darauf. „So, bitte sehr, Sir. Barb wird Sie im Angelshop abkassieren."

Der Mann nickt dankend und wendet sich zum Gehen, wobei er mir ein verwirrtes Kopfschütteln schenkt, während er geht.

Maggie stützt sich mit den Ellbogen auf den Tresen. „Maggie Hudson, Marketingleiterin von Marv's Bait and Tackle und Meister-Köderfänger. Hört sich gut an, oder?"

Ich kann nicht zulassen, dass das so weitergeht, oder? Ich muss es ihr sagen, nicht wahr? Sie steht schnell auf und bückt sich, um nach ihrer Frühlingsjacke zu greifen. „Bist du bereit, nach Hause zu gehen?"

Ich nicke und ziehe die Lippen in den Mund, um mich daran zu hindern, „Komm schon" zu erwidern, denn die Wortspiele sind schon viel zu weit gegangen.

Sie winkt Marv zum Abschied zu, kommt um den Tresen herum und streckt ihre Hand nach meiner aus. Mit einem Lächeln verschränke ich meine Finger mit ihren, und wir gehen zu meinem Wagen.

Es ist jetzt Frühling in Boulder, was bedeutet, dass Maggie und ich seit ein paar Monaten zusammen sind. Nach dem großen Schlamassel mit Sterling ist sie zurück nach Utah gefahren, um ihren Eltern von ihrer Trennung zu erzählen. Sie waren verständnisvoll und mitfühlend und all die guten Dinge, die eine Familie, die sich wirklich liebt, sein sollte. Dann packte sie ohne mein Wissen den Rest ihrer Sachen und zog zu Miles und Kate, um sich in der Nähe von Boulder einen Job zu suchen.

Es war nichts, was sie mit mir besprochen hat, abgesehen von unseren fiktiven Zukunftsüberlegungen in jener Nacht im Bett. Sie sagte, sie wolle die Entscheidung selbst treffen. Sie hatte schon einmal den Fehler gemacht, auf die Vorstellungen eines Freundes über ihre Zukunft zu hören, und wolle diesmal ihr Leben selbst in die Hand nehmen. Außerdem hat sie es auf sich genommen, Marvs neue feste Mitarbeiterin des Monats zu werden. Die beiden sind ein seltsames Paar, aber nicht verrückter als Maggie und ich.

„Was willst du heute Abend machen?", fragt Maggie und stupst mich mit der Schulter an, als ich ihr die Wagentür öffne.

„Trinken und Sex haben", antworte ich, als sie hineinspringt.

„Seltsam, ich auch!", ruft sie mit großen Augen aus. „Aber bevor wir zu dir fahren, müssen wir uns noch dieses Reihenhaus ansehen, von dem Kate mir erzählt hat. Ich glaube, es ist dasselbe, das sie und ihr Ex zusammen gekauft haben. Er verkauft es, und es liegt direkt neben Lynseys Haus. Lynsey ist total verrückt, und ich glaube, sie wäre eine tolle Nachbarin."

Ich nicke, schließe die Tür meines Pick-ups und gehe mit nachdenklich gerunzelter Stirn zur Fahrerseite hinüber. Der Gedanke, dass Maggie aus Miles' Haus in Jamestown auszieht und näher zu mir nach Boulder zieht, ist eine gute Sache. Ich sollte mich darüber freuen, weil es dann viel einfacher ist, sie jeden Tag zu sehen. Aber diese Reihenhaus-Idee irritiert mich.

Kurze Zeit später halten wir vor Kates altem Haus auf der Ostseite von Boulder an. Ich war schon einmal auf einer Party hier. Es ist ein abgelegenes zweistöckiges Reihenhaus mit einer tollen Aussicht auf die Flatirons, aber es ist keine Hütte im Wald.

Maggie geht mit dem Makler durch das Haus und macht Bemerkungen über die rustikalen Oberflächen und wie sehr sie die natürliche Beleuchtung liebt. Und ich kann ihr das nicht verübeln, denn es ist ein tolles Haus. Aber es ist nicht meins.

Und ich hätte gedacht, dass Maggie nach all den Träumereien, die sie am Anfang gemacht hat, auf derselben Wellenlänge wäre wie ich. Verdammt, ich habe Miles gesagt, dass ich seine Schwester heiraten würde, bevor ich überhaupt wusste, dass sie mich auch liebt. Ich bin voll dabei, keine Frage. Warum drängt sie dann nicht darauf, dass wir zusammenziehen?

Wir landen in der Küche, und der Makler lässt uns etwas Zeit, um darüber zu reden. Maggies Augen sind groß und aufgeregt, als sie sagt: „Das ist perfekt. Es ist ein bisschen teuer für mich, weil Marv nicht so viel zahlt, aber ich könnte wahrscheinlich eine Mitbewohnerin finden. Ich muss sowieso noch ein paar Freunde in Boulder finden.“

„Du brauchst nicht noch mehr Freunde“, antworte ich mürrisch. „Du bist doch sowieso die ganze Zeit mit mir zusammen. Und außerdem hängst du mit Kate und Lynsey und ihrem Freund Dean herum, dachte ich.“

Sie lacht schnaubend. „Ich weiß, aber trotzdem. Es ist schön, neue Leute kennenzulernen.“

„Wenn du eine Mitbewohnerin hast, dann wird sie alles hören, was wir tun“, antworte ich und spüre den kindischen Schmollmund in meinem Gesicht, aber es ist mir egal.

Sie lächelt ein sexy Lächeln, das meinen Schwanz pochend zum Leben erwachen lässt. „Das können wir auch bei dir zu Hause machen. Ich denke, dieses Haus könnte wirklich gut für mich sein. Es ist auch nicht weit von Marv's Bait and Tackle entfernt, was schön ist."

Ich ziehe meine Unterlippe in den Mund und kaue einen Moment darauf herum, bevor ich herausplatze: „Oder du könntest bei mir einziehen."

Ihre Augen weiten sich und ihre Mundwinkel verziehen sich zu einem Lächeln. „Bei dir einziehen?"

Ich zucke mit den Schultern, als wäre es keine große Sache, was ihr Lächeln nur noch breiter werden lässt. „Ja, das habe ich gesagt."

„Willst du wirklich, dass ich bei dir einziehe, Sam?", fragt sie und verschränkt die Arme unter ihren schönen Wasserballonbrüsten.

Ich zucke wieder mit den Schultern. „Ich meine ..., es ergibt Sinn."

Sie runzelt die Stirn. „Das ist nicht sehr romantisch."

„Verdammt, Maggie", schnauze ich und rolle mit den Augen. „Nicht jeder Moment muss eine Szene aus einem Liebesroman sein."

„Du hast recht", sagt Maggie und dreht sich auf dem Absatz um, um die Küche zu betrachten. „Deshalb sollte ich das hier nehmen."

„Was meinst du?", blaffe ich, als mein Blutdruck vor Verärgerung in die Höhe steigt.

„Praktisch gesehen, ist es wahrscheinlich noch zu früh für uns, zusammenzuziehen." Sie lässt ihre Hand über die Granitarbeitsplatte gleiten und nickt erneut. „Und da wir nicht in einem Liebesroman leben, ist dieses Reihenhaus die richtige Wahl."

Mir fällt die Kinnlade runter, als sie sich umdreht, um aus der Küche und zur Haustür zu gehen. Lehnt sie mich ernsthaft ab, weil ich sie nicht romantisch genug gefragt habe? Mit einem frustrierten Knurren stapfe ich durch das Haus und zur Tür hinaus, wo ich Maggie auf der kleinen Veranda sehe.

„Was zum Teufel, Sparky?“

Sie dreht sich mit großen, unschuldigen Augen um. „Was?“

„Du sagst Nein?“

Sie zieht die Augenbrauen hoch und zuckt mit den Schultern. Ihre Lippen verziehen sich zu einer Seite, wobei sie ihr bezauberndes Grübchen zur Schau stellt.

Ich presse eine Hand an meine Stirn. „Also warte mal … Ich liebe dich. Du liebst mich. Ich habe gehört, dass du schon von unserer Zukunft geträumt hast. Ich sage dir, dass du bei mir einziehen sollst, und du beschließt, ein Reihenhaus zu kaufen?“

„Sam“, sagt Maggie und kommt mit einem spielerischen Funkeln in den Augen auf mich zu. „Ich weiß, dass du ein echter Romantiker bist, und ich liebe dich dafür. Aber auch das echte Leben verdient ein paar romantische Momente. Wenn wir uns entscheiden, zusammenzuziehen, dann weil wir uns auf unser nächstes großes Abenteuer freuen. Nicht, weil es logisch Sinn ergibt.“ Sie stellt sich auf die Zehenspitzen und drückt mir einen keuschen Kuss auf die Lippen, dann dreht sie sich um und geht die Treppe hinunter zu meinem Wagen.

Verdammte Scheiße, diese Frau ist nervig, unerträglich, brillant und stur, und all das macht mich verdammt an. Mit einem tiefen Atemzug schlage ich auf das Geländer und jogge hinter ihr her, um sie zu überholen, bevor sie meinen Wagen erreicht. Ich hole meine Schlüssel aus der Tasche und halte ihr den hin, mit dem ich die Haustür aufschließe. Ich lasse mich im Gras auf die Knie fallen, strecke meine Hände aus und sage: „Megan Allison Hudson, würdest du mir die Ehre erweisen, bei mir einzuziehen, weil ich so verdammt verliebt in dich bin, dass ich anfange, an ein märchenhaftes Happy End zu glauben.“

Sie lacht über meine Erklärung, ihre Augen leuchten vor Stolz, während sie die Hände an ihre Brust presst. Sie streckt eine Hand aus und nimmt meine Schlüssel. „Du hast auch lange genug gebraucht!“

Ich presse meine Hände auf die Oberschenkel, stehe auf und musterte sie skeptisch. „Wolltest du das Haus wirklich kaufen?"

„Natürlich wollte ich das", schnauzt sie zurück, während sie an meinem Schlüssel herumspielt, als wäre er ein Diamantring. „Miles und Kate treiben es wie die Karnickel, und das sollte keine Schwester hören müssen."

„Warum hast du dann nicht einfach mit mir darüber gesprochen, bei mir einzuziehen?"

Ihre blauen Augen blitzen schockiert auf. „Willst du mich verarschen? Das ist deine erste Beziehung … Ich werde dich doch nicht mit großen Schritten abschrecken. Und es war so süß, wie du dich hingekniet hast, um mich zu fragen", schwärmt sie, den Schlüssel an ihre Brust gedrückt.

Ich schüttle den Kopf über sie. „Aber ich habe dich drinnen schon gefragt."

Sie reckt ihr Kinn in die Höhe, ein stolzes Grinsen umspielt ihre Lippen. „So werde ich diese Geschichte unseren Enkeln nicht erzählen."

Sie zwinkert, und ich kann nicht anders, als sie anzulächeln. Gott, sie ist süß, wenn sie verrückt ist. Ich lege meine Arme um ihre Taille und ziehe sie an mich. „Und wie heißen unsere Enkelkinder noch mal?"

„Finnigan und Lacey."

Ich schürze die Lippen und nicke. „Solange wir ihnen das Angeln beibringen können, gefällt mir diese Geschichte."

Ende

Lust auf eine Geschichte mit einer plötzlichen,
überraschenden Schwangerschaft? Dann sind Lynsey
und ihr Arzt Josh genau das Richtige in *„Doctor Daddy –
Die Baby Überraschung.“*

Oder gehe jetzt zurück und lese die mega lustige Geschichte
von Kate und Miles in „Ein Mechaniker zum Verlieben –
Wait With Me“ - und als Verfilmung gibt es die auch!

Lust auf heiße Sport-Romance-Bücher? Du kannst meine
Harris-Brüder jetzt mit Kindle Unlimited hier lesen:
geni.us/HarrisBrosGermanSeries

Und melde dich für meinen deutschen Newsletter an, um alle
Updates über die nächsten Bücher zu erhalten:
www.subscribepage.com/amydaws_deutscher_newsletter

WEITERE BÜCHER VON AMY DAWS

Die Harris-Brüder-Reihe:

Challenge – Ein Bad Boy zum Verlieben: Camdens Geschichte
Endurance – Ein Feind zum Verlieben: Tanners Geschichte
Keeper – Ein bester Freund zum Verlieben:
Bookers Geschichte
Surrender – Ein Boss zum Verlieben und *Dominate – Ein
Fußballstar zum Verlieben:* Gareths Geschichte

Payback – Ein knisternder Racheplan Roans Geschichte
Blindsided – Eine beste Freundin mit gewissen Vorzügen
Macs Geschichte
Replay – (K)eine Chance für Mr. Dunkel und Gefährlich
Santinos Geschichte
Sweeper - Mein heißer Nachbar, der Fußballstar
Zanders Geschichte

Ein Mechaniker zum Verlieben - Wait With Me
Wait With Me als Verfilmung

*Forbidden Love – Verliebt in den besten Freund
meines Bruders*
Doctor Daddy – Die Baby Überraschung

Für weitere Informationen zu allen Büchern von Amy, schau
hier auf Amys Website nach:
amydawsauthor.com/deutsch

Und wenn du einfach per E-Mail informiert werden
möchtest, wenn das nächste Buch erscheint, abonniere Amys
deutschen Newsletter:
www.subscribepage.com/amydaws_deutscher_newsletter

MEHR ÜBER DIE AUTORIN

Amy Daws ist eine Amazon-Bestsellerautorin der Harris-Brüder-Reihe und vor allem für ihre wortwitzigen, fußballspielenden britischen Playboys bekannt. Die Harris-Brüder und ihre London-Lovers-Reihe fachen ihre Leidenschaft für alles an, das mit London zu tun hat. Wenn Amy nicht gerade schreibt, schaut sie Gilmore Girls oder singt mit ihrer Tochter Karaoke im Wohnzimmer, während Dad hilflos lächelnd aus der Ferne zusieht.

Mehr von den deutschen Ausgaben von Amys Büchern findest du auf ihrer Website: amydawsauthor.com/deutsch/ und generell alles von Amy unter den unten stehenden Links.

www.facebook.com/amydawsauthor
www.instagram.com/amydaws.deutsch
www.tiktok.com/@amydaws_deutsch

Abonniere auch den deutschen Newsletter,
um keine Neuigkeit zu den deutschen
Veröffentlichungen von Amy zu verpassen:
www.subscribepage.com/amydaws_deutscher_newsletter